中國思想與抒情傳統

第二卷

佛法與詩境

蕭馳／著

目次

本卷結論⋯⋯⋯⋯⋯⋯⋯⋯⋯⋯⋯⋯⋯⋯⋯⋯⋯⋯⋯⋯⋯ 317

　　佛教影響生發的新藝術觀念經文類傳至後代／佛學對中國詩
　　學的貢獻／詩美在先於心、物之辨而顯現的純現象／開掘了
　　個人存在之流中獨享的心靈空間／令詩人更注重詩中「在空
　　間裡並列的局部的秩序」／「境」爲一經中土改造的佛學之
　　術語／許多重要詩人未浸淫於佛教／由佛禪的「境」所開發
　　的詩學並未「征服」或取代中國以往的傳統，而只與後者妥
　　協和交融／宋以降詩學之回歸傳統／「詩境説」化入中國詩
　　學傳統

導論

　　本卷撰寫的目的，是嘗試歷史地考察東晉至晚唐五代之間中國詩學觀念與佛教的關聯。對中國古代文論的研究而言，這無疑是最棘手，亦是最亟待解決的問題。但這卻曾經是筆者多年來希圖迴避的問題。箇中原因即如當世第一高僧印順大師所言：「佛法甚深。」佛法甚深而生年無幾，於是在不甚了了、卻無法不去面對之時，以幾句陳言去敷衍，就成爲包括筆者在內的許多人的應付之道。這樣做的結果只有一個，就是在多年後令自己汗顏。因爲在學術上投機取巧絕無勝算可言。

　　筆者眞正決定正視此一問題，是在寫作《抒情傳統與中國思想：王夫之詩學發微》一書(經多次修訂現爲《中國思想與抒情傳統》第三卷《聖道與詩心》)論「勢」和論詩樂關係兩文之後。我於其時感到：自明代李東陽、前後七子直至明清之際雲間派到船山詩學中出現的以樂論詩，以及船山詩學以「勢」論詩，皆應揆以更大的歷史脈絡去作理解，即此一思潮不啻是對前此「意境說」的反動，並以此而將中國詩學重與肇端《樂記》的文藝學傳統銜接，納入以「無定體觀」爲要義的《周易》文明體系之中。此思潮終以自稱「唯《易》之道未嘗且夕敢忘於心」的王船山集其大成，當非偶然。然此處，也就發生了一個問題：即向被標舉爲「中國傳統詩學(甚至文藝學)基本審美範

疇」的「意境說」應當只是一後來的、階段性的範疇。此一範疇發生的歷史淵源顯然必須重新檢討。因自己的感覺，亦因台灣學者黃景進一篇論意境大文的啟迪，我在討論船山詩學中「勢」一文的結論中寫道：

> 主要涵蓋唐宋詩學的「意境」理論，其概念淵源，應出自佛學。這一理論在與方外之人多有往來的王昌齡、司空圖和本身即為僧侶的皎然手中成熟，絕非偶然。「境者，識中所現之境界也。」「境」是佛學的「知識」。對佛學而言，心念旋起旋滅，「境」因而是不連續的、靜止的。王昌齡《詩格》遂以「視境於心，瑩然掌中」表述之。……
> 倘以「意境」為「基本審美範疇」，將使吾人無視此一[抒情]傳統與中國文明體系更為久遠淵源的關係，無視抒情傳統審美體系內部的複雜性。正如阿伯拉姆斯(M.H. Abrams)曾以兩個隱喻——「鏡」與「燈」來分別標誌古典主義和浪漫主義時期西方批評家對詩人心靈的不同觀念，吾人亦可借明人季本《龍惕》中所謂「聖人以龍言心而不言鏡」一語中兩個隱喻——「龍」與「鏡」(境)[1]來標示中國抒情傳統對於詩歌藝術世界的兩種觀念。前者肯認語言的「因體因氣，因動因心，因物因理」的本質性，強調作品中文氣貫穿的「時間架構」和「文行之象」；後者則盛稱言意之辨，強調「捨

1　此處以「鏡」替代「境」是取前者靜態、空間性和視象性的方面。即署名王昌齡的《詩格》論詩境所謂「如登高山絕頂，下臨萬象，如在掌中」，「處身於境，視境於心，瑩然掌中」之意。

　　筏登岸」，以文字後面的「可望而不可即」之空間視境。[2]

　　這段話裡我已將佛學作為詩境說的淵源，但坦白地說，其時我對此一關聯的認識尚十分膚淺，所以也就無從涉及詩境說更豐富的義涵了。但這卻是一個學術驅策的開始。看來，要真正認識中國詩學傳統的本質——一個在流動的歷史長河裡因新的思潮匯入，不斷被重新界定的本質——佛教與此一傳統的關係是再迴避不了的。

　　時下研究佛教「主要是禪宗」與中國詩歌、詩學的著作已計有十餘種。本卷的研究若還值得出版，不僅應在材料上有所發現，具體論點上有所建樹，且須在方法上有所突破。前者實依賴後者。本卷首先希圖打破以往某些研究中籠統的、非歷史的方法。此類方法往往根本不去分辨佛教的各個宗門，亦不去深究某某詩人與某某宗門的具體關聯。其次，本書希圖確立一中心關注或中心問題，並以一系列個案研究回答這個中心問題。作出這樣的選擇，也是出自筆者在完成美國學業十餘年後的反思：西方學術的長處，其實並非在其漢學中各類觀點的發明，而在其以批評衝動形成的問題意識能將實證與嚴密邏輯結合。若以清人章學誠的術語來說，則是學者之工作應不囿於「比次之書」，「考索之功」，而更能成「獨斷之學」[3]。

　　本卷所謂歷史的方法，首先意味著對詩學觀念和佛教文獻之關係作歷史的分辨。雖然如柯林伍德(R.G. Collingwood)所說，任何書寫歷史都只為在今人心中重演昔人的經驗，想像是不可免的。然此一重

2　〈船山以「勢」論詩與中國詩歌藝術本質〉，《抒情傳統與中國思想：王夫之詩學發微》(上海：上海古籍出版社，2003)，頁130，132。

3　〈答客問中〉，葉瑛(校注)，《文史通義校注》(北京：中華書局，1994)，上冊，頁476-478。

演的經驗卻必須以昔日的殘遺作為根據，以從部分還原全體。即如泰納所說：文獻的價值對文學史家而言，是從化石去重現死去的動物。這裡就有史家的想像與詩人想像的不同了。前者必須憑藉一外在的參指系統。我們又必須留心化石出土的地點、由碳試推驗的化石時間。就本論題而言，必須將每位詩人的觀念歷史地置於特定的佛教思想脈絡之下。由忽略這一點而造成失誤最顯著的例子是時下的王維研究。當然，歷史的方法又意味著作者須選擇其特定的歷史觀。

討論人類過去的文化，歷史主義一詞其實又涵攝了多種進路，如泰納(H.A. Taine)和勃蘭兌斯(George Brandes)以種族、環境、時代精神和風俗解釋文化成因的決定論歷史主義，黑格爾和馬克思的普世一元決定論(政治或經濟)、目的論和宏大情節模式的歷史主義，新馬克思主義以文本作為社會關係寓言，文類作為形式化意識形態的歷史主義，以及探索社會文化因素之間搖擺、互動、妥協和話語循環的非決定論新歷史主義。本書所採歷史主義方法首先肯認歷史是多元而非單線索的發展，由此，本書對於中國抒情詩學和中國思想玄學、佛教和理學關係的研究才有其意義。其次，它肯定黑格爾《歷史哲學》和柯林伍德所強調的一切歷史是思想史的基本觀點，即歷史不僅是變化和事件，而是人表達思想的行為 [4]。由此，本卷(以及本書第一卷)主要的基點是不可重複的作家個案(著作權不清的《二十四詩品》是例外)，而非一般的文學現象。復次，本書的歷史主義強調文化史不同於自然界的新舊更替，在其中「歷史的過去，不像自然界的過去，是一種活的過去……其存活被結合於牽扯觀念發展和批評的新語境之

4 　請參見R.G. Collingwood, *The Idea of History* (Oxford: Oxford University Press, 1956), pp. 217-228.

中」[5]。同時又必須強調，這種「存活」導致的未必是延續，而可能是布魯姆(Harold Bloom)所說的「創造性誤讀」、「過去的天才與今日抱負的衝突」和對經典的「重寫與修正」[6]。因此，本書在每一個案研究中仔細描述該詩人的詩學觀念之餘，又不會局限這一個案，而會特別比較其與前後個案的聯繫和不同，以及在中國詩學觀念發展中的貢獻。此處的發展並非目的論的，而是強調歷史現象之不可重複，文化形式之持續創造，強調每一現象在線型的時間鏈中的特定位置。從而經各個案研究以凸顯古代詩學觀念六百年裡在佛教影響下發生的變化。最後，正如筆者在本書緒論中所說，筆者並不在一種施者／受者模式之下討論思想與詩學的關聯，因為這樣的模式「意味著肯定一種決定論的歷史觀，一種已被摒棄的不同社會文化領域之間單向的(uni-directional)、固定因果等級模式，並且在觀察不同文化領域互動時，僅僅追索一個轉喻的(metonymic)或敘述性的話語形式。而這卻完全不能符應古代中國文化中詩與『哲學』之間複雜的相互作用的事實。這種相互作用，其實更接近新歷史主義者所謂『妥協』和『兌換』。思想與詩學之間是不同文化文本之間的『互涉』(intertextualities)」。

「研究問題，而非研究時期」，此處重溫柯林伍德所引用的這句名言，旨在避免一種「剪貼歷史」(scissors-and-paste history)的寫作。既然所寫是一個問題的歷史，作者輒須選擇一段對中國佛教和詩歌發展均最為輝煌，同時亦為兩者之間交流至為密切的時期。

許里和(Erich Zürcher)將佛法滲入上層士大夫階層的時間上限定

5　同上書，p. 226.

6　參見Harold Bloom, *The Western Canon: The Books and Schools of the Ages* (New York: Riverhead Books, 1994), pp. 1-11.

爲西元4世紀初。由於本書的討論主要集中在以山水爲題材的詩作(以
下將說明),我遂將觀察的起點移至咸康末。這是佛教山林化的開
始,名僧由建康徙之剡水流域,在這片山水文學的發祥地參與催生此
新題材的誕生。其中,最早的「士大夫僧人」的代表支遁(314-366)
竟然即爲山水詩不祧之祖謝靈運(385-433)「開其先」的人物。故此
理當成爲本書的起點。這正是「六家七宗」的「格義」佛學時代,亦
爲佛、玄思想合流的開始。嗣後,佛陀之道東漸的兩個重要現象──
傳譯求法和中國宗派的陸續出現──標誌了其在中土的隆盛和傳播。
前一現象以玄奘(602-664)的西行求法和譯經活動爲其高潮,卻在9世
紀因吐蕃、大食控制西域和會昌法難(842-845)而結束。後一現象則
以智顗(538-597)於隋世創立天台宗爲起點,繼在唐初又有東山門下
禪宗的興起,和智儼(602-668)、賢首(643-712)的華嚴宗派出現。而
以自曹溪慧能(638-713)、荷澤神會(684-758)至洪州馬祖(709-788)的
「祖師禪」形成爲其高潮。這以後,是唐末五代禪門五宗的漸次成
立。倘以思想發展而言,此一過程在入宋以前亦已結束。故柳田聖山
說:「宋代的禪,在思想上的光輝構想,都全給宋學奪去了。」[7] 當
然,這與近年來美國學者的看法自不相同。宋世詩學雖然繼續受禪宗
之澤,但那已是與以機鋒見長的文字禪了,故無法在本書的論旨下討
論。

　　東晉至晚唐同時又是傳統五七言詩發展的輝煌時期。此一時期的
起點,有劉勰所謂「莊老告退,而山水方滋」[8]。晉宋之交又爲「古

7　《中國禪思想史》,吳汝鈞譯(台北:臺灣商務印書館,1995),頁181。
8　《文心雕龍‧明詩》,詹鍈(義證),《文心雕龍義證》(上海:上海古籍
　　出版社,1999),上冊,頁208。

今詩道之大限」[9]。其時詩壇「棄淳白之用，而競丹艧之奇；棄質木之音，而任宮商之巧」[10]。在此聲色大開的局面裡，進一步提出了對仗和聲律問題。此一時期的下段，是明人高棅所謂「眾體備矣」的唐詩三百年，其中「往體、近體、長短篇、五七言律詩絕句等制，莫不興於始，成於中，流於變，而陊之於終」[11]。在晉宋之後進一步提出的「宮羽相變，低昂互節」和對仗的討論，終在初唐形成了近體律詩，並在盛、中、晚得到長足發展。而發軔晉宋之際的山水詩，經王、孟、韋、柳、賈之手而蔚為大國。在列舉了以上諸家之後吾人發現：山水詩大家們竟多與浮屠淵源甚深。然就佛教本義而言，並未教人執迷山水。故慧能門下的玄覺禪師(665-713)說，「先須識道，後乃居山。……忘山則道性怡神，忘道則山形眩目」[12]，佛教在實際運作中的結果與其本義的期許竟如此迥異，箇中道理，殊值得玩味。

沈佺期(656-713)、宋之問(656-710)的時代亦即玄奘和慧能的時代，謝和耐(Jacques Gernet)故把佛學與律詩並列作為中國中世紀文化頂峰的標誌[13]。明人胡應麟(1551-1602)又提醒世人說：「世知詩律盛於開元，而不知禪教之盛，實自南嶽、青原兆基。……世但知文章盛於元和，而不知爾時江西、湖南二教，周遍環宇。」[14]正是在佛

---

9 《詩藪》外編卷2(上海：上海古籍出版社，1979)，頁143。

10 焦竑，〈謝康樂集題辭〉，轉引自吳文治(主編)，《明詩話全編》(南京：江蘇古籍出版社，1997)，第5冊，頁4905。

11 〈唐詩品彙總敘〉，轉引自陳伯海(主編)，《歷代唐詩評論選》(石家莊：河北大學出版社，2003)，頁528。

12 〈勸友人第九書〉，《永嘉集》，《中國佛教叢書·禪宗編》(南京：江蘇古籍出版社，1993)，第1冊，頁218。此條資料係趙昌平先生在審閱本書第一篇時，在給作者信中提到的，意味深刻，特此鳴謝。

13 《中國社會史》，耿昇譯(南京：江蘇人民出版社，1995)，頁230。

14 《少室山房筆叢》卷48癸部，《雙樹幻鈔》下(上海：中華書局上海編

學和詩同時走向巔峰的開天和元和時代裡，我們看到佛禪對詩學觀念的再造。從理論上說，其標誌即「境」作為重要範疇在詩學中出現。而這正是本書的焦點。

　　佛學的「境」(*visaya*)能成為重要的詩學範疇，乃由眾多特殊的歷史機緣的湊合。從根本上說，這是佛教東漸，與一個以抒情詩為主要文類的文學傳統相遇之結果。從西元前5世紀到西元12世紀超岩寺被毀，是古代印度佛教時代。這一時期梵文文學的主體文類是敘事文學。「境」不可能在一個「以時間連續和因果邏輯連接事件」為基礎的文學傳統裡成為觀念的中心。而只有在一個以抒情詩為主體的傳統裡，它才有可能(不是必然)成為問題的中心。因為此一文類的基質，若以弗萊(Northrop Frye)的概括，正是「非持續性」(discontinuity)：「我們在詩中脫離了平常空間或時間中的持續經驗或對這一經驗的摹仿……非持續因素在詩中多與一具體，通常是儀式化的當下相連，而當下因素意味著詩輾轉於此，而非無限地持續。」[15]但弗萊的上述定義是以西方敘事和戲劇文類對照抒情詩而作出的，所謂「非持續性」是相對前者而言。雖然在魏晉時期由歷經生存危機的文人所表達的人生意義端賴瞬刻心境的主題，曾推動過抒情主體的確立[16]。然而，在一個以《周易》的大用流行為觀念的文化裡，在一個曾以樂為人文化成之極詣的文藝學傳統裡，在一個對抒情詩的文勢、句法孜孜

(續)──

　　　輯所，1958)，頁647。

15　"Approaching the Lyric," in *Lyric Poetry: Beyond New Criticism*, eds. Chaviva Hošek & Patricia Parker（Ithaca: Cornell University Press, 1985), pp. 31-32.

16　詳蔡英俊，《比興物色與情景交融》（台北：大安出版社，1995)，頁41-44及本書第一卷《玄智與詩興》之第三章〈阮籍《詠懷》對抒情傳統時觀之再造〉。

以求的詩學傳統裡，它都未必會成爲問題的中心。所以「境」並未在唐以前進入中國詩學。

這裡，我們又回到「境」與「勢」或「鏡」與「龍」的關係問題。如果借用一位曾予萊辛《拉奧孔》以影響的英國學者關於繪畫和音樂比較的話說，就是在「境」與「勢」之間，我們可以「區分出一種在空間裡並列的局部的秩序和在時間中前後相繼的局部的秩序。在第一種情況下，整體作爲一件已結束的事而出現；在第二種情況下，整體作爲一種正在時間中流失的能量而出現」[17]。當王船山以「勢」或其所謂「眞龍」論詩，謂能取勢者「宛轉屈伸以求盡其意；意已盡則止，殆無剩語」[18]，謂「當其始唱，不謀其中；言之已畢，不知所畢；已畢之餘，波瀾合一；然後知始以此始，中以此中」[19]，他顯然將詩作爲「一種正在時間中流失的能量」。

在船山詩論的個案裡，有兩點頗引起我注意。第一是他其實並不眞正稱賞律詩。因爲在初唐完成的律詩形式裡其實潛在地發展出一種可能，若以程抱一（Fran çois Cheng）的話說，即在律詩的句法和語義的雙重結構裡，詩「呈現了一種既在時間之內又在時間之外的追逐遊戲」，其對句之間相互辯證的空間結構，「在相當的程度上可使詩人打破線性拘束」[20]。第二是船山論取天地之景，極其強調「神理流於

17　轉引自狄爾泰（Wilhelm Dilthey），《體驗與詩》，胡其鼎（譯）（北京：三聯書店，2003），頁44。

18　戴鴻森（箋注），《薑齋詩話箋注》（北京：人民文學出版社，1981），頁48。

19　曹操，〈秋胡行〉評，《古詩評選》卷1，《船山全書》（長沙：嶽麓書社，1996），第14冊，頁499-500。

20　*Chinese Poetic Writings*, trans. Donald A. Riggs & Jerome P. Seaton (Bloomington: Indiana University Press, 1982), p. 57.

兩間」[21]，「自然之華，因流動生變而成其綺麗」[22]。即便「以小景傳大景之神」[23]，亦須令此「小景」彰顯絪縕不息之大化[24]。這就是說，縱使在最可能呈現「在空間裡並列的局部的秩序」的山水之作裡，仍可能有《周易》大用流行的觀念。

正是在此處，佛教的截斷眾動之流、凝然地呈現孤清敻絕之境的意義才分外顯豁。「境」得以成為重要的詩學範疇，其最重要之背景應是在一個佛教和詩歌的最輝煌時代，佛學在文人中的廣泛傳播。此刻，上述所有歷史機緣都匯集在一起。這就是李唐王朝。本卷即將論證，自詩的創作而言，佛教對生發「詩境」的貢獻大致見諸如下三端：首先，由佛教以主體性為世界根源的觀念，生發了詩人對山水自然的現象論態度；其次，由佛禪的「無念」、「無住」，生發出詩中取乎眼前、當下的現量境；復次，由佛禪絕待的無相主體，生發出詩中濾卻一己之喜怒悲歡，卻透見非常個人化的對現象的幽微體察。而自詩論而言，「詩境」觀念之在中唐出現，不僅是一般地受佛禪觀念沾溉所致，而且是在中國佛教史的一個最重要的發展──從如來禪到祖師禪的過渡中，以及天台、牛頭法門於中唐大興後，「境」在禪法中意義之轉變的結果。而此一轉變的背景，則是中國文化對活生生人世生活的關懷藉由中觀學而進入禪門。

以上有關「詩境」的觀念，遠非時下學界之共識，而此正為本書寫作的理由。當然，學界有關詩學中「境」意見的歧異，也與此術語

---

21 謝靈運，〈登上戍石鼓山詩〉，《古詩評選》卷5，《船山全書》，第14冊，頁736。
22 謝莊，〈北宅秘園〉評，《古詩評選》卷5，同上書，頁752。
23 《薑齋詩話箋注》，頁92。
24 詳本書第三卷《聖道與詩心》第五章〈船山以「勢」論詩和中國詩歌藝術本質〉(尚未出版)。

在中國詩學中的多義有關。根據黃景進的歸納，這一「非常具有彈性
的概念」，在詩論中包括了外物、詩之景物、藝文作品所提供的經驗
範圍、風格類型與造詣層級、人生體悟、詩法等用法[25]。這些用法，
有些未必與佛學相關。而本書既旨在考察東晉至晚唐五代之間中國詩
學觀念與佛教的關聯，輒不會涉及與佛教無關的義涵。而且，本卷考
察的重點是與佛學主體性心識相關的「詩境」。它與黃氏所說的詩之
景物、風格類型與造詣層級、人生體悟有關。然而，在大乘佛學觀念
裡，作爲客觀世界的外物卻被懸置。此卷二十多萬字中所有論據和論
題都將圍繞「境」的這一義涵而展開，它將回答如下問題：標示主體
的「境」是否一來自佛學的範疇？此一「境」的觀念是如何逐漸進入
中國詩中的？它又如何進入詩學？此一「境」指示出詩中哪些新的特
徵？此「境」在詩學中的義涵和外延是什麼？此「境」標示了中國詩
學的哪些進境？佛學的「境」如何與中國傳統思想和詩學融合？由以
上的問題可以推斷：「境」在詩學中出現，已經涉入詩人觀察和概括
現實的原則和形式，涉入其進入經驗世界的廣度與深度這樣的文類本
質問題，而這也就必然涉入認知的問題。但本卷卻並非依以上理論邏
輯而展開，而是依歷史的順序和具體個案的分析而展開。這樣做更可
能避免主觀和空泛。

　　本卷以下將以六個個案的分析，探討佛教在中國詩學此一新觀念
生成中的作用。這六個個案中，謝靈運、王維、白居易、賈島均是重
要詩人。皎然的《詩式》和《二十四詩品》則是有關「詩境」最重要
的詩論。當然還可以擴大範圍，使討論包括詩人韋應物、柳宗元、元

25　黃景進，《意境論的形成——唐代意境論研究》（台北：臺灣學生書
　　局，2004），頁227-238。

積和李商隱,在理論文本方面增加《詩格》,甚至《文心雕龍》。但本書的六個個案無疑是最重要和無法忽略的,當然又尚非佛教與中國詩學關係的完整圖景。其中最大的缺憾恐是未對梁代佛教與詩學的關係作一探討,這主要是由本書的體例所限,因為梁代找不出一個重大的個案,而本書是以個案作為關注基點的。

本卷每一個案都從不同的方面顯示出佛教的不同宗派對詩學的影響。具體地說,謝靈運的個案揭示了:彌陀淨土觀念與中土道教神仙思想的結合,如何在詩中開拓了遠離人寰的山林這一主題,並透示出古代山水詩中現象論態度的淵源。王維的晚期山水小品則透顯了如來清淨禪傳統:佛已從外在的仰信對象變為內心的自證,淨土也只是剎那間目前便見的心境,宴坐故而亦不必深入山澤曠野,而不妨安坐於林叟、漁父和浣女的世界。白居易的「閒適詩」提供了一個洪州禪「無事」禪法發展出的日常閒適情調的標本:它推動了這位中唐詩人突破魏晉以來「感物」詩學傳統,亦超越了王維只擷取觸目當下之景的「現量境」,而在園詩中創造了「意」中山水。賈島這位半世為僧的寒士以佛僧的苦行精神重新界定了詩學中的「清」,並從傳統中一切陰暗負面的現象裡創造出即寒即清的境界。江左詩僧皎然的《詩式》體現了中唐禪門風氣中「境」義的轉變,並最早提出了中國抒情傳統中「境」與「勢」兩個藝術觀念之間的張力和取衡的問題。而他以詩呈現的「禪中境」,則顯示以境論詩的某些期待。最後,《二十四詩品》是中國詩學中以「境」論詩最重要、最典型的標本,然同時,卻不啻為道家(包括玄學和重玄派道教)和禪宗思想交接的文化氣氛中開出的詩學奇葩。其中,佛禪使中國詩學部分地擺脫了魏晉以來確立已久的「感物」傳統。由此打開了在玄學中早已吐絲化蛹、卻因玄學思想的矛盾而無法在詩學中破繭成蝶的「境」的觀念,即心、物

之辨確立之前，人與世界在瞬間相互交融生發的現象。而玄、佛之交接，使詩人將生生之流句讀爲、橫斷爲一個個片刻，以演呈人在無常天時中任化而往，際遇那乍然迸現的「朝徹」之美。

佛學之「境」進入中國詩學，並不是一個「同一的寓言」。

第一章
大乘佛教的受容與晉宋山水詩學[*]

引言

　　漢末佛教自天竺入華夏，是中國固有文明近代以前所接受的最主要異域文化。其影響被於藝苑，抒情傳統亦由此而嬗變。觀察山水詩之發生，或許是探討嗣後詩學觀念一系列轉變的一個很好的切入點。因爲山水之在中國詩歌中出現，其意義遠非只是開拓一次文類或新題材，而是使中國古典詩歌的美學性格也發生轉變。謝靈運(385-433)及其作品爲佛教與山水詩關係之研究提供了一個難得的個案。此位歷代論者視爲山水詩不祧之祖的詩人，同時即湯用彤所謂南朝佛法之隆盛三時之一元嘉之世的佛學「巨子」[1]，亦是饒宗頤所謂「第一個懂梵文的中國詩人」[2]。然而，與王維(701-761)山水詩和禪宗的關係已成定論的情形不同，謝靈運的模山範水是否出自佛教影響？山水詩之發生，是否乃佛教東漸與中土文明合流的產物？對這些問題，學界遠

---

[*]　本文原載《中華文史論叢》第72輯(2003年6月)，2005年收入中華書局版《佛法與詩境》一書有所增補，收入本書時再作增補和修改。

[1]　見《漢魏兩晉南北朝佛教史》（北京：中華書局，1983），下冊，頁297。

[2]　〈永嘉：談謝靈運與驢唇書〉，見饒著《澄心論萃》（上海：上海文藝出版社，1996），頁365。

未達致共識。近五十年來有關中國山水詩發展的主要論著有如下幾種：日本學者小尾郊一的《中國文學中所表現的自然與自然觀》（1962），台灣學者王國瓔的《中國山水詩研究》（1985），德國學者顧彬(Wolfgang Kubin)的《光明的山：中國文人的自然觀》（1985），中國大陸學者丁成泉《中國山水詩史》（1990），李文初等的《中國山水詩史》（1991）、葛曉音的《山水田園詩派研究》（1993），美國學者侯思孟(Donald Holzman)的《中國上古和中古早期的風景鑒賞：山水詩的誕生》（1996），以及陶文鵬、韋鳳娟主編的《靈境詩心：中國古代山水詩史》（2004）。上述專著對佛教思想催生山水詩發生這一問題多持漠然態度。只有葛曉音的《山水田園詩派研究》和陶、韋主編的《靈境詩心》在談論山水詩起源時對此稍有涉及。前者在〈山水田園詩溯源〉一章中回顧了老莊心遊自然和道教思想之後，以寥寥數語泛泛提到佛理和玄言結合[3]。後者則只在〈魏晉玄學的影響〉為標題的一節中，提到佛教徒如玄學家一樣將山水當作領悟佛性的「言象」，並由宣宏佛教而強調形象[4]。而在兩書論述謝靈運的專章中，佛理的話題則不再出現。著名法國學者戴密微(Paul Demiieville)的〈中國文學藝術中的山巒〉一文索性直接否認謝靈運山水詩與佛教的關聯[5]。上述著作的一般思路為：追溯中國詩歌中自然描寫從《詩經》、《楚辭》到魏晉的發展，再從玄學和神仙家解釋山水詩在東晉出現的思想背景。然而，漠視了佛教這一重要因素，這一解釋裡所還原的歷史邏輯極不完整，且很難由此去探討中國詩歌審美性格所發生的變化。

3　《山水田園詩派研究》（瀋陽：遼寧大學出版社，1993），頁17-31。
4　《靈境詩心：中國古代山水詩史》（南京：鳳凰出版社，2004），頁89。
5　見此文中譯本，載錢林森編，《牧女與鸞娘——法國漢學家論中國古詩》（上海：上海古籍出版社，1990），頁92。

　　這種情況在單篇論文中有所不同。美國著名漢學家馬瑞志
（Richard Mather）的〈第5世紀詩人謝靈運的山水佛教〉可稱是本論題
的蓽路藍縷之作。該文發表於1958年，是筆者所見英語學界最早以佛
教背景討論中國山水詩發生的研究論文。其貢獻是以謝靈運與幾位名
僧如慧遠、曇隆的關係，以及謝氏有關佛學的論著證明這位詩人的大
乘佛教信仰。尤有進者，該文以〈山居賦〉、〈佛影銘〉為根據，提
出了「山水佛教」（landscape Buddhism或可譯作風景佛教）這一頗具
創意的命題 6。然而，作者卻並未進一步去論析此一「山水佛教」如
何鑄造了謝靈運的藝術世界。馬瑞志的觀點直接影響了藝術史學者蘇
珊·布什（Susan Bush）二十二年後發表的〈宗炳論山水畫與廬山『山
水佛學』〉一文。此文借鑒日本學者的成果，集中討論見證東晉山水
詩畫藝術萌生時期的兩篇重要文獻宗炳的〈畫山水序〉和廬山諸道人
的〈遊石門詩序〉與大乘佛學的關係。像馬瑞志一樣，布什非常關注
廬山佛影。然而，兩人卻皆未曾探究此佛影的特殊性與中土文化的關
聯，而這正是問題的關鍵所在。此外，布什論文的焦點是山水畫而非
山水詩 7。馬瑞志還可能影響了佛諾德山（J.D. Frodsham）以翻譯為主
的有關謝靈運的著作 8。

　　得益於東瀛深厚的佛學傳統，日本學者近年討論謝靈運山水詩的

6　Richard Mather, "The landscape Buddhism of the Fifth-Century Poet Hsieh
　　Ling-yun," *Journal of Asian Studies*, vol. 18, no. 1 (Nov. 1958), pp. 67-79.

7　Susan Bush, "Tsung Ping's Essay on Painting Landscape and the 'landscape
　　Buddhism' of Mount Lu," in *Theories of the Arts in China*, eds. Susan Bush
　　& Christian Murck (Princeton: Princeton University Press, 1983), pp. 132-
　　164.

8　*The Murmuring Stream:The Life and Works of the Chinese Nature Poet
　　Hsieh Ling-yün* (385-433), *Duke of K'ang-lo* (Kuala Lumpur: University of
　　Malaya Press, 1967).

論文大都注意到其大乘佛教的背景。在這些論著中，志村良治1976年
發表於《集刊東洋學》的〈謝靈運與宗炳──從〈畫山水序〉談起〉
和〈山水詩轉變的契機──謝靈運的個案〉對本章而言，最為重要。
作者以〈遊石門詩序〉、宗炳〈畫山水序〉以及大謝的詩文為資料，
考察了謝靈運與慧遠僧團的思想聯繫，從而確立了謝靈運山水詩的佛
教背景。

中國大陸學界自1980年代後期起對佛學與山水詩發生的關係問題
開始注意。比較重要的論文大致有張國星〈佛學與謝靈運的山水
詩〉，錢志熙〈謝靈運《辨宗論》和山水詩〉，高華平〈佛理嬗變與
文風趨新──兼論晉宋間山水文學興盛的原因〉，李炳海的〈慧遠的
淨土信仰與謝靈運的山水詩〉，和普慧的〈大乘涅槃學與謝靈運的山
水詩〉等等。多數文章是在謝靈運的山水之作中求證佛學的某個概
念，它們可能給人啟發，但未能從更廣闊的背景去考察文化現象。

依上所述，現今對佛教與藝文中山水主題興起關係之研究，單篇
論文尚限於各類個案──如支遁、慧遠僧團、宗炳──的相對孤立的
研究，缺乏更恢宏的歷史目光。而能對山水詩發展作縱橫考察的大部
論著，卻基本漠視佛教因素。這一對比說明了：佛教與藝文中山水主
題興起之關係迄今僅為某些研究者的看法，而未成為學界之共識。而
幾乎所有研究都未能回答：究竟大乘佛教、特別是慧遠僧團的佛學觀
念，怎樣轉化為被歷代視為山水詩開山者謝靈運本人詩學觀念這一問
題。

本章擬在中國文學諸自然觀念比較的視野裡，全面考察大乘佛教
思想對山水詩興起之特殊意義。並循馬瑞志、布什、志村等學者的思
路，探討佛教山林化運動在東南和中南的兩支──會稽支遁和廬山慧
遠僧團的思想和著述與謝靈運山水詩的關聯。本章要證明的是：不止

是大乘佛教，而是中土對大乘佛教某些觀念的容受，即基於中國文化
對大乘的詮釋包括誤解，創造了「山水佛教」。廬山這一個案恰恰為
此提供了一個難得的典型。而此「山水佛教」所賦予山水的獨特精神
意義與其特別的「視感文化」（visual culture），皆為慧遠的兩位俗家
弟子——畫家宗炳和詩人謝靈運所繼承，而在中古藝文領域大放異
彩。本章的討論最後將進入謝詩的藝術層面，並視大謝所創造的某些
藝術形式為其觀念的投射。因此，本章的關注將主要不是其作品內容
的解讀，而是其詩學（poetics）觀念的問題，以及此一新的詩學觀念對
確立中國山水詩傳統的意義何在。但作者應著重申明的是：本章並不
是對山水詩發生學的全面探討，它注重的只是佛教在其中的貢獻，而
無意否定其他因素的作用。

一、佛教觀念中的「清曠山川」

　　上文提到：以往研究山水詩起源的幾部論著，皆以追蹤中國文學
思想中自然主題之成長為架構。然此所謂自然主題，其實只是今人的
範疇，至於古人概念的涵義是否如此粗略或細密，輒不予深究。由此
一思路，學者們注意到：在西漢楊惲（？-前55）的〈報孫會宗書〉
後，東漢以還陸續出現了張衡（78-139）的〈歸田賦〉，仲長統（180-
220）的〈樂志論〉，曹丕（187-226）的〈與吳質書〉，石崇（249-300）
的〈思歸引序〉和〈金谷詩序〉，孫綽（314-371）的〈遂初賦序〉和
〈三月三日蘭亭詩序〉，以及王羲之（321-379）的〈三月三日蘭亭詩
序〉等等讚美遁跡自然的文獻。其所表達的思想，歸納起來，有如下
數端：首先，這些文獻都表現出對與華幕鐘鼓的帝王之門迥然不同的
田園山野世界之祈嚮。其次，與魏晉以來詩人對生命和死亡進行哲思

的潮流一致，三國曹丕的〈與吳質書〉以還的文獻亦凸顯了遷逝之
感。並由此而重新發現了生命的價值：

> 每念昔日南皮之遊，誠不可忘。……浮甘瓜於清泉，沉朱李
> 於寒水。白日既匿，繼以朗月，同乘並載，以遊後園。輿輪
> 徐動，參從無聲。清風夜起，悲笳微吟，樂往哀來，淒然傷
> 懷。余顧而言：「斯樂難常……節同時異，物是人非，我勞
> 如何？」[9]
>
> 爲復於曖昧之中，思縈拂之道，屢借山水以化其鬱結，永一
> 日之足，當百年之溢。[10]
>
> 雖趨捨萬殊，靜躁不同，當其欣於所遇，暫得於己，快然自
> 足，不知老之將至。……每覽昔人興感之由，若合一契，未
> 嘗不臨文嗟悼，不能喻之於懷。固知一死生爲虛誕，齊彭殤
> 爲妄作。後之視今，亦猶今之視昔。……雖世殊事異，所以
> 興懷，其致一也。[11]

此處，由遷逝之感而珍貴林下之遊中片刻心境的自足。只在這種快然
自足的審美體驗中時間憂患才被超越。此種解脫的思想淵源是什麼
呢？張衡在〈歸田賦〉自稱是「感老氏之遺誡，將迴駕乎蓬廬」，仲
長統在〈樂志論〉中也說是「思老氏之玄虛」，孫綽在〈遂初賦序〉

9　曹丕，〈與吳質書〉，《全三國文》卷7，嚴可均校輯《全上古三代秦
　　漢三國六朝文》（北京：中華書局，1991），第2冊，頁1089。

10　孫綽，〈三月三日蘭亭詩序〉，《全晉文》卷61，《全上古三代秦漢
　　三國六朝文》，第2冊，頁1808。

11　王羲之，〈三月三日蘭亭詩序〉，《全晉文》卷26，《全上古三代秦
　　漢三國六朝文》，第2冊，頁1609。

中亦謂「少慕老莊之道，仰其風流久矣」。但在王羲之那裡，時間憂患的超越卻與儒家同情同感的生命意識不無關係[12]。

值得提出的是：這個被祈嚮的自然世界從不乏人間情味。它或許小視君臣之義，卻珍重父子、夫妻之情。這種觀念自楊惲即已開始，他的〈報孫會宗書〉描述了一個無須富貴的行樂人生：

> 田家作苦，歲時伏臘，烹羊炰羔，斗酒自勞。家本秦也，能為秦聲。婦趙女也，雅善鼓瑟。奴婢歌者數人。酒後耳熱，仰天拊缶，而呼烏烏。其詩曰：田彼南山，蕪穢不治，種一頃豆，落而為萁。人生行樂耳，須富貴何時？是日也，拂衣而喜，奮袖低卬，頓足起舞，誠淫荒無度，不知其不可也。[13]

這是真正的田家樂。而張衡在唱出「苟縱心於物外」高調的同時，卻要「追漁父以同嬉」，「將迴駕乎蓬廬，彈五弦之妙指，詠周孔之圖書」[14]。仲長統之所樂是：

> 養親有兼珍之膳，妻孥無苦身之勞；良朋萃止，則陳酒肴以娛之；嘉時吉日，則烹羔豚以奉之。躕躇畦苑，遊戲平林，濯清水，追涼風，釣游鯉，弋高鴻。諷於舞雩之下，詠歸高

---

12 詳張淑香，〈抒情傳統的本體意識——從理論的演出解讀蘭亭集序〉，《抒情傳統的省思與探索》（台北：大安出版社，1992），頁49。

13 見《全漢文》卷32，《全上古三代秦漢三國六朝文》，第1冊，頁303。

14 〈歸田賦〉，《全後漢文》卷53，《全上古三代秦漢三國六朝文》，第1冊，頁769。

堂之上。……豈羨夫入帝王之門哉？[15]

這已經很接近後來陶潛田園詩中的境界了。而曹丕〈與吳質書〉所描
繪的場合則是其本人〈遊芙蓉池〉以及謝混〈遊西池〉一類宮廷園林
(銅雀臺、西池)宴遊詩的世界。與此接近的是石崇〈思歸引序〉和
〈金谷詩序〉以及孫、王的〈三月三日蘭亭詩序〉，兩者同樣表現了
別墅或園林中文人和高官的宴集。而從詩史本身而言，宴遊詩是山水
詩的兩個源頭之一[16]。

　　以上兩類文獻及相對應的詩歌世界——儘管一爲田家式的隨遇而
安，一爲貴族的雅集冶遊——兩者卻有共同之處，即所描繪或所嚮往
的皆是人類社會世界(市鎮、宮廷、官邸)的周邊之景，正是所謂「會
心處，不必在遠。翳然林水，便有濠濮間想也」[17]。仲長統志在「使
居有良田廣宅，背山臨流，溝池環市，竹木周布，場圃築前，果園樹
後」；曹丕懷念的是「馳騖北場，旅食南館……同乘並載，以遊後
園」；石崇自稱「篤好林藪」，卻要「肥遁於河陽別業」，「其製宅
也，卻阻長堤，前臨清渠……有觀閣池沼，多養魚鳥；家素習技，頗
有秦趙之聲；出則以遊目弋釣爲事，入則有琴書之娛」[18]；孫綽的夢
想是「經始東山，建五畝之宅，帶長阜、倚茂林」[19]。金谷園是「去

15　〈樂志論〉，《全後漢文》卷89，《全上古三代秦漢三國六朝文》，第
　　1冊，頁956。
16　詳見趙昌平，〈謝靈運與山水詩起源〉，載《中國社會科學》1990年
　　第4期，頁79-94。
17　《世說新語‧言語》，見余嘉錫《世說新語箋疏》(北京：中華書局，
　　1983)上卷上，頁120-121。
18　〈思歸引序〉，《全晉文》卷33，《全上古三代秦漢三國六朝文》，第
　　2冊，頁1650。
19　〈遂初賦序〉，《全晉文》卷61，《全上古三代秦漢三國六朝文》，第

城十里⋯⋯有清泉、茂林、眾果、竹柏、藥草之屬，金田十頃、羊二百口，雞豬鵝鴨之類，莫不畢備；又有水碓、魚池、土窟，其為娛樂歡心之物備矣」[20]。蘭亭雅集的環境被描繪成「有崇山峻嶺，茂林修竹；又有清流激湍，映帶左右」，其實是「太守王羲之、謝安兄弟數往造焉」[21]、號稱「蘭上里」的一處郊邑園林。上文提到的這些文獻中的人間情味正與其空間本身的社會周邊性相關。它們在情調上與伊壁鳩魯思想影響下的西方牧歌不無相似之處。錢鍾書曾以仲長統和王獻之、謝靈運的區別為例，說明「田園安穩之意」與「景物流連之韻」不同[22]。本章進一步藉遠離人寰的荒野之景和人類社會周邊之景，以分辨中國中古文學中廣義自然主題中的不同世界。

　　作為歷代論者目中的山水詩不祧之祖，謝客的特異之處在於：他或許是最早指出遠離人寰的山林如何區別於人類社會周邊的詩人[23]。而這種區分，則直接來自他與佛教的精神關聯。他在〈山居賦並序〉中寫道：

（續）──────────
　　　　2冊，頁1807。
　20　〈金谷詩序〉，《全晉文》卷33，《全上古三代秦漢三國六朝文》，第
　　　　2冊，頁1651。
　21　酈道元，《水經注》卷40，《文淵閣四庫全書》（台北：臺灣商務印書
　　　　館，1986），第573冊，頁590。
　22　《管錐篇》（北京：中華書局，1979），第3冊，頁1036-1038。
　23　或許此前只有與孫綽〈天台山賦〉在說明何以此山「事絕於常篇」時
　　　　提到的「始經鬼魅之塗，辛踐無人之境，舉世罕能登陟，王者莫由禋
　　　　祀」的天台世界，差可比擬。但作此賦時的晚年孫綽已不是作〈遂初
　　　　賦〉的青年孫綽，如蜂屋邦夫所說，其時他已入仕，並追求佛教的包
　　　　攝一切的思辨體系。可以肯定，〈天台山賦〉並非出自實感，小尾以
　　　　為是代表仙佛混同的孫綽看圖空想的產物，正如佛教只是用於「保障
　　　　心境和生活的、思辨形式上的構造」而已。詳見蜂屋邦夫，〈孫綽的
　　　　生平和思想〉，趙怡譯文載《道家思想與佛教》（瀋陽：遼寧教育出版
　　　　社，2000），頁114-153。

古巢居穴處曰岩棲，棟宇居山曰山居，在林野曰丘園，在郊
郭曰城傍，四者不同，可以理推。言心也，黃屋實不殊於汾
陽。即事也，山居良有異乎市廛。……

若夫巢穴以風露貽患，則《大壯》以棟宇袪弊；宮室以瑤琁
致美，則百賞以丘園殊世。惟上托於岩壑，幸兼善而罔滯。
雖非市朝而寒暑均也，雖是構築而飾樸兩逝。昔仲長願言，
流水高山；應叟作書，邙阜洛川。勢有偏側，地闕周員。銅
陵之奧，卓氏充鈆槻之端；金谷之麗，石子致音徽之觀。徒
形域之蒼蔚，惜事異於棲盤。至若鳳、叢二臺，雲夢、青
丘、漳渠、淇園、橘林、長洲，雖千乘之珍苑，孰嘉遁之所
遊。且山川之未備，亦何議於兼求。……選自然之神麗，盡
高棲之意得。……謝平生於知遊，棲清曠於山川。[24]

此處謝靈運特別標舉「山居」以區別人類社會周邊的「丘園」和「城
傍」。「山居」如「岩棲」一樣上托於岩壑，卻可免卻風露之患。以
「山居」對比仲長統所夢想的良田廣宅，和應璩〈與程文信書〉所欲
求的南臨洛水、北據芒山的「遠田」[25]，則「山居」地具「周員」；
以「山居」對比卓王孫臨邛山川和石崇的金谷園，則「山居」有「棲
盤」之意；至於「山居」勝「千乘之珍苑」處，則因後者本「非幽人
憩止之鄉」。由這段文字，吾人不難了然：謝靈運所追求的山水世
界，與上文引述的文獻裡所祈嚮的人類社會周邊的閒靜居所和優美風
景根本不同，兩者不應簡單地以同一現代詞彙「自然」去界定。

24　顏紹柏，《謝靈運集校注》（鄭州：中州古籍出版社，1987），頁318-320。
25　《全三國文》卷30，《全上古三代秦漢三國六朝文》，第2冊，頁
　　1221。

　　在這段文字中，「神麗」和「清曠」兩個詞已透露出佛教影響的消息。「神麗」留待本章第三部分去討論。「清曠」是謝靈運概括遠離人寰山林特徵的用語。謝詩亦屢屢言及「昭曠」、「開曠」、「迥曠」、「野曠」和「清曠」。「清曠」即清淨和恢廓曠蕩，正是大乘佛經所描寫諸佛國土不同凡塵的特徵。如《妙法蓮花經・見寶塔品》寫佛放白毫一光，即見東方五百萬億諸佛國土，「時娑婆世界即變清淨……無諸聚落村營城邑」[26]。《佛說無量壽經》中佛語阿難：法藏比丘所修佛國「開廓廣大超勝獨妙」，又謂法藏菩薩今成佛，其佛國土「恢廓曠蕩不可限極」[27]。如此廣袤的空間(以及時間)是中國固有文化中所不曾有的。如許里和所說，正是佛教拓展了信徒們的心靈視界，「而在某種程度上將中國思想從社會哲學的偏嗜中解脫出來」[28]。「清曠」一詞的背後正是此一被佛教拓展的廣袤心靈視界。

　　在〈山居賦〉以下的文字中，作者更直接揭示出這一不同於世俗人寰的清曠之山林與其佛教信仰的關聯：

> 山野昭曠，聚落膻腥。故大慈之弘誓，拯群物之淪傾。豈寓地而空言，必有貸以善成。欽鹿野之華苑，羨靈鷲之名山。企堅固之貞林，希庵羅之芳園。雖絺容之緬邈，謂哀音之恆存。建招提於幽峰，冀振錫之息肩。庶鐙王之贈席，想香積之惠餐。[29]

26　鳩摩羅什(譯)，《妙法蓮花經》，《大正新修大藏經》(台北：新文豐出版公司，1983)，第9冊，頁33。

27　同上書，第12冊，頁269。

28　*The Buddhist Conquest of China: The Spread and Adaptation of Buddhism in Early Medieval China* (Leiden: E.J. Brill, 1959), vol. 1, p. 268.

29　《謝靈運集校注》，頁327。

這裡，謝靈運由山居想到「大慈之弘誓」，即釋迦牟尼遠離王宮，進入叢林修道、終在佛陀伽耶的菩提樹下成佛的事跡。「豈寓地而空言，必有貸以善成」，是說地域的「昭曠」對得道十分重要。故而他又反覆說明其選擇山居，是因欽慕釋尊向五比丘初轉法輪的「鹿野園」（Mgadāva），嚮往佛在天雨曼陀羅之中宣講《法華》、《無量壽》等經的靈鷲山(Grdhrakūta)，以及見證佛陀入涅槃的娑羅樹木，和佛陀教化女子菴婆羅的「菴羅樹園」。他又將在石壁幽峰之上修建招提精舍，招待過往僧侶，比作貧女一鐙和香積如來供養釋迦牟尼佛。謝氏「山居」顯然具有時時回顧佛祖人世生命中幾處山林環境的意味，有其對原始佛教山林傳統的祈嚮。當然，謝靈運在賦中也談到「冀浮丘之誘接，望安期之招迎」的「仙學者」，以爲其「雖未階於至道，且緬絕於世纓」[30]。他的〈王子晉贊〉和〈羅浮山賦〉也都顯示了與道教洞天說的聯繫。這一仙、佛之間的關聯，正是本章以下要展開的主題。謝客對佛教山林傳統的崇信和執著，不可謂不深，以致死於非命前所詠〈臨終〉詩不僅以「正覺」自許，且以「恨我君子志，不獲岩上泯」表達了未能如摩訶迦葉入滅狼跡山那樣在山岩上入滅的遺憾[31]。「靈鷲山」這一意象亦一再出現在其詩作〈舟向仙岩尋三皇井仙跡〉、〈過瞿溪山飯僧〉、〈石壁立招提精舍〉以及〈廬山慧遠法師誄序〉中。史書和詩評中早有謝客「尋山陟嶺，必造幽峻，岩嶂千重，莫不備盡」[32]，「置心險遠，探勝孤遐」[33]的說法，今人

---

30 《謝靈運集校注》，頁328。
31 參見黃節，《謝康樂詩注》（台北：藝文印書館），頁186。
32 沈約，《宋書》卷67(北京：中華書局，1983)，第6冊，頁1775。
33 陳祚明，《采菽堂古詩抄》卷17，康熙刊本。

亦屢言及其「所寫大都可謂『人境之外』」[34]，「遊覽山水，好搜剔
深遠，取人所罕至的深山大壑」，所「描繪的山水，亦窅冥迥深，呈
生新幽奇之美」[35]，但這個特點，卻應從謝氏祈嚮的佛教山林傳統去
理解。

　　然而，謝靈運對冀望浮丘、安期的仙學者之寬容，卻提醒吾人另
一支描寫遠離人寰世界的傳統對山水詩發生的意義。不少文學史提到
「招隱」和遊仙傳統與日後山水詩的關係。西晉時期曾有五位詩人寫
過招隱詩。如侯思孟所說：除早期的張華(232-300)而外，都將《楚
辭》〈招隱士〉的規勸隱者離開山林的主題變成為對山林隱逸的讚
美[36]。但五人中，僅左思(250-308)和陸機(261-303)真正描寫了隱者
的環境之美。而描寫主要是對隱者清奇人格的烘托，並非為景物本
身。被描寫的景物亦恐非出自作者直接經驗，而是出自總體印象和想
像。郭璞(276-324)《遊仙十九首》的前三篇以宣示「靈谿可潛盤，
安事登雲梯」成為上述招隱詩傳統的新發展，或招隱和遊仙的結合。
此處由「綠蘿結高林，蒙籠蓋一山」這樣的野外描寫透出的消息是：
山中美景即是仙境。日後王韶之以名山為「神境」，陶弘景以美山水
為「欲界之仙都」，劉峻以東陽山為「神居奧宅」和玉山、瑤池，皆
以此為嚆矢。葛曉音以郭象用「山林」解「藐姑射之山」為此觀念之
背景[37]。但更重要的背景應是興起於魏晉時代的道教洞天說。以德國

34　王鍾陵，《中國中古詩歌史》（南京：江蘇教育出版社，1988），頁
　　631。
35　詹福瑞，《走向世俗──南朝詩歌思潮》（天津：百花文藝出版社，
　　1995），頁57-58。
36　Donald Holzman, *Landscape Appreciation in Ancient and Early Medieval
　　China* (Hsin-chu: National Tsing Hua University, 1996), pp. 112-113.
37　見其《山水田園詩派研究》（瀋陽：遼寧大學出版社，1993），頁18-19。

學者鮑爾(Wolfgang Bauer)的話說：「這是個實際上將仙境帶到更接
近眞實世界的運動……[仙境]由此基本上成爲了普通人居住世界的一
部分。」[38]在此背景下，正如袁相、根碩的「仙鄉」不同於漢武帝的
十洲三島和崑崙一樣，郭璞的「遊仙」亦不同於曹植的「遊仙」。然
無論如何，作品的中心是對象化的「道士」和「山林客」：

> 青谿千餘仞，中有一道士。雲生梁棟間，風出窗戶裡。……
> 綠蘿結高林，蒙籠蓋一山。中有冥寂士，靜嘯撫清弦。放情
> 凌霄外，嚼蕊挹飛泉。[39]……

顯然，占據視境中心的是萬綠叢中的山林隱士，其位置比左思〈招隱
詩〉中以烘托手法寫出的隱者還要顯豁。所以，儘管後期「招隱」和
郭璞「遊仙」開始對遠離人寰的山林作出了一些正面的描寫，它們卻
並非具備眞正遊賞動機的山水詩。畢竟，道教和神仙家的世界是赤
松、王喬的人物世界，更富敘事情調和人物化的世界。

而山水詩眞正動機的形成，有待於詩人視覺饜飫山川之美的要
求。這在被范文瀾視爲最早山水詩人東晉庾闡[40]的詩中出現了：

> 心結湘川渚，目散沖霄外。清泉吐翠流，綠醴漂素瀨。悠想
> 盼長川，輕瀾渺如帶。

38　見其 *China and the Search for Happiness: Recurring Themes in Four
　　Thousand Years of Chinese Cultural History*, trans. Michael Shaw（New
　　York: The Seabury Press, 1976）, p. 190.

39　逯欽立輯校，《先秦漢魏晉南北朝詩》（北京：中華書局，1983），中
　　冊，頁865。

40　見其《文心雕龍注》（北京：人民文學出版社，1978），上冊，頁92，注34。

——庾闡〈三月三日詩〉

命駕觀奇逸，徑騖造靈山。……妙化非不有，莫知神自然。
翔霄拂翠嶺，綠澗漱巖間。手澡春泉潔，目翫陽葩鮮。

——庾闡〈觀石鼓詩〉

拂駕升西嶺，寓目臨浚波。……回首盼宇宙，一無濟邦家。

——庾闡〈登楚山詩〉

北眺衡山首，南睨五嶺末。寂坐挹虛恬，運目情四豁。翔虯
凌九霄，陸鱗困漂沫。未體江湖悠，安識南溟闊。

——庾闡〈衡山詩〉[41]

庾闡登山的動機很可能與採藥求仙有關，雖然他也受到佛教影響[42]。
其詩今存二十首(其中有十首是遊仙)，竟處處充斥著「採藥靈山」、
「疏煉石髓」、「雲英玉蕊」、「芳谷丹芝」、「咀嚼六氣」一類語
彙。小尾郊一曾引《抱朴子‧金丹》中「若有道者登之，則此山神必
助之為福，藥必成。」[43]一段話說明：採仙藥必入正神名山的觀念推
動了遊覽山水的風氣[44]。庾闡的詩正是循此和郭璞《遊仙詩》的思
路，以山中美景為仙境靈山而極盡視覺的美感享受。此處已見到鄭毓
瑜所言日後文苑變化的一點端倪：「山水詩在創作的出發點『觀物』
之上，就已經以『寓目』轉化了原來以人為主的『感興』。」[45]以即

---

41 《先秦漢魏晉南北朝詩》，中冊，頁873-874。
42 饒宗頤曾提到此點，見其〈文心與阿毗曇心〉，《文轍》(台北：學生
書局，1991)，上冊，頁376。
43 《抱朴子》，《諸子集成》(第8冊)本(上海書店，1987)，頁20-21。
44 《中國文學中所表現的自然與自然觀》，頁157-158。
45 〈觀看與存有——試論六朝由人倫品鑒至於山水詩的寓目美學觀〉，逢
甲大學中文系編，《中國文學理論與批評論文集》(台北：新文豐出版

形見貌而進行人倫品鑒或以松風清岩方人物神貌的「視感文化」，已開始轉移爲對松風清岩本身的品鑒。向、郭玄學倡言遊外而冥內、無心而順有觀念對士人思想風氣的影響亦於此可見。「妙化非不有，莫知神自然」豈非玄智觀照下的「無言獨化」的自然？其中「輕禽翔雲漢，遊鱗憩中沚」，「清泉吐翠流，綠醲漂素瀨」，「翔虯凌九霄，陸鱗困漂沫」……一派「物暢其性，各安其所」的景象。這裡也有「冥合」，但那是肯認「自別」（「夫物物自分，事事自別」[46]）而後又忘其彼此的「冥」（志村良治所謂「物我之間有階段之隔」），即所謂「萬物雖異，至於生不由知，則未有不同者也，故天下莫不芒也」[47]，或所謂「聖人不顯此以耀彼，不捨己而逐物，從而任之，各宜其所能，故曲成而不遺也」[48]。上引諸詩當然可看作早期山水詩，但這絕與日後謝靈運的山水詩不同。此處尚無小尾郊一所說因觀看山水而「感動」的意味[49]，觀賞山水尚未被賦予和生命終極性相關的近乎「莊嚴」的意義。而這即是郭象玄學與大乘佛教的區別。

二、佛教山林化與支遁的山林詩境

　　向以謝靈運爲不桃祖的山水詩的發生，是與東晉咸康末年開始的

（續）————————————
　　　　公司，1995），頁242。
46　郭象，《莊子注・齊物論》，《莊子集釋》（《諸子集成》第3冊本），頁41。
47　同上書，頁29。
48　同上書，頁37。
49　《中國文學中所表現的自然與自然觀》，邵毅平譯（上海：上海古籍出版社，1989），頁121。

名僧東下、佛教山林化的運動[50]相關的。最初的起因是庾冰(296-
344)的排佛、代帝作詔書謂佛教「矯形骸，違常務」，「遠慕芒昧，
依稀未分，棄禮於一朝，廢教於當世」[51]。而最終則體現了不同於印
度大乘的特點：更強調遁入山林的自度之路和隨緣接眾，應機說法[52]。
名僧由建康徙之山林，去向多在會稽和剡水流域。《高僧傳》中有不
少例證：

> 竺潛，字法深，姓王，琅瑯人，晉丞相武昌郡公敦之弟
> 也。……中宗肅祖昇遐，王庾又薨，乃隱跡剡山，以避當
> 世，追蹤問道者，已復結旅山門。……至哀帝好重佛法，頻
> 遣兩使殷勤徵請……潛雖從運東西，而素懷不樂，乃啓還剡
> 之仰山，遂其先志，於是逍遙林阜，以畢餘年。支遁遣使求
> 買仰山之側沃洲小嶺，欲爲幽棲之處，潛答云：「欲來輒
> 給，豈聞巢、由買山而隱？」[53]
> 支遁，字道林，本姓關氏，陳留人，或云河東林慮人。……
> 投跡剡山，於沃洲小嶺立寺行道，僧眾百餘，常隨稟
> 學。……晚移石城山，又立棲光寺。宴坐山門，遊心禪苑，
> 木食澗飲，浪志無生。……至晉哀帝即位，頻遣兩使，徵請

50　許里和說：「早期中國佛教從一開始就明顯表現出是一種城市現
　　象。」*The Buddhist Conquest of China*, p. 60.本章所謂「佛教山林化」是
　　相對上述城市現象而言。

51　見《弘明集》卷12，《大正新修大藏經》，第52冊，頁79。有關歷史
　　背景，請參見湯用彤，《漢魏兩晉南北朝佛教史》(北京：中華書局，
　　1983)，上冊，頁129-131。

52　詳楊惠南，《禪史與禪思》(台北：東大圖書公司，1995)，頁9-10。

53　釋慧皎，《高僧傳》，湯用彤校注(北京：中華書局，1997)卷4，頁
　　156-157。

出都……遁淹留京師，涉將三載，乃還東山。……既而收跡
剡山，畢命林澤。[54]

于法蘭，高陽人。……聞江東山水，剡縣稱奇，乃徐步東
甌，遠矚雲嶧，居於石城山足，今之元華寺是也。[55]

于法開……還剡石城，續修元華寺，後移白山靈鷲寺。[56]

竺法崇……後還剡之葛峴山，茆菴澗飲，取欣禪慧，東甌學
者，競往湊焉。……時剡東仰山，復有釋道寶者。[57]

竺法義……支晉興寧中，更還江左，憩於始寧之保山，受業
弟子常有百餘。[58]

竺法曠，姓皋，下邳人，寓居吳興……晉興寧中，東遊禹
穴，觀矚山水。始投若耶之孤潭，欲依巖傍嶺，棲閒養志，
郗超、謝慶緒並結居塵外。[59]

釋慧虔，姓皇甫，北地人也。……以晉義熙之初，投山陰嘉
祥寺。[60]

竺曇猷，或云法猷，敦煌人。……止剡之石城山，乞食坐
禪。[61]

帛僧光，或云曇光……晉永和初，遊於江東，投剡之石城
山。[62]

---

54 《高僧傳》，卷4，頁163。
55 同上書，卷4，頁166。
56 同上書，卷4，頁168。
57 同上書，卷4，頁171。
58 同上書，卷4，頁172。
59 同上書，卷5，頁205。
60 同上書，卷5，頁209。
61 同上書，卷11，頁403。
62 同上書，卷11，頁402。

上述名僧隱跡的所在，也就是後來謝靈運在始寧時期遊蹤所及的由會
稽郡沿剡水(曹娥江)溯流而上至嶀嵊、沃洲、天姥的地域。此地的山
川風物之美，在大畫家顧長康的目中是「千岩競秀，萬壑爭流，草木
蒙籠其上，若雲興霞蔚」[63]。值得提出的是：這裡亦是北來上層士族
文化高門殖產興業和居住之地[64]，是東晉名士如謝安、謝玄、謝朗、
王羲之、王徽之、王獻之、許詢、孫綽、戴逵等人「拂衣五湖裡」的
隱居逍遙之所。唐人白居易故有所謂十八高僧居此，十八高士名人遊
止於此的說法：

> 東南山水越為首，剡為面，沃洲、天姥為眉目。夫有非常之
> 境，然後有非常之人棲焉。晉、宋以來，因山洞開，厥初有
> 羅漢僧西天竺人白道猷居焉，次有高僧竺法顯、支道林居
> 焉。次又有乾、興、淵、支、遁、開、威、蘊、崇、實、
> 光、識、斐、藏、濟、度、逞、印，凡十八僧居焉。高士名
> 人有戴逵、王洽、劉恢、許玄度、殷融、郗超、孫綽、桓彥
> 表、王敬仁、何次道、王文度、謝長霞、袁彥伯、王蒙、衛
> 玠、謝萬石、蔡叔子、王羲之凡十八人，或遊焉，或止焉。
> 故道猷詩云：「連峰數千里，修林帶平津。茅茨隱不見，雞
> 鳴知有人。」謝靈運詩云：「暝投剡中宿，明登天姥岑。高
> 高入雲霓，還期安可尋？」蓋人與山相得於一時也。[65]

---

63 余嘉錫，《世說新語箋疏》(北京：中華書局，1983)上卷上，頁143。
64 詳見陳寅恪，〈晉代人口的流動及其影響〉，萬繩南(整理)，《陳寅
  恪魏晉南北朝史講演錄》(台北：雲龍出版社，1996)，頁131-164。
65 白居易,〈沃洲山禪院記〉，朱金城(箋校)，《白居易集箋校》卷68(上
  海：上海古籍出版社)，凡6冊，第6冊，頁3684-3685。

因此，名僧的東下會稽剡山，也就有名僧和林下名士的往來。世人所謂玄、佛的合流，佛教的士大夫化於此得以深化。而山水詩的產生，也正是玄、佛以及仙(道教)合流的結果，或謂佛教與郭象莊學所開發的審美人生態度和內在超越精神結合的產物。這裡一個重要的人物是支遁(314-366)。

《世說》中不乏支道林與會稽諸名士謝安、王羲之、許詢、孫綽等共遊處，「出則漁弋山水，入則談說屬文」[66]的記敘。而支道林能爲〈逍遙遊〉「標揭新理」，更使其成了王羲之的座上客。近人沈曾植又以支氏爲「康樂總山水莊老之大成」的「開其先」者[67]。這一點頗爲今人所忽略。在支氏的詩中，也展現了一個山林世界，其中亦有一幽人。句法使人想到郭璞《遊仙詩》前三篇的影響：

> 晞陽熙春圃，悠緬嘆時往。感物思所託，蕭條逸韻上。尚想天台峻，彷彿巖階仰。泠風灑蘭林，管瀨奏清響。霄崖育靈藹。神蔬含潤長，丹沙映翠瀨。芳芝曜五爽。苕苕重岫深，寥寥石室朗。中有尋化士。外身解世網。抱朴鎮有心，揮玄拂無想……
>
> ——〈詠懷五首〉其三
>
> 雲岑竦太荒，落落英岊布。迴壑佇蘭泉，秀嶺攢嘉樹。蔚薈微遊禽，崢嶸絕蹊路。中有沖希子，端坐摹太素……

66　《世說新語‧雅量》第28則注引《中興書》，《世說新語箋疏》中卷上，頁369。

67　〈與金潛盧太守論詩書〉，《瀘湖遺老集》卷首，民國戊辰刻本，頁1下。

——〈詠禪思道人〉[68]

好像傳說中的廬山仙人可以在湛方生的〈廬山神仙詩〉中被悄悄變化成「沙門」一樣，郭璞的隱逸仙人變成了禪思道人。由此亦可看出支遁和神仙傳統的關聯。支遁宣稱自己「有掘藥之懷，遂便集巖水之娛」[69]，也透露出神仙思想。晉太和年間與竺道壹在若耶山往還的帛道猷亦有此好[70]。另一方面，與支遁交遊的孫綽則以「泯色空以合跡，忽即有而得玄」這樣玄佛合一的語言，為抒發其祈嚮「羽人」、「不死之福庭」的〈天台山賦〉作結。對本章的論題而言，這都是下文要展開的仙、佛交匯的證據。

　　然而比之郭璞遊仙中的隱遁棲所，支遁的詩(以及孫綽的〈天台山賦〉)展開了一個更為蠻荒亦更為寥廓的山林世界，當然也是上文所強調的遠離人寰的世界(孫綽所謂「鬼魅之塗」和「無人之境」)。詩人對此著墨更多，似乎經過重重山岫岊曲，才接近了隱匿深山的道人，他似乎更冥跡於雲岑之中。愈使人感到山林本身的意義，正如詩人在上引第二篇的序中所說言：

　　　　圖嚴林之絕勢，想伊人之在茲……。

這寥廓的山林雲岑和冥跡其中的坐禪道人，明白無誤地指示出佛教森林居住僧的傳統。森林居住僧本身即以禪定而非義學為主。部派以前的佛教種種傳說也縈繞著山林：付法藏第一祖摩訶迦葉在雞足山三座

68　《先秦漢魏晉南北朝詩》，中冊，頁1081，頁1083。

69　〈八關齋詩序〉，《先秦漢魏晉南北朝詩》，中冊，頁1079。

70　《高僧傳》卷5，頁207。

山峰間入定，以待彌勒出世，最後被開闢的山巒神秘地擁去；釋尊在優流曼陀山(Urumunda)告知阿難：付法藏第三祖將在此轉妙法輪；而前世曾是此山中一隻猴子的優婆麴多(Upagupta)，將在佛陀入滅後百年，在此弘法並成為付法藏第四祖。而佛教黃金時代的這最後一祖，則是一位森林僧。《高僧傳》中的竺曇猷也應當是一森林僧，雖然未寫到是否蓄著長髮：

> 竺曇猷，或云法猷，敦煌人。少苦行，習禪定。後遊江左，止剡之石城山，乞食坐禪。……後移始豐赤城山石室坐禪。有猛虎數十，蹲在猷前，猷誦經如故。一虎獨睡，猷以如意扣虎頭，問何不聽經？俄而群虎皆去。有頃，壯蛇競出，大十餘圍，循環往復，舉頭向猷，經半日復去。……赤城山山有孤巖獨立，秀出千雲。猷搏石作梯，升巖宴坐，接竹傳水，以供常用，禪學造者十有餘人。王羲之聞而故往，仰峰高挹，致敬而反。赤城巖與天台瀑布、靈溪四明並相連屬。而天台懸崖峻峙，峰嶺切天，古老相傳云：上有佳精舍，得道者居之，雖有石橋跨澗，而橫石斷人，且莓苔青滑，自終古以來，無得至者。猷行至橋所，聞空中聲曰：「知君誠篤，今未得度。卻後十年，自當來也。」猷心悵然……道經一石室，過中憩息。俄而雲霧晦合，室中盡鳴，猷神色無擾。……猷每恨不得度石橋，後潔齋累日，復欲更往，見橫石洞開。度橋少許，睹精舍神僧，果如前所說。因共燒香中食，食畢，神僧謂猷曰：「卻後十年，自當來此，今未得

住。」於是得返。看顧橫石，還合如初。……[71]

這個充滿神秘色彩的傳記至少向吾人解釋了支遁以「苕苕重岫深，寥寥石室朗」、「修林暢輕跡，石宇庇微身」等詩句寫出的獨居深山迴壑中的僧人的生活。

在支遁所寫的涉及森林僧人和山林描寫的詩篇中，處處滲透著基於佛教止觀法門的存在意識。籠罩魏晉文人的與遷逝感相關的憂傷之情，被止息寂照的心靈所取代了：

疊疊沉情去，彩彩沖懷鮮。踟躕觀象物，未始見牛全。
　　　　　　　　　　　　　　——〈詠懷五首〉其一
慨矣玄風濟，皎皎雜染純。……靈溪無驚浪，四岳無埃塵。……崇虛習本照，損無歸昔神。曖曖煩情故，零零沖氣新。
　　　　　　　　　　　　　　——〈詠懷五首〉其三
投一滅官知，攝二由神遇。
　　　　　　　　　　　　　　——〈詠禪思道人〉

這裡透露出對時間和生命存在憂患的全然不同的超越方式。但必須承認：支遁畢竟未寫出僅止為了尋幽探勝的真正山水詩，他未能脫離郭璞結合招隱和遊仙的框架。除卻詩歌發展本身的原因而外，亦有其佛學觀念方面的原因。無論是支遁的〈觀妙章〉所說的「色不自有，雖色而空」，抑或其〈大小品對比要妙序〉所說的「無物於物……齊萬

71　《高僧傳》卷11，頁403-404。

物於空同」[72]，又或〈善思菩薩讚〉所謂「即色自然空」[73]，其強調的均是《心經》中兩句名言中偏重認知義的「色即是空」，而非偏重實踐義的「空即是色」。或借用柳田聖山的說法，支遁的即色義「其底子是本體論的思路」[74]。依蜂屋邦夫對僧肇〈不眞空論〉的分析，則是：「即色義認爲色因其在現實中的有限性而被否定，並存在著超越現實的至無這一本體界，遊於本體界即是空的思想所帶來的解脫。」[75]而「空即是色」依吳汝鈞之說，正在於得使「空之本性呈現在現象世界中，要獲得空的眞理……[遂]不可離開現象世界到另一虛無縹渺的境界中去體證空的眞理。」[76]所以，僅僅強調「色即是空」並不足以推動流連於山林之間。

支遁與山水詩後來的發展另外相關的是他的馳心彌陀淨土。他請匠人繪製阿彌陀佛像，在〈像讚〉的序中寫道：「諷誦阿彌陀佛經，誓生彼國。不替誠心者，命終靈逝，化往之彼，見佛神悟，即得道矣。」[77]下文將展示：這也可謂是隨淨土信仰發生的一種「觀想」的「開其先者」。

三、慧遠和廬山僧團的「山水佛教」

東晉時代，所謂佛教山林化運動的另一中心是江右慧遠(334-417)的廬山僧團。太和二年(367)，即支遁死後第二年，由襄陽南下

---

72 《全晉文》卷157，《全上古三代秦漢三國六朝文》，第3冊，頁2366。
73 同上書，頁2370。
74 《中國禪思想史》，頁89。
75 〈老莊思想與空〉，雋雪艷譯，見《道家思想與佛教》，頁12。
76 吳汝鈞，《印度佛學的現代詮釋》(台北：文津出版社，1994)，頁72-73。
77 《全晉文》卷157，《全上古三代秦漢三國六朝文》，第3冊，頁2369。

的慧遠東止廬山。太元十一年(386)，即謝靈運出生後第二年，慧遠
於廬山立東林寺。慧遠僧團的佛教生活有兩個特點，其一是彌陀淨土
信仰，其二是對佛的身相的探求和關注。兩者是相互關聯的。又都與
本章的論題有關。

　　慧遠居廬山之後修習念佛三昧禪法，稱念六字名號，奉持《般舟
三昧經》，期生彌陀淨土。這可由其〈念佛三昧詩集序〉見出：

> 夫稱三昧者何？專思寂想之謂也。……又諸三昧，其名甚
> 眾，功高易進，念佛爲先。何者？窮玄極寂，尊號如來，體
> 神合變，應不以方，故令入斯定者，昧然忘知，即所緣以成
> 鑒，鑒明，則內照交映而萬像生焉；非耳目之所暨，而聞見
> 行焉。於是睹夫淵凝虛鏡之體，則悟靈根湛一，清明自
> 然。……以茲而觀，一覿之感，乃發久習之流覆，割昏俗之
> 重迷。[78]

由於《般舟三昧經》以「念無量壽佛土諸佛三昧常現在前」[79]，稱念
導致對佛的身相的異乎尋常的關注。在慧遠向鳩摩羅什就教的《大乘
大義章》中，亦反覆提出對於佛的身相之困惑：

> 遠問曰：佛於法身中爲菩薩說經，法身菩薩乃能見之。如此
> 則有四大五根。若然者，與色身復何差別，而云法身耶？經
> 云法身無去無來，無有起滅，泥洹同像。云何可見？[80]

78　《廣弘明集》卷30，《大正新修大藏經》，第52冊，頁351。
79　《大智度論》卷7，《大正新修大藏經》，第25冊，頁109。
80　《鳩摩羅什法師大義》卷上，《大正新修大藏經》，第45冊，頁122。

遠問曰：眾經說佛形，皆云身相具足，光明徹照，端正無
比，披服德式，即是沙門法像。真法身者，可類此乎？若類
於此，即有所疑。……此像類大同，宜以精粗爲階差耳。且
如來真法身者，唯十住之所見，與群粗隔絕。[81]

遠問曰：三十二相，於何而修？爲修之於結業形？爲修之於
法身乎？……問所緣之佛，爲是真法身佛？爲變化身乎？若
緣真法身佛，即非九住所見。若緣變化，深詣之復何由而盡
耶？若真形與變化無異，應感之功必同。如此復何爲獨稱真
法身佛妙色九住哉？[82]

遠問曰：……若受真法身決，後成佛時，則與群粗永
唯。……如此真法身，正當獨處於玄廓之境。[83]

遠問曰：念佛三昧，般舟經念佛章中說：多引夢爲喻。……
若佛同夢中之所見，則是我相之所囑想相。……若真茲外
應，則不得以夢爲喻。神通之會，自非實相，則有往
來。……爲是定中之佛？外來之佛？若是定中之佛，則是我
想之所立，還出於我了。若是定外之佛，則是夢表之聖人。
然則成會之表，不專在內，不得於夢明矣。[84]

這裡所有的困惑——法身「與色身復何差別？云何可見」？「如來真
法身者」是否「唯十住之所見，與群粗隔絕」？真法身是否「獨處於
玄廓之境」？念佛三昧所見之佛「爲是定中之佛、外來之佛」？——

81　同上書，頁125。
82　同上書，頁127。
83　同上書，頁129。
84　同上書，頁134。

皆是關於佛的不可思議的存在問題，慧遠這樣提問，首先因爲能否親
睹佛的身相對往生淨土如此重要，《佛說阿彌陀經》和《無量壽經》
都談到執持名號、命終時刻有阿彌陀佛現前即能往生極樂世界[85]。
《佛說觀佛三昧海經》有釋尊過去生中在閻浮提諸德山中於禪定中見
到栴檀窟莊嚴如來佛色身，「即時超越那由他恆河沙阿僧祇劫生死之
罪」[86]的事跡。而且，從阿彌陀佛信仰的流傳來看，《佛說觀無量壽
佛經》以描敘「十六觀」所代表的「觀想」佛土和諸佛的思想此時也
應在廬山僧團中傳播，雖然此經於劉宋初才由畺良耶舍譯出[87]。大乘
佛教本身之產生即是以叩問佛的不可思議的存在爲背景的[88]。這裡可
以見到一個與希伯來宗教精神的鮮明對比：希伯來的上帝是只能被聆
聽的而不能目睹的，看到上帝即意味著死亡[89]。而在大乘的淨土信仰
裡，見到無量壽佛則意味著往生光明無量的世界。在記載裡，慧遠的
弟子劉程之和僧濟都曾於氣絕之前見佛。

　　然而，佛之顯現抑或不顯現卻是一雙遮二邊的悖謬，即非的詭
辭。佛本來不能從色身相好見到，佛說：「若以色量我，以音聲尋
我，欲貪所執持，必不能知我。」但佛像的流行，又使大乘初期如來

85　《大正新修大藏經》，第12冊，頁347，272。

86　《佛說觀佛三昧海經》卷9，《大正新修大藏經》第15冊，頁698。

87　此點由古正美博士指出，特此鳴謝。

88　在部派佛教的教理中，佛陀在去世時捨肉身而入於無餘依涅槃界，因
　　此佛陀是不可見的，不可以形象掌握到的。在西元前2至1世紀的薰迦
　　王朝時期，佛傳圖裡只雕刻菩提樹與樹前佛坐的金剛寶座，以表示佛
　　陀存在於此，而未描繪出佛陀的形象。佛像的出現，是由禮拜佛塔而
　　有的觀得佛陀的宗教體驗所導引，而佛塔教團在大乘佛教的興起中扮
　　演了重要角色。由此，西元1世紀的後半的貴霜的犍陀羅雕刻中出現了
　　佛像。見平川彰，《印度佛教史》，莊崑木(譯)(台北：商周出版社，
　　2002)，頁191-241。

89　見 *Judges* 13. 22 in *The Old Testament, John* 1. 18 in *The New Testament.*

藏學有了「法身有色」和「三身」的說法[90]。況《雜阿含經》中釋尊曾對弟子說過誰能見我即見佛法。美國學者伊克爾(Malcolm David Eckel)以為:「佛的同時的不在與示現」,恰如維摩詰以「當於六十二見中求」並使其室包容三萬二千師子座來回答文殊師利「此室何以空」、「空當於何求」的問題一樣,乃以空間去顛覆空間概念本身。他故而藉傅柯所謂「雜界」(heterotopia)去表述佛的示現所在[91]。依照維摩詰之說,觀佛是「不一相,不異相,不自相,不他相,非無相,非取相,不此岸,不彼岸」[92]。

但慧遠的問題本身已透露出中土文化對感性事物的關注。許里和認為「對一具體而可以感知的崇拜對象的需要構成了廬山佛教的特點」[93],雖然一切又必須是不具體感知的。最能體現這一悖謬需要的也許就是義熙八年(412)慧遠在廬山擬造的那竭珂城南山古仙石室中的佛影了。擬造的起因,以謝靈運〈佛影銘序〉的說法,蓋因「法顯道人至自祇洹,具說佛影,偏為靈奇」之故[94]。而法顯的《佛國記》共記載古天竺的兩處佛影。第一處是在那竭城南:

> 那竭城南半由延有石室。博山西南向,佛留影此中。去十餘步觀之,如佛真形,金色相好,光明炳著。轉近轉微,彷彿如有。諸方國王遣工畫師模寫,莫能及。彼國人傳云:千佛盡當

90　詳見印順,《印度佛教思想史》(台北:正聞出版社,1993),頁113。
91　*To See the Buddha: A Philosopher's Quest for the Meaning of Emptiness* (Princeton: Princeton University Press, 1992), P. 63.
92　《維摩詰所說經》卷下,《大正新修大藏經》,第14冊,頁555。
93　Zürcher, *The Buddhist Conquest of China*, p. 220.
94　《謝靈運集校注》,頁247。

於此留影。影西四百步許，佛在時剃髮剪爪。[95]

從謝靈運銘文序所強調法顯描述中佛影的「若有存形」來看，似乎應當是那竭城南的佛影。這個「若有存形」和「轉近轉微，彷彿如有」的佛影，彰顯了印度現代學者蘇蒂(Pudma Sudhi)所說的「佛教的現象主義」：

> 這個世界就是現象的，因而其中沒有什麼是現實的。……某個現象爲主體所見，但卻並非眞實，甚或那夢見這現實現象者亦非眞實的，它眨眼間便發生了變化，這是視覺方位造成的幻象，就像在沙漠中，太陽的光束落在棕櫚樹上，會神奇地在我們的視覺中，創造出棕櫚樹的倒像……這使我們感到水存在於哪裡。[96]

法顯描述的佛影，「如佛眞形，金色相好，光明炳著。轉近轉微，彷彿如有」，顯然與佛經中佛度化龍王的佛影傳說之描繪頗爲一致：

> 時諸小龍合掌叉手，顒請世尊還入窟中。……釋迦文佛踊身入石，猶如明鏡，人見面像，諸龍皆見佛在石內，映現於外。……爾時世尊，結加趺坐在石壁內，眾生見時，遠望則

95　法顯，〈高僧法顯傳〉(〈佛國記〉)，《大正新修大藏經》，第51
　　冊，頁859。
96　見其《印度美學理論》，歐建平(譯)(北京：中國人民大學出版社，
　　1992)，頁95。

見，近則不現。諸天百千供養佛影，影亦説法。[97]

慧遠於廬山模擬那竭珂城洞穴中這件古蹟以復現這個傳說中的世界
時，顯然在渲染上述特點，營造的效果因而是「淡彩圖寫，色疑積
空，望似煙霧，暉相炳曒，若隱而顯」[98]，其目的顯然欲具象地體認
佛的身相的既神秘超驗，又可以示現這樣一種不可思議的存在。慧遠
因此在〈萬佛影銘序〉中寫道：

> 妙尋法身之應，以神不言之化。化不以方，唯其所感；慈不
> 以緣，冥懷自得。譬日月麗天，光影彌暉，群品熙榮，有情
> 同順。咸欣懸映之在己，罔識曲成之攸寄，妙物之談，功盡
> 於此。將欲擬夫幽極，以言其道，彷彿存焉，而不可論。何
> 以明之？法身之運物也，不物物而兆其端，不圖終而會其
> 成。理玄於萬化之表，數絕乎無形無名者也。若乃語其筌
> 寄，則道無不在。是故如來或晦咸跡以崇基，或顯生途而定
> 體，或獨發於莫尋之境，或相待於既有之場。獨發類乎形，
> 相待類乎影。推夫冥寄，為有待耶？為無待耶？自我而觀，
> 則有間於無間矣。求之法身，原無二統，形影之分，孰際之
> 哉？[99]

此處慧遠藉佛影提出他對有關法身是否「可見」、是否「獨處於玄廓
之境」等盤桓心中問題的看法。在他看來，法身之顯現抑或不顯現是

---

97 《觀佛三昧海經》卷7，《大正新修大藏經》，第15冊，頁681。
98 《高僧傳》卷6，頁213。
99 《廣弘明集》卷15，《大正新修大藏經》，第52冊，頁197-198。

一雙遮二邊的悖謬，故而是「不物物而兆其端」、「有間於無間」
（即空於有）、「形影之分，孰際之哉？」他在下面的銘文中亦一再
以「體神入化，落影離形」、「淡虛寫容，拂空傳像，相具體微，
沖姿自朗」去描寫佛影身相冥漠幽微的特點[100]。而他所謂「或獨發
於莫尋之境，或相待於既有之場」則是自己對法身是否「獨處於玄廓
之境」困惑的解答。

　　「相待於既有之場」一語殊值得玩味。此謂法身可憑藉既有的現
象世界來示現。「擬像本山」遂使廬山之山光雲色亦涵容於形影難辨
的佛影之中，下文的銘文中因而有「廓矣大象，理玄無名……迴暉層
岩，凝映虛亭」、「茫茫荒宇，靡勸靡獎……留音停岫，津悟冥
賞」、「託采虛凝，殆映霄霧」[101]等等的說法。佛影臺「背山臨
流」，肯定是構築於比較敞開的山岩上，即如謝靈運所說：「倚岩輝
林，傍潭鑒井，借空傳翠，激光發囧。」[102]謝靈運之後，鮑照曾攀
登和吟詠廬山，其頌佛影亦謂：「形生麗怪，神照潭寂。驗幽以明，
考心者跡。……色丹貌續，留相瓊石。」[103]但這是否那竭珂城佛影
原來的狀貌呢？

　　前引法顯所謂「佛留影此中」。「此中」是指石室中，抑或博山
中？似不明確。6世紀初入天竺那竭城親睹佛影的北魏崇立寺惠生則
記述更詳：

　　　　至瞿羅羅鹿見佛影。入山窟十五步，四面向戶，遙望則眾相

100　同上書，頁954。
101　同上書，頁954。
102　〈佛影銘〉，《謝靈運集校注》，頁248。
103　〈佛影頌〉，錢仲聯，《鮑參軍集注》（上海：古典文學出版社，1958），頁51。

炳然，近看暝然不見，以手摩之，有石壁。漸漸卻行始見其相，容顏挺特，世所希有。窟前有方石，石上有佛跡。窟西南百步有佛浣衣處。[104]

相似的記敘又見於玄奘《大唐西域記》：

東崖石壁有大洞穴，瞿波羅龍之所居也。門徑狹小，窟穴冥闇，崖石津滴，蹊徑餘流。昔有佛影，煥若真容，相好具足，儼然如在。近代已來，人不遍睹，縱有所見，彷彿而已。至誠祈請有冥感者，乃暫明視尚不能久。……其側堵波有如來髮爪。……影窟西有大磐石，如來嘗於其上濯浣袈裟。[105]

這些記述明白說明佛影是在窟穴冥闇之中。按照季羨林等的《大唐西域記校注》，玄奘的「那竭羅曷國」乃梵文*Nagarahāra*的音譯，它就是法顯的那竭城，即托勒密《地理志》所說的*Nagara*。地理位置應在今阿富汗喀布爾河南岸的賈拉拉巴德附近[106]。惠生和法顯均記載了其國供養的佛頂骨，對佛影的描述又均提到附近如來剃髮剪爪的遺跡，惠生和玄奘又均提到近處石上的「佛浣衣處」，這些皆可為三書所記佛影為一處佐證。舊時有人以法顯文中記載了三處佛影為由，懷疑那竭國的佛影與《大唐西域記》中那竭羅曷國的佛影不在一處，其

---

104 《洛陽伽藍記》卷5，《大正新修大藏經》，第51冊，頁1021-1022。
105 《大唐西域記》卷2，同上書，第51冊，頁878-879。
106 《大唐西域記校注》（北京：中華書局，2000），上冊，頁221。

實無根據[107]。由此可見，慧遠的佛影若全爲擬造，本應選在「門徑狹小，窟穴冥闇」的所在，而慧遠卻將佛影置於敞開的山岩上。這件「倚岩輝林」的佛影因而又不全是摹仿，相對於印度文化的佛影，它毋寧說是慧遠僧團的創造。那竭珂城的佛影其實滲透著印度文化的特色。以榮格(C.G. Jung)的描述，「印度思想與印度藝術僅是呈現在感官世界，而非導自感官世界」，其眞正的本質，「雖然不能說是超感覺的，卻是非感覺的。」[108]而盧山佛影已從天竺文化更借助幽室中想像的佛影，變成山光雲色變幻之際更具感性色彩的佛影，成爲陽光之下的「眞實的幻象」。謂「非無相，非取相，不此岸，不彼岸」，在此其實已偏義於「取相」和「此岸」了。這樣的觀念又從何而來？

　　筆者以爲：這裡恰可看到中土文化諸多因素的影響。譬如有上文論及的東晉士人以視覺饜飫山川之美風氣的影響。但更爲根本的也許是中土以名山爲道教靈場和神仙之境觀念的影響，此二者倘與對佛的身相的探求和關注結合，盧山在觀照之下，遂能變得妙淨莊嚴了。《淮南子‧墜形訓》有關崑崙山的文字可以作爲以山巒爲神仙之府的較早文獻證據：

　　崑崙之邱，或上倍之，是謂涼風之山，登之而不死。或上倍

---

107 《盧山志》(清)毛德琦編(康熙59年順德堂本)，《四庫全書存目叢書》(台北：莊嚴文化事業有限公司，1997)，史部第240冊，頁104。其實法顯只記載了兩處佛影，所謂第三處——那竭羅曷國的佛影，其實是出自玄奘《大唐西域記》。兩處中另一處亦在伽耶城外一石窟中。法顯的描述是：「從此東北行半由延到一石窟。菩薩入中西向結跏趺坐，心念若我成道當有神驗。石壁上即有佛影現，長三尺許，今猶明亮。」〈高僧法顯傳〉(〈佛國記〉)，頁863。

108 "Zur Psychologie Osliche Meditaion," 中譯文見《東洋冥想的心理學》，楊儒賓譯(北京：社會科學文獻出版社，2001)，頁177。

之，是謂懸圃，登之乃靈，能使風雨。或上倍之，乃維上
天，登之乃神，是謂上帝之居。[109]

在此，山距地面的高度體現出麥可路易(Michael Loewe)所謂「生命
存在的等級」(a hierarchy of beings)[110]。《抱朴子・登涉篇》說：
「山無大小，皆有神靈。山大則神大，山小則神小。」[111]前引《抱
朴子・金丹》謂登名山採藥「山神必助之爲福」的說法也透露了登名
山即進入靈場、親近神靈的觀念。這對於周四百里的廬山當然不會例
外。《山海經》即以是山爲「天子都」或「天子鄣」[112]。自漢武帝
南巡，此山即被睹爲神明。作爲名山，廬山又是最早吸引文人爲之操
管作記的所在。在慧遠〈廬山記〉同時或更早，即有伏滔作〈遊廬山
賦〉稱其爲「江陽之名嶽」[113]，王彪之作〈廬山賦〉謂之「實峻極
之名山也」[114]。廬山在成爲佛教之山以前，早已是一座神仙之山。
慧遠所撰〈廬山記〉首先記述了有關匡續和董奉的兩則神仙傳說：

> 有匡續先生者，出自殷周之際，遁世隱時，潛居其下。或云
> 續受道於仙人，而適遊其巖，即成山館，故時人感其所止爲
> 神仙之廬而名焉。⋯⋯
> 其嶺下半里許，有重巖，上有懸崖，古仙人之所居也。其後

---

109 《淮南子》卷4，《諸子集成》(第7冊)本，頁57。
110 見其 *Chinese Ideas of Life and Death: Faith Myth and Reason in Han Period (202 BC-AD220)*（London: George Allen & Unwin LTD, 1982), p. 17.
111 《諸子集成》(第8冊) 本，頁76。
112 見袁珂，《山海經校注》(上海：上海古籍出版社，1983)，頁332
113 見《藝文類聚》卷8(上海：上海古籍出版社，1999)，上冊，頁133。
114 《全晉文》卷21，《全上古三代秦漢三國六朝文》，第2冊，頁1574。

有嚴，漢董奉復館於嚴下，常爲人治病，法多神驗。病癒
者，另栽杏五株，數年之間，蔚然成林。計奉在人間，近三
百年，容狀常如三十時。俄而升仙，絕跡於杏林。……115

這裡所謂「感其所止爲神仙之廬」，已把山巒本身「神」化了。其下
又記敘了安世高度脫南嶺廟蟒神的傳說，過去供奉蟒神的神廟，其神
變成了感化蟒神的「安侯」即安世高。一則志怪故事變成了佛教名僧
的傳說。再接下去則是「昔野夫見人著沙彌服，陵雲直上……乃與雲
氣俱滅」的故事。廬山的仙人已經佛教化了。正如郭璞遊仙之作中以
「中有一道士……」「中有冥寂士……」句子寫出的山中仙人已悄悄
變成支遁和慧遠以同樣句法寫出的山中佛家「尋化士」、「沖希子」
一樣。同樣的情況亦見於湛方生的〈廬山神仙詩〉的序文：

尋陽有廬山者……眞可謂神明之區域，列眞之苑囿矣。太元
十一年，有樵採其陽者，於時鮮霞襄林，傾暉映岫，見一沙
門，披法服獨在嚴中，俄頃振裳揮錫，陵崖直上，排丹霄而
輕舉，起九折而一指。既白雲之可乘，何帝鄉之足遠哉？窮
目蒼蒼，翳然滅跡。116

這顯然與慧遠所述是同一傳說，卻冠以「神仙詩」的標題。而且序文
和所序的四句四言詩「吸風玄圃，飲露丹霄，室宅五岳，賓友松喬」
亦全然是神仙色彩，但神仙在此卻是「沙門」。值得注意的是：序文

---

115 《全晉文》卷162，《全上古三代秦漢三國六朝文》，第3冊，頁2398。
116 《先秦漢魏晉南北朝詩》，中冊，頁943。

所說的「太元十一年」恰恰是慧遠於廬山立東林寺這一年。種種證據
都在顯示：廬山提供的是一個佛教與中土對山神靈的崇拜及神仙信仰
融合之絕妙典型。中土以山爲靈場和「神仙之廬」的觀念，使慧遠關
注被神化的山巒本身。換言之，廬山有了近乎「佛的應身、化身（佛
影）之廬」和「佛之靈場」的色彩。慧遠〈廬山東林雜詩〉有所謂
「幽岫棲神跡」[117]正是這種意識的證據。其〈廬山記〉這樣描寫此
山的神秘色彩：

> 其山大嶺，凡有七重，圓基周回，垂五百里。……眾嶺中，
> 第三嶺極高峻，人之所罕經也。太史公東遊，登其峰而遐
> 觀，南眺五湖，北望九江，東西肆目，若登天庭焉。……七
> 嶺同會於東，共成峰崿。其嚴窮絕，莫有升之者。昔野夫見
> 人著沙彌服，陵雲直上，既至，則踞其峰，良久，乃與雲氣
> 俱滅，此似得道者。……所背之山，左有龍形，而右塔基
> 焉。……南對高峰，上有奇木，獨絕於林表數十丈，其下似
> 一層浮圖，白鷗之所翔，玄雲之所入也。東南有香爐山，孤
> 峰獨秀起，遊氣籠其上，則氤氳若香煙；白雲映其外，則炳
> 然與眾峰殊別。將雨，則其下水氣湧出如馬車。……[118]

慧遠在此極力渲染廬山的佛教世界氣氛：不僅有沙彌在此山得道，有
山似浮圖者，有山似香爐且遊氣氤氳若香煙者，而且，著意此山「凡
有七重，圓基周回」，甚至令筆者想到：他是否以廬山方擬在鹹海

---

117 《先秦漢魏晉南北朝詩》，中冊，頁1085。
118 《全上古三代秦漢三國六朝文》，第3冊，頁2399。

內、鐵圍山內亦為七重如燭盤一般的山嶺所環繞的須彌山呢？倘若如此，登臨廬山之頂則是從須彌山半腹的欲界第六天升陟須彌山頂之忉利天，而彌勒淨土的兜率天則正在此上的燄摩天之上了。在此，神仙信仰中作為仙都神境的山上美景可能恍然之間成為佛教欲界的淨土。這類「遊山感聖」的「靈瑞」或「靈感」是後來《古清涼傳》、《廣清涼傳》「聖跡」條目的題材，而早在《維摩詰經》中韋提希於虛空忽見十方諸佛淨妙國土的故事中，就可看到這類「靈感」。我這一推測可從慧遠弟子廬山詩作中以及下文要討論的〈遊石門詩序〉中找到一些根據：

> 中巖擁微興，臨岫想幽閒。弱明反歸鑒，暴懷博靈薰，永陶
> 津玄匠，落照俟虛昕。
>
> ——劉程之〈奉和慧遠遊廬山詩〉
>
> 徹彼虛明域，曖然塵有封。……宵景憑巖落，清氣與時
> 雍。……風泉調遠氣，遙響多喈嗈。……事屬天人界，常聞
> 清吹空。
>
> ——王喬之〈奉和慧遠遊廬山詩〉
>
> 靚嶺混太象，望崖莫由檢，器遠蘊其天，超步不階漸。揭來
> 越重垠，一舉拔塵染。遼朗中天盼，迴豁遐瞻慊。乘此攄瑩
> 心，可以忘遺玷，曠風被幽宅，妖塗故死減。
>
> ——張野〈奉和慧遠遊廬山詩〉[119]

以上三詩，《廬山記》的版本（逯欽立《先秦漢魏晉南北朝詩》所本）

119　《先秦漢魏晉南北朝詩》，中冊，頁937，938。

文字多錯訛不解之處，今從守山閣本。詩中所謂「虛明域」、「天人
界」以及詩人欲「搨來越重垠，一舉拔塵染」所超步的器界，應當是
佛教的淨土世界。它是詩人的「觀想」。詩中一再出現的「落照」、
「霄景」意象也應與阿彌陀佛土信仰相關，支謙譯《佛說阿彌陀三耶
三佛薩樓佛檀過度人道經》中佛告阿難：「西向拜，當日所沒處，為
阿彌陀佛作禮。」[120]這說明《觀經》譯出之前已有了阿彌陀佛信仰
的日落諦觀[121]。

　　慧遠及其信徒的以上詩作已經是山水詩發生與佛教關聯的一個例
證。這些詩作還表明：淨土信仰和佛教垂直向上的(vertical)宇宙觀念
(恰與登崑崙可為不死，可為靈，為神的觀念吻合)已經滲透於僧團的
攀援登臨活動之中。在此基點上，筆者將討論中國古代文藝論史中有
關山水藝術發生最重要的兩篇論著：署名廬山諸道人的〈遊石門詩
序〉和慧遠俗家弟子宗炳的〈畫山水序〉。它們是山水詩畫與大乘佛
教關係最顯豁的證據。

　　〈遊石門詩序〉應作於造佛影之前，但這並不妨礙吾人自上述背
景去解讀此序，因為慧遠一行修習念佛三昧禪法，期生彌陀淨土是從
太和二年入廬山即已開始。如〈蘭亭詩序〉一樣，此序文理並茂地記
敘了數十同道一起遊覽風物的觀感。然而，隆安四年(400)仲春的這
次遊覽卻與永和九年暮春的遊覽頗不相同。首先，遊覽地並非〈蘭亭

---

120 《佛說阿彌陀三耶三佛薩樓佛檀過度人道經》卷下，《大正新修大藏
　　經》，第12冊，頁316.

121 據平川彰，《印度佛教史》：「在《般舟三昧經》成立以前，阿彌陀
　　佛的信仰就已經成立了。還有在支謙所譯的經典中，《慧印三昧
　　經》、《私呵昧經》、《菩的薩生地經》、《無量門微密持經》、
　　《老女人經》，說到阿彌陀佛信仰的經典很多。所以阿彌陀佛的信仰
　　與《無量壽經》的成立，似乎有個別考慮的必要。」見該書，頁241。

詩序〉寫到的私人郊野園林，而是「懸瀨險峻，人獸跡絕，逕迴曲
阜，路阻行難，故罕經焉」[122]，即「人境之外的深山大壑」。其
次，〈遊石門詩序〉是在與〈蘭亭詩序〉完全不同的思想境界中提出
了生命存在和時間的問題，這兩點皆凸顯出大乘佛教的觀念。此文在
敘述了攀援經過之後，以美辭描寫蘊七嶺之奇的石門景色道：

> 雙闕對峙其前，重巖映帶其後；巒阜周迴以爲嶂，崇巖四營
> 而開宇。其中則有石臺石池，宮館之象，觸類之形，致可樂
> 也。清泉分流而合注，淥淵鏡淨於天池。文石發彩，煥若披
> 面；檉松芳草，蔚然光目。其爲神麗，亦已備矣。[123]

這段話值得注意的是「神麗」一詞。何以此文作者在描寫了石門景色
之美後要概括以「神麗」呢？「神麗」並不見於此前任何佛典經籍，
而見於班固的〈東都賦〉和張衡的〈西京賦〉[124]：「是以皇城之
內，宮室光明，闕庭神麗……」；「惟帝王之神麗，懼尊卑之不
殊……」。班、張是以「神麗」極力渲染帝王宮宇非同凡俗的華貴。
移之以寫廬山的「宮館之象」，當與在虛空和想像中出現的嚴飾奇妙
超諸人天的淨土世界相關。後世淨土宗著作描寫淨土屢屢出現「若宮
殿林沼光明神麗」[125]可爲旁證。而且，「神麗」的意義又因「神」
字與「法身有色」或佛的身相示現於「既有之場」這些觀念的關係而

122　〈廬山諸道人遊石門詩序〉，《全晉文》卷167，《全上古三代秦漢三
　　國六朝文》，第3冊，頁2437。

123　同上書，頁2437。

124　此兩條資料承蒙趙昌平先生閱稿時提供，特此鳴謝。

125　見《龍舒增廣淨土文》卷5，《樂邦文類》卷3，《大正新修大藏
　　經》，第47冊，頁269，191。

確立。慧遠在〈萬佛影銘〉其一有「體神入化，落影離形」，〈萬佛影銘〉其四有「彷彿鏡神儀，依稀若眞遇」[126]，〈襄陽丈六金像頌〉有「蕭蕭靈儀，峨峨神步」[127]，〈大智度論鈔序〉有「非神遇以期通，焉識空空之爲玄」[128]，以及《大乘大義章》第十一問在談論「般舟三昧」法門時有所謂「神通之會，自非實相，則有往來」[129]，皆是這種用法的例證。「神」與「形」對舉，最早見於道家莊子。上引〈萬佛影銘〉其一明示出此一義涵實已滲入慧遠討論佛身相的觀念裡。與佛影移至中土的變化相應，佛的示現由於與「形」關聯，其實也已更偏義於「取相」和「此岸」了。故而〈遊石門詩序〉中佛的應身示現又是「相待於既有之場」，即示現於「蔚然光目」的美景之中，〈廬山東林雜詩〉所謂「幽岫棲神跡」也。廬山之景因「神」而麗，即因接近佛的淨土而麗，因化身示現而麗，因色身(自受用身)遍滿而麗，是謂「神麗」。此「神麗」故而是山川因佛的示現而被點化，《維摩經》卷上〈佛國品〉中，佛即以足指點化三千大千世界爲清淨佛土：

> 舍利弗言：「我見此土丘陵坑坎，荊棘沙礫，土石諸山，穢惡充滿。」螺髻梵王言：「仁者心有高下，不依智慧，故見此土爲不淨耳！舍利弗，菩薩於一切眾生悉皆平等，深心清淨，依佛智慧，則能見此佛土清淨。」於是佛以足指

---

126 《全晉文》卷162，《全上古三代秦漢三國六朝文》，第3冊，頁2403。
127 同上書，頁2402。
128 同上書，頁2400。
129 《鳩摩羅什法師大義》卷中，《大正新修大藏經》，第45冊，頁134。

> 按地，即時三千大千世界，若干百千珍寶嚴飾，譬如寶莊
> 嚴佛，無量功德寶莊嚴土，一切大眾，嘆未曾有，而皆自
> 見坐寶蓮華。佛告舍利弗：「我佛國土，常淨若此，爲欲
> 度斯下劣人故，示是眾惡不淨土耳！譬如諸天，共寶器
> 食，隨其福德，飯色有異。如是舍利弗，若人心淨，便見
> 此土功德莊嚴。」[130]

在此則故事中，佛以神足點化即時三千大千世界爲寶莊嚴土，但佛同時說「若人心淨，便見此土功德莊嚴」，所以佛實際是以其智慧點化世界，人一旦領悟佛法智慧，世界才變得妙淨莊嚴。故而，一方面是只有人心淨，才得以覿面世界的「神麗」；另一方面，則惟有美麗妙淨的山川，才是佛的世界。而此「神麗」景色又是從果位而言的法身遍滿、色身遍滿，它照見了生命的終極眞實，使人證悟出自因位而言的自身的「覺佛性」或如來藏，這應當就是該序文接下去談到的「神以之暢」的意義。

　　表達在風景中情志豁朗的「暢」字，在蘭亭詩和孫綽序中凡八見，其中王肅之更有「豁爾暢心神」的詩句。但廬山僧人是以「暢神」表達宗教體驗，因爲「神」的義涵又牽扯到漢晉間一個重要的話語體系，即民間道教及後來佛教與無神論關於是否形盡神滅的論爭，慧遠是其中重要人物。在慧遠的著述中，「神」與爲解決釋迦學說中主體概念之內在矛盾有關。在印度佛教裡，雖以五蘊無我，卻又須肯定與梵我不同形態的輪迴主體，大乘的如來藏思想和唯識學有關阿賴

130　《維摩詰所說經》卷上，《大正新修大藏經》，第14冊，頁538。

耶識的論辯正由此而出現[131]。然慧遠卻又涉入道教和莊學的
「形」、「神」語境[132]。在〈沙門不敬王者論〉的第五篇〈形盡神
不滅〉中他回應自設的問難時這樣界定「神」：「夫神者何耶？精極
而爲靈者也……感物而非物，故物化而不滅；假數而非數，故數盡而
不窮。」他又反用桓譚《新論‧祛蔽》中的燭火之喻，以「火之傳於
薪，猶神之傳於薪」來喻比此一超越個體生命存在的神秘主體[133]。
有論者以「一時刻遷流變化的輪迴與解脫主體」解釋慧遠思想中的
「神」[134]。但從慧遠〈求宗不順化〉一文中以下的文字看，他以
「神」強調的是主體之解脫而非輪迴：

> 夫生以形爲桎梏，而生由化有：化以情感，則神滯其本，而
> 智昏其照，介然有封，則所存唯己，所涉唯動。……是故反
> 本求宗者，不以生累其神；超落塵封者，不以情累其生。不
> 以情累其生，則生可滅；不以生累其神，則神可冥。冥神絕
> 境，故謂泥洹。[135]

慧遠以否定的態度談論「化以情感，神滯其本」，又以肯定的語氣說
「不以生累其神，則神可冥。冥神絕境，故謂泥洹」。「神」是在涅
槃境界之前、輪迴中更偏向積極解脫意義的主體，接近佛性。此一義
涵的「神」，又見諸慧遠的其他著述，如其云「使塵想制於玄襟，天

---

131 參看平川彰，《印度佛教史》，頁361-377。
132 詳區結成，《慧遠》（台北：東大圖書公司，1987），頁76-77。
133 《弘明集》卷5，《大正新修大藏經》，第52冊，頁31。
134 區結成，《慧遠》，頁82。
135 《弘明集》卷5，《大正新修大藏經》，第52冊，頁30。

羅網其神慮」，「妙尋法身之應，以神不言之化」[136]，論《般若經》謂「啓惑智門，以無當爲實……無當，則神凝於所趣」[137]，論念佛三昧以「想寂，則氣虛神朗……神朗，則無幽不徹」，「體神合變，應不以方」[138]，在這些用法裡，「神」都偏向積極的意義，接近於法開作爲「未來覺悟基礎」的「神」[139]。〈遊石門詩序〉則是在如下的語境中說到「神以之暢」：

> 霄霧塵集，則萬象隱形；流光迴照，則眾山倒影。開闔之際，狀有靈焉，而不可測也。乃其將登，則翔禽拂翮，鳴猿屬響。歸雲迴駕，想羽人之來儀；哀聲相和，若玄音之有寄。雖彷彿猶聞，而神以之暢。雖樂不期歡，而欣以永日。當其沖豫自得，信有味焉，而未易言也。退而尋之，夫崖谷之間，會物無主，應不以情而開興，引人致深若此。豈不以虛明朗其照，閒邃篤其情耶？……俄而太陽告夕，所存以往，乃悟幽人之玄覽，達恆物之大情。其爲神趣，豈山水而已哉？……乃喟然嘆：宇宙雖遐，古今一契；靈鷲邈矣，荒途日隔。不有哲人，風跡誰存？應深悟遠，慨焉長懷。[140]

與該序前段文字相比，此處凸顯景觀的霏漠森渺，正如慧遠描述佛影

---

136 〈萬佛影銘序〉，《全晉文》卷162，《全上古三代秦漢三國六朝文》，第3冊，頁2403。

137 〈大智度論鈔序〉，同上書，頁2400。

138 〈念佛三昧詩集序〉，同上書，頁2402。

139 詳見Zürcher, *The Buddhist Conquest of China*, p. 143.

140 《全晉文》卷167，《全上古三代秦漢三國六朝文》，第3冊，頁2437。

是所謂「形影之分，孰際之哉」，王齊之表述念佛中觀佛的身相是「涉有覽無」、「神由昧徹」一樣[141]。「開闔之際，狀有靈焉……歸雲迴駕，想羽人之來儀」云云，與所序詩中的「搴裳思雲駕，望崖想曾城……矯首登靈闕，眇若臨太清」一樣，是在以仙道語彙描寫其「觀想」，即彷彿在須彌山頂眇忽一瞥昊蒼中淨土的逸想或現象主義的「靈瑞」。但這一切亦復是自心所作，是「所緣空」。所以是「俄而太陽告夕，所存以往」，當美景隨太陽落山而消失，即如侯思孟(Donald Holzman)所說，又體證了「恆物之大情」的佛教無常之理[142]。作者在此欲超越淨土這樣一種方便門，以「神趣」即佛教的悟境爲其最終之歸趨，正是所謂「感至理弗隔」。如日本學者志村良治分析這一段文字時所指出：

> 在已悟後的世界中化生，與「孰爲知化仙，萬化同歸盡」同一旨趣。慧遠〈佛影銘〉所謂「三光掩輝，萬象一色」，即是歌詠無日亦無月、萬象成一色的悟境；所謂「應不同方，跡絕而冥」，即是諸佛光輝可以不同，最終將無從跡辨。種種有關道的消息都斷絕，即所謂「冥」，於是便進入了超越的境地。以上所述求道者的言行，是旨在悟道本體的追究。易言之，在信仰之中，淨土與佛合而爲一時，淨土消失，作爲對象的佛亦消失，達到「我即是佛」的一體化之境。[143]

---

141 〈念佛三昧四言〉，《廣弘明集》卷30，《大正新修大藏經》第52冊，頁351。

142 見其〈中世紀中國與中世紀歐洲山水欣賞之比較〉，《中國文哲研究通訊》1995年第4期，頁12。

143 〈山水詩への契機──謝靈運の場合〉，載《集刊東洋學》二九(1973年6月)(內田道夫教授退官記念中國文學特集號)，頁24。譯文由嚴壽

此種恍然一瞥淨土後的超越之境，吾人亦可在所序的詩篇的末兩句
「神仙同物化，未若兩俱冥」以及慧遠〈遊廬山〉和〈遊石門詩〉
「揮手撫雲門，靈關安足闢？」以及前引張野所謂「遼朗中天盼，迴
豁遐瞻慊。乘此擄瑩心，可以忘遺砧」等詩句中讀出。文中從親睹景
色的「神麗」，逸想淨土之羽人來儀而「神以之暢」、「沖豫自得，
信有味焉」，到「退而尋之」，終「悟幽人之玄覽，達恆物之大情」
體現了一個過程，一個與攀援高山和佛教垂直向上的精神或宇宙觀念
一致的過程。這個過程，從文學表達的結構而言，或許奠定了周勛初
所說的謝靈運〈山居賦〉和山水詩「三段式」結構模式的基礎[144]。
從其精神意義而言，恰如美國學者布什所說，它體現了作者「將登臨
石門崖看作經由禪思冥想而企致涅槃的精神陟升中的一個階段」。而
「經感受空使淨化的心靈在閒邃沖豫中回應一切，並尋求與宇宙精神
的冥合，正是慧遠教誨的目的」[145]。「宇宙雖遐，古今一契；靈鷲
邈矣，荒途日隔」四句何等深沉！「荒途日隔」是左思「荒途橫古
今」之「荒途」，它在流露出再難一見釋尊的悵惘之餘，表達了對法
身常住的信心和生命終極真實問題的理解。所謂「神以之暢」正是此
一證悟生命終極真實過程中，基於中國早期佛教主體觀念的解脫感，
以〈遊石門詩〉說，則是「馳步乘長岩，不覺質有輕」。這顯然是對
生命憂患問題的另一解決之道，與〈蘭亭詩序〉所謂「永一日之足，
當百年之溢」或「每覽昔人興感之由，若合一契……後之視今，亦猶

（續）────────────────

　　澂君提供，特此鳴謝。

144　見周著，〈論謝靈運山水文學的創作經驗〉，載其《魏晉南北朝文學
　　論叢》（南京：江蘇古籍出版社，1999），頁88-91。

145　Susan Bush, "Tsung Ping's Essay on Painting Landscape and the 'landscape
　　Buddhism' of Mount Lu," p. 149.

今之視昔」的觀念全然不同，也與郭象玄學由領悟「物暢其性，各安
其所」的「冥合」全然不同。以志村的話說：蓋因此處「並不設定物
我之間有階段之隔，而是表示了飛躍的一體化，與老莊生成階段的思
維有本質的差異」[146]。

慧遠的世俗弟子宗炳三十八歲時曾上廬山，「往憩五旬」[147]。
宗炳(375-443)〈畫山水序〉中有「愧不能凝氣怡身，傷跕石門之
流」一語。此語揭示：宗氏雖未能趕上隆安四年仲春的石門之遊，卻
肯定知道這次活動，並以「畫象布色，構茲雲嶺」爲接近佛的神儀之
方式，以替代登臨親睹佛土之「神麗」，即如布什所說：「佛的應身
之影是其眞實即法身的一實在表現，而對宗炳而言，畫出的山水可與
自然，乃至最終與道處在類似的關係之中。」[148]爲此，他須首先確
認佛之「神」與山水之「形」的對應關係。在這篇中國山水畫論的開
山之作的第一段文字中，宗炳寫道：

> 聖人含道應物，賢者澄懷味象，至於山水，質有而趣
> 靈。……夫聖人以神法道，而賢者通；山水以形媚道，而仁
> 者樂；不亦幾乎？[149]

此段文字最後以兩個呈並列對應關係的子句組成的複合句結束。這種

---

146 〈山水詩への契機——謝靈運の場合〉，頁26。
147 〈明佛論〉，《全宋文》卷21，《全上古三代秦漢三國六朝文》，第3
　　冊，頁2554。
148 "Tsung Ping's Essay on Painting Landscape and the 'landscape Buddhism'
　　of Mount Lu," p. 143.
149 〈畫山水序〉，《全宋文》卷20，《全上古三代秦漢三國六朝文》，
　　第3冊，頁2545-2546。

對應並列關係殊值得玩味。「夫聖人以神法道」，「聖人」此處指佛，此可從宗炳〈明佛論〉中「唯佛則以神法道，故德與道爲一」一句見出[150]。志村良治以爲「神」指法身[151]。〈明佛論〉中確有這樣的用法：如言「神也者，妙萬物而爲言矣……夫精神四達，並流無極，上際於天，下盤於地」，「唯神獨照，則無當於生矣。無生則無生，無身而有神，法身之謂也」[152]等等，即是。宗炳〈又答何衡陽書〉亦有「精神極則超形獨存，無形而神存，法身常住之謂也」[153]的用例。法身是佛用以證悟彰顯佛法眞理的永恆存在，而佛性則是潛在於生命之中的。「夫聖人以神法道」一語從現在時而言乃指法身，從過去時(佛陀色身壞滅之前)而言則是佛性。以「神」爲佛性的用法見於〈明佛論〉中有：「若不明神本於無生，空眾性以昭極者，復何道大道乎？」「何以增茂其神，而王萬化乎？……味佛法以養神。」[154]在此，作爲門生的宗炳可說是進一步將慧遠的「神」——在輪迴中更

---

150 〈明佛論〉，《全宋文》卷21，《全上古三代秦漢三國六朝文》，第3冊，頁2551。

151 〈謝靈運と宗炳——〈畫山水序〉をめぐつて〉，《集刊東洋學》三五(1976年5月)，頁30-31。譯文由嚴壽澂君提供，特此鳴謝。

152 〈明佛論〉，《全宋文》卷21，《全上古三代秦漢三國六朝文》，第3冊，頁2548。

153 《全宋文》卷21，《全上古三代秦漢三國六朝文》，第3冊，頁2544。

154 同上書，頁2550，頁2554。日本學者中西久味亦持同樣觀點，他在解釋〈明佛論〉中「神」時寫道：「大致即眾生原都具有完全的至虛的精神。然而現實中芸芸眾生的精神被情識迷亂，喪失了本性。神由此情識清濁升降而與萬物緣會，取身形輪迴六道。因此，爲從輪迴中解脫成佛，就必須以空觀和善行滅除情識，完成本來的神。這完成的精神，脫離身形而獨存的狀態就是法身。……宗炳雖未明顯地使用佛性這個詞，但他有《涅槃經》佛性說的意識卻是無疑的。」〈六朝齊梁的「神不滅論」札記〉，轉引自高津孝，〈中國的山水詩和外界認識〉，蔣寅譯，譯文載《殷都學刊》1999年第2期，頁65。

偏向積極解脫意義的主體──發展爲佛教意義上純粹積極的概念了。這也在某種意義上證明「神」在慧遠絕非只是遷流輪迴中的主體即阿賴耶識而已。

　　宗炳這句話的重要在於：他又一次以出自道家的形、神這一對概念，將佛以法身彰顯佛道(或釋尊以佛性證悟佛道)與使動結構的「山水以形媚道」並列對應起來。正如志村良治所指出：「媚」承陸機〈文賦〉「石韞玉而山輝，水懷珠而川媚」中「媚」字的用法而來，在《廣韻》中列在明母至韻，《韻鏡》列爲合口三等韻，與「美」相近，有「使美顯露」之意[155]。如之，兩子句的並列對應關係所說明的意義則是：佛以法身彰顯佛道，幾如山水以可見之形而使佛道之美呈露。宗炳的意思同樣是：山水因法身遍滿而麗，「其爲神麗，亦已備矣」！

　　〈畫山水序〉並以「神本亡端，棲形感類，理入影跡，誠能妙寫，亦誠盡矣」說明作畫者可因「棲形感類」使山水之「神」寫入山水畫圖之「神」。而人披圖幽對，坐究四荒，亦可企致「暢神」之境界：

> 峰岫嶢嶷，雲林森渺。聖賢映於絕代，萬趣融其神思，余復何爲哉？暢神而已，神之所暢，孰有先焉！

所謂「峰岫嶢嶷，雲林森渺」依然是「形影之分，孰際之哉」、「神由昧徹」之境界。「聖賢映於絕代，萬趣融其神思」有論者以爲指匡廬山光雲色中的佛影，但此處的「峰岫」當不特指廬山，因爲宗

---

155 〈謝靈運と宗炳──〈畫山水序〉をめぐつて〉，頁28-29。

炳在同序中明確提到「眷戀廬衡，契闊荊巫」，所謂山水已是廣義
的。這一點很重要，說明能「暢神」者，已不局限於佛影所在的廬
山。天下所有美麗的山林皆能使人體證佛的法身遍滿、色身遍滿，自
然間的種種生機和光彩（萬趣）皆體現出佛的無限生命和智慧。此處
「暢神」之「神」顯然應指佛性。「暢神」是面對呈露著佛道之美、
法身遍滿、佛陀的色身遍滿的山水而對生命終極真實的證悟。是由披
圖而重溫其在〈明佛論〉中所說的登臨時的解脫感：

> 若使迴身中荒，升岳遐覽，妙觀天宇澄肅之曠，日月照洞之
> 奇，寧無列聖咸靈，尊嚴乎其中，而唯唯人群，匆匆世務而
> 已哉！固將懷遠以開神道之想，感寂以照靈明之應矣。昔仲
> 尼修五經於魯以化天下，及其眇邈太蒙之巔，而天下俱小，
> 豈非神合於八遐，故超於一世哉？[156]

所謂「升岳遐覽……懷遠以開神道之想」，使「神合於八遐」云云，
不就是覿面山巖的「神麗」而「神以之暢」麼？宗炳此文的標題是畫
山水，但他更關注的是觀看畫圖上的山水，依然是上述由佛教開啟的
「視感文化」的體現。宗炳實在是慧遠「山水佛教」精神之發揚蹈厲
者。

　　總之，廬山「山水佛教」提供了一個佛教與中土神仙信仰、道家
思想融合之絕妙例證。上文提到的慧遠一行詩文中出現的「羽人」、
「曾城」、「雲闕」、「雲駕」也是這個融合的證據。由融合之說吾

---

156 〈明佛論〉，《全宋文》卷21，《全上古三代秦漢三國六朝文》，第3
　　冊，頁2553。

人可以明瞭：何以佛教不在天竺、而在中土才催發了山水藝文的產生[157]。在這一融合裡，中土以山爲靈場和「神仙之廬」的觀念，使輝映佛影的廬山變成了佛的靈場和「應身化身(佛影)之廬」，而佛教的法身以及佛的身相不可思議的示現的觀念又使「佛之廬」、「窮目蒼蒼，翳然滅跡」，最終泯去了人物敘事的色彩，而將觀照引向法身、色身遍滿的神麗莊嚴的佛之山川！山水在這樣的意義之上才可能完全是繪畫和抒情詩的對象，觀察和描寫山水才可能成爲如此能提舉生命存在和精神層次的莊嚴活動。

四、「山水佛教」廕庇下的大謝山水詩學

慧遠的「山水佛教」在藝文領域開花結果，得利於兩位世俗弟子：一是畫家宗炳，另一則是詩人謝靈運。慧遠義熙十三年(417)八月圓寂，前者爲其立碑寺門，後者爲作碑文，銘其遺德[158]。謝小宗炳十歲，卻早宗十年離開人世。謝靈運寫作山水詩是永初三年(422)出守永嘉以後的事，此時宗炳在廬山已與慧遠有了「言於崖樹澗壑之間」的經歷，從〈畫山水序〉中「不知老之將至」一語判斷，他當在知命年之前寫下這篇山水畫論，即是說，〈畫山水序〉應作於康樂出守永嘉之前。而康樂本人則應早在義熙七年(411)隨劉毅至江州入廬山時見過慧遠，《高僧傳》謂其「負才傲俗，少所推崇，及一

---

157 此處可以提出一個旁證：中國藏區的地方宗教苯教崇拜山和湖，將岡底斯山視作天神南其貢傑合成世界藥的居住地。但隨佛教密宗傳播到藏區之後，這些山和湖又被賦予了佛教的意義。如甘孜亞丁的三座雪山仙乃日、央邁勇和夏若多吉被當地藏民視爲三怙主觀世音菩薩、文殊菩薩和金剛手菩薩。

158 《高僧傳》卷6，頁222。

相見，肅然心服」[159]。義熙九年(413)，廬山佛影像成，慧遠遣道秉
赴建康求康樂銘文。7世紀淨土宗年代史學者迦才因而將「遠法師」
與謝康樂並列作爲「僉期西境，終是獨善一身」的早期淨土思想的
代表[160]。靈運詩〈過瞿溪山飯僧〉即有「望嶺眷靈鷲，延心念淨
土」[161]。爲康樂與廬山僧團的關係搭橋的恐怕還有他的密友曇隆，
後者於慧遠死後第二年「投景廬嶽，一登石門香爐峰，六年不下
嶺」。康樂謝病東山之時，築石壁精舍，以「山招」曇隆，兩人遂
「茹芝術而共餌，披法言而同卷」[162]。又「常共遊雩嵊」[163]，「相率
經始，偕是登臨，開石通澗，剔柯疏林」[164]。謝氏〈山居賦〉並以
「指東山以冥期，實西方之潛兆」[165]描述彼此友誼，令人想起慧遠
及其弟子在阿彌陀佛像前所發的「首登神界，則無獨善於雲嶠」的
盟誓。有論者以石門之遊中面對山水集體歡悅的影響來解釋謝客山
水詩中一再出現的「美人不在」的慨嘆[166]，從〈山居賦〉和〈曇隆
法師誄〉來看，不乏道理。以謝靈運與慧遠僧團的交往及對於山水的
興趣，他應當讀過〈遊石門山序〉和詩，以及宗炳的〈畫山水序〉
[167]。康樂在永嘉時嘗與諸僧辯論，作〈辨宗論〉以申言道生頓悟之

---

159 《高僧傳》卷6，頁221。

160 迦才，〈淨土論序〉，《大正新修大藏經》，第47冊，頁83。轉引自外
　　因斯坦(Stanley Weinstein)，《唐代佛教——王法與佛法》，釋依法譯
　　(台北：佛光文化有限公司，1999)，頁116。

161 《謝靈運集校注》，頁90。

162 〈曇隆法師誄序〉，《謝靈運集校注》，頁350-351。

163 《高僧傳》卷7，頁293。

164 〈曇隆法師誄〉，《謝靈運集校注》，頁352。

165 《謝靈運集校注》，頁328。

166 "Tsung Ping's Essay on Painting Landscape and the 'landscape Buddhism'
　　of Mount Lu," p. 149.

167 志村良治認爲謝詩中一再出現的「媚」字的新用法，如「潛虯媚幽

義。又與釋慧嚴、釋慧觀改《大般涅槃經》，並諮慧睿以經中諸字並眾音異旨，作《十四音訓敘》[168]。又注《金剛般若經》，作〈維摩詰經中十譬贊八首〉和〈和范光祿祇洹像贊三首〉等等。上述謝靈運的交遊和著述的事實足以說明其於大乘佛教浸淫頗深。而且，作爲謝安、謝玄、謝朗家族的後人又作爲慧遠的世俗門人，他可以被看做是上文所論東南和中南兩支佛教山林化運動的交合。但這一切卻尚不足以充分證明其山水詩乃由此而產生。最終的根據依然應當是其作品本身與上文所謂「山水佛教」傳統的關聯。

由以上自江左支遁到廬山慧遠僧團及其俗家弟子宗炳與山水藝文之糾葛的論析，可知大乘佛教及其與神仙信仰的融合對藝文中山水題材興起的貢獻有數端：首先，這種影響顯然刺激了人們「置心險遠」，即推動對於遠離人寰自然之美的發現。其次，當時大乘佛教對見到佛的身相的關注與中土信仰的融合開啓了一種對於山水自然特殊的「視感文化」。復次，佛與淨土際於有與無之悖謬使人偏愛霏漠森渺的山林景色，並由此產生現象主義的幻象。因之，山水在觀照裡「質有而趣靈」，是感覺的(sensory)同時又是神秘和超自然的(numinous)，在感覺和幻想交織的層次裡浮現。吾人探索向被認爲是山水詩不祧祖謝靈運作品與大乘佛教之接受的關係，應當主要考察謝氏的創作是否繼續和發展了「山水佛教」的上述三個傳統。

上文已以謝靈運〈山居賦〉說明其鍾意遠離人寰的清曠山林是出自佛教信仰，同時他以爲「冀浮丘之誘接，望安期之招迎」的學仙者

(續)————————————————

姿」、「綠篠媚清漣」、「孤嶼媚中川」、「雲日相照媚」是受了宗炳「山水以形媚道」用法的影響。見〈謝靈運と宗炳——〈畫山水序〉をめぐって〉，頁28。此正可作爲謝靈運接觸過〈畫山水序〉的證據。

168 《高僧傳》卷7，頁260。

與倚石構草的苦節之僧不無共通之處，這本身已是上文所論證的仙佛融合於山林的證據了。謝客的東山別墅（即其所謂「北山」）之貼近人寰，應與石崇之金谷園、後來王維之輞川別業無異。但那是他所繼承的謝家故宅。而謝客的卜居之地，其形勢則是「躋險築幽居，披雲臥石門。苔滑誰能步，葛弱豈可捫」[169]。謝客對人寰之外山林的嚮往，更見於那一對遍造幽峻的遊展。謝詩以遊蹤為主線，探勝尋幽的經歷當是緣由之一。《宋書‧謝靈運傳》更有「[謝靈運] 嘗自始寧南山伐木開徑，直至臨海，從者數百人，臨海太守驚駭，謂為山賊」[170]的記述。以謝氏詩作而論，現存九十七首詩中，有大約四十首可歸為山水詩。據筆者的統計，如〈晚出西射堂〉、〈登池上樓〉、〈遊南亭〉、〈田南樹園激流植援〉、〈從遊京口北固應詔〉等描寫人類社會周邊的「丘園」和「城傍」的作品只占其中六、七首，八成以上作品則敘寫詩人在遠離人寰的山水環境中的感受。謝客在詩中亦經常著意渲染遊地山林的窅冥迴深：

> 澗委水屢迷，林迴岩逾密。眷西謂初月，顧東疑落日。……
> ——〈登永嘉綠嶂山〉
> 杪秋尋遠山，山遠行不近。……高高入雲霓，還期那可尋。……
> ——〈登臨海嶠初發強中作〉
> 寢瘵謝人徒，滅跡入雲峰。岩壑寓耳目，歡愛隔音容。……
> ——〈酬從弟惠連〉

---

169 〈石門新營所住四面高山，回溪石瀨，修林茂竹〉，《謝靈運集校注》，頁174。

170 《宋書》卷67，中華書局本，第6冊，頁1775。

躋險築幽居，披雲臥石門。苔滑誰能步，葛弱豈可捫。……

——〈石門新營所住四面高山，回溪石瀨，修竹茂林〉

連岩覺路塞，密竹使徑迷。來人忘新術，去子惑故蹊。……

——〈登石門最高頂〉

亦既窮登陟，荒藹橫目前。窺岩不睹景，披林豈見天。……

——〈發歸瀨三瀑布望兩溪〉

山行非前期，彌遠不能輟。但欲淹昏旦，遂復經盈缺。捫壁
窺龍池，攀枝瞰乳穴。

——〈登廬山絕頂望諸嶠〉

險徑無測度，天路非術阡。遂登群峰首，邈若升雲煙。

——〈入華子崗是麻源第三谷〉[171]

這就是〈山居賦〉所推崇的「巖棲」者的蠻荒世界。它與支遁的冥跡
於雲岑之中道人的世界，與慧遠一行〈遊石門詩序〉所讚嘆的「懸險
峻，人獸跡絕，涇迴曲阜，路阻行難，故罕經焉」的匡廬世界，在意
趣上何其相似！這是仙佛融合為中國中古文學所開啟的新天地！

小尾郊一曾以謝靈運應慧遠之求所作的〈佛影銘〉為山水詩之萌
芽[172]。謝氏製銘時未見佛影，他的銘文應當是根據法顯和道秉對兩
處佛影的描繪，發揮自己的想像而完成的。銘文道：

因聲成韻，即色開顏。望影知易，尋響非難。形聲之外，復
有可觀。觀遠表相，就近暧景。匪質匪空，莫測莫領。倚岩

---

171 《謝靈運集校注》，頁56，166，170，174，178，181，194，196。

172 〈謝靈運傳論〉，《廣島大學文學部紀要》（特集三，1975），轉引自
蔣寅譯、高津孝，〈中國的山水詩和外界認識〉，頁64。

輝林，傍潭鑒井。借空傳翠，激光發囧。金好冥漠，白毫幽
暖。日月居諸，胡寧斯慨。……敬圖遺蹤，疏鑿峻峰，周流
步欄，窈窕房櫳。激波映楣，引月入窗；雲往拂山，風來過
松。地勢既美，像形亦篤。淡彩浮色，群視沉覺。若滅若
無，在摹在學。由其潔精，能感靈獨。……弱喪之推，闡提
之役，反路今睹，發蒙茲覿。……[173]

這篇銘文突出的地方在於：除卻描寫佛影「匪質匪空」的特徵而外，
又以「倚岩輝林，傍潭鑒井，借空傳翠，激光發囧」、「激波映楣，
引月入窗；雲往拂山，風來過松」等美辭著意彰顯了佛影所在廬山的
山光雲色。應當說佛影因「就近暖景」、「若滅若無」更融入了隨雲
往風來而變化的山色之中，故而是「地勢既美，像形亦篤」。而「形
聲之外，復有可觀」更有法身遍滿的意味[174]。這與上文所分析的惟
有美麗妙淨的山川才是佛的世界，意思相近。顯然，謝靈運也從慧遠
那裡繼承了對於山水自然特殊的「視感文化」。其詩中的「遣情捨塵
物，貞觀丘壑美」[175]、「觀此遺物慮，一悟得所遣」是更直接的表
示。其山水詩之能被學者們歸為「視覺型」或「繪畫式」[176]，亦蓋
出於此。

---

173 《謝靈運集校注》，頁248。
174 佛諾德山亦以為登山對謝靈運而言是「一種使之接觸法身的近乎奉獻
式的活動」。見其 The Murmuring Stream: The Life and Works of the
Chinese Nature Poet Hsieh Ling-yün (385-433), Duke of K'ang-lo, p. 65.
175 〈述祖德〉其二，〈從斤竹澗越嶺溪行〉，《謝靈運集校注》，頁
105，頁121。
176 見小尾郊一，《中國文學中所表現的自然與自然觀》，頁170。又見小
西昇，〈謝靈運山水詩考──その美意識と山水との係〉，福岡教育
大紀要，vol. 27, no. 1(1977)，頁1-15。

　　銘文最後以「由其潔精，能感靈獨。……弱喪之推，闡提之役，反路今睹，發蒙茲覿」申言「神以之暢」，即親睹佛之身相對證悟佛性的意義。聯繫到序中「夫大慈弘物，因感而接」、「闡提獲自拔之路，當相尋於淨土，解顏於道場」之類的表述，吾人感到康樂在此表達了近似慧遠僧團的觀念，雖然未必如荒木典俊所說那般強烈[177]。這種從觀而悟也是完成周勛初所謂三段式結構的基礎。謝靈運山水詩的代表作品基本上都遵循一個敘述行旅──描寫景色──以玄言或理悟作結的程序，這是許多論者已指出的[178]。但人們容易忽略的是，除卻建安行旅詩的影響而外[179]，這一程序其實正與上文所分析的慧遠僧團遊廬山石門的序和詩的結構相似。現以康樂山水詩的三篇代表作為例，它們均是從敘述行旅動機和過程開始的：

　　　江南倦歷覽，江北曠周旋。懷新道轉迥，尋異景不延……
　　　　　　　　　　　　　　　　　──〈登江中孤嶼〉
　　　昏旦變氣候，山水含清暉。清暉能娛人，遊子憺忘歸。出谷日尚早，入舟陽已微……
　　　　　　　　　　　　　　　　　──〈石壁精舍還湖中作〉
　　　猿鳴誠知曙，谷幽光未顯。岩下雲方合，花上露未泫。逶迤傍隈隩，苕遞陟陘峴。過澗既厲急，登棧亦陵緬。……
　　　　　　　　　　　　　　　　　──〈從斤竹澗越嶺溪行〉

177　荒木的議論似乎離開了佛影這個具體場合而加以引申，他說：神聖在山水中是現成存在；通過直面山水中的神聖，即可成聖。轉引自高津孝，〈中國的山水詩和外界認識〉，頁64。

178　除周勛初外，尚可舉出張國星，〈佛學與謝靈運的山水詩〉，載《學術月刊》1986年第11期，頁60-67。

179　見趙昌平，〈謝靈運與山水詩起源〉，頁79-94。

這樣的開始，正與〈遊石門詩序〉中概說石門山和敘述攀援經過的第一段文字的旨意相似。緊接於此，是中間一段景色描寫：

> 亂流趨正絕，孤嶼媚中川。雲日相輝映，空水共澄鮮。表靈物莫賞，蘊眞誰爲傳？想像崑山姿，緬邈區中緣……
>
> ——〈登江中孤嶼〉
>
> 林壑斂暝色，雲霞收夕霏。芰荷迭映蔚，蒲稗相因依。……
>
> ——〈石壁精舍還湖中作〉
>
> 川渚屢徑復，乘流玩回轉。蘋萍泛沉深，菰蒲冒清淺。……
>
> ——〈從斤竹澗越嶺溪行〉

這中間的景色描寫恰與〈遊石門詩序〉中描寫景色「神麗」一段對應。特別是〈登江中孤嶼〉一首，以日本學者小川環樹的說法，所謂「崑山」係指靈鷲山佛土，「表靈」、「蘊眞」則直云「諸聖仙靈依之而住」。詩中對晚霞中雲日輝映的渲染則是描寫在感覺和幻想互相交織的層次中出現的「遍滿佛土的光明」[180]。考慮到康樂在詩中屢屢提到靈鷲山以及他與佛教的關係，這個推斷應該是頗有道理的。況且吾人已於前面讀到道家神仙的「曾城」、「靈關」、「羽人」是可以被用作淨土諸仙的描寫的。如果這樣，那麼「空水共澄鮮」之後四句，則直接對應著〈遊石門詩序〉中逸想淨土之羽人來儀的一段文字，在雲日空水霏濛之際，同樣是「開闔之際，狀有靈焉……」的「觀想」和「靈瑞」。最後，三詩又皆如〈遊石門詩序〉一樣，在確認「信有味焉」之後「退而尋之」：

180　見其〈風景的意義〉，載其《論中國詩》，譚汝謙譯（香港：香港中文大學出版社，1984），頁19-20。

始信安期術，得盡養生年。

——〈登江中孤嶼〉

慮澹物自輕，意愜理無違。寄言攝生客，試用此道推。

——〈石壁精舍還湖中作〉

情用賞爲美，事昧竟誰辨？觀此遺物慮，一悟得所遺。

——〈從斤竹澗越嶺溪行〉 181

如果吾人相信小川對「崑山」的解釋，第一首詩的結尾當是表達謝客
對佛的淨土的嚮往。後兩首中出現的「物可輕」、「遺物慮」以及
〈述祖德〉其二中的「捨塵物」、〈遊赤石進帆海〉中的「適己物可
忽」182之「物」，是與「我」相對之外境，是慧遠所謂「應不同
方，跡絕而冥」的冥合境界所欲超越的。謝靈運在其作於永嘉時期的
〈辨宗論〉中寫道：

> 累起因心，心觸成累。……滅累之體，物我同忘，有無壹
> 觀。伏累之狀，他己異情，空實殊見。殊實空、異己他者，
> 入於滯矣；壹無有、同我物者，出於照也。183

此處以「無」去比擬佛教的「空」，仍不出格義的範圍。但「物我同
忘，有無壹觀」正是康樂詩中「遺物慮」和「物可忽」的意向所在。
重要的是他欲藉「觀此」和「賞」（又見〈登江中孤嶼〉中「表靈物
莫賞」和〈於南山往北山經湖中瞻眺〉中「孤遊非情嘆，賞廢理誰

---

181 以上引三詩見《謝靈運集校注》，頁83-84，112，121。

182 《謝靈運集校注》，頁78。

183 同上書，頁288。

通」等)以「遺物」。小尾郊一據《文選》李善注,將「賞」解釋爲
「玩味享受」和「感悟自然美」[184]。康樂的意思是:在對自然的賞
玩之中,由於「意愜」和「適己」,也就臻至「遺物」、「輕物」以
致「物我同忘,有無壹觀」的境地。這其中的邏輯,亦即他在答覆竺
法綱的「若勤務於有,而坐體於無者,譬猶揮毫鍾、張之側,功侔
羿、養之能」時,所說的「造無而去滯,何爲不可得背?借不兼之
有,以詰能兼之無……觸類之躓,始充巧歷之嘆」[185]。所謂「憑無
以伏有」實接近道安的本無義和郭象「未有能冥於內而不遊於外
者」。謝詩故而是「屢言成貸,義出苦縣,繕性昭曠,皆本漆園」。
但以三玄般若同氣,又何嘗不見諸廬山慧遠?然這位山水詩的開創人
終究是「出莊入釋」,以爲「山水僅其外形,隨影幻滅,至人之所乘
者,固別有在」[186]。

　　以上對謝詩中敘述行旅——描寫景色——以理悟作結這樣一個三
段式程序與〈遊石門詩序〉結構關聯的分析,提供了一個易爲研究者
忽略的謝靈運山水詩的佛教淵源的證據。謝靈運山水詩與大乘佛教之
傳播、特別是廬山僧團影響的關聯,還有更深的一層,它和上文概括
的大乘影響的第三點:山水在觀照裡「質有而趣靈」,在感覺和神秘
幻想交織裡浮現這一特徵相關。上文曾論及謝詩中反覆出現「賞」和
「賞心」、「情用賞爲美」這類表達內在性現實的詞語。筆者以爲這
裡已體現出一種對於山水自然的新的現象論(phenomenological)的態

---

184 見其〈眞與美的發現——關於陶淵明與謝靈運〉,載《國際漢學會議
　　論文集(文學組)》(台北:中央研究院,1981),頁548。又見其《中國
　　文學中所表現的自然與自然觀》,中譯本,頁164-167,323-343。

185 〈答綱琳二法難〉,《謝靈運集校注》,頁294。

186 饒宗頤,〈大謝詩跋〉,載《固庵文錄》(台北:新文豐出版公司,
　　1989),頁197-198。

度，而這也許是大乘佛教對中國山水詩最重要的影響。

　　大乘佛教否認外界之獨立實有而將主體性作為世界的根源。初期大乘經典《華嚴經》即有三界虛妄，唯是心作的思想[187]。龍樹雖然是大乘中觀學說的創始人，但他亦時從認知論談緣起，這已經預示出大乘日後向唯識思想的發展[188]。他的《大智度論》引偈言：「諸法如芭蕉，一切從心生，若知法無實，是心亦復空。」[189]論念佛見佛引《般舟三昧經》曰：「三界所有，皆心所作……隨心所念，悉皆得見，以心見佛，以心作佛，心即是佛，心即我身。」[190]慧遠的盧山僧團正是以修習念佛三昧禪法，奉持《般舟三昧經》為特色的。但此經說到見佛謂「如人夢中所見，不知晝不知夜，亦不知內不知外」[191]使慧遠十分困惑，這可從他向羅什提出的第十一個問題中見出[192]。這顯然與他視法身法性為客觀本體存在的誤解有關。但慧遠亦不肯認佛的示現是「真茲外應」，依他在〈念佛三昧詩集序〉的說法，則應是「昧然忘知，即所緣以成鑒，鑒明，則內照交映，而萬像生焉」。宗炳對諸法唯心的觀念理解得更為透徹，其〈明佛論〉引經曰：「一切諸法，從意生形……心為法本，心作天堂，心作地獄……是以清心潔情，必妙生於英麗之境。」[193]再從盧山僧團留下的詩文看，站在

187　此經含有此思想的〈十地品〉(《漸備一切智德經》)被竺法護譯成中文。

188　請參見呂澂，《印度佛教源流略講》，《呂澂佛學論著選集》，第4冊（濟南：齊魯書社，1996），頁2079-2080；印順，《印度佛教思想史》（台北：正聞出版社，1993），頁139-141。

189　《大智度論》卷8，《大正新修大藏經》，第25冊，頁118。

190　《大智度論》卷29，同上書，頁276。

191　《般舟三昧經》卷上，《大正新修大藏經》，第13冊，頁905。

192　《鳩摩羅什法師大義》卷上，《大正新修大藏經》，第45冊，頁134。

193　〈明佛論〉，《全上古三代秦漢三國六朝文》，第3冊，頁2548。

廬山之頂觀想而有「臨岫想幽聞……落照俟虛昕」，生出「徹彼虛明域，曖然塵有封」，「開闔之際，狀有靈焉，而不可測也」，不正是「不知內不知外」，「一切諸法，從意生形」的表現麼？而廬山僧團在雲岑之間擬造的佛影更是其接受「佛教的現象主義」的表徵。

謝靈運對上述觀念不無認同。前引其所謂「累起因心，心觸成累」即是證據。謝氏又曾以《維摩詰經·方便品》中十譬喻聚沫、泡、炎、芭蕉、幻、夢、影、響、浮雲和電作讚八首。此十譬喻是維摩詰用以說明「是身無主」的道理的。但在同經〈弟子品〉中，維摩詰又以類似的比喻——幻、電、夢、炎、水中月、鏡中像——去論證「一切法生滅不住」，「心垢故眾生垢，心淨故眾生淨……妄想是垢，無妄想是淨，顛倒是垢，無顛倒是淨，取我是垢，不取我是淨」[194]。謝靈運借這些譬喻說緣起，似不僅爲破自身之執，而亦兼有破除我執和法執的意味，此可由「諸法既無我，何由有我所」二句見出。而第一首中所謂「水性本無泡，激流遂聚沫。即異成貌狀，消散歸虛壑」的「激流」[195]應包括「欲流」和「有流」。

指出這樣一個思想背景對理解謝靈運山水詩的開創性異常地重要。謝客寢饋於佛學，肯定會導致一種將非內在的現實懸置的傾向。它在詩中的表現絕不只是其以「揮霍夢幻頃，飄忽風電起」、「崖傾光難留，林深響易奔」那樣的句子寫出的萬法生滅不住。尤有進者，佛教以主體性作爲萬法之根源可以導致一種對世界的「現象論」的態度，即強調現象在知覺中的「被給予性」。對山水詩而言，「自然在知覺中」（nature-in-sensation）（而非以往許多論者所說的「客觀的自

194　《維摩詰所說經》卷上，《大正新修大藏經》，第14冊，頁541。

195　〈《維摩詰經》中十譬讚八首〉，《謝靈運集校注》，頁314-316。

然」、「眞實的描寫」，古今中外豈有不自一定文化結構去表達自然的？)開始成爲新的潛在的觀念。這一點，有些學者亦有所察覺。歐陽禎(Eugene Eoyang)即曾指出謝詩中「經驗的內在性」(immanence of experience)以致無從區分經驗瞬間和寫作瞬間[196]。而這種無法以印歐語言的過去時態傳達的意味，其實都只強調個人的知覺與印象，而不是歐陽氏所說的客觀的自然本身，因爲只有對人的知覺而言，才有所謂「現在」。日本學者堂園淑子亦觀察到：謝詩「特別是非日常環境的遊覽之作」的特色之一即盡量使用能動知覺動詞，並以此突出知覺對象的意外性，表現追求美的詩人的感受和變化的心態[197]。

本章將爲謝詩所彰顯的「知覺中的自然」提供更多例證。這些例證是筆者將謝詩與此前中國詩中的山水描寫進行逐一的比較之後發現的，儘管相比後人已不那麼顯豁，但我們評價古人的文學成就，應當歷史地觀察其相對前人有哪些新開拓，以及這類開拓在其後是否得到延續和發展。在謝靈運之前，中國詩中的自然描寫有如下特點：一、形容詞和名詞之間的偏正搭配趨向固定化(如寫山以「翠嶺」、「崇岩」、「重岫」、「雲岑」等等)；二、描寫自然現象大量使用疊音、雙聲、疊韻等連綿詞以表聲(如「嗷嗷晨雁翔」、「嘒嘒寒蟬鳴」)，表動作的重複(如「飛飛燕弄聲」)和使修飾程度加深(如「萋萋春草生」、「涓涓谷中泉，鬱鬱巖下林」)；三、動詞使用趨向規範和較少陌生化。上述三點體現和證實了王力先生所說的「古體詩的

196 "Moments in Chinese Poetry: Nature in the World and Nature in the World," in *Studies in Chinese Poetry and Poetics*, ed. Ronald Miao(San Francisco: Chinese Materials Center, INC, 1978), vol. 1, p. 112-113.

197 〈詩的言語としての知覺動詞──陶淵明と謝靈運の詩から〉，《中國文學報》，第60冊(2000年4月)，頁34-35。

語法，幾乎完全是古代散文的語法」[198]。而在這種描寫後面，是詩人對一個恆在的、客觀自然的肯認。

以此為參照觀察謝詩，吾人發現：首先，與「翠嶺」、「春泉」、「碧林」這樣偏重程式化和「固有彩」的描寫不同，謝詩對表現現象構成的主觀性、在知覺中的「被給予性」有特殊興趣。這種現象主義的態度當然是起於對實體的觀照，但它與一般側重「眞實」的實體描寫又不同，由對非內在現實的懸置，其所關注已非恆在的「實體」，毋寧說是直觀現象本身。謝詩當下即目的特點——鍾仲偉所謂「寓目輒書」和歐陽禎所謂「經驗的內在性」——都只由此一直觀態度而生發。這種意義的現象眞眞只能以表示恍兮惚兮、脫離歷史時間之純粹直觀的佛學概念「色」來表達了。因之，首先，謝詩時常表現出對如幻如炎的相中之色的興趣，如〈晚出西射堂〉中的「青翠杳深沉」之「青翠」，「夕曛嵐氣陰」之「嵐氣」，〈登永嘉綠嶂山〉中的「澹瀲結寒姿，團欒潤霜質」之「澹瀲」和「團欒」，〈過白岸亭〉中「空翠難強名」之「空翠」，〈遊南亭〉中「密林含餘清，遠峰隱半規」之「餘清」，〈石壁精舍還湖中作〉中「昏旦變氣候，山水含清暉」之「清暉」，「林壑斂暝色，雲霞收夕霏」之「暝色」和「夕霏」，〈遊京口北固應詔〉中「張組眺倒景」之「倒景」，以及〈發歸瀨三瀑布望兩溪〉中「荒藹橫目前」之「荒藹」，等等。其中，「澹瀲」和「團欒」本用作形容詞，在謝詩中卻是主詞。「青翠」、「空翠」、「清暉」和「荒藹」也是作為主詞使用的。以詩人對佛影的描寫，則是「借空傳翠」」和「匪質匪空」了。當然，這樣的用法，亦見乎前人，如「清暉」即見於阮籍《詠懷》。但在謝客這

198　《漢語詩律學》（上海：上海教育出版社，1982），頁495。

樣受佛學寢饋甚深詩人作品中反復出現，卻值得關注。詩人渲染這類
處有若無的現象，一方面似暗示出群有因緣而合、「俄已就分散，豈
復得攢聚」的意味，另一方面亦凸顯現象在知覺中構成。

其次，在謝詩中動詞的陌生化傾向有一定發展。如以下的詩句：

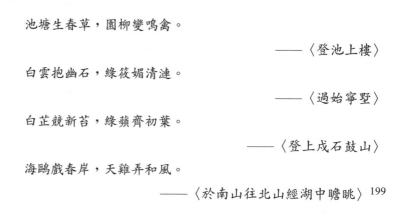

池塘生春草，園柳變鳴禽。

————〈登池上樓〉

白雲抱幽石，綠筱媚清漣。

————〈過始寧墅〉

白芷競新苔，綠蘋齊初葉。

————〈登上戍石鼓山〉

海鷗戲春岸，天雞弄和風。

————〈於南山往北山經湖中瞻眺〉 199

第一例中的「變」字寫盡久病臥床後突然窺臨春天的大自然時心中的
驚喜。由散文語法或外在現實邏輯皆無從理解。此處的「[驟]變」，
是在詩人心中發生的，它凸顯詩人知覺的感受。以下三例中的
「抱」、「媚」、「競」、「戲」和「弄」字，皆為擬人用法，表達
了詩人對現象的獨特感知。謝詩還經常將「二一二一一」的節奏更換
為「二一一一二」節奏，使一般出現在句尾的單音節形容詞謂語與名
詞顛倒，隱約中產生使動效果。雖然在謝靈運之前這樣的用法已出現
（據筆者管見，有張協的「凝霜竦高木」，張翼的「秀嶺森青松」和
湛方生的「白沙淨川路，青松蔚巖首」），但其頻率遠比在謝詩中

---

199 以上各詩見《謝靈運集校注》，頁64，41，68，118。

低。如謝詩中以下的例子：

連嶂疊巘崿，青翠杳深沉。

——〈晚出西射堂〉

澹瀲結寒姿，團欒潤霜質。

——〈登永嘉綠嶂山〉

白華縞陽林，紫蘴曄春流。

——〈東山望海〉

近澗涓密石，遠山映疏木。

——〈過白岸亭〉

遠岩映蘭薄，白日麗江皋。原隰荑綠柳，墟囿散紅桃。

——〈從京口北固應詔〉

陵隰繁綠杞，墟囿粲紅桃。

——〈入東道路〉[200]

這些形容詞的使動效果(特別在四、五兩例中通過與同一聯另一句中
相同位置的動詞「映」的並列尤爲明顯)表現了詩人對現象之間基於
直接知覺的詮釋關係(construal relation)。詩人時或不避生硬，如「近
澗涓密石」一句。在此，五言詩已經開始表現出與散文不同的語法，
這是基於「自然在知覺中」而有的語法，以陳祚明論小謝詩的評語則
是「寓目之際，林木山川能役字模形」[201]。由此又產生謝詩中另一
值得提出的特點。

200　以上各詩見《謝靈運集校注》，頁54，56，66，74-75，157-158，161
201　《采菽堂古詩選》，轉引自曹融南，《謝宣城集校注》(上海：上海古
　　　籍出版社，1991)，見附錄二諸家評論，頁438。

復次，在謝詩中由於詩人著重寫出自己在知覺中對現象的詮釋，展示「錯覺」甚至不失一絕妙表現，如以下的詩句：

> 野曠沙岸淨，天高秋月明。
>
> ——〈初去郡〉
>
> 日末澗增波，雲生嶺逾疊。
>
> ——〈登上戍石鼓山〉
>
> 拂鰷故出沒，振鷺更澄鮮。
>
> ——〈舟向仙岩尋三皇仙跡〉[202]

沙岸因野曠而淨，山嶺由雲生而疊，拂鰷有意出沒，鷺鳥以振羽而逾色彩澄鮮，這些皆是詩人的直接知覺或錯覺，而這方是詩人唯一的世界。宗白華曾以謝靈運〈山居賦〉中「羅曾崖於戶裡，列鏡瀾於窗前」，來說明中國詩人「多愛從窗戶庭階，詞人尤愛從帘、屏、欄杆、鏡以吐納世界景物」，飲吸山川於胸懷的空間意識[203]。但這何嘗不是一種著意表達出的空間錯覺呢？

> 群木既羅戶，眾山亦對窗。
>
> ——〈田南樹園激流植援〉
>
> 長林羅戶穴，積石擁基階。
>
> ——〈登石門最高頂〉
>
> 積峽忽復啓，平途俄已閉。

---

202 以上各詩見《謝靈運集校注》頁98，68，80。

203 〈中國詩畫中所表現的空間意識〉，《美學散步》(上海：上海人民出版社，1981)，頁88。

——〈登廬山絕頂望諸嶠〉[204]

詩人以「羅」、「擁」這樣的動詞寫出萬物移遠就近來親近自己的錯覺。而在最後一個例子中，詩寫出詩人在攀登中忘情，將自身的移動誤作地勢的陡然變化。在下面的詩句裡，詩人則讓反常的語序直接體現其認知的時序：

　　鳥鳴識夜棲，木落知風發。

——〈石門岩上宿〉

　　林壑斂暝色，雲霞收夕霏。

——〈石壁精舍還湖中作〉[205]

堂園淑子分析第一個例子說：鳥鳴和木落是進入詩人耳中的第一認知，而「識夜棲」和「知風發」則是詩人的第二認知[206]。在此，詩人將從知覺到判斷的順序在一句中以語序呈現出來。第二例的意思是：暝色斂林壑(或林壑斂於暝色)，夕霏收雲霞(或雲霞收於夕霏)。詩人的處理既可以理解爲主詞與賓詞的倒裝，也可理解爲省略了表處所的介詞「於」字。「林壑斂暝色，雲霞收夕霏」同樣表達了詩人視覺中明亮(林壑、夕霏)到昏昧(暝色、夕霏)的時間順序。謝靈運使自己的敏銳感受「不再是通過詞讓人理解的東西，而是在詞上形成的東西」[207]了。古人論謝詩之妙，謂「蓋在於鼻無堊，目無膜」，管見

204　以上二詩見《謝靈運集校注》，頁114，178，194。
205　以上二詩見《謝靈運集校注》，頁183，112。
206　〈詩的言語としての知覺動詞——陶淵明と謝靈運の詩がら〉，頁22-23。
207　杜夫海納(Mikel Dufrenne)，〈藝術與符號學〉，《美學與哲學》，孫

以爲正是這種知覺上的「不隔」；論其名句「池塘生春草，園柳變鳴禽」，謂「此語之工，正在無所用心，猝然與景相遇，備以成章，不假繩削，故非常情之所能到」[208]，也包括了對上述語言使用中知覺直接性的體味。

鍾嶸《詩品》以「寓目輒書」和「尙巧似」二語論大謝詩[209]，似自相扞格，實切中肯綮。一方面，「寓目輒書」指出謝詩注重直接印象的表達；另一方面，所謂「巧」又說明謝詩時或爲此不惜破壞掉「自然的」散文或古體詩的語法，而在風格上呈現生硬奇崛的特點，所謂「硜硜以出之，古道漸亡」[210]。古人向以謝詩爲開唐調之先者[211]，原因亦見乎此。而所謂形似者，亦只是明人胡震亨下一段話所說的「形似」：「『詩人之辭，如藍田日暖，良玉生煙』，亦是形似之微妙者。」[212]

不只在主題和文類的意義上，且在對於山水自然「現象論」的態度上，謝靈運皆不愧爲山水詩之開山建幢者。由於古代漢語詩體形式和文字的簡短，以繁富細節詳盡地描畫自然，終非上舉。故而，正如許多研究者所指出的那樣，比之西方詩，中國詩多簡單和總稱性意象。然則，大謝之後的山水詩又何能蔚成大國呢？總的說來應是蹈其

(續)────────────

非譯(北京：中國社會科學，1985)，頁163。

208 《石林詩話》，轉引自魏慶之編《詩人玉屑》(上海：上海古籍出版社，1982)，上冊，頁279-280。

209 見曹旭，《詩品集注》(上海：上海古籍出版社，1994)，頁160。

210 陸時雍，《詩鏡總論》，《歷代詩話續編》(北京：中華書局，1983)，下冊，頁1407。

211 如明人胡應麟謂：「謝、陸之增而華也，唐律之先兆也。」見《詩藪》內編卷2，頁29。謝榛亦有「詩至三謝，迺有唐調」之說，見《四溟詩話》卷1，《歷代詩話續編》，下冊，頁1139。

212 《唐音癸籤》卷2，(上海：上海古籍出版社，1981)，頁10。

後塵，變本加厲，以離形得似，用寥寥筆墨捕捉猝然與景相遇之第一印象爲擅場。雖然未必皆如大謝那樣「得空王之道助」。如王維「泉聲咽危石，日色冷青松」，李白「人煙寒橘柚，秋色老梧桐」即與大謝「白華縞陽林，紫蘁曄春流」的使動用法青藍相承。謝朓「寒草分花映，戲鮪乘空移」，蕭懿「楊柳月中疏」，王維「大漠孤煙直，長河落日圓」，「人閒桂花落，月靜春山空」，杜甫「江碧鳥逾白，山青花欲燃」皆汲大謝「野曠沙岸淨，天高秋月明」諸句遺脈，順其展示第一印象乃至錯覺思路而來。孟浩然「野曠天低樹，江清月近人」更直承大謝上二句句法。謝朓亦以「葉低知露密，崖斷識雲重」直承大謝「鳥鳴識夜棲，木落知風發」一聯句法。此類以變換的語序體現認知時序的例子在後世亦綿綿不絕，如王維有「竹喧歸浣女，蓮動下漁舟」，杜甫有「青惜峰巒過，黃知橘柚來」。至於後人著意表達空間錯覺的詩句，如謝朓「窗中列遠岫，庭際俯喬林」，王維的「大壑隨山轉，群山入戶登」，乃至陰鏗「行舟逗遠樹」，岑參「舟移城入樹，岸闊水浮村」，杜甫「路危行木杪，身迴宿雲端」亦皆有大謝「長林羅戶穴，積石擁基階」諸句爲執先鞭。由此亦可知王漁洋所謂「[山水詩]宋齊以下，率以康樂爲宗」[213]誠爲的論。所有上述詩例，儘管句法不同，皆強調現象在知覺中的構成或「被給予性」。除卻平仄聲律的考量外，正是這一欲彰顯「自然在詩人知覺中」的態度，推動了新句法的創造。如現象學派的美學家杜夫海納（Mikel Dufrenne）所說：「藝術的語言並不真正是語言，它不斷發明自己的句法。」[214]

---

213 《帶經堂詩話》卷5，（北京：人民文學出版社，1982），上冊，頁115。

214 見其〈藝術與符號學〉，頁106。

歷代論詩，其實亦間接肯定了捕捉「知覺中的自然」是寫景的極致。中國詩論一方面強調「即目」、「直尋」、「寓目輒書」[215]、「現量」和「身之所歷，目之所見」[216]，即詩境的當下性；另一方面，卻又推崇寫景之不跡不泥，或謂之「如藍田日暖，良玉生煙，可望而不可置於眉睫之前」[217]，或謂之如「造化之未發者，則沖漠有際，冥會無跡，空中之音，相中之色，欲有執著，曾不可得而自有」[218]，或謂之「象外」[219]，謂之「如朝行遠望，青山佳色」[220]，謂之「空中實境」[221]，「倚空設色」[222]。這看似矛盾的兩方面，在「知覺中的真實」這種現象論的立場中，卻是再自然不過的，以清初詩論大家王船山對老杜〈祠南夕望〉一詩的評語，則是：「於理則幻，寓目則誠，苟無其誠然，幻不足立也。」[223]

---

215 均見鍾嶸，《詩品》及序，見王叔岷《鍾嶸詩品箋證稿》（台北：中央研究院中國文哲研究所，1992），頁93，196。

216 以上二語見王夫之《薑齋詩話》卷2，戴鴻森《薑齋詩話箋注》，頁52，頁55。

217 司空圖，〈與極浦書〉引戴容州語，《隋唐五代文論選》（北京：人民文學出版社，1999），頁351。

218 包恢，〈答傅當可論詩〉，《宋金元文論選》（北京：人民文學出版社，1984），頁385。

219 「象外」是非常佛教化之術語。司空圖〈與極浦書〉有「象外之象」說。釋惠洪論唐僧佳句「聽雨寒更盡，開門落葉深」，「微陽下喬木，遠燒入秋山」有「象外句」說，見魏慶之，《詩人玉屑》卷3（上海：上海古籍出版社，1982），頁45。王夫之論張協〈雜詩〉「森森散雨足」有「佳句得之象外」之說，《古詩評選》卷4，《船山全書》，第14冊，頁705。

220 謝榛，《四溟詩話》卷3，《歷代詩話續編》下冊，頁1184。

221 王夫之對庾肩吾〈奉和春夜應令〉一詩中「水光懸蕩壁，山翠下添流」一聯評語，《古詩評選》卷6，《船山全書》，第14冊，頁846。

222 楊巨源，〈元日含元殿下立仗上門下相公〉一詩評語，王夫之《唐詩評選》卷4，《船山全書》第14冊，頁1117。

223 《唐詩評選》卷3，《船山全書》，第14冊，頁1022。

　　當然，對謝詩上述可以摘句爲評的注重現象直觀和「寓目」的特點，亦不宜誇大。謝詩自有重體勢或動態結構的另一面。如趙昌平先生所論，此一面乃由繼承建安詩歌任氣使才的傳統而致[224]。應當說又是與佛教的直觀態度相違的。故不惟論詩兼攝「明勢」和「取境」的皎然以康樂爲兼得「詩之量」與「詩之變」的詩家之宗，以「勢」論詩之王船山，亦標舉謝康樂「能取勢」：「宛轉屈伸以求盡其意；意已盡則止，殆無剩語；夭矯連蜷，煙雲繚繞，乃眞龍，非畫龍也。」[225]究其竟，乃因船山詩學承明代風氣，重申詩乃體現生命律動的時間藝術，而又欲涵攝乃至發揚宋以來以景寫情詩論之故[226]。由此觀之，船山獨心折康樂之詩，乃爲標榜王氏心目中兩個傳統的合一。此種合一，可由船山論謝詩中一語「神理流於兩間，天地供其一目」[227]解會。而從詩歌發展而言，謝詩卻是眞正意義的繼往開來者。

結語

　　上文從謝靈運山水詩對遠離人寰山水的偏愛，由觀而悟的精神過程和對外界自然的「現象論」態度這樣三個方面，論證了其承繼和發展慧遠僧團「山水佛教」的三個特徵。因之，被歷代目爲山水詩不祧祖謝靈運的詩學以受容大乘佛教爲背景應當是毋庸置疑的。換言之，大謝山水詩是自「有掘藥之懷，遂便集巖水之娛」的支遁以來天竺佛

224　見趙昌平，〈謝靈運與山水詩起源〉，頁86-89。
225　《薑齋詩話箋注》，頁48。
226　我曾以「龍」與「鏡」兩個隱喻標舉這兩個傳統。詳拙文〈船山以「勢」論詩和中國詩歌藝術本質〉，〈詩樂關係論與船山詩學架構〉，《抒情傳統與中國思想》頁91-133，頁169-207。
227　〈登上戍石鼓山〉，《古詩評選》卷5，《船山全書》，第14冊，頁736。

教與中土道教神仙觀念結合所綻放的一朵藝術奇花！在此討論的基礎上，大乘佛教的容受對山水詩誕生的貢獻可概括爲以下三點：首先，大乘的淨土觀念彰顯了遠離人寰的自然山水與人間環境的界限，從而發展了文人對前一類題材的關注；其次，大乘對佛的身相之關注和佛陀法身、色身遍在的觀念將對清淨山水的觀照提升至莊嚴的體證生命眞實的層次之上；復次，由佛教將主體性作爲世界的根源，山水詩的開山者初步確立了對自然的現象論態度。日後一度主導中國詩學的「詩境」說，於此已開始萌芽。這樣的結論並不意味著對老莊思想對山水詩貢獻的否定，後者，特別是郭象玄學以「遊外而冥內，無心以順有」所開拓內在超越之途以自然生命之原發精神，在更早的時期發展了文人對於自然的熱愛和敏感性。後世的山水詩其實是結合了上述兩種因素而發展的。特別是禪宗，強調「法元在世間，於世出世間」，使明月清風在在皆是，這其實一方面發揚了《維摩詰經》不必林中樹下方爲宴坐的觀念，一方面則可看作向老氏蓬廬田園世界的回歸。然而，無論後世的山水詩人是否持有佛教信仰，他都經文類這一文學中最重要的歷史記憶傳送者而承繼了大謝基於佛教容受的某些觀念。另一方面，佛教對中國詩學傳統的重鑄又不止限於大謝的遺產，其影響的最大值將由「境」這個唐宋詩學的中心審美範疇所體現。而這只能留待以後的討論了。

第二章
如來清淨禪與王維晚期山水小品 *

引言

　　論及中國詩歌與佛教的關係，有「詩佛」美稱的王維（701-761）
似乎永遠是個可隨手拈來的例證。1994-2003年中國大陸發表的有關王
維的論文，已計有兩百餘篇，其中至少半數涉及這位盛唐詩人的佛教
信仰。然而，值得提出的問題卻是：何以學界對佛學與其詩學觀念的
關係又語焉不詳呢？其癥結即在：大陸學者多預設南宗為研究王維思
想的前提 1。有此，王維詩歌更廣闊的宗教背景遂被忽視了。此說之淵

＊　本文原載台北《漢學研究》第21卷第2期（2003年12月），2004年修補後
　　收入中華版，2010、2011年又作兩次修補。

1　此處承接上文，係指中國大陸王維詩歌研究的主流而言，包括陳鐵
　　民、陳允吉和孫昌武這些資深學者（本章以下涉及的陳鐵民、陳允吉有
　　關王維與僧侶交遊的研究不在此列）。但亦不能一概而論。如大陸學者
　　周裕楷即提出：「人們一般把王維詩作看作南宗禪影響的產物……不
　　過，在我看來，王維詩受北宗的影響似乎更大。」（《中國禪宗與詩
　　歌》，上海人民出版社，1992年，頁63）。但除卻修禪方式而外，周氏
　　對王詩與北宗禪的關係的探討，尚未深入。此外，趙昌平在〈從王維
　　到皎然〉（見廣西師範大學出版社1997年版《趙昌平自選集》頁160-
　　180），賈晉華在《唐代集會總集與詩人群研究》（北京大學出版社2001
　　年，頁118）均以王維詩作兼攝南北禪。台灣學者楊文雄、蕭麗華亦實
　　際是從南北宗兼攝的角度來討論王維詩作，分別見楊氏，《詩佛王維

源，或可上溯至明人董其昌。董氏〈畫禪室隨筆〉一文謂南宗畫家王摩詰「始用渲淡，一變拘研之法」，遂如六祖慧能，流裔綿綿不絕；而禪、畫之北宗則率皆「微矣」[2]。董其昌在此並非論詩，亦未言及王維詩與慧能禪有何關聯，但他卻無意中將南宗畫附會於南宗禪，以中國文化注重直感和聯想的傳統，後人盡可在詩人和居士的王維之間也牽出種種瓜葛。甚或清人王士禎、牟願相論王維詩以「祖師語」、「初祖達摩過江說法」亦出此思路。因爲自天寶以後，神會力挺的慧能南禪即爲禪學正統。除卻北宗敗落，神會被敕立爲七祖而承續曹溪禪的原因而外，亦有以「南」彰顯楞伽、般若所從出的南天竺正統的意味[3]。實際上，神會與神秀宗派之爭中的學理成分，不僅在南宗所寫的禪宗史中被誇大，且在現代對禪宗史研究卓有建樹的學者胡適的著作中被高估，慧能遂以此成爲中國禪的創始者[4]。故而，討論王維思想與禪學關聯，必以慧能、神會爲圭臬。原本繩繩相續的早期禪宗歷史遂被割裂。

　　胡適歿後，東瀛以柳田聖山爲代表的禪宗史學者經對早期禪宗文獻的再整理，進一步廓清了禪宗史的迷障。即一方面證實了胡適早年提出，卻未暇證明的洪州馬祖爲中國禪「完全成立」的推測[5]；另一

（續）──────────

　　　研究》(台北：文史哲出版社，1988年)和蕭氏，《唐代詩歌與禪宗》
　　　第3、4章(台北：東大圖書公司，1997年)，頁73-141。

2　〈畫禪室隨筆〉，《歷代論畫名著彙編》，沈子丞編(北京：文物出版
　　　社，1982)，頁253。

3　詳印順，《中國禪宗史》(新竹：正聞出版社，1998)，頁85-89。

4　此爲大陸學者傳統說法，實承胡適以神會爲禪宗的「革命者」說法而
　　　來。印順以爲實際上中國禪的建立者應是牛頭馬融，楊曾文以爲是道
　　　信、弘忍，而當今不少日本學者以爲是馬祖道一，而美國學者佛克
　　　(Griffith Foulk)則甚至將中國禪的黃金時代下移至宋代。

5　〈答湯用彤先生書〉，(近現代著名學者佛學文集)《胡適集》黃夏年
　　　(編)(北京：中國社會科學出版社，1995)，頁60。

方面，又從實質上糾正了胡氏禪宗史研究中的偏頗，即以神會爲「新禪學的建立者」[6] 和推翻楞伽宗「革命」[7] 的說法。柳田指出了：南北宗學理上漸與頓，甚至楞伽與般若的分野，在很大程度上其實是出自神會爲宗派鬥爭需要的捏造。神秀的〈大乘無生方便門〉明明就有「一念淨心頓超佛地」的說法[8]。甚至南宗經典《壇經》亦不乏北宗影響[9]。阿部肇一更進而指出南、北宗鬥爭的宮廷政治背景：由於則天朝採行保護神秀禪的政策，而玄宗朝須迎請與則天朝了無瓜葛的神會。因此，「一往所謂滑臺大雲寺法會上排斥北宗禪的情事，實際就是王琚一派的權力政治鬥爭。」[10]日本學界這些論點已基本爲西方學界所接受。麥克瑞(John R. McRae)和法爾(Bernard Faure)論著的出版和影響即爲明證。柳田弟子麥克瑞宣稱：「南宗是以北宗爲前提存在的，在神會爲自己的宗派鬥爭而創造北宗這一名號之前並無北宗存在。」[11]法爾也寫道：「北宗一詞本身即爲誤導，因爲由此可設置南宗的存在。實際上，神秀一系出現時並無對手，只被稱做東山法門。」事實是，神會「爲建立宗派意識的需要，有必要製造一個作爲

---

6 〈荷澤大師神會傳〉，《胡適集》，頁97。

7 〈楞伽宗考〉，《胡適集》，頁195。

8 《大正新修大藏經》第85冊，頁1273。杜朏《傳法寶記》甚至以「密以方便開發，頓令其心直入法界」論弘忍禪法。

9 柳田有關論著主要有：〈語錄的歷史：禪文獻成立史的研究〉，《東方學報》57(1985)：211-663，《無的探求：中國禪》(東京：岩波書店，1969)，《初期禪宗史書研究》(京都：法藏館，1967)。持類似觀點的日本學者尚有宇井伯壽及田中良昭等。上述資料由賈晉華博士提供，特此鳴謝。

10 阿部肇一，《中國禪宗史》，關世謙譯(台北：東大圖書公司，1986)，頁69-81。

11 John R. McRae, *The Northern School and the Fomation of Early Ch'an Buddhism*, p. 241.

異端的替罪羊,而這就輪到了北宗」[12]。然而,國際學界這一進境,卻未能在王維詩歌研究中表現出來。

有鑒於此,本章旨在從後胡適的禪學研究背景中重新探討王維詩歌中的禪宗影響。本章無意否定南、北宗在學理上差異的存在,實際上柳田本人也探討了兩者的差異。然而,以洪州馬祖所立「祖師禪」作爲參照系,北宗與南宗的慧能、神會都應被視作如來清淨禪。祖師禪與如來禪的分限,遠比南、北宗之判更爲本質。所謂如來清淨禪,如宗密所言,即「頓悟自心本來清淨,元無煩惱,無漏智性本自具足,此心即佛,畢竟無異」[13]。在此,如來藏清淨心體的超越性依然被肯認(雖然是在不同程度上),依持此眞心、臻至此清淨心靈境界才是宗教修持的究竟。而未如洪州馬祖道一開創的南宗「祖師禪」那樣,肯認心體即爲無凡聖的「平常心」,聲言「道不用修」[14],「乃可隨時著衣吃飯,長養聖胎,任運過時」[15],乃至「若識得釋迦即者凡夫是」[16],從而消泯了宗教實踐與日常生活的界限[17]。而從東山法

12　Bernard Faure, *The Will to Orthodoxy*, pp. 6-9.

13　《禪源諸詮集都序》卷上之一,《中國佛教叢書·禪宗編》,第1冊,頁259。

14　《馬祖道一廣錄》,《新編卍續藏經》(台北:新文豐出版公司,1983),第119冊,頁812。

15　〈江西道一禪師傳〉,《景德傳燈錄》卷6,《大正新修大藏經》,第51冊,頁244。

16　丹霞天然禪師語,見《景德傳燈錄》卷14,同上書,頁311。

17　如來清淨禪與祖師禪的界限爲由洪州分衍的潙仰宗創始人首先提出。仰山慧寂曾謂香嚴智閑:「汝只得如來禪,未得祖師禪。」(《景德傳燈錄》卷11,《大正新修大藏經》,第51冊,頁283)《寶林傳》卷8亦載一偈曰:「亦不睹惡而生嫌,亦不觀善而勤措,亦不捨愚而延賢,亦不抛迷而就悟。達大道兮過量,通佛心兮出度,不與凡聖同躔,超然名之曰祖。」(《中國佛教叢書·禪宗編》,第1冊,頁641。)均引自Jia Jinhua , section 5, chapter two, "The Hongzhou School of Chan Buddhism

門到慧能、神會，縱然被一些學者看作是自如來禪向祖師禪過渡的開始[18]，卻依然守著這一界限。故而，王維時代二宗之間並非南北判然，而是兼有包容、發展的繩繩相續的過程。而本章以「如來清淨禪」界說王維，則一方面避免陷入南、北門戶之爭，另一方面亦指明王維思想偏向於東山法門的實質。

　　本章探索的重點是晚期王維「禪境詩」的精品——以《輞川集》和《皇甫岳雲溪雜題五首》為代表的五言絕句山水小品——和禪宗的關係。古人論及輞川絕句，一方面見其「字字入禪……與世尊拈花，迦葉微笑，等無差別」[19]；另一方面，亦稱其「於詩，亦為一祖。……確然別為一派」[20]，「開後來門逕不少」[21]。足見此是觀察王維詩歌獨創性得諸空王之道助的最佳去處。基於對作品範圍的選擇，本章的探討將由輞川時期前後王維的禪學背景開始，此一探討表明：歷史地確立一個研究王維山水小品的思想框架，應注意南宗以前東山法門的思想資料。雖然王維詩文中有某些南宗傾向的宣示，但早期禪宗思想發展繩繩相續的性質，則為吾人提供了理解此矛盾的依據。由此，本章再轉入對王維這一獨創詩境與禪學關係的討論。而此討論之最終目的，並非僅在為上述詩作提供詮釋，而是希望進一步揭示出這位山水詩大家藉禪學為中國抒情傳統所開啟的新的經驗世界、新的時空意識和取材原則，亦即本章統稱以「詩學」(poetics)的審美和立美方式。

（續）─────────────────────

　　　and the Tang Literati" Ph.d. diss., University of Colorado at Boulder, 1999.

18　見方立天，〈如來禪與祖師禪〉，《中國社會科學》2000年第5期，頁138-139。

19　王士禛，《帶經堂詩話》卷3，頁83。

20　方東樹，《昭昧詹言》卷16(北京：人民文學出版社，1961)，頁387。

21　宋犖，《漫堂說詩》卷1，《四庫全書存目叢書》(第421冊)本，頁144。

一、輞川時期王維的禪學背景

　　本章將王維以近體詩中最爲精鍊短小的五言絕句體裁寫出的如
《輞川集》、《皇甫岳雲溪雜題五首》、〈山中〉、〈書事〉、〈山
茱萸〉、〈答裴迪輞口遇雨憶終南山之作〉等稱作山水小品。這些作
品中，《皇甫岳雲溪雜題五首》和〈書事〉的作年最無從考證。故被
陳鐵民列入未編年之作。但從《皇甫岳雲溪雜題五首》所寫的自然風
物看，除桂花外，多見於輞川諸什。即便〈鳥鳴澗〉的「桂花」，亦
見於〈崔九弟欲往南山馬上口號與別〉一詩。從詩人生平遊蹤考慮，
亦可能寫於與輞川地貌相似的藍田某處朋友的別業。王維的〈皇甫岳
寫眞傳〉中「雲溪之下，法本無生」[22]兩句顯示：這位皇甫氏如王維
一樣，亦是在別業中安禪宴坐之人。倘若如此，這些作品應皆作於王
維居輞川時期。按王維〈請施莊爲寺表〉，王維營藍田輞川別業本爲
其母持戒安禪。陳鐵民〈王維年譜〉根據儲光羲〈藍上茅茨期王維補
闕〉一詩中王維的官銜和崔氏卒年，將詩人經營別業的開始定在天寶
三載(744)，又以〈請施莊爲寺表〉和〈酬諸公見過〉判斷王維於守
母喪期間居住輞川。又據《舊唐書》對王維復官後至卒前生活景象的
描寫，判斷王維約在乾元初(758)施莊爲寺[23]。陳氏的這一年表基本
可信，《宋高僧傳·唐金陵鍾山元崇傳》所載元崇至德初(756)以後
於輞川別業與靜室焚香的王維相遇即是旁證[24]。確立這樣一個時間表
對判斷王維山水小品與禪學的關係非常重要。

22　《王維集校注》(北京：中華書局，1997)，第4冊，頁1158。
23　《王維集校注》，第4冊，頁1350-1366。
24　贊寧，《宋高僧傳》(北京：中華書局，1997)，上冊，頁418。

　　王維生活的西元8世紀是禪宗迅速崛起和禪門分化的時代。在此世紀的後期，南宗經荷澤神會、洪州馬祖和石頭希遷逐漸確立主流地位。在此之前，則是弘忍以後東山法門的分化，其中荷澤神會與神秀的宗派之爭尤令人矚目。以往斷定王維有南宗禪背景的證據主要有以下三條：(一)王維於南陽臨湍驛與神會會面，「語經數日」，此事見於《神會和尚問答雜徵義》[25]。據陳鐵民《年譜》，時間應為開元二十八年(740)；(二)天寶五、六年(746-747)受神會之託，王維作〈能禪師碑並序〉；(三)天寶十二年(753)王維在送衡嶽南宗僧人璿公詩的序中說：「滇陽有曹溪學者，為我謝之。」[26]流露對曹溪禪的心儀之情。這三件事，恰巧都發生在上述輞川時期或稍前，故謂輞川詩作受到南宗禪某種影響，似有所根據。但據此即以王維已「皈依」了南宗禪，卻根本無法成立。因為開元二十八年南陽臨湍驛王維所會面的僧人，不僅有神會，且有北宗禪師惠澄。從神會與王維的對話也看不出後者對前者的折服：

　　王侍御問和上言：「若為修道解脫？」
　　答曰：「眾生本自心清淨。若更欲起心有修，即是妄心，不可得解脫。」
　　王侍御驚愕云：「大奇，曾聞大德皆未有作如此說。」乃為寇太守、張別駕、袁司馬等曰：「此南陽郡有好大德，有佛法甚不可思議。」……
　　王侍御問和上：「何故得不同？」

25　《神會和尚禪話錄》，楊曾文編校(北京：中華書局，1996)，頁85-86。
26　《王維集校注》，第2冊，頁335。

答曰：「今言不同者，爲澄禪師要先修定以後，定後發慧。
即知不然。今正共侍御語時，即定慧俱等。……」

王侍御問：「作沒時是定慧等？」

和上答：「言定者，體不可得。所言慧者，能見不可得體，
湛然常寂，有恆沙巧用，即是定慧等學。」

……澄禪師諮王侍御云：「惠澄與會闍梨則證不同。」

王侍御笑謂和上言：「何故不同？」

答：「言不同者，爲澄禪師先修定，得定已後發慧。會即不
然。正共侍御語時，即定慧俱等。是以不同。」

侍御言：「闍梨只沒道不同？」

答：「一纖毫不得容。」

又問：「何故不得容？」

答：「今實不可同。若許道同，即是容語。」[27]

　　在王維聽到神會說「若更欲起心有修，即是妄心」之後，十分驚
愕，所謂「大奇，曾聞大德皆未有作如此說」的反響，正說明此時王
維尙對南宗禪十分生疏[28]。雖然這已是滑臺大雲寺無遮大會的辯論發
生六年以後。王維連續追問五次之多，根據這段記載，最後似未完全
信服。況且，這個對話係神會門人所記錄，自然以宣明荷澤禪的立場
爲主旨。由此無法得知王維與北宗僧人惠澄的交談情況。因此，由
《神會和尙問答雜徵義》中這段文字，至多只能推斷說王維從神會本
人直接接觸了南宗禪法而已。

27　《神會和尙禪話錄》，頁85-86。
28　陳鐵民，〈王維與僧人的交往〉一文即提及此觀點，見《文獻》1985
　　年第3期，頁32。

王維天寶五、六年所作〈能禪師碑並序〉言及曹溪禪學，謂「得無漏不盡漏，度有爲非無爲者，其惟我曹溪禪師乎？」該序且涉及「密授祖師袈裟」、「世界一花，祖宗六葉」和「頓門」這些南、北宗派之爭的敏感問題，與無遮大會上神會的辯白一脈相承，透露出後者對王維寫作此碑的直接影響。說到神會則謂「先師所明，有類獻珠之願；世人未識，猶多抱玉之悲」[29]。此文的寫作時間，正值北宗勢力連天，曹溪一系沉廢之時。顯然是神會借王維一代文宗之名以行宗派爭雄之實的產物。王維或許對一度失勢的曹溪一系有所同情，然其本人與任何宗派並無隸屬關係。所以，才能在作〈能禪師碑並序〉十二年後即乾元元年(758)，又作〈爲舜闍黎謝御題大通大照和尙塔額表〉，代北宗僧人向肅宗爲北宗領袖人物神秀、普寂題寫塔額致謝。此正是荷澤一系因爲朝廷募集「香水錢」以助軍須而受到「詔入內供養」，「爲造禪宇於荷澤寺內」的優遇，而「使秀之門寂寞」[30]之時。倘若王維眞是早已皈依南宗，那是難以想像的。故而，〈能禪師碑並序〉中宗派之爭的文字，恰恰披露了作者見託於神會、代爲其言的性質。下文將要說明，不無諷刺的是，縱然在這樣的文字裡，王維竟也無意間透示出北宗的某些傾向。故以作此碑即斷言王維皈依南宗，是不足爲據的。

王維天寶十二年在送衡嶽南宗僧人瑗公詩序中對曹溪禪所表達的景仰之情，同樣難以成爲其已皈依南宗的證據。因爲此後他繼續與北宗僧人保持來往，除上述爲舜闍黎謝肅宗御題大通大照塔額外，尙有見於《宋高僧傳》卷十七的與北宗僧人元崇在輞川別業的會晤。此事

29　《王維集校注》，第3冊，頁807，834。
30　《宋高僧傳》卷8，上冊，頁180。

發生在至德初年(756)以後[31]，即送璦公詩序寫出的三年以後。元崇
是璿禪師的弟子。璿禪師是《景德傳燈錄》卷四所載嵩山普寂四十六
法嗣之一[32]，自然是北宗僧人。王維於開元末年作〈謁璿上人並序〉
稱「誓從斷葷血，不復嬰世網……夙承大導師，焚香此瞻仰」[33]，可
見璿上人應是王維的精神導師之一。由此推斷，元崇入輞川往訪王
維，很可能是後者與璿禪師多年交往的繼續。此次與元崇會晤，據
《宋高僧傳》的記載，是「抗論彌日，鉤深索隱，襟期許與」，最後
以王維的感嘆「佛法有人，不宜輕議也矣！」[34]結束。王維折服的程
度，遠過於《神會和尚問答雜徵義》所記載其為神會折服的程度。

　　由以上所論可知：謂王維晚年皈依南宗是難以成立的。論者有意
無意地迴避了一切王維與北宗交往的證據，才達致此結論。從王維一
生看，以陳鐵民的說法，可確考的南宗僧人其實僅有神會和璦公兩人
而已[35]。而他與南宗以外僧人的交往，相比之下，則開始得更早，範
圍也更廣。王維〈請施莊為寺表〉謂其母崔氏「師事大照禪師三十餘
歲」。大照即普寂(651-739)，乃神秀之後自任七祖的北宗教主。其
弟王縉〈東京大敬愛寺大證禪師碑〉亦披露了其與普寂一系非比尋常
的關係：「縉嘗官登封，因學於大照。又與廣德素為知友。大德弟子
正順，即十哲之一也。視縉猶父。」王縉在文中還列出了一個自達摩

31 《宋高僧傳》卷17，上冊，頁418。陳允吉甚至認為「至少不會早於乾
　　元二年」。見其〈王維與南北禪僧關係考略〉，《唐音佛教辨思錄》
　　（上海：上海古籍出版社，1988），頁64。
32 《景德傳燈錄》卷4，《大正新修大藏經》，第51冊，頁224。此條證據
　　係陳鐵民提出，見其〈王維與僧人的交往〉一文，頁35。
33 《王維集校注》，第1冊，頁179。
34 《宋高僧傳》卷17，上冊，頁418。
35 〈王維與僧人的交往〉，頁37。

至普寂、廣德的禪法祖統，可見王縉對北宗的正統頗為認同[36]。王維
在家庭氛圍中沾受佛教影響，開元十五年(727)其上任時作〈偶然
作〉，其中「愛染日已薄，禪寂日已固」兩句是其最早的佛教生活自
白。王維天寶三年經營輞川別業本為其母崔氏持戒安禪。王維本人在
此的活動，很大程度上亦當是「焚香靜室」，修學無生。很難想像王
維自青年時代開始的佛教信仰會不受到其家庭與北宗關係的影響。顯
然正由於有此影響，王維才與北宗即東山法門的諸多名僧交往。除上
文提到的璿禪師、元崇、惠澄而外，王維的詩文還透露出其與北宗另
兩位名僧的瓜葛：〈淨覺禪師碑銘〉證明其與玄賾的弟子、《楞伽師
資記》的作者淨覺的關係，而〈過福禪師蘭若〉一詩則顯示他與一位
「福禪師」的交遊。這位「福禪師」若不是遊於終南化感寺二十年的
神秀弟子義福[37]，即是神秀四大弟子的另一位——藍田玉山的惠福。
上文曾說到王維以「夙承大導師」描述其與普寂四十六法嗣之一璿禪
師的關係。但為王維開悟的至少還有一位道光禪師。作於開元二十七
年的〈大薦福寺大德道光禪師塔銘序〉中，詩人坦言「維十年座下，
俯伏受教」，證明王維早於開元十七年(729)即從華嚴僧人道光師受
聲聞戒[38]。而對獨一的形上之心的關注和強調佛教的實踐性，正是華
嚴影響和結附北宗禪之處。至於華嚴本身，當時其實又並無真正的宗
派認同意識。

　　以上事實說明：王維在天寶二十八年三十九歲時見到神會之前，

36　《全唐文》卷370(北京：中華書局，1996)，第4冊，頁3757-3758。

37　陳允吉和陳鐵民皆有此推斷，見其〈王維與南北禪僧關係考略〉，頁
　　52，〈王維與僧人的交往〉，頁38。

38　關於道光禪師的佛教宗門，請參見陳允吉，〈王維與華嚴宗詩僧道
　　光〉一文，載《唐音佛教辨思錄》，頁39-49。

對南宗禪是完全生疏的。從其家庭宗教氛圍和早期與僧人的交遊判斷，他的佛教啓蒙是由北宗即東山法門以及其他佛教宗派的禪師完成的。在見到神會之後，他雖對被貶逐的南宗一度同情，但其與北宗禪師的往來也一直維持到晚年。因此，王維或許受到南宗的某些影響，但絕未與北宗分道揚鑣，他本不必入一家之門戶。因爲從學理而論，北、南二宗學理關係是一種既見包容吸收，亦有發展的過程。王維的宗教生活歷程，不過是從一側面典型地展現這一眞實的禪宗歷史而已。

王維詩文中所表露的禪宗思想，亦與其宗教生活歷程相符。爲說明這一點，有必要先對北、南二宗學理上的差異有所了解。柳田聖山曾以僧肇的即體即用思想——即以主體的實踐立場理解本體觀念——來觀察中國佛教特別是禪宗思想的全幅發展。由此，自早期禪宗經北宗、荷澤宗到洪州禪的發展，則可看作一不斷從體到用，以至最終成爲日常生活宗教之繩繩相續的過程。那麼，正如麥克瑞所指出，弘忍的〈導凡聖悟解脫宗修心要論〉以「顯然守心、妄念不生，涅槃法日，自然顯現」[39]代表了早期禪宗受《楞伽經》影響，更強調具足無漏而不空的如來藏心體的傾向，而北宗的「看淨」、「離念」則已經「以強調宗教實踐的動態方面而爲禪的後來諸階段開啓了先例」[40]。至荷澤對神秀「觀心」、「攝心」、「離念」等觀念的批判，則以般若的空的活動性代替了終極的超越清淨心體，「把無住心套入如來藏自性清淨心系統中」[41]。但神會畢竟還肯定著根源性的「無住之心有

39　〈導凡聖悟解脫宗修心要論〉，敦煌卷子P(伯希和)3559(3664)，見林世南、劉燕遠、申國美編，《敦煌禪宗文獻集成》(北京：全國圖書館文獻縮微複製中心，1998)，上冊，頁475。

40　John R. McRae, *The Northern School and the Fomation of Early Ch'an Buddhism*, p. 250.

41　牟宗三，《佛性與般若》(台北：臺灣學生書局，1997)，下冊，頁

本知」。此「本知」一方面開啓了通向無凡聖之別普遍主體性的道路，另一方面，則又保有了心體清淨的境界。到洪州禪的「平常心是道」風行天下之時，荷澤竟也遭到先前北宗的命運。這樣，「中國禪思想的方向，是由體而運作地流向用的。」[42]由以上歷史發展的大視野，北、南二宗學理上的不同，可概括爲以下數端：首先，北宗禪由對「淨心」、「染心」的分別，在實踐上強調「看心若淨」或「覺義者心體離念」[43]，更凸顯一分解的清淨心體之超越位置；而南宗卻以爲對心亦不可執著，謂「心無住處」，「不得將心直視心」[44]，從而彰顯了心作爲工夫的「不捨不著」。其次，雖然北宗從根本上強調「萬法皆是心業所現」，但正如神會指斥北宗修行時所歸納的，所謂「凝心入定，住心看淨，起心外照，攝心內證」，畢竟肯認了內證和外照的區分，並連帶肯認了心、物的分隔；而南宗則更接近《般若經》續譯八品以第一義空爲佛性的思路[45]，更追求「虛空無故，非內非外」的無差別境界。復次，北宗由主張「離念」、「看淨」肯認了由禪定而至本覺之慧的修行過程；而南宗卻由從空寂本體上起知，以爲「定慧一體不是二」[46]，「定慧雙修，不相去離。……如世間燈光不相去離」[47]。吾人不妨藉此三端觀察王維本人特別其晚期的禪學，以印證前述判斷的結論。

　　王維作於開元後期的〈薦福寺光師房花藥詩序〉比較明顯表達了

（續）―――――――――――――

　　　1047。

42　《中國禪思想史》，頁143。

43　神秀，〈大乘無生方便門〉，《大正新修大藏經》，第85冊，頁1273。

44　《南陽和上頓教解脫禪門直了性壇語》，《神會和尚禪話錄》，頁9。

45　可參看印順，《如來藏之研究》（台北：正聞出版社，1992），頁251-274。

46　《六祖大師法寶壇經》，《大正新修大藏經》，第48冊，頁26。

47　《南陽和上頓教解脫禪門直了性壇語》，《神會和尚禪話錄》，頁10。

非南宗禪的學理傾向，文中寫道：

> 至人者不捨幻，而過於色空有無之際。故目可塵也，而心未
> 始同；心不世也，而身未嘗物。物者方酌我於無垠之域，亦
> 已殆矣[48]。

這段話中王維明顯將塵與心以及我與物區分開來，且以「心未始同，
心不世也」彰顯清淨之心的超越性質。與上文對開元二十八年他與神
會會晤前思想的判斷完全一致。王維有〈苦熱〉一詩，前半極寫赤日
滿地，川澤竭涸之苦，最後以「卻顧身為患，始知心未覺。忽入甘露
門，宛然清涼樂」[49]作結，凸顯心體之清涼境界。尤值得提出的是，
在〈能禪師碑〉這篇受神會之託所寫、作於天寶五、六年即輞川時期
的文字中，王維竟也重複地表露出上述的北宗學理。如此碑序中在稱
頌慧能時，以「素刲其心，獲悟於稊稗」和「林是旃檀，更無雜樹；
花惟薝蔔，不嗅餘香。皆以實歸，多離妄執」[50]兩句，分明地透露出
北宗「離念」、「拂塵」禪法的影響。而文中有關慧能弘揚禪學有
「妄繫空花之狂，曾非慧日之咎」[51]一句，標舉清淨之心的意味甚
濃。日與鏡向是禪宗關於心的兩個隱喻，其中「日」「由其強調本質
上的靜態，代表修行中的止或奢摩他(sámatha)：永恆地承認佛性的
首要義和休止心的活動」；而「『鏡』則與『觀』或毗缽舍那

48　《王維集校注》，第3冊，頁747。
49　《王維集校注》，第2冊，頁571。
50　〈能禪師碑並序〉，《王維集校注》，第3冊，頁812，827。
51　《王維集校注》，第3冊，頁818。

（vipasyanā）相關」，在用法上更偏於心之作用和動態[52]。王維以「慧日」喻清淨之心和佛性，見出其更接近東山法門的淵源。頗爲諷刺的是，上述三處北宗意味頗濃的表述竟出現在意欲宣揚南宗正統的碑文中，正說明是碑標榜宗派的意義實大於學理的意義。

上文已說到王維〈薦福寺光師房花藥詩序〉有將塵與心以及我與物區分開來的傾向。這樣的傾向亦見於其開元二十九年（741）所作〈謁璿上人〉一詩的序文。在稱道這位北宗僧人「外人內天，不定不亂」之後，詩人寫道：

> 捨法而淵泊，無心而雲動。色空無得，不物物也；默語無際，不言言也……[53]

這是描寫璿上人淵泊如同止水的境界。然謂「捨法」和「不物物」，則仍有一能與所的分別。在王維表述佛教般若思想的文字中，他也更針對外法（包括身體）而言，而非表達《大般涅槃經》續經「如來亦空，大般涅槃亦空」的觀念。其所謂「在百法而無得，周萬物而不殆」[54]，所謂「了觀四大因，根性何所有……色聲何謂客，陰界復誰守？……無有一法眞，無有一法垢」[55]，所謂「礙有固爲主，趣空寧捨賓！……色聲非彼妄，浮幻即吾眞」[56]，等等皆是如此。

52　John R. McRae, *The Northern School and the Fomation of Early Ch'an Buddhism*, pp. 248-249.

53　《王維集校注》，第1冊，頁179。

54　〈能禪師碑並序〉，《王維集校注》，第3冊，頁807。

55　〈胡居士臥病遺米因贈〉其一，《王維集校注》，第2冊，頁528。

56　〈與胡居士皆病寄此詩兼示學人二首〉其一，《王維集校注》，第2冊，頁532。

至於王維對定與慧的態度。其明白宣示的文字，似乎比較矛盾。
〈能禪師碑序〉下面一段話，在敘述慧能禪理時完全肯定了南宗禪
「定慧等」的觀念：

> 至於定無所入，慧無所依，大身過於十方，本覺超於三世。
> 根塵不滅，非色滅空；行願無成，即凡成聖。舉足下足，長
> 在道場；是身是情，同歸性海。[57]

但這卻並非王維一貫的禪法，〈青龍寺曇壁上人兄院集序〉說到曇壁
上人時即有「以定力勝敵，以惠用解嚴」[58]這種將定、慧分開的觀
念。「定慧等」甚至也不是作〈能禪師碑〉後對禪法的主要看法。作
於天寶末年的〈過盧員外宅看飯僧共題七韻〉一詩中他這樣寫到諸僧
的禪定：

> 趺坐檐前日，焚香竹下煙。寒空法雲地，秋色淨居天。身逐
> 因緣法，心過次第禪。不須愁日暮，自有一燈燃。[59]

此處禪法指趺坐和修習九次第，而絕非神會所說的「今坐者，念不起
爲坐；今言禪者，見本性爲禪，所以不教人坐身住心入定」[60]。在前
引〈爲舜闍黎謝御題大通大照和尚塔額表〉中，他在稱頌肅宗時也寫
道：

57　《王維集校注》，第3冊，頁817。
58　《王維集校注》，第1冊，頁228。
59　《王維集校注》，第2冊，頁342。
60　《菩提達摩南宗定是非論》，《神會和尚禪話錄》，頁31。

伏惟光天文武大聖孝感皇帝陛下，登滿足地，超究竟天，入
三解脫門，過九次第定，見聞旨自在，不住無爲，理事自
如，終非有漏。[61]

此外，王維詩篇中寫到宴坐之處很多，如〈登辨覺寺〉有「軟草承趺
坐，長松響梵聲」[62]，〈燕子龕禪師〉有「山木日陰陰，結跏歸舊
林」[63]，〈過福禪師蘭若〉有「欲知禪坐久，行路長春芳」[64]，〈過
香積寺〉有「薄暮空潭曲，安禪制毒龍」[65]，等等，皆透露出禪法對
他而言，主要是坐禪而非行禪，即並非神會推崇的「不捨道法而現凡
夫事，是爲宴坐」[66]。而且，王維詩中屢屢寫到「閉關」、「掩扉」
也似乎與東山法門的傳統禪修相關。《唐書》本傳謂維「退朝之後，
焚香獨坐，以禪誦爲事」[67]亦可印證此一判斷。

　　以上的證據說明：自禪的學理而言，王維亦與北宗即東山法門的
關聯更多，這與上文所分析的其與僧侶的交遊和宗教生活歷程的結論
基本一致。當然，王維亦時而表現出某些南宗禪的影響。除上文提到
的〈能禪師碑序〉中定慧的南宗觀念而外，作於晚年的〈與胡居士皆
病寄此詩兼示學人二首〉其一中亦有「洗心詎懸解？悟道正迷津」[68]一
語，似乎是重複開元二十八年南陽臨湍驛之會中神會的禪理：「若更

61　《王維集校注》，第4冊，頁1077-1078。
62　《王維集校注》，第1冊，頁176。
63　《王維集校注》，第2冊，頁572。
64　《王維集校注》，第2冊，頁593。
65　《王維集校注》，第2冊，頁595。
66　《維摩詰所說經》卷上〈弟子品〉，《大正新修大藏經》第14冊，頁
　　539。
67　《舊唐書》卷190下(北京：中華書局，1991)，第15冊，頁5052。
68　《王維集校注》，第2冊，頁532。

欲起心有修，即是妄心，不可得解脫。」但其時北宗業已式微，王維
亦大約去離了輞川的生活。總上所述，可以作出如下判斷：王維輞川
時期的山水小品，是在北宗即東山法門禪學的籠罩之下完成的。其時
他一度對神會及其所代表的南宗的遭遇表示過同情。但這種同情，主
要表現爲宗派立場的某種宣示，而非禪理的完全認同。正因爲北、南
二宗衝突的實質主要即是宗派爭雄，王維浸染於東山法門，卻不時流
露出對南宗的心儀之情才不難理解。

二、王維晚期山水小品的獨特品質

近人聞一多曾說：「王維獨創的風格是《輞川集》，最富於個
性，不是心境極靜是寫不出來的，後人所謂詩中有畫的作品，當是指
這一類，這類詩境界到了極靜無思的程度，與別家的多牢騷語不同，
在靜中，詩人便覺得一切東西都有了生命。」[69]聞氏的看法與前引清
人所謂輞川之什「亦爲一祖」，「開後來門逕不少」的意思相近，且
談到了此類詩洞照出的精神境界。但卻與清人方東樹、宋犖一樣，未
對詩的形式上的獨創性作一深究。本章以爲：輞川山水小品之於中國
抒情傳統的意義，在開創出一新的風格和精神世界。倘若吾人接受俄
國偉大文論家巴赫金(M.M. Bakhtin)的觀念，即以提出「觀察和概括
現實的一定選擇原則和確定形式，以及進入經驗世界的確定廣度與深
度」[70]爲文類的定義，則王維以《輞川集》爲代表的山水小品甚或爲

69　鄭臨川編，《聞一多論古典文學》(重慶：重慶出版社，1984)，頁138。

70　M.M. Bakhtin & P.N. Medvedev, *The Formal Method in Literary
　　Scholarship: A Critical Introduction to Sociological Poetics* trans. Albert J.
　　Wehrle (Baltimore: The Johns Hopkins University Press, 1991), p. 131.

中國詩提供了一新的亞次文類(sub-genre)。但依照傳統，或許「格」是更妥帖的表達，因為「格」之一字，兼攝規格、風格、品格和格力諸義涵在內[71]。

清人紀昀有云：「五絕分章，模山範水，如畫家有尺幅小景，其格創自輞川。」[72]在此前的中國詩歌傳統中，還從未有這樣的小空間在詩中被一再地體味。此處的確「映現一種空間意識的醒覺」，並「經由這種醒覺個人一己的生命重新被體味、冥思、感知」[73]。無論從取景抑或生命感悟而言，這些作品都是完全新穎的。首先，它們絕無意展呈由大謝山水詩開創的須在旅程時間中漸次體味的空間景象──雖然王維並非不會寫作這樣的具行旅色彩的山水詩──〈自大散以往深林密竹蹬道盤曲四五十里至黃牛嶺見黃花川〉和〈藍田山石門精舍〉即是例證。

這些詩亦並非詩人在江行或登高極目時雜遝而來諸景的剪接，雖然這曾為其所擅場──王維是寫錯落淼淼水波間閭井萬家的聖手，像〈早入滎陽界〉的「河曲閭閻隘，川中煙火繁……漁商波上客，雞犬

---

71 古人藝文批評如王昌齡《詩中密旨》、《詩格》、皎然《詩式》、朱景玄《唐朝名畫錄》、謝榛《四溟詩話》、胡應麟《詩藪》等已廣泛用「格」於批評。王昌齡《詩中密旨》曰「詩有九格」，皎然《詩式》曰「詩有五格」等即自格式、規格言。謝榛《四溟詩話》以興、趣、意、理為詩之「四格」，即自風格、品格言。胡應麟《詩藪》謂「唐人詩主神韻，不主氣格」，「格」又與格力相關。讀者可參見成復旺(主編)，《中國美學範疇辭典》(北京：中國人民大學出版社，1995)，頁635-638。

72 《紀昀批蘇詩》，轉引自富壽蓀選注《千首唐人絕句》一書附錄〈唐人絕句輯評〉(上海：上海古籍出版社，1985)，下冊，頁998。

73 柯慶明，〈略論唐人絕句裡的異域情調：山林詩與邊塞詩〉，《境界的探求》(台北：聯經出版事業公司，1979)，頁183。

岸旁村」[74]，像〈渡河到清河作〉的「泛舟大河裡，積水到天涯。天波忽開坼，郡邑千萬家」[75]，像〈曉行巴峽〉的「晴江一女浣，朝日眾雞鳴。水國舟中市，山橋樹杪行。登高萬井出，眺迥二流明」[76]，像〈漢江臨眺〉有「江流天地外，山色有無中。郡邑浮前浦，波瀾動遠空」[77]……都深得小謝「以山水作都邑詩」[78]之壺奧，卻不為《輞川集》所認取。

這些詩更非李白的〈西嶽雲臺歌〉、〈廬山謠〉以及王維本人〈華嶽〉和〈終南山〉那類憑神思騁遊、凸顯宇宙透視的闊大氣象之作。更沒有因「宇宙的無窮廣大與人類個我存在的孤絕渺小迥然對立」而開顯的生命悲情[79]。所有這些傳統的謀篇題旨皆被摒棄，詩人忽然徑直關注起近在身邊當下的「尺幅小景」。以趙昌平的說法，詩人於此「已變山林田園之寫實性的描摹，為以我之近於空明的心地在山林田園之中剎那的體驗」；而「在體勢上又變動態的遊行為主線的格局，而為靜態的片段體認」[80]。

這種新的空間概念背後豈非一種對自然的新的鑑賞態度？日本學者小川環樹曾提出：漢語詩歌中「景」字從光明的意思過渡到景致（scenery or view）極可能發生在韓愈後一輩：「在張籍、賈島以及較後的詩人的作品中，這個轉義詞的使用開始明顯……張、賈，以及後

---

74 《王維集校注》，第1冊，頁41。
75 《王維集校注》，第1冊，頁51。
76 《王維集校注》，第1冊，頁93。
77 《王維集校注》，第1冊，頁168。
78 鍾惺，《古詩歸》卷13，轉引自《明詩話全編》，第7冊，頁7335。
79 見柯慶明，〈天高地迥，月照星臨——略論唐詩的開闊興象〉，《中國文學的美感》（台北：麥田出版股份有限公司，2000），頁187。
80 〈王維與山水詩由主玄趣向主禪趣的轉化〉，《趙昌平自選集》（桂林：廣西師範大學出版社，1997），頁120。

來詩人的詩境非常狹小，他們見到的外景總是局限於狹小的範圍。」
小川因此說，中唐以後，「景」在詩中「已經變成了可以細數列舉的
東西了」，至進入唐末五代，遂出現了以「瀟湘八景」等爲題的繪
畫[81]。小川提出的問題極具啓發性。但是，如果「景」是將外景局限
於狹小範圍並可以列舉，那麼《輞川集》和《皇甫岳雲溪雜題五首》
破天荒以一系列小地名來命題取材，則說明「景」理應更早已出現於
王維詩中，雖然其在當時的名稱是「遊止」，但特定時間、物候條件
下景色的意味已包含在詩的內容之中。

　　今人遂有以輞川二十景爲園林景觀的說法。但陳鐵民已證明：輞
水既是一條非屬私人的河流，輞川別業就不可能是一個有圍牆的莊
園。二十處遊止也「並非都爲王維所營造，歸王維所有，也不都在王
維別業的範圍內」[82]。以二十景爲園林景觀的說法，無疑是以後人的
作風附會於前人。一種更爲可信的說法應當是：《輞川集》的命題謀
篇其實重新界定了中國文化對風景的概念，並由此影響了造園藝術。
日本江戶時代漢詩摹仿《輞川集》以五言分別題詠一處所若干景點、
並統名爲園的風氣可爲旁證[83]。

　　而且，《輞川集》所寫的「景」絕非「天下絕境」，而多爲呈於
心而見於外的「須臾之物」[84]。取空間則一隅，攝時則多爲刹那：孟

81　〈風景的意義〉，譚汝謙編，《(小川環樹)論中國詩》，梁國豪、陳志
　　誠、譚汝謙譯(香港：中文大學出版社，1984)，頁27-29。

82　〈輞川別業遺址與王維輞川詩〉，載《中國典籍與文化》1997年第4
　　期，頁10-14。

83　詳見馬歌東，〈試論日本漢詩對王維五言絕句幽玄風格之受容〉，載
　　《人文雜誌》1995年第3期，頁102-107。

84　王國維，〈清眞先生遺事‧尚論三〉：「境界之呈於吾心而見於外物
　　者，皆須臾之物。」見《海寧王靜安先生遺書》(長沙：商務印書館，
　　1940)，第32冊，頁23上。

城坳的幾株衰柳、華子岡上的飛鳥、鹿柴深林青苔上的夕照……它直接令人想到或許這才是鈴木大拙心中最得禪意的馬遠繪畫的「一角」取景和後世東瀛俳句的淵源。就是這些平常的意象，織就了一片清淨。故而，明人顧璘謂輞川諸詩「近事淺語，發於天然」[85]。

　　這就是王維五言絕句山水小品的單純性。此單純性還表現在對詩中景物和思緒的盡量簡化。不妨看看盧象〈竹里館〉和《輞川集》同題詩的寫法有何不同：

　　　江南冰不閉，山澤氣潛通。臘月聞山鳥，寒崖見蟄熊。柳林
　　　春半合，荻筍亂無叢。回首金陵岸，依依向北風。[86]

　　　獨坐幽篁裡，彈琴復長嘯。深林人不知，明月來相照。[87]

盧象的詩寫的是不同的竹里館，地點應在江南。他寫了異地的氣候、物候、從聽覺和視覺中覺察到的鳥獸形跡、草木的狀態以及詩人對北方家鄉的眷戀。詩篇基本是描寫性質的，雖然對異地風物的描寫也流露出北人的陌生感。但這種描寫與詩人的情感之間是雅各布森所謂「轉喻的」（metonymic）即本質上敘述的關係，讀者很難體會到羅宗強先生所強調的「意境氛圍」。而王維的詩則只寫了獨坐者身邊的幽篁和明月，一切其他間接的信息均被略去了。這種淨化反而凸顯了此時此地覿面相當的效果，即王船山所謂「即景會心」、「追光躡影」

---

85 《批點唐詩正音》，轉引自富壽蓀選注《千首唐人絕句》一書下冊附錄〈唐人絕句輯評〉，頁998。

86 《全唐詩》（北京：中華書局，1960），凡25冊，卷122，第4冊，頁1219。

87 《王維集校注》，第2冊，頁424。

的「現量情景」。更重要的是，幽篁和明月又與彈琴、長嘯融合在同
「一片無跡可循氛圍」之中[88]，詩人所要表達的僅僅是這種氛圍，他
不必再敘述什麼了。輞川詩這種單純性，還可從〈木蘭柴〉與宋之問
的〈見南山夕陽召監師不至〉一詩的比較中見出：

> 夕陽暗晴碧，山翠忽明滅。此中意無限，要與開士說。徒鬱
> 仲舉思，詎回道林轍。孤興欲待誰？待此湖上月。[89]

> 秋山斂餘照，飛鳥逐前侶。彩翠時分明，夕嵐無處所。[90]

宋之問是輞川別業更早的主人，這兩首詩可能是在同一地點、相似的
落照時分，面對相近的景色所寫。宋之問乃神秀弟子，他從夕陽裡山
色的變幻之中感受到了無限意味，很可能同樣是因緣幻起，卻並不滿
足這種感受，而意欲向一位禪師言說。「徒鬱仲舉思，詎回道林轍」
兩句卻呼應詩題，以用《世說》典表示：他如陳蕃一樣「有澄清天下
之志」，卻無法如支道林「改轍遠之」，離開南山夕陽而赴召。最
後，由於無緣與朋友相遇，只能在晚霞消散之後獨自面對湖上的明月
了。而王維卻僅僅寫了其覿面秋山殘照一剎那間的感受，秋山、飛
鳥、彩翠和消逝的夕嵐都只出現在這一剎那的現量之中，如同雁無遺
蹤之意，水無留影之心，而他的詩意就僅僅是這種現量感受本身。這

88　本章此段分析，部分參考了羅宗強先生對謝靈運和孟浩然、王維詩的
　　比較，見其《隋唐五代文學思想史》（上海：上海古籍出版社，
　　1986），頁101-104。
89　《全唐詩》卷51，第2冊，頁622。
90　《王維集校注》，第2冊，頁418。

已不是以往抒情詩的「『通以往將來之在念中』的現在之境」[91]。他不必於此現量之外再談論什麼了。

然而，就是這樣在取景和思緒上都極度單純的五絕山水小品，卻又同時具有一種被歷來評家以「幽玄」概括的品質。元人方回謂「右丞……輞川孟城坳、華子岡、茱萸泮、辛夷塢等詩……雖不過五言八句，窮幽入玄」[92]；明人胡應麟以「摩詰五言絕，窮幽極玄」而列之為「神品」[93]；明人許學夷論摩詰此類詩以「意趣幽玄，妙在文字之外」[94]；清人施補華議輞川諸五絕而謂之「清幽絕俗」[95]。所謂「幽玄」，應當是指出乎言外和象外的希夷恍惚之思。在本章下一節詳細討論其內涵之前，這裡先要提出：上述詩評肯定了王維這類詩作風格有某種弔詭：一方面是「近事淺語，發於天然」，另一方面又是「窮幽極玄」。這種對「近事」的幽微體味是王維對詩意的獨特抒發，卻又是革新了傳統。

明人高棅論五言絕句淵源時說：「五言絕句作自古也，漢魏樂府古辭則有〈白頭吟〉、〈出塞曲〉、〈桃葉歌〉、〈歡問[聞]歌〉、〈長干曲〉、〈團扇郎〉等篇，下及六代，述作漸繁。」[96]冒春榮也以為五言絕句乃「唐初變六朝〈子夜〉體」[97]。這樣的淵源說明這種

---

91 王夫之，《尚書引義》卷5，《船山全書》第2冊，頁389-390。

92 李慶甲(集評校)，《瀛奎律髓彙評》卷23(上海：上海古籍出版社，1986)，中冊，頁930。

93 《詩藪》內編卷6(上海：上海古籍出版社，1979)，頁109。

94 《詩源辨體》，轉引自《千首唐人絕句》一書下冊附錄〈唐人絕句輯評〉，頁998。

95 《峴傭說詩》，轉引自《千首唐人絕句》一書下冊附錄〈唐人絕句輯評〉，頁999。

96 《唐詩品彙》卷38(上海：上海古籍出版社，1982)，上冊，頁388。

97 《葚原詩說》卷3，《清詩話續編》(上海：上海古籍出版社，1983)，

短小的體裁本有含蓄地烘托女性霎時心境的傳統。謝朓的〈玉階怨〉和李白的〈怨情〉即是典範。王維的〈息夫人〉、〈班婕妤〉三首顯然也是這一傳統的流裔。《輞川集》中〈欹湖〉、〈白石灘〉，以及《皇甫岳雲溪雜題五首》中的〈蓮花塢〉也分明透示出子夜體的影響。但在《輞川集》中，詩人卻主要把這一份幽微、朦朧的霎時情境化爲心靈對一片玲瓏空靈光景的感覺。有子夜體之輕靈、含蓄，卻不必有其佻薄、纏綿。小景的描寫在六朝五言小詩中是有的，如王儉的〈春詩〉、王融的〈詠池上梨花〉、江總的〈春日〉即是。然而這些小詩卻絕無王維從「尺幅小景」中體味到的那份幽玄之意。而此種愈近愈遠的品質只能來自直觀而超越的禪意。西方對禪學深有體會的瓦茲(Alan W. Watts)說：「禪學的獨特性質以及禪學孕育出來的一切藝術獨特性質，都是一種顯明而有深度的簡單性……禪家以日常生活中的簡單事實來回答深奧的問題。」[98]

　　「幽玄」必定揭示了禪家自悟中微妙和隱秘的體驗，與早年王維擅長的歌詩[99]在精神氣質上劃出截然的界限，因爲能使歌詩在公共場合三疊而傳唱，恰恰是趙翼在評點〈送元二使安西〉所說的「先得人心之所同然」[100]，或者李東陽所謂「千言萬語，殆不能出其意之外」[101]者。而吾人則無法想像《輞川集》和《皇甫岳雲溪雜題五首》這樣表達純粹個人「幽玄意趣」的小品可以入樂。在此，王維倒

(續)──────────────

　　　　第3冊，頁1602。

98　鈴木大拙等，《禪與藝術》，劉大悲譯(台北：天華出版有限公司，1983)，頁144。

99　關於王維的歌詩，可參看吳相洲，〈論王維的歌詩創作〉，載《王維研究》第3輯(西安：陝西人民教育出版社，2001)，頁185-199。

100　《甌北詩話》卷11，《清詩話續編》，第2冊，頁1333。

101　《麓堂詩話》，《歷代詩話續編》，下冊，頁1372。

是得力於其作爲畫家的觀察力。這就是王維對五絕的貢獻。清人王漁洋說：

> 唐人五言絕句，往往入禪，有得意忘言之妙，與淨名默然，達摩得髓，同一關捩。觀王裴《輞川集》及祖詠〈終南殘雪〉詩，雖鈍根初機，亦能頓悟。[102]

這已經將《輞川集》的幽玄詩意等同了禪意，甚至以此來概括被王維開啓新風氣的「唐人五言絕句」。鈴木大拙正是借用這同樣兩個中文字——「幽玄」（*yūgen/yu-hsüan*）——去概括日本詩歌中最短小，亦最受禪宗影響的俳句的：「由此我們得以在不斷變化的世界上一瞥事物的永恆，即能一瞥眞實之秘密。」[103]然而，這秘密是什麼？所謂「禪家以日常生活中的簡單事實來回答深奧的問題」，其問題，又是什麼？禪究竟怎樣影響了王維的《輞川集》？或者說，「幽玄」之意的內涵又是什麼？這對於在中國詩學中開啓新傳統「一代文宗」王維的研究，是必須回答的問題。

三、王維禪學背景下的輞川詩境

王維居輞川期間的活動，按新、舊唐書的說法，是「與裴迪遊其中，賦詩相酬爲樂」或「與道友裴迪浮舟往來，彈琴賦詩，嘯詠終日」。這種描述，大概是參照了王、裴詩作而發。而王維本人在〈請

---

102 《帶經堂詩話》卷3，上冊，頁69。
103 Daisetz T. Suzuki, "Zen and Haiku," in *Zen and Japanese Culture* （Princeton: Princeton University Press, 1993）, p. 220.

施莊爲寺表〉中則稱：

> 臣亡母故博陵縣君崔氏，師事大照禪師三十餘歲，褐衣蔬
> 食，持戒安禪，樂住山林，志求寂靜，臣遂於藍田縣營山
> 居一所，草堂精舍，竹林果園，並是亡親宴坐之餘，經行
> 之所。[104]

「宴坐」和「經行」是王維本人對輞川山居生活的概括。由於王維是
在其母崔氏的濡染之下接受佛教信仰，而上文亦已論證王維與北宗一
系的關係，故有理由推斷：「宴坐」和「經行」也是他本人在輞川的
重要活動。《宋高僧傳・元崇傳》寫到元崇至輞川別業時「松生石
上，水流松下，王公焚香靜室」[105]，即讓人隱約看到他日常的起
居。此外，上文已論及，王維詩中屢屢言及坐禪。除上文的引述外，
此處還可做些補充以說明此事於摩詰居士何等重要。如作於輞川時期
的詩句如「誓陪清梵末，端坐學無生」[106]，「白法調狂象，玄言問老
龍」[107]，甚至「還持鹿皮几，日暮隱蓬蒿」[108]，「青簟日何長？閉門
晝方靜」[109]都可能與坐禪相關。甚至從「窗外鳥聲閒，階前虎心
善」，「我家南山下，動息自遺身，入鳥不相亂，見獸皆相親」[110]，

---

104 《王維集校注》，第4冊，頁1085。
105 《宋高僧傳》卷17，上冊，頁418。
106 〈遊感化寺〉，《王維集校注》，第2冊，頁439。
107 〈黎拾遺昕裴秀才迪見過秋夜對雨之作〉，《王維集校注》，第2冊，
　　頁432。
108 〈春園即事〉，《王維集校注》，第2冊，頁450。
109 〈林園即事寄舍弟紞〉，《王維集校注》，第2冊，頁470。
110 〈戲贈張五弟諲三首〉，《王維集校注》，第1冊，頁198-201。

也可看出詩人對禪定的沉迷——《續高僧傳》中不是重複地記載著禪師如僧稠能以錫杖解兩虎之鬥[111]，法聰於定中與群虎受三歸之戒[112]，慧越以手捋虎之鬚面，情無所畏[113]的事跡麼？不是也記載了僧邕能使「麕鹿伏其前，山禽集其手」[114]的異行麼？禪宗是都市佛教衰落後興起的山林傳統，五祖弘忍謂：「大廈之材本出幽谷，不向人間有也。……故知棲神幽谷，遠避囂塵，養性山中，長辭俗事，目前無物，心自安寧，從此道樹花開，禪林果出也。」[115]《高僧傳》、《續高僧傳》習禪篇的禪師多性愛幽棲林谷，有道是：「使聚落宴坐，神仙致譏；空林睡臥，群聖同美。誠以託靜求心，則散心易攝。」[116]王維稟承東山淨門的傳統，對這種林谷坐禪之風自會身體力行。雖然由於《般若經》、《維摩經》不必曠野深林方能宴坐，而可於行住坐臥中行禪的觀念，特別是南宗的「法元在世間，於世出世間」[117]思想的影響，王維已不必像謝客那樣「置心險遠，探勝孤遐」，而可以「乘化用常」[118]，安坐於林叟、漁父和浣女生活的近邊。換言之，山林已不必再是遠離人寰的世界，而可以是人類社會的周邊了[119]。

由以上的論證，吾人可以推測王維寫作《輞川集》大致的可能情

---

111 〈釋僧稠傳〉，道宣，《續高僧傳》卷16，《大正新修大藏經》，第50冊，頁553-554。

112 〈釋法聰傳〉，《續高僧傳》卷16，同上書，頁555。

113 〈釋慧越傳〉，《續高僧傳》卷17，同上書，頁568。

114 〈釋僧邕傳〉，《續高僧傳》卷19，同上書，頁584。

115 《楞伽師資記》，《中國佛教叢書·禪宗編》，第2冊，頁259。

116 《續高僧傳》卷20(習禪五)末，《大正新修大藏經》，第50冊，頁596。

117 《六祖大師法寶壇經》，《大正原版大藏經》，第48冊，頁351。

118 王維，〈能禪師碑序〉，《王維集校注》，第3冊，頁807。

119 請參看本卷第一章〈大乘佛教的受容與晉宋山水詩學〉。

形。倘若王維在輞川別業的重要生活內容是修禪，而且是修行「凝
心入定，住心看淨，起心外照，攝心內證」的北宗之禪。那麼這些
山水小品的寫作應當與其在修禪中的某些覺受有關。修禪應然的目
的，是企致「佛性常故，非三世攝」的同時具足境界。而《輞川集》
卻是由與此無上境界相反的體驗開始的：

　　新家孟城口，古木餘衰柳。來者復爲誰？空悲昔人有。[120]

陳允吉以爲：此詩體現了「從過、現、未三世領略塵寰滄桑之變」這
一「釋氏觀察世間一切事相的根本方法」，並「從思想、藝術上爲其
餘十九首作品奠定了基本格調」[121]。這一說法頗有啓發性，卻不無
含混之處。此詩旨在宣說眾生生命存在的悲情，以提升生命到佛性的
無限的、絕對層次。從今人而言，昔人之「有」是可悲的，但對來者
而言，難道今人之「有」不也可悲麼？所以，可悲的是「有」，是愛
和執取，是生與死。這是從佛陀的十二因緣去觀生命存在的苦痛根
源。這是修禪中「觀」（vipásyanā）的開始，其所祈嚮的，是逆轉十
二因緣以實現佛性果位的「斷三世」：「爲是過去爲是現在爲是未來
爲遍三世。」[122]其所引發的，是否定自性之有的佛教空智。

　　以此祈嚮和引發爲開端，又經〈文杏館〉對郭璞《遊仙詩》其二
所嚮往的介於仙、隱之間理想的否定[123]，《輞川集》主要轉入書寫

120　《王維集校注》，第2冊，頁413。
121　〈王維《輞川集》之〈孟城坳〉佛理發微〉，載《王維研究》第2輯
　　　（西安：三秦出版社，1996），頁48-58。
122　《大般涅槃經》卷35，《大正新修大藏經》，第12冊，頁570。
123　〈文杏館〉中「不知棟裡雲，去作人間雨」出郭璞《遊仙詩》其二
　　　「雲生梁棟間」（道上克哉，〈王維の輞川莊について〉，載《學林》

詩人依定修觀時種種刹那的感受和體驗。「滅想成無記，生心坐有求」[124]，摩詰居士是不會止於「滅想」的，他要修「觀」，「修習觀者，當觀一切世間有爲之法，無得久停，須臾變壞。一切心行，念念生滅。」[125]而《輞川集》詩中表達的覺受，既可能來自其「凝心照境」的坐禪，亦可能來自「經行」中再體驗到的禪觀的「自心現量」。而從王維〈積雨輞川莊作〉中「山中習靜觀朝槿」[126]一句來看，他未必總是閉目入定的[127]。這種由「外觀」而體味心念中緣聚則生、緣散則滅的修觀方式，特別爲以「起心外照，攝心內證」爲禪法的北宗所採用。北宗禪法文獻〈導凡趣聖心決〉[128]曰：

> 若欲修觀，要須從外觀。所以須者，以諸外境，是生心因
> 緣，起煩惱處。又來凡夫，自力尩淺。若令即入深勝處，恐
> 難進取。所以先從外觀者，須知諸法本來，體性平等，無差
> 別相，今所有諸法，但是無始熏習，因緣幻起，無有實體。
> 此法平等，因緣幻起、理本非是、有無生滅、是非長短。只

(續)————

12(1989年3月)，頁2)。如果這樣，「去作人間雨」一句則可理解爲否定了仙隱世界。

124 〈與胡居士皆病寄此詩兼示學人二首〉其二，《王維集校注》，第2冊，頁535。

125 《大乘起信論校釋》，高振農校釋(北京：中華書局，2000)，頁181。

126 《王維集校注》，第2冊，頁444。

127 然旅美瑜伽士陳健民說：「若行者要修大手印的三磨缽底，以便能住於明體的話，則不推崇閉目之修……在一般修行言之，若行者的奢摩他很好，則眼睛可以張開。」見其《佛教禪定》，無憂子譯(北京：宗教文化出版社，2002)，頁369。

128 關於此文獻與北宗的關係，請參見冉雲華〈敦煌卷子中的兩份北宗禪書〉，載其《中國禪學研究論集》(台北：東初出版社，1991)，頁160-175。

為無始無明迷惑，不了此理，無人法處，妄見人法；無生滅
非有無處，妄見有無。妄生取著，執人執法，造種種業，流
轉六道。今人法生滅有無等，但只是妄心。謂此心外，更無
一法可得。既知此理，但心所緣，皆須一一隨逐。[129]

這段文字顯然是發揮《楞伽經》「宴坐山林，下中上修，能見自心妄
想流注」[130]的觀妄之義。《輞川集》中〈華子岡〉、〈木蘭柴〉和
〈北垞〉即以描寫心念中旋起旋滅的感受之不真實為題旨。第二首
〈華子岡〉確如陳允吉所說，是沿用佛經中空中鳥跡的譬喻以暗示
「諸法性寂滅」[131]。同樣的譬喻亦被引入〈木蘭柴〉一詩中：

　　秋山斂餘照，飛鳥逐前侶。彩翠時分明，夕嵐無處所。[132]

這是描寫向晚藍田山巒和天空之間一道轉眼即逝的風景線，一個美麗
的遷轉性瞬間：斑斕的秋葉、飛鳥的彩羽一起在殘陽餘照中閃爍，而
山嵐的翠色倏忽之間在視野裡颯然沉滅。詩人由此自然地將心念中
「因緣幻起，無有實體」的感受輕安拈出[133]，因為「一時景色逼

<hr>

129　〈導凡聖悟解脫宗修心要論〉敦煌卷子P(伯希和)3559，《敦煌禪宗文
　　　獻集成》上冊，頁486。
130　《楞伽阿跋多羅寶經·一切佛語心品之一》，《大正新修大藏經》，
　　　第16冊，頁384。
131　陳允吉，〈王維輞川〈華子岡〉與佛家「飛鳥喻」〉，載《王維研
　　　究》第3輯(西安：陝西人民教育出版社，2001)，頁61-74。
132　《王維集校注》，第2冊，頁418。
133　詩人在此特別寫出感覺中色彩而非形狀的倏忽變幻。色彩的有無不僅是
　　　視覺的，還可以是觸覺或溫濕覺的，如〈山中〉(「山路元無雨，空翠濕
　　　人衣。」)和〈書事〉(「坐看蒼苔色，欲上人衣來。」)所寫。從修辭學

人，造化盡在筆端」[134]。這一直觀，若以天台的術語，則應是觀諸法緣起的「假觀」。正是由於修觀中這種覺受，詩人偏愛捕捉對霧靄、夕照、煙水間迷離變幻景觀的感受：

> 檀欒映空曲，青翠漾漣漪。暗入商山路，樵人不可知。[135]
> 北垞湖水北，雜樹映朱欄。逶迤南川水，明滅青林間。[136]

正因修觀者要「但心所緣，皆須一一隨逐」，如此司空見慣的現象才具有了意義。直觀在此導引出的是北宗推崇的《大乘起信論》所說的對不覺之覺[137]，或者以呂澂先生的話說，在此「妄法非剎那不住之相，乃相續不異之質……聖者所觀境中實有妄法存在，但似妄想現，終異寧凡夫所現也」[138]。

　　觀五蘊是由生滅門入真如門，倘若修觀者離念隨順，即進入了深入聲色而不染的開悟之境，亦即王維所謂「不捨幻，而過於色空有無之際。故目可塵也，而心未始同」的境界。這正是北宗領袖神秀所謂「外善知識能開智慧門」：

> 聞凡夫聞，聞即動，動如塵。菩薩聞，聞不動，不同塵，和光不同塵。娑婆世界釋迦如來以音聲爲佛事，耳根爲慧門。

(續)————————————

論，這可以說是一種「通感」手法的運用，但王維的禪學背景卻使人想到：這裡也映現了六根清淨位的「六根互相爲用」（《楞嚴經》卷4）。

134 顧可久評語，轉引自《王維集校注》，第2冊，頁418。
135 《輞川集‧斤竹嶺》，《王維集校注》，第2冊，頁416。
136 《輞川集‧北垞》，《王維集校注》，第2冊，頁424。
137 《大乘起信論校釋》，頁27。
138 〈楞伽觀妄義〉，《呂澂佛學論著選集》，第1冊，頁267。

光明世界燈明如來以光明爲佛事，眼根爲慧門。香積世界香
積如來以眾香爲佛事，鼻根爲慧門。甘露世界甘露如來以甘
露爲佛事，舌根爲慧門。眾花世界花光如來以眾花爲佛事，
身根爲慧門。妙慧世界法明如來以知一切法不動爲佛事，意
根爲慧門。此方便非但能發慧亦能正定。……二乘人滅六識
證空寂涅槃，是邪定。菩薩知六根本來不動有聲無聲聲落
謝，常聞常順不動修行，是名外知識能開智慧門。……
知見自在即不染六塵，明知知見自在於證後得爲諸後得智，
根本後得處處分明、處處解脫、處處修行。[139]

這裡，神秀不主張「滅六識證空寂涅槃」。他以爲：只要「聞不動不
同塵」，現象界的色、聲、香、味等，不惟不染六根，且能成爲開悟
的「慧門」，「非但能發慧亦能正定」。此處說到的「以眾花爲佛
事」甚至直接被王維引入其爲道光所作的〈花藥詩序〉。該序稱道道
光禪師「以眾花爲佛事……歌之詠之者，吾愈見其嘿也」。[140]南宗
的神會，亦表達了類似的觀念：

若眼見色，善分別一切色，不隨分別起，色中得自在，色中
得解脫色塵三昧足。耳聞聲，善分別一切聲，不隨分別
起，聲中得自在，聲中得解脫聲塵三昧足。鼻聞香，善分
別一切香，不隨分別起，香中得自在，香中得解脫香塵三
昧足。……如是諸根善分別，是本慧；不隨分別起，是本

---

139 〈大乘無生方便門〉，《大正新修大藏經》，第85冊，頁1275。
140 《王維集校注》，第4冊，頁1077-1078。

定。[141]

這同樣是以聲色香味爲開悟之本。王維「禪境詩」的第二類——以
〈辛夷塢〉、〈欒家瀨〉(以上《輞川集》)、〈鳥鳴澗〉和〈鸕鷀
堰〉(以上《皇甫岳雲溪雜題五首》)爲代表的山水小品——比較集中
地寫出這種體驗。〈鳥鳴澗〉詩曰:

> 人閒桂花落,夜靜春山空。月出驚山鳥,時鳴春澗中。[142]

詩只寫了一個單純的瞬間:靜謐的山澗春夜裡,悄然月出,棲遲在樹
上的山鳥被驚醒,在幽谷中啼鳴。「桂花」句解爲將葉隙間灑落的初
月微光誤識爲桂花更妙[143],更見出觀者的無心,以帶出第三句的月
出。如此單純的體驗,卻構成如此淳美的詩意。其中秘密,恰如清人
徐增所論:

> 「人閒桂花落」,心上無事人,浩然太虛一切之物皆得自適
> 其適。見花開,則開之而已;見花落,則落之而已。人自去
> 閒,花自去落,各有本位,互不侵犯。吾讀此五字,覺此身
> 不在堪忍世界中也。……夜靜即是大雄氏入涅槃之時,春山
> 空即是大雄氏成佛之境。右丞精於禪理,其詩皆合聖教。有
> 此五個字,可不必更讀十二部經矣。月出驚山鳥上來「人閒

---

141 《南陽和上頓教解脫禪門直了性壇語》,《神會和尚禪話錄》,頁11。
142 《王維集校注》,第2冊,頁637。
143 見孫先英,〈王維〈鳥鳴澗〉桂花辨〉,載《攀枝花大學學報》第17卷第4
　　期(2000年12月),頁34,下轉頁53。

桂花落」，是行所無事，「夜靜春山空」是天下太平。此事
不識不知，色空俱泯，烏棲於樹，樹忘於鳥，忽焉月起，光
射樹間，皎如白晝，驚我山鳥。驚字從夜靜想出，亦是心上
無事人覺得如此，非嫌月出也。花豈由他落，月豈不由他出
哉？……試看三千大千世界中，可少得那一件乎？「時鳴春
澗中」，夫夜非鳥鳴之時，而時適在月出之夜，鳥見月則
驚，驚斯鳴，鳥未嘗有心而鳴，而人亦何嘗有心而聽？人既
無心，何知是鳥？何知是在春澗之中？而不知惟其無心，方
知是鳥鳴，方知是鳴於春澗之中也。余蓋嘗與世人相處矣，
世人之心忙，每爲一事，聞見都不親切；又嘗與至人相處
矣，至人之心閒，不用知識，事事無一錯過，故知之也。[144]

徐增所說的「心上無事人」正是禪家所謂的「對境心不起」[145]之
人，以此，靜夜春山才是「大雄氏成佛之境」。徐氏在此其實指出
了在此體味出詩意的是夐然絕待的無相主體。有此無相主體，詩人方
對萬物如如之相私情（feeling）淨盡，卻開發出無比敏銳的個人感覺
（perception），「惟其無心，方知是鳥鳴，方知是鳴於春澗之中
也。」此離卻對待的、不具利害心的、不捨不著，然同時卻非常個人
地、精微地感受著現象世界變化的無相自我，或許是王維山水小品對
中國詩學的最大貢獻。在此，倡導無我和注重個體經驗爲一弔詭。其
中奧妙，正在於佛教解脫的識心自度。如唐君毅先生論眾生普度境時
所說：有情眾生之修行須「各以其末那與其所執之賴耶識，及依此識

144　《而庵說唐詩》卷7，《四庫全書存目叢書》，第396冊，頁635-636。
145　《六祖法寶壇經・機緣品》引北宗臥輪語，《大正新修大藏經》卷
　　48，頁358。

而表現出之其他心識活動，以自爲一中心，則不能逕合一一有情生命
之心識，爲一大心識。亦不能說一一有情生命之心識，所對之世界，
爲同一之世界，而此一一有情生命，各本其心識之活動，各造業受報
其善惡染淨苦樂，自各不相同」[146]。故而，以此無相主體，詩人不
僅可以「觀妄」，亦可以「覺自在」。以慧皎的說法，則是「無法不
緣，無境不察。然緣法察境，唯寂迺明。其猶淵池息浪，則徹見魚
池。心水既澄，則凝照無隱」[147]。〈辛夷塢〉正有異曲同工之妙，
其詩曰：

> 木末芙蓉花，山中發紅萼。澗戶寂無人，紛紛開且落。[148]

此詩亦僅止寫了幽谷中芙蓉花從容自在地結萼、開放和謝落，卻顯示
了如如萬物本身的具足：這「寂無人」的山澗在人的慾求之外，這裡
是赤子眼中的世界，詩人與如如萬相融而爲一的世界，映現著詩人水
月相忘的禪心。這就是北宗所謂的「對境心不起」。胡應麟謂此詩
「讀之身世兩忘，萬念皆寂」[149]，正以此也。正以此無相之自我，
生活中如此平凡的當下才獲得了自足的意義，才會被詩人留心：

> 颯颯秋雨中，淺淺石溜瀉。跳波自相濺，白鷺驚復下。[150]
> 乍向紅蓮沒，復出清浦颺。獨立何褵褷，銜魚古查上。[151]

---

146 《生命存在與心靈境界》（台北：臺灣學生書局，1977），下冊，頁790。
147 《高僧傳》（北京：中華書局，1997），頁426。
148 《王維集校注》，第2冊，頁425。
149 《詩藪》內編卷6，頁119。
150 《輞川集‧欒家瀨》，《王維集校注》，第2冊，頁422.
151 《皇甫岳雲溪雜題五首‧鸕鷀堰》，《王維集校注》，第2冊，頁639。

這是現象世界中多末短暫飄忽的瞬間！詩人捕捉到它，好像鈴木大拙
論修禪的日本詩人松尾芭蕉的一首俳句時所說：整個宇宙的奧秘就在
這青蛙撲通一聲之中解決了。這些小品太令人想到就是芭蕉以後東瀛
俳句的中土淵源。禪意的俳句輕靈單純地點淬著芭蕉葉上的樹蛙、浸
雨的一隻猴子、閃爍飛來的火蛾、水中的一片落葉……「正是詩人的
沉默使詩言說著一切」[152]。這難道不就是吾人讀王維山水小品的感
受嗎？空山裡青苔上的幾縷夕照、落照時分倏然消逝的遠處嵐色、石
溜水中驚飛的白鷺、無人深澗中開落的芙蓉花、靜夜山谷中被月出驚
起的鳥鳴……作爲無相自我在此所要警覺的，正是這生命存在松直棘
曲的現量境，不是此前，亦非此後。這裡有禪家所說的「無念」，它
是理解王維「尺幅小景」的一把鑰匙。

　　「無念」作爲南宗「三無」實踐法則之一，出現在《壇經》中：

> 無念者，念念之中，不思前境。若前念、今念、後念，念念相
> 續不斷，名爲繫縛。於諸法上念念不住，即無縛也。[153]

神會也反復論及「無念」，但「無念」實際上在鳩摩羅什的譯經中已
出現，《大乘起信論》亦多有涉及[154]。按照柳田聖山的看法，無住
和無念，本與北宗的離念並無不同。只是神會牽強地將它發展爲主體
性的本知，以突破北宗由定而覺悟的立場[155]。本章所論王維山水

152　Daisetz T. Suzuki, "Zen and Haiku," in *Zen and Japanese Culture*, p. 236.

153　《六祖大師法寶壇經》，《大正新修大藏經》，第48冊，頁353。

154　《大乘起信論校釋》：「以從本來念念相續，未曾離念，故說無始無
　　　明。若得無念者，則知心相生住異滅，以無念等故」，頁33。

155　《中國禪思想史》，頁136。

「尺幅小景」與「無念」的關係，顯然只與覺悟過程相關。「念」係自梵文的*smrty*，語根*sar*是「追想」或「追憶」，而「無念」應是譯自梵文*asmrtaya*，意為「不可追憶的」[156]。「無念」因此使詩人僅僅警覺著眼前當下的景物，天地之間稍縱即逝的奕奕流光，即所謂「於諸法上念念不住」。體現在詩中，亦即王船山詩學所力主之「現量」，所謂「前五根於塵境與根合時，即時如實覺知，是現在本等色法，不待忖度，更無疑妄」[157]者也。值得提出的是，力主只以「現量」入詩的船山，亦同時推崇「以小景傳大景之神」，並以「張皇使大」者，「反令落拓不親」[158]。這裡透示的道理是：正是禪觀中的「念念不住」、「心無住處」成就了王維只擷取觸目當下「尺幅小景」的山水小品。換言之，詩人取景的空間和時間片段性的背後是禪家的「悟即須臾，迷則累劫」[159]。若藉用榮格(C.G. Jung)論禪家修行的觀點，則是：由於精神凝聚，只有「剎那遞遷的意象才可以為我們所控制……在同一段時間之內，必須將知覺與意象的連續性減到最低的程度」[160]。

除卻上述兩類表達「觀妄」和「覺自在」體驗的詩，在王維的山

---

156 舟雲華，〈敦煌文獻中的無念思想〉，《中國禪學研究論集》，頁141-142。

157 王夫之，〈相宗絡索〉，《船山全書》，第13冊，頁536。關於船山詩論中「現量」的義涵，請參見本書第三卷《聖道與詩心》第二章〈船山詩學中「現量」義涵的再探討〉。

158 《夕堂永日緒論內編》，戴鴻森《薑齋詩話箋注》，頁92。並請參看本書第三卷《聖道與詩心》第二章〈船山詩學中「現量」義涵的再探討〉。

159 《神會和尚問答雜徵義》，《神會和尚禪話錄》，頁92。

160 〈鈴木大拙《禪佛教入門》導言〉，載《東洋冥想的心理學——從易經到禪》，楊儒賓譯(北京：社會科學文獻出版社，2000)，頁162。

水小品中還有第三類禪境，其內容不妨藉東山法門的「守本眞心，慧日即現」[161]來標示。這就是《輞川集》中〈鹿柴〉和〈竹里館〉兩篇。〈鹿柴〉詩曰：

> 空山不見人，但聞人語響。返景入深林，復照青苔上。[162]

結句一個「復」字，透示宴坐的長久，卻又暗示時間意識的窅然喪失，如〈過福禪師蘭若〉中「欲知禪坐久，行路長春芳」兩句傳達的一樣。此詩料出自居士王摩詰林中坐禪時的獨特體驗：「空山不見人，但聞人語響」是諸法空相，上句是出有入空，下句是出空入有，見出禪者於空、有皆不起執。「返景入深林，復照青苔上」是坐中深味的清淨、空寂之境，是禪觀中證悟的「無內外」[163]的了然眞心。徐增所謂「右丞筆下直是大光明藏」、「深林之外乃有大智」[164]即此也。這種在修禪中呈現的眞如之光，亦見於〈竹里館〉：

> 獨坐幽篁裡，彈琴復長嘯。深林人不知，明月來相照。

明月照入幽篁，正如夕陽射在深林青苔上一樣，是直觀可味而無須饒舌、無須點染的清迴絕倫之境，「不著一字，盡得風流」之境。而在

161 弘忍，〈最上乘論〉：「眾生佛性本來清淨，如雲底日，但了然守本眞心，妄念雲盡，慧日即現……譬如磨鏡塵盡，明自然現。」《大正新修大藏經》，第48冊，頁378。
162 《王維集校注》，第2冊，頁417。
163 神秀，〈圓明論〉，敦煌卷子服6，《敦煌禪宗文獻集成》，下冊，頁106。
164 《而庵說唐詩》卷7，《四庫全書存目叢書》本，頁637。

此境界中，詩人油然間有了「圓滿月輪於胸臆上明朗」的體驗。日文學界故亦有人詮解此詩爲呈現「神聖存在到來的情況」[165]。佛陀成道據南傳即在滿月之夜。以明月、滿月喻正遍智、菩提智是從原始佛教到龍樹[166]以來大乘，直至密乘的一個佛教譬喻傳統[167]。《增壹阿含經》曰：

> 婆羅門曰：當云何觀善知識？世尊告曰：當觀如觀月。……我今說是惡知識者，猶月末之月，猶如婆羅門。月初生時，隨所經過日夜，光明漸增，稍稍盛滿，便於十五日具足盛滿，一切眾生靡不見者。如是婆羅門，若善知識，經歷日夜，增益信戒聞施智慧，彼以增益信戒施聞智慧，爾時善知識身壞命終生天上善處。是故婆羅門我今說此善知識所趣，猶月盛滿。[168]

《文殊師利問菩提經》亦曰：

> 初發心如月新生，行道心如五日，不退轉心如月十日，補處心如月十四日，如來智慧如月十五日。[169]

在此一話語傳統之下，吾人即可了解「明月來相照」一句揭呈了詩人

---

165 見高倩藝，〈王維が描いた輞川──輞川集を中心に〉，《名古屋大學中國語學文學論集》第11輯(1998年11月)，頁9。

166 關於龍樹實證月光三昧，請參見陳健民，《佛教禪定》，頁167。

167 詳錢鍾書先生《談藝錄》(北京：中華書局，1984)，頁307。

168 《增壹阿含經》卷8，《大正新修大藏經》，第2冊，頁584。又見《雜阿含經》卷11，同上書，頁75。

169 《大正新修大藏經》，第14冊，頁482。

於「深林人不知」之時，如何經歷妄念雲盡、而即清淨之心的體驗。
這種將超越心體對象化正是典型的北宗禪法。佛教以明月為菩提智的
譬喻傳統，在此又已經由禪觀中的體驗而轉化為感性直觀，以致吾人
會完全無視它的宗教意蘊。

　　這兩首小詩更提示吾人：王維的山水小品充分體現了所照與能
照，感覺世界(perceived world)與感覺主體(perceiving being)的混合
同一。這一點正是經由佛教「萬法唯心」，特別是禪家的「自心現
量」的觀念實現的。神秀〈圓明論·自心現量品〉曰：

> 依《楞伽經》自覺聖智宗，立一切諸佛皆是自心現量義。若
> 解者，山川大地及以己身，並是自心，非是謬也。……內有
> 沉重妄想故，感得地大以為身；內有津潤妄想故，感得水大
> 以為身；內有忿熱妄想故，感得火大為身；內有飄動妄想
> 故，感得風大以為身。是以得知：皆是自心現量。……譬如
> 夫妻二無智愚癡，相共平章，作酒欲沾。酒既醞已，其夫往
> 看其酒，酒已澄清，乃見自影，即以成嗔，打其婦。婦分
> 疏：我有何事？其夫即言：你何故將一男人藏著甕中。其婦
> 不信，即看甕中，乃見自影。還復大嗔，即語夫言：你何將
> 一婦女藏著甕中，不語我知？爾時夫妻相打，各不識自影，
> 相打至死。……凡夫亦爾，山川大地、日月參辰，並是自心
> 業所現，盡是自心影像。何以凡夫不名心作，決定不信，亦
> 如夫妻二人諍影像相似，決定不信是自影也。甕中實影者，
> 喻山川大地亦是自心現量。[170]

170　敦煌卷子P3664，《敦煌禪宗文獻集成》，下冊，頁139-142。

　　既然「山川大地亦是自心現量」，詩人除卻寫出其直觀中的體驗而外，也實在無須再饒舌去作什麼「表現」了：「內有沉重妄想故，感得地大以爲身」；內有水月相忘禪心故，感得幽谷芙蓉自在開謝以爲身；內有清淨之心故，感得林中苔淨、竹簟明月以爲身……。總之，使詩人體味禪悅的感性直觀中的現量本身即爲絕待無相之主體。中國詩學中的情景契合在此已非基於二元論有限形式的相關系統思想（correlative thinking）之「感類」（宗炳〈畫山水序〉）或「聯類」（劉勰《文心雕龍·物色》）[171]，而是基於禪宗一元唯心觀念之「自心現量」。

結語

　　本章第二部分曾將王維五絕山水小品的文類特質歸結爲如下三端：一爲即時即地、純乎常境的「尺幅小景」；二爲捨卻敘述、交代，而凸顯覿面直觀效果的單純性；三爲直觀中透示出的個人體察之幽玄意趣。而本章第三部分對王維山水小品詩境與如來清淨禪關聯的討論揭示了：如上三端其實皆由詩人在輞川宴坐時依定慧觀和經行中的體驗所生發。即由禪家「但心所緣，皆須一一隨逐」，對生命每一刹那的關注警覺以及「無念」、「無住」，生發出詩中取乎眼前、當下的現量境；由禪家夐然絕待的無相自我，「淵池息浪，則徹見魚池；心水既澄，則凝照無隱」，生發出詩中濾卻一己之喜怒悲歡，卻透見非常個人化的對現象的幽微體察；由「觀妄」、「覺自在」和即清淨之心的獨特直觀體驗，生發出詩意的

171　對此一觀念的討論，請參見本書第三卷《聖道與詩心》第二章〈船山詩學中「現量」義涵的再探討〉。

「幽玄」。由此，禪學在王維已化爲瑩徹玲瓏之詩境，化爲與內容
水乳交融的詩之形式。此即清人趙殿成所謂「唯右丞通於禪理，故
語無背觸，甜徹中邊，空外之音也，水中之影也」[172]。而從王維這
些禪境小詩這裡(而並非談論禪理的詩那裡)，中國抒情傳統也就產
生了眞正禪的詩學。

故而，王維晚期山水小品的意義，又遠遠超越其文類本身。由其
開發的無相主體性，猶淵池息浪，心水既澄的純感性直觀，以及能所
之辨泯沒的「自心現量」，誕生了中國古典詩學之境。換言之，作爲
唐代詩學的中心理論範疇的意境，只在此一藝術背景之下才得以理
解。古代詩學此一進境，直與中國佛教思想的進境相關聯。這一點，
經王維與謝靈運思想藝術的比較，尤爲顯見。謝靈運的山水之作中
「置心險遠、探勝孤遐」的特點，彰顯了早期大乘淨土觀念生發的遠
離人寰的自然山水與人間環境的界限；而其由外在自然描寫中升起的
超越之情，則見出慧遠僧團對佛的身相的關注以及由法身遍在觀念體
證的生命之終極眞實[173]。而王維的山水小品則從一個角度體現了禪
宗東山法門以來東土佛教精神的轉移。在此傳統裡，不僅「是心是
佛，是心作佛，當知佛即是心，心外更無別佛也」[174]；而且「若知
心本來不生不滅，究竟清淨，即是淨佛國土，更不須向西方。」[175]
佛已從外在崇仰的對象變爲內心的自證。淨土也已不在兜率天之上，
而成爲刹那間目前便見的心境。最後，宴坐亦不必深入山澤曠野，而

---

172 〈序王右丞集箋注〉，趙殿成，《王右丞集箋注》(上海：上海古籍出
　　版社，1984)，頁565。
173 詳見本卷第一章〈大乘佛教的受容與晉宋山水詩學〉。
174 道信，〈入道安心要方便法門〉，《楞伽師資記》，載《中國佛教叢
　　書・禪宗編》，第2冊，頁257。
175 〈入道安心要方便法門〉，頁256。

在心念不起。總之，一切在心境，在直觀中的心境，這就是王維山水小品中透顯的即心求佛求淨土的如來清淨禪傳統。

第三章

中唐禪風與皎然詩境觀[*]

引言

「意境」近年來在古代文論和古代美學的研究中頗得青睞，已被多數學者目爲中國古典詩學的「中心審美範疇」。雖然筆者對此不敢苟同，因爲「意境」具有這樣的意義，對源遠流長的中國文藝史而言，應當只是階段性的藝術和理論現象[1]。然而無可否認，「意境」標誌了是中國抒情傳統在唐以後的特色。西人龐德(Ezra Pound)盛讚的中國詩在「意象詩學」(phanopoeia)方面的精采[2]，亦得利於此。所以「意境」對抒情傳統的研究自有相當的重要性。韓經太以「古意境說」、「近意境說」，和「今意境說」來劃分這持續了大約十二個世紀之久的學術討論[3]。但從實質而言，本應分爲兩類，即以藝文現

---

[*] 本文原載《中華文史論叢》第79輯(2004年10月)，略加修訂後，收入中華版。2011年收入本書前再作兩次修改。

[1] 參見本書第三卷《聖道與詩心》第五章〈船山以「勢」論詩和中國詩歌藝術本質〉(尚未出版)。

[2] 語見Andrew Welsh, *Roots of Lyric: Primitive Poetry and Modern Poetics* (Princeton: Princeton University Press, 1978), pp. 15-16.

[3] 見韓氏，《中國詩學與傳統文化精神》(成都：四川人民出版社，1989)，頁289-335。

象爲對象作批評的「意境」說或「境」說爲一類，以古代文論史現象
爲對象作解釋的「意境」說或「境」說爲另一類。第一類發軔於8-9
世紀的中唐，第二類則大熾於1980-90年代，迄今尚未冷卻。但此一
問題的複雜性在於：上述兩類對象和目的不同的討論，自宗白華先生
1940年代發表〈中國藝術意境之誕生〉時，即交匯在一起。以此，在
宗先生看來，所謂意境居於主眞的學術境界與主神的宗教境界之間，
「以宇宙人生的具體爲對象，賞玩它的色相、秩序、節奏、和諧，借
以窺見自我的最深心靈的反映；化實景而爲虛境，創形象以爲象徵，
使人類最高的心靈具體化、肉身化。」[4] 以韓經太的說法，宗先生正
是以引申古人去「創建其心目中的理想之美」。對這位中國現代美學
大家而言，固無可非議。李澤厚的〈意境雜談〉[5] 也是上述從美學討
論意境觀念的繼續。然而，上述傾向卻被後來標榜作古典詩學現象研
究的學者所繼承，並因此完全忽視了範疇的發生和演變的歷史背景。
在此種跨越不同歷史情境的視野下與集藝文研究和概念詮釋於一體的
題旨中，「意境」遂被這樣界定：或爲「客觀物境與主觀情思互相交
融而形成的藝術境地」[6]，或爲「特定藝術形象及其所觸發的藝術想
象(包括幻想與聯想)的總合」[7]，或爲「借匠心獨運的藝術手法熔鑄
所成情景交融、虛實統一、能深刻表現宇宙生機或人生眞諦，從而使
審美主體之身心超越感性具體，物我貫通，當下進入無比廣闊空間的

4　〈中國藝術意境之誕生〉，《美學散步》，頁59。
5　《光明日報》1957年6月9日，16日。轉自張毅，〈建國以來意境研究述
　　評〉，載《意境縱橫探》(天津：南開大學出版社，1986)，頁242。
6　轉引自蔣寅〈中國詩學的核心範疇〉，《中國詩學的思路與實踐》(南
　　寧：廣西師範大學出版社，2001)，頁40。
7　蒲震元，〈三秋樹美，二月花新──意境形態、風貌與審美理想〉，
　　轉引自上書，頁41。

那種藝術化境」[8]，或爲「心的物態化，或曰精神世界的對象化」[9]，或爲「詩中的符號系統—意象結構」[10]，或爲「心物交感，情景合一，物我兩忘的渾然之境」[11]，等等。這種種詮釋下的範疇，當然不妨用以對作品進行美學評價的活動。但如果以此去對一千餘年的文論現象作一總括式解釋，則嫌唐突和草率。畢竟文論概念是從特定思想史的背景出發而對特定文學現象作出的理論概括，它的義涵應歷史地由特定思想背景和特定文學現象的關聯中抽繹而出。離開了歷史文化生活的土壤，學術的成果是難以令人信服的。

劉衛林的博士論文《中唐詩境說研究》是循思想史的進路全面研究此一問題的一部論著[12]。作者分析和考察了從先秦、兩漢到唐代佛教文獻中「境」概念義涵的演變，追蹤其進入詩學領域的過程。指出佛教中此一概念係由吸納魏晉玄學進行演化而成，並以大量文獻確認了中唐詩境觀念與佛教的關聯。但此文也留下了兩方面重要的遺憾。首先是作者未能從佛教史的背景去有力地說明：何以他所謂的「詩境說」會出現於中唐時代？其次，作者最後對「詩境說」的分析，似乎僅僅是證明：佛教如何開拓了唐人的文學理論思維，使其認識到文學的一般規律而已，而不是佛教如何影響了當時的詩歌觀念，從而產生了一個民族一個時期特殊的文學現象並體現於理論現象之中。這兩個

8　韓林德，《境生象外——華夏審美與藝術特徵考察》（北京：三聯書店，1995），頁58。

9　成復旺，《神與物遊：論中國傳統審美方式》（北京：中國人民大學出版社，1989），頁178

10　蔣寅，〈中國詩學的核心範疇〉，《中國詩學的思路與實踐》，頁45。

11　余虹，《中國文論與西方詩學》（北京：三聯書店，1999），頁257。

12　本卷1994年交付中華書局出版時，黃景進的《意境論的形成》一書尚未出版。現在看來，黃著亦是循思想史進路討論此一問題的專著，但亦未涉及本章將要討論的詩境說出現的特殊禪風語境的問題。

缺憾，實際又是作者在一定程度上悖離其選擇的歷史主義進路，而走
向普遍主義立場所致。

　　本章將力求以歷史主義態度繼續上述探討。我的重點將放在劉文
（以及後來黃景進專著）未能解決的中唐佛門風氣轉變與詩境觀念出現
的關係上。限於篇幅，本章將把焦點集中於皎然(720-798)這一有代
表性的個案。此一選擇，絕非任意，而是基於如下的原因：首先，如
果「詩境」觀念在中唐時代出現與佛教影響之關係值得關注的話，則
研究者理應亦留心發生在中唐文壇的另一現象，即此時又是詩僧開始
大量湧現的時代。據蔣寅統計，大曆詩中作爲交遊倡酬對象的僧人即
有一百三十人。「世之言詩僧，多出江左。……獨吳興晝公，能備眾
體」[13]，皎然正是江左詩僧中的佼佼者。所謂「詩僧」的稱謂亦出自
皎然〈酬別襄陽詩僧少微〉一詩[14]。由於其創作力的旺盛，又得賴唐
集賢殿御書院的收藏，在現存中唐元和以前詩人的作品中，皎然以四
百八十篇在數量上名列第三，僅次於韋應物和劉長卿[15]。其次，賈晉
華最近在研究中提出：「詩境」觀念的形成和流行與大曆時代湖州詩
人群的活動有關[16]。而皎然正是此一詩人群的核心人物之一。其詩集
中，出現「境」字的作品凡三十三首，其中十六首中的「境」與佛教觀
念相關。據筆者的統計，在唐代所有詩人中，這是最多的一例。最後，
皎然又是詩論史上最早寫出論詩著作的僧人。而他的《詩式》和《詩

13　劉禹錫，〈澈上人文集紀〉，《劉禹錫集箋證》卷19(上海：上海古籍
　　出版社，1989)，上冊，頁520。
14　蔣寅所引日本學者市原亨吉〈中唐初期江左的詩僧〉一文，見蔣寅，
　　《大曆詩人研究》(北京：中華書局，1995)，下冊，頁337，325。
15　見蔣寅，《大曆詩風》〈附錄一〉所列詩人作品數量表格(上海：上海
　　古籍出版社，1992)，頁247-250。
16　賈晉華，《唐代集會總集與詩人群研究》，頁99。

議》又都談到了「境」的問題。當然，以「境」論詩，皎然未必是開山之人，因爲託名王昌齡的《詩格》和高仲武的《中興間氣集》也都談到「境」，但《詩格》畢竟是部有著作權爭議的作品，而《中興間氣集》則並非是從與佛教心識相關的意義上涉及到「境」。由此，討論「詩境」，皎然的地位實難取代，允爲中唐「詩境」觀念之代表人物。

本章將以劉衛林的研究所忽略的問題——中唐「詩境」觀念出現的特別禪風背景入手，論證中唐流行於江左的洪州、牛頭和天台宗學理中關於「境」的正面價值意義如何催發了以境論詩。由於詩僧皎然恰恰浸淫於上述佛門風氣之中，本章將結合大曆末、貞元初禪門和詩壇風氣的轉變討論皎然詩學中詩境之外延或在詩學中涵蓋之範圍，以及與其他範疇之關係。最後，本章將以皎然詩作中的「禪中境」爲至高「境位」，探討皎然提出「詩境」觀念的某些期待，即其在詩論中未能解答的「詩境」應然的義涵、性態和特點問題，以期爲古代詩學中這一重要範疇提供一更爲歷史主義的研究。

一、「境」對禪法意義之轉變與「詩境」的出現

正如劉衛林的研究所指出，「境」在古代文獻中由表達竟限的「竟」字轉來，表示「疆」、「界」之意[17]。在《莊子》、《淮南子》和郭象的莊學中引申爲指抽象存在的事物如「是非之境」、「無

17　《說文解字》訓「竟」爲「樂曲盡爲竟，從音從人」。中華書局1978年版頁58上。但如黃景進所言，「古代典籍用『竟』字主要是取其『終、竟』之義，而很少看到專指『樂曲終』的例子。尤其值得注意的是，竟字很早即被當做疆界之義使用……以『疆界』(邊界)作爲境的本義，可能更切合實際。」《意境論的形成》，頁16-17。

外之境」、「絕冥之境」等等。在佛教傳入中土的「格義之學」的時
代裡，吸納了道家和玄學典籍的這種用法，在對內典的疏解中出現了
「倏忽無常境」和「泥洹之境」一類的表達。直到六朝時期，隨著唯
識學以及與唯識學有密切關聯的《楞伽經》的譯介，方才產生了與梵
文中*visaya*或*artha*對應的與心識相關的義涵[18]。目下所謂「詩境」，
其實係由這後一種「境」之義涵生發而出。據我個人的統計，《全唐
詩》中「境」共在六百二十餘首詩中出現，但的確是到了中唐以後，
才開始在詩中出現與心識相關的「境」。這與唐代詩論託名王昌齡
《詩格》和皎然《詩式》、《詩議》中提出「境」，在時間上非常接
近[19]。這一事實，殊值得注意。為了說明唐詩中「境」意義的變化，
不妨看以下的例子：

> 憶昨聞佳境，駕言尋昔蹊。[20]
> 君已富土境，開邊一何多。[21]
> 靈峰標勝境，神府枕通川，玉殿斜連漢，金堂迴架煙。[22]
> 湖上奇峰積，山中芳樹春，何知絕世境，來遇賞心人。[23]

18　《中唐詩境說研究》，香港大學1999年博士論文，頁13-37。
19　《詩格》由於著作權的懸而未決，殊難判定。羅宗強以為應係天寶末王昌
　　齡卒後與皎然撰《詩式》之貞元初(即空海來唐的近二十年前)之間某人所
　　偽託。見其《隋唐五代文學思想史》，頁179。王夢鷗則認為是王昌齡出
　　任江寧丞(742-748)之後，與江南僧人往來之後所作，見〈王昌齡生平
　　及其詩論〉，載《古典文學論探索》(台北：正中書局，1974)，頁287。
20　張九齡，〈城南隅山池春中田袁二公盛稱其美夏首獲賞果會朵言故有此
　　詠〉，《全唐詩》，卷49，第2冊，頁605。
21　杜甫，〈前出塞九首〉，《全唐詩》卷18，第1冊，頁184。
22　駱賓王，〈遊靈公觀〉，《全唐詩》卷78，第3冊，頁845。
23　張說，〈遊湖上寺〉，《全唐詩》卷87，第3冊，頁954。

泛舟入滎澤，茲邑乃雄藩，河曲闆闆隘，川中煙火繁。因人
見風俗，入境聞方言。[24]

在所有以上例子中，「境」的用法皆未脫離「疆界」、「地域」這種
客觀世界中空間場所區劃的意義，雖然也以「佳[境])、「勝[境])、
「絕世[境])等詞語標舉出詩人的某種價值評價。唐詩中亦有具抽象
意味的「境」的用法，如杜甫有「乃知君子心，用才文章境」[25]。但
與心識相關的「境」卻是在中唐以後出現在詩句中，如以下的例子：

悟澹將遣慮，學空庶遺境。[26]
寓形齊指馬，觀境制心猿。[27]
觀空色不染，對境心自愜。[28]
目極道何在，境照心亦冥，駴然諸根空，破結如破瓶。[29]
激石泉韻清，寄枝風嘯咽，冷然諸境靜，頓覺浮累滅。[30]
看月空門裡，詩家境有餘。[31]
月彩散瑤碧，示君禪中境，真思在杳冥，浮念寄形影。[32]

24　王維，〈早入滎陽界〉，《全唐詩》卷125，第4冊，頁1250。
25　〈八哀詩〉，《全唐詩》卷222，第7冊，頁2354。
26　韋應物，〈夏日〉，《全唐詩》卷191，第6冊，頁1965。
27　包佶，〈近獲風痺之疾題寄所懷〉，《全唐詩》卷205，第6冊，頁2142。
28　皇甫曾，〈贈沛禪師〉，《全唐詩》卷210，第6冊，頁2186。
29　獨孤及,〈題思禪寺上方〉，《全唐詩》卷246，第8冊，頁2766。
30　孟郊，〈與二三友秋宵會話清上人院〉，《全唐詩》卷375，第11冊，頁
　　4209。
31　姚合，〈酬李廓精舍南臺望月見寄〉，《全唐詩》卷501，第15冊，頁
　　5699。
32　皎然，〈答俞校書冬夜〉，《全唐詩》卷815，第23冊，頁9173。

> 道心制野猿，法語授幽客，境淨萬象眞，寄目皆有益。[33]
> 持此心爲境，應堪月夜看。[34]

以上所引之詩，多與寺院或與僧人的酬答有關。而中唐以後在理論上涉及「詩境」的人物如皎然、劉禹錫、權德輿、梁肅、白居易等也皆與佛教關係密切，甚至本人即爲僧人。由此，「境」在以上詩例中，不再指客觀空間世界的區劃，而是不離心識的現象。或由「境」靜而滅卻心累，或由制心猿而「境」淨，而榮華銷盡的明淨月夜之「境」，則映示了脫卻染業的「虛空淨心」。總之，由心現「境」，由「境」現心，這是典型的佛學之「境」。所有這些都指出了一個事實：此種在中唐以後出現的「境」的新義涵，是佛教影響的產物。

然而，佛教早在漢末即已傳入中土，唯識思想也已在六朝時代被譯介。而作爲新的詩歌審美形態的「詩境」亦已在盛唐王維的晚期作品中誕生[35]。但篤信佛教的王維卻並未在這種意義上使用「境」這個概念。究竟是什麼原因，使得詩人和詩的論家們在中唐時代突然一古腦兒地對佛教意味的「境」如此情有獨鍾呢？正確地回答了這個問題，也就歷史地開解了「詩境」之謎。

與心識相關的「境」在佛教中本來並非一個具正面價值的範疇。所謂「心即能緣，境即所緣……空者即離心境等相也」[36]，依丁福保的解釋，即「心之所遊履攀緣者謂之境。如色爲眼識所遊履，謂之色

---

33 皎然，〈苕溪草堂自大曆三年夏新營泊秋及春彌覺境勝因紀其事簡潘丞述湯評事衡四十三韻〉，《全唐詩》卷816，第23冊，頁9187。

34 皎然，〈送關小師還金陵〉，《全唐詩》卷818，第23冊，頁9216。

35 參見本卷第二章〈如來清淨禪與王維晚期山水小品〉。

36 《金剛經纂要刊定記》卷4，《大正新修大藏經》，第33冊，頁200。

境，乃至法爲意識所遊履，謂之法境。」[37]但唯識的「境」除五根性
境和意根所生抽象的法境而外，還應包括意根所生虛妄的獨影境和錯覺
的帶質境。謂「境」在傳統佛學中一般不具正面價值，主要基於兩點：
其一是，「境」乃唯識所現而無自性，其二「境」乃污染或隱覆淨心的
客塵。這樣的觀念，集中表達在瑜伽行派學者們下面一段話中：

> 由我、法執，二障具生，若證二空，彼障隨斷。……彼相皆
> 依識所轉變而假施設。識謂了別，此中識言亦攝心所，定相
> 應故。變謂識體，轉似二分，相、見俱依自證起故，依斯二
> 分施設我、法，彼二離此無所依故。或復內識轉似外境，
> 我、法分別薰習力故，諸識生時變似我、法。此我、法相雖
> 在內識，而由分別似外境現。諸有情類無始時來，緣此執爲
> 實我實法，如患夢者，患夢力故，心似種種外境相現，緣此
> 執爲實有外境。愚夫所計實我實法都無所有，但隨妄情而施
> 設，故說之爲假。[38]

這段話代表了瑜伽行派對「境」的評價：所謂「境」是由識變現爲
相、分而成，「心似種種外境相現」。而緣此執爲實有外境者則爲
「二障具生」之愚夫，解脫之道是爲其開示謬執我法、證悟二空，從
識有境無，到境識俱泯。在此，「境」或許可以實際上指稱外物，內
涵卻絕不相同。對客觀存有世界的懸置，是大乘佛教加諸中國詩學之
最大影響[39]。

37　《佛學大辭典》（台北：啓明書局，1960），頁407。
38　《成唯識論校釋》，頁1-2。
39　這其實是經量部以後佛教的一般觀念。黃景進，《意境論的形成》，

以「《楞伽》傳心」的早期禪宗或稱「如來清淨禪」，其實是繼承了上述觀念。其重要經典《大乘起信論》本於魏譯《楞伽》[40]，雖然在眞如學說上與瑜伽行派不合，然使世間現象、六塵境界得以生起的是「眾生無明妄心」，即《起信論》所說的「心生滅門」，而眞如應是不生不滅、一片清淨的。修行的究竟，即爲企致此「如虛空相」的清淨本體。此亦即北宗神秀「淨心眼看」、「拂塵」、「離念」禪法之所本：

> 佛身心得解脱。不見心心如心得解脱，不見身色如身解脱，
> 如是長時無斷用入虛空無一物，清淨無有相，常令不間斷，
> 從此永離障。眼根清淨，眼根離障；耳根清淨，耳離根障；
> 如是乃至六根清淨，六根離障，一切無礙是即解脱。[41]

這仍表達了離「境」而依持清淨心的觀念，體現了由菩提達摩開始的如來藏學和唯識學相通的中國早期禪宗傳統。故宗密以「背境觀心，息滅妄念」概括此宗。

《壇經》是一部屢經改竄、來源複雜的著作。其中敦煌本《壇經》保留了如來清淨禪的傳統，此本同樣說到離「境」：

（續）

頁73也提到佛家認定外物爲虛妄，但又屢屢以爲境對應爲外物，這或許是他亦會時而以爲感物說可以通於詩境説。但當他指出「古人在爲境取名時，常是根據主體的感受……當主體感受被用來概括景物特徵時，已被視爲客觀現象的性質」之時，（見《意境論的形成》，頁221-222)已在肯認「心似種種外境相現，緣此執爲實有外境」。

40　參見呂澂，〈起信與楞伽〉，《呂澂佛學論著選集》，第1冊，頁292-302。

41　神秀，〈大乘無生方便門〉，《大正新修大藏經》，第85冊，頁1273。

著境生滅起，如水有波浪，即是爲此岸。離境無生滅，如水永長流，故即名到彼岸。[42]

然而在此書的契嵩本和宗寶本裡，卻出現了以下一段敦煌本和惠昕本均無的兩首佛偈：

有僧舉臥輪禪師偈云：

臥輪有伎倆，能斷百思想，對境心不起，菩提日月長。

師聞之，曰此偈未明心地，若依而行之，是加繫縛。因示一偈曰：

慧能沒伎倆，不斷百思想，對境心數起，菩提作麼長！[43]

牟宗三先生以爲，此二偈的對比恰如有名的神秀和慧能涉及「菩提」、「明鏡」的二偈一樣，代表了看淨、看心的「息妄修心宗」與慧能的「直顯心性」祖師禪之間的界限[44]。但吾人如考慮到這一段落很可能是唐以後禪門弟子們竄入文字的話，則此處應透露出從如來清淨禪到洪州及五家以後祖師禪的禪法變化。此段被竄入《壇經》，頗耐人尋味，因爲後世祖師禪奉慧能爲祖師，正因爲他實際上體現了從如來禪向祖師禪的過渡。

從如來禪到祖師禪是中國禪宗史上最爲實質的一次思想轉變。在此以前，無論是《起信論》的「心眞如門」與「心生滅門」的分野，

42　《南宗頓教最上大乘摩訶般若波羅蜜經六祖慧能大師於韶州大梵寺施法壇經》，載《中國佛教叢書・禪宗編》，第1冊，頁23-24，25-26。

43　《六祖大師法寶壇經》，同上書，頁140。並見郭朋，《壇經對勘》（濟南：齊魯書社，1981），頁127，134。

44　《佛性與般若》，下冊，頁1062。

還是弘忍所謂「了然守眞心，妄念雲盡，惠日即現」[45]，還是神秀所謂「欲得淨佛云當淨其心」[46]，或者神會標舉「靈知不昧」的「眞性」[47]以及以「金之與礦當各自別」說佛性與煩惱[48]，皆強調或肯認一個超越的清淨無垢的心靈境界以爲彼岸。由此，就有此岸現象的「重雲所覆」、「惹塵埃」、「於境上生心」的染業，也就有了「守我本心，得到彼岸」、「磨鏡」、「看淨」、「拂塵」和「金則百鍊百精」這些漸修的工夫。然而，這又與實際自神秀起即開始標榜的「頓超佛地」的觀念相悖。更根本的，這裡體現了印度佛教中即已存在的困惑——佛性論的如來藏和般若學的法空，孰爲了義的問題，顯示出對眞如心的依持與般若不捨不著觀念的矛盾。從《起信論》的「一心開二門」的「一心」，《壇經》的「本來無一物」，「前念著境即煩惱，後念離境即菩提」，到神會的「本空寂體上，自有般若智能知」[49]都是企圖消解這一矛盾。但最終消解了此一矛盾的，是引起中唐禪門風氣大變的洪州馬祖(709-788)。馬祖道一的禪法的新穎之處集中表現在如下的宣說中：

> 道不用修，但莫污染。何爲污染？但有生死心，造作趣向，皆是污染。若欲直會其道，平常心是道。何謂平常心？無造作，無是非，無取捨，無斷常，無凡無聖。經云：非凡夫行，非聖賢行，是菩薩行。只如今行住坐臥，應機接物，皆

45　弘忍，〈修心要論〉，《敦煌禪宗文獻集成》，上冊，頁479。

46　神秀，〈觀心論〉，《大正新修大藏經》，第85冊，頁1271。

47　宗密，《禪源諸詮集都序》，《中國佛教叢書‧禪宗編》，第1冊，頁2265。

48　《南陽和尚問答雜徵義》，楊增文編校《神會和尚禪話錄》，頁61。

49　《南陽和尚問答雜徵義》，《神會和尚禪話錄》，頁67。

是道，道即是法界。[50]

「平常心是道」其實混淆了《寶性論》所說「自性清淨」與「離垢清淨」[51]，但它一語之間就泯卻了染心和淨心的界限，也就化解了如來藏學和般若學的矛盾。此處所謂要破除的「造作」、「污染」，從上下文看，已不再主要是五根境界的污染，而是分辨淨與染、聖與凡的意識。這一點，被歸在百丈懷海(750-814)名下的一段話表達得很清楚：

> 只如今鑑覺，但於清濁兩流凡聖等法、色聲香味觸法、世間出世間法，都不得有纖毫愛取。既不愛取，依住不愛取將為是，是初善，是住調伏心，是聲聞人，是戀筏不捨人，是二乘道，是禪那果。既不愛取，亦不依住不愛取，是中善，是半字教，猶是無色界，免墮魔民道，猶是禪那病，是菩薩縛。既不依住不愛取，亦不作不依住知解，是後善，是滿字教，免墮無色界，免墮禪那病，免墮菩薩乘，免墮魔王位。[52]

一位美國學者以為：百丈這段話所提出的「修禪三階段公式」是「禪學中一個創造性新發展」[53]。但吾人若聯想到前引馬祖語錄，就會想

50　《馬祖道一禪師廣錄》，《新編卍續藏經》，第119冊，頁812。

51　參見印順，《如來藏之研究》，頁172-174。

52　《百丈廣錄》，《古尊宿語錄》卷1(北京：中華書局，1994)，上冊，頁11。

53　Mario Poceski, "The Hongzhou School of Chan Buddhism during the Mid-Tang Period," Ph.D. diss., University of California, 2000, pp. 362-371.

到：百丈在此並非強調禪修的三階段，而是強調最終的證果在於克服「依住不愛取」和「作依住不愛取知解」，即在於自「禪那果」、「菩薩縛」中解脫。同樣的意思，不僅百丈本人反覆宣說，亦被馬祖其他法嗣一再地表達：

> 無淨無無淨，即是畢竟淨。……一切處無心是淨，得淨之時，不得作淨想，即名無淨也；得無淨時亦不得作無淨想，即是無無淨也。……
>
> 求大涅槃是生死業，捨垢取淨是生死業，有得有證是生死業，不脫對治是生死業。[54]
>
> 夫學道者，先須併卻雜學諸緣，決定不求，決定不著。聞甚深法，恰似清風屆耳，瞥然而過，更不追尋，是為甚深。……所以道：擬心時被擬心魔縛，非擬心時又被非擬心魔縛，非非擬心時又被非非擬心魔縛。[55]

在所有這些語錄裡，得證佛道之難均在消泯修持意念本身，在消泯淨、染之辨，在消泯早期禪宗依守的清淨心，所以才是「佛病最難治」[56]。倘只從學理而論，這顯示出大乘中觀已結合了如來藏學，佛性不再是《勝鬘經》所立的不空的如來真常心（*asunya-tathãgata-garbha*），而成為般若空性（*sunya*）本身。或以牟宗三先生的話，這是「將般若經與空宗之精神收於自心上來，轉成存在地實踐地直指本心

54　大珠慧海，〈諸方門人參問語錄〉，《新編卍續藏經》，第110冊，頁851，853-854。

55　黃檗希運，《黃檗斷際禪師宛陵錄》，《古尊宿語錄》，上冊，頁46。

56　百丈懷海，《大鑑下三世語錄之餘》，《古尊宿語錄》，上冊，頁22。

見性成佛之頓悟的祖師禪，非以如來藏真心系統為背景而來的如來
禪」[57]。此即佚聞中禪宗由《楞伽經》為「心印」到以《金剛經》為
「心印」的產生背景。似乎是，由對般若空法純粹性的貫徹，宗教回歸
為自然，最透徹的宗教實踐竟引向宗教與日常世界之間界限的消泯：

> 一切眾生從無量劫來，不出法性三昧中。著衣喫飯，言談祇
> 對，六根運用，一切施為，盡是法性。[58]
> 祇如今粗食助命，補破遮寒，渴則掬水喫，餘外但是一切有
> 無等法都無纖毫繫念，此人漸有輕明分。[59]
> 諸人幸自好個無事人，苦死造作要檐枷落獄作麼？每日至夜
> 奔波，道我參禪學道，解會佛法，如此轉無交涉也。……貧
> 道聞江西和尚道：汝自家寶藏，一切具足，使用自在，不假
> 外求。……我從此一時休去，自己財寶隨身受用，可謂快
> 活。無一法可取，無一法可捨，不見一法生滅相，不見一法
> 取來相，遍十方無一微塵許不是自家財寶。[60]

真真是「尋常是僧家法則」[61]。難道這僅僅是中觀思想流行結合了如
來藏學的結果麼？月稱（Candrakirti）曾這樣概括中觀學的中心思想：
「一旦所有單獨存在物的本質被覺知為相對的（而且最終並非真實
的），此世間的林林總總（manifold）也就不留任何痕跡地消失於空之

---

57 《佛性與般若》，下冊，頁1057。
58 《馬祖道一禪師廣錄》，《新編卍續藏經》本，頁811。
59 《百丈廣錄》，《古尊宿語錄》，上冊，頁13。
60 大珠慧海，〈諸方門人參問語錄〉，《新編卍續藏經》，第110冊，頁
   855-856。
61 《大鑑下三世語錄之餘》，《古尊宿語錄》，上冊，頁24。

相對性之中了。」[62]然而在洪州禪這裡，世界的林林總總卻未消失：
「山是山，水是水。……山河大地日月星辰。總不出汝心。……心外
無法，滿目青山。虛空世界皎皎地，無絲髮許與汝作見解。所以一切
聲色是佛之慧目。」[63]故而，更爲深入的解釋只能是：中國文化對活
生生人世生活的關懷藉由中觀學而進入了禪宗，其所開啓的，恰恰是
空有無礙，即煩惱，即菩提，即世間五蘊，即涅槃的世界，從而消泯
了宗教彼岸與生活此岸之界限。柳田聖山稱此爲「中國的一次人文復
興」，以致禪滲入到個體中，「與日常生活血肉相連，不是思想的體
系了」[64]。

上文涉及的「對境心不起」到「對境心數起」的變化，正應由此
一背景去理解：既然「六根運用，一切施爲，盡是法性」，既然「遍
十方無一微塵許不是自家財寶」，作爲佛門中人中縱使不應「逐境生
心」，卻又何必要時時事事地強調「對境心不起」呢？馬祖本人故而
是「無一心可攝，無一境可遣」[65]，「法無所著，觸境皆如」[66]。在
馬祖的法嗣那裡，「境」在禪法中的意義也已經轉變。百丈曰：

> 但約如今照用，一聲一色，一香一味，於一切有無諸法，一
> 一境上，都無纖毫取染，亦不依住無取染，亦無不依住知

---

62 TH. Stcherbatsky, *Buddhist Logic* (Delhi: Motilai Banarsidass Publishers, 1994), vol. 1, pp. 478-479.

63 《黃檗斷際禪師宛陵錄》，《古尊宿語錄》，上冊，頁42。

64 《中國禪宗思想史》，頁168，178。

65 韋處厚，〈興福寺內道場供養大德大義禪師碑銘〉，《全唐文》卷715，（北京：中華書局，1996），第8冊，頁7352。

66 權德輿，〈唐故洪州開元寺石門道一禪師塔銘〉，《全唐文》卷501，第5冊，頁5106。

解，者個人日食萬兩黃金，亦能消得。[67]

對一切境，心無散亂，不攝不散，透過一切聲色，無有滯礙，名爲道人。……一切諸法，本不自言空，不自言色，亦不言是非垢淨，亦無心繫縛人。……心與境本不相到，當處解脫，一一諸法當處寂滅，當處道場。[68]

第一段話裡，由「不依住無取染」和「亦無不依住知解」，抵銷了對「一一境上都無纖毫取染」的強調，證悟因而不只是從五根境界中解脫，更在於自「禪那果」、「菩薩縛」中解脫，故而才是「一塵一色總是一佛」[69]。在第二段話裡，百丈以「本不自言空，不自言色，亦不言是非垢淨，亦無心繫縛人」言諸法，以「不攝不散，透過一切聲色，無有滯礙」言對境，與如來禪的「磨鏡」、「看淨」、「拂塵」已判然不同。又以「當處解脫」、「當處道場」表達覺不離境的道理。再看大珠慧海的說法：

迷人執物守我爲已，悟人般若應用見前；愚人執空執有生滯，智人見性了相靈通；……菩薩觸物斯照，聲聞怕境昧心；悟者日用無生，迷人見前隔佛。[70]

有行者問：即心即佛那個是佛？師云：汝疑那個不是佛指出看。無對。師云：達即遍境是，不悟永乖疏。[71]

67　《大鑑下三世語錄之餘》，《古尊宿語錄》，上冊，頁21。

68　普濟編，《五燈會元》卷3，（北京：中華書局，1984），上冊，頁134。

69　《大鑑下三世語錄之餘》，《古尊宿語錄》，上冊，頁22。

70　〈諸方門人參問語錄〉，《新編卍續藏經》本，頁860。

71　《景德傳燈錄》卷6，《大正新修大藏經》，第51冊，頁247。

在大珠看來，「六根離障」已屬「怕境昧心」的聲聞，而眞正的覺悟
者則能「般若應用見前」、「觸物斯照」，從而遍境是佛，一塵一色
皆是佛。而馬祖又一位弟子章敬懷暉對「境」的態度，則見於權德輿
爲其所作的碑銘：

　　心本清淨而無境者也，非遣境以會心，非去垢以取淨。72

懷暉所謂「心本清淨」，此心即是消泯了淨、染之辨的「平常心」。
故而無須如如來清淨禪那樣「遣境」和「去垢」。最後還可引證洪州
門中百丈的弟子黃檗希運，他比皎然的時代要晚，但同樣可以印證馬
祖一系對「境」的態度：

　　凡夫多爲境礙心，事礙理，常欲逃境以安心，屏事以存理。
　　不知乃是心礙境，理礙事。但令心空境自空，但令理寂事自
　　寂。勿倒用心也。73

黃檗以爲：「逃境以安心」乃是凡夫所爲，因爲從中觀的立場看來，
「逃境」本身已是染業。以上例證表明，隨著洪州禪之提倡「平常心
是道」和無修而修，彼岸的覺悟已在此岸的現實生命中體驗，「境」
已不再具如來禪的負面意義，從「當處解脫」、「當處道場」，即從
感性直觀中體悟而言，甚至具有正面的意義。正是這種以六根運用盡
是法性的主張，被更傾向如來禪的南陽慧忠指爲「錯將妄心言是眞

72　〈唐故章敬寺百巖大師碑銘〉，《全唐文》，第5冊，頁5104。
73　《筠州黃檗斷際禪師傳心法要》，《新編卍續藏經》，第119冊，頁
　　827。

心，認賊爲子，有取世智稱爲佛智，猶如魚目而亂明珠」[74]。如果吾
人肯定中唐「詩境」觀念的出現係由佛教影響所致，那麼，其主要依
托，正是洪州禪興起所開啓的上述特殊的思想背景。

除卻洪州禪而外，中唐時期在江南地區活躍的另一佛教宗派是天
台宗，以其禪教並重，在唐時亦被認作爲禪之一種。中唐正是天台宗
走出自二祖章安歿後至五祖左溪玄朗的第一黑暗期，由荊溪湛然
(711-782)開創中興的時代。天台左溪一系，本與南宗禪頗有瓜葛，
永嘉玄覺和左溪玄朗(673-754)都曾在慧能門下參學。天台圓教主要
採《法華經》和般若、中觀學，以「性具」說、「三諦圓融」、「一
念三千」、「一心三觀」等勝義立宗。有智顗「一色一香，無非中
道」[75]，現象之林林總總得現佛性；有智顗「眞性解脫即阿黎耶識，
實慧解脫即七識，方便解脫即六識」[76]，八種污染心識得爲清淨法之
種子，前六識得爲解脫之方便助緣；有智顗「一念無明因緣具十法界
三諦」之「不思議境」[77]，得不斷無明愛取而入圓淨涅槃。

「境」因而在天台教中有比洪州更爲正面的意義。不妨看看天台
開祖與依持一分解的清淨超越心的神秀如何運用同一譬喻──金和礦
土──去解說佛性與煩惱無明的關係：對神會而言：金之與礦，俱時
而生，「得遇金師爐冶烹煉，金之與礦當各自別，金即百煉百精，礦
若再煉，變成灰土」[78]。對智顗而言，「今說阿黎耶識即是眞性解脫
者如金，即是生死根者如土」，「菩薩若能知六識非善非惡，而起善

---

74 《景德傳燈錄》卷28，《大正新修大藏經》本，頁438。
75 智顗，《摩訶止觀》卷4上，《大正新修大藏經》，第46冊，頁42。
76 智顗，《維摩經玄疏》卷5，《大正新修大藏經》，第38冊，頁553。
77 《三觀義》，《新編卍續藏經》，第99冊，頁83-84。
78 《南陽和尚問答雜徵義》，《神會和尚禪話錄》，頁61。

惡，同事化物，和光同塵，即是方便解脫也」[79]。智顗在此使用與神會同樣的譬喻討論同樣的問題。阿黎(賴)耶識和前六識既是金亦是土正爲即五蘊即涅槃的解說。正是由繼承其開祖的思想，荊溪湛然提出了「染淨不二門」：

> 染淨不二門者，若識無始即法性爲無明，故可了今即無明爲法性。法性之與無明，遍造諸法，名之爲染。無明之與法性，遍應眾緣，號之爲淸。濁水淸水，波濕無殊。淸濁雖即由緣，而濁成本有。濁雖本有，而全體是淸。以二波理通，舉體是用。[80]

此謂無明可即法性當體而有，法性亦只可當體即無明而悟顯。後者乃由染而有淨用，正是「不識佛性遍者，良由不知煩惱性遍故」，而了知煩惱心，則能「了知生死色遍」[81]。故自「無明之與法性，遍應眾緣，號之爲淸」而言，「境」是不必負面的。

此一時期在東南另一有影響的禪之宗派是牛頭宗。其開祖法融乃印順大師眼裡「中華禪的根源」[82]。中唐是潤州牛頭山法門大興，湧現牛頭惠忠(683-769)、鶴林玄素(668-752)、徑山法欽(714-792)和巖惟遺則(773-830)的時代。牛頭與洪州師徒之間多有交往[83]。宗密以

79　智顗，《維摩經玄疏》卷5，《大正新修大藏經》，第38冊，頁553。
80　《法華玄義釋籤》卷14，《大正新修大藏經》，第33冊，頁919。
81　湛然，〈金剛錍〉，《大正新修大藏經》，第46冊，頁783。
82　《中國禪宗史》，頁128。
83　超岸和太毓先後師從惠忠和道一。道一與法欽有書信往還，並且可能經由太毓受到惠忠影響。西堂智藏、丹霞天然、徑山道晤等亦出自牛頭和洪州雙重師門。以致麥克瑞以爲牛頭的開祖法融(594-657)是南、

「泯絕無寄」稱牛頭，在其概括中，牛頭禪法至少與馬祖禪法有三點
接近：首先，所謂「設有一法勝過涅槃，我說亦如夢幻。無法可拘，
無佛可作，凡有所作皆是迷妄」，是如馬祖禪一樣強調自「禪那
果」、「菩薩縛」和「佛病」中解脫；其次，所謂「本來空寂，非今
始無……平等法界無佛、無眾生，法界亦是假名」，「心既不有，誰
言法界？無修不修，無佛不佛」，令人想到馬祖自然心態的「本有今
有，不假修道」和「不是心，不是佛」；復次，所謂「於怨親苦樂一
切無礙」，令人想到馬祖的「六根運用，一切施爲，盡是法性」。所
不同的是，洪州仍會說「即心即佛」，而牛頭受玄學之漑，更彰顯了
印順大師所謂(南方佛教反唯心的傳統)，以「絕觀忘守」而體認「無
所得」境界。其標榜「不須立心」，與以《楞伽》傳心，「守心」、
「修心」、「安心」的東山法門可謂涇渭判然。牛頭宗如何看待
「境」，總括在〈絕觀論〉這篇問答體文字中「入理」的話裡：

　　本無心境，汝莫起生滅之見。[84]

「本無心境」是由其「無心」和「忘守」而來，既然本無，亦無須「背
境」、「遣境」、「怕境」和「逃境」了。而任何背、遣、怕和逃，亦均
爲「起生滅之見」。故而，法融以爲「照本發非發，爾時起自息」[85]，
而「息妄見心」，則「雖得心淨，久後還發」，如犬逐塊[86]。對

(續)————————————————

　　北宗、洪州宗之間一座橋梁。見 Jia Jinhua, "The Hongzhou School of
　　Chan Buddhism and the Tang Literati," pp. 140-142.

84　〈絕觀論〉，《中國佛教叢書‧禪宗編》本，頁252。

85　〈法融傳〉，《景德傳燈錄》卷4，《大正新修大藏經》本，頁227。

86　〈絕觀論〉，《中國佛教叢書‧禪宗編》本，頁253。

「境」，應無所規避：

> 開目見相心隨境起，心處無境境處無心。將心滅境彼此由
> 侵，心寂境如不遣不拘。境隨心滅心隨境無，兩處不生寂靜
> 虛明。[87]

〈絕觀論〉的作者向被認爲是法融，但日本中國禪史的權威學者柳田
聖山和美國著名學者麥克瑞(John R. McRae)均認爲：是書應最後彙
成於8世紀中期至80年代前牛頭宗後學之手。以上所論三宗，皆以明
修中觀棧道，而暗度中土文化，其論「境」觀念的相似，應不苟然。
而三家同於中唐崛起江左，在時間和地域上均與「詩境」觀念之出現
如此吻合，更非偶爾。

二、皎然詩境論平議

以上一節論證了中唐江左一帶禪門風氣的轉變與(詩境)觀念出現
的關聯，現在回到故事的主角——號爲釋門偉器的晝溪皎然。問題首
先是：上述禪風是否沾漑了這位江左詩僧中的佼佼者？據《宋高僧
傳》，皎然「登戒於靈隱戒壇守直律師邊，聽毗尼道」[88]，這位爲皎
然受戒的「守直律師」，賈晉華《皎然年譜》依皎然〈唐杭州靈隱山
天竺寺故大和尚塔銘〉，定爲守眞律師之誤，受戒的時間是天寶七年

87　〈牛頭初祖法融禪師心銘〉，《景德傳燈錄》卷30，《大正新修大藏
　　經》本，頁457。
88　贊寧，《宋高僧傳》卷29，下冊，頁728。

(748)[89]。又據皎然〈塔銘〉，守眞(直)「雖外精律儀而第一義諦素
所長也」，曾「至荊府依眞公三年苦行，尋禮天下二百餘聖教所至，
無不至焉，至無畏三藏受菩薩戒，香普寂大師傳楞伽心印、講起信論
三十餘遍⋯⋯」[90]，此處普寂是北宗七祖，無畏三藏是華夏密宗開
祖，而眞公則是曾從天台左溪玄朗學法的惠眞[91]。皎然承乃師之風，
登戒後「博訪名山，法席罕不登聽者」[92]，於佛門各宗，廣採兼收。
作〈天台和尚法門義讚〉，以「我立三觀，即假而眞，如何果外，強
欲明因」[93]說智者大師「一心三觀」的圓教；作〈二宗禪師讚〉，以
「二聖淵淵，異名同證」[94]，論東山的慧安和普寂；作〈唐大通和尚
法門義讚〉稱說神秀，讚文中有「應知離相，或未圓通，吾師惠心，
雲開天空」[95]，明顯隱括神秀〈大乘無生方便法門〉，並有微詞；作
〈能秀二祖讚〉，以「南北分宗，工言之失」[96]，跳出菏澤所設宗門
之爭的藩籬；又作〈唐鶴林和尚法門義讚〉，以「眞見之體，知而不
性。知猶無主，禪何有支？我本圓寂，湛而不移」[97]概說牛頭禪法，
其中「知猶無主，禪何有支」兩句透示其本人對宗門的寬容恐與認同
牛頭宗的泯絕無寄、以聖法爲夢幻有關。此外，其〈苕溪草堂〉一詩

89　趙昌平以爲晝公於大曆二、三年從守直受戒，見傅璇琮主編，《唐才
　　子傳校箋》(北京：中華書局，2000)，第2冊，頁193。傅璇琮主編，
　　《唐五代文學編年史》(初盛唐卷)從賈說。今從賈說。

90　〈唐杭州靈隱山天竺寺故大和尚塔銘〉，《四部叢刊初編》本《晝上人
　　集》(上海：涵芬樓據影宋鈔本影印，出版年不詳)，卷8，頁48。

91　均見賈晉華，《皎然年譜》(廈門：廈門大學出版社，1992)，頁16-17。

92　《宋高僧傳》卷29，下冊，頁728。

93　《晝上人集》卷8，頁55。

94　同上書，卷8，頁55。

95　同上書，卷8，頁56。

96　同上書，卷8，頁55。

97　同上書，卷8，頁56。

「寄目皆有益，原上無情花」二句下有自注：「聖教意，草木等器世間，雖無情而理性通。又云，郁郁黃花，無非般若，是其義。」[98]此註先引證天台荊溪湛然，後用牛頭成語，可見對兩家宗義之嫻熟[99]。由以上的引證，可知頗難以某一宗派限說皎然。然畫公安史之亂後足跡未出江淮，論其作於貞元初之《詩式》之佛教背景，當以洪州、牛頭、天台爲近。況其時北宗業已式微，皎然亦頗不以其「離相」說爲然。已有學者指出，畫公大曆後期以後的確明顯受到洪州禪之影響[100]。

　　大曆中期以後是皎然受洪州禪風沾溉之始的時間上限，因道一本人至大曆中方隸名於洪州開元精舍。此前尚未籍籍有聞。至洪州之後，「居僅十祀，日臨扶桑，高山先照；雲起膚寸，大雨均霑」，以至「於時天下佛法極盛，無過洪府，座下聖賢比肩，得道者其數頗眾」[101]。筆者細讀畫公詩集，得有洪州禪風者計二十餘首，其中多數無從編年。按照賈晉華《皎然年譜》對畫公詩文的初步編年，或許聲言「得道殊秦佚，隳名似楚狂」的〈五言因遊支硎寺寄邢端公〉[102]是可系年詩中最早的一首，該詩賈譜定爲大曆十四年(779)。蔣寅則以〈山居示靈澈上人〉爲最早，此詩有「身閒始覺隳名是，心了方覺苦行非」，同前詩一樣，以「隳名」爲是。此詩依賈譜當作於建中元年

98　《畫上人集》卷2，頁10。

99　筆者對此注的注意，受賈晉華《皎然年譜》一書影響，見該書頁51。但賈著以「郁郁黃花」句爲出自天台，則不當。

100　見賈晉華，《皎然年譜》、前引其博士論文；趙昌平，〈從王維到皎然——貞元前後詩風演變與禪風轉化的關係〉，《趙昌平自選集》，頁160-180；以及蔣寅，《大曆詩人研究》，頁350-358。

101　《宋高僧傳》，上冊，卷10，頁222；卷11，頁251。賈晉華以道一大曆七年(772)入洪州，見其〈「平常心石是道」與「中隱」〉，《漢學研究》第16卷第2期(1998年12月)，頁318-319。

102　《畫上人集》卷2，頁11。

(780)，而非蔣寅所說興元元年(784)[103]。按賈譜，二詩的作年只有
一年之差。同年畫公尙有〈五言偶然五首〉，更是洪州禪風的明顯表
露：

> 樂禪心似蕩，吾道不相妨。獨悟歌還笑，誰言老更狂。
> 隱心不隱跡，卻欲住人寰。欠樹移春樹，無山看畫山。居喧
> 我未錯，眞意在其間。[104]

這裡凸顯了趙昌平所謂由「狂外」禪風生出的「坦蕩寫意」之詩
風[105]，有此「狂外」禪風，甚而不妨鼓吹「君有佳人當禪伴，於中
不廢學無生」[106]。由以上的證據，皎然受洪州禪影響之始的時間下
限應在大曆末、建中初，即皎然年屆六旬之時，亦即馬祖入洪州七、
八年以後。但皎然嗣後仍寫過清峻風格的作品，如〈五言妙喜寺高房
期靈澈上人不至重招一首〉和〈五言杼山禪居寄贈東溪吳處士憑一
首〉依賈譜即分別作於建中元年(780)和貞元五年(789)而且，在《詩
式》的中序中，作者寫道：貞元初，曾與二三子相謂：世事喧喧，非
禪者之意，終朝目前，矜道侈義，適足擾其眞性，故而——

> 豈若孤松片雲，禪坐相對，無言而道合，至靜而性同哉？吾
> 將深入杼峰，與松雲爲侶。所著《詩式》及諸文筆，並寢而

---

103 《大曆詩人研究》，上冊，頁357。
104 《畫上人集》卷6，頁39。
105 趙昌平，〈從王維到皎然〉頁174-175，亦判皎然禪風、詩風轉變在大
　　曆之末。
106 〈觀李中丞洪二美人唱歌軋箏歌〉，《畫上人集》卷7，頁44。

不紀。[107]

這已絕非洪州作風的「居喧我未錯」和「佳句縱橫不廢禪」[108]了。對此，趙昌平以引用廣陵大師「清中而狂外」作解[109]，賈晉華則推度至貞元初其狂禪風度已有所收斂變化[110]。但更可能的是，晝公向對禪之各派均能包容，並無門戶之見。故其多年禪隱的習慣，亦未因晚年接觸到洪州禪風而幡然改變，只是在日常行為上更為隨意任心而已，此即所謂「清中而狂外」了。

皎然這篇序還讓吾人了解，《詩式》於貞元初即已完成，至貞元五年(789)，得李洪、吳憑之助，編定為五卷。在《詩式》以及《詩議》中對「境」的直接的討論，共有三處。最顯豁的當屬以「取境」標目的一段，為了說明時下一些誤解，這段文字必須全部引出：

> 或云：詩不假修飾，任其醜樸，但風韻正，天真全，即名上等。予曰：不然。無鹽闕容而有德，曷若文王太姒有容而有德乎？又云，不要苦思，苦思則喪自然之質。此亦不然。夫不入虎穴，焉得虎子？取境之時，須至難至險，始見奇句。成篇之後，觀其氣貌，有似等閒不思而得，此高手也。有時意靜神王，佳句縱橫，若不可遏，宛如神助。不然。蓋由先積精思，因神王而得乎！[111]

---

107 張伯偉，《全唐五代詩格彙考》(南京：江蘇古籍出版社，2002)，頁243。
108 〈七言支公詩〉，《晝上人集》卷6，頁38。
109 〈從王維到皎然〉，頁177。
110 《皎然年譜》，頁128。
111 李壯鷹，《詩式校注》(濟南：齊魯書社，1986)，頁30。

「取境」是屢屢見諸佛典的成語，自早期的《雜阿含經》即有「世人取
諸境界，心便計著」[112]。「取」為心有取執之意。作為僧人的皎然，竟
不諱以「取境」論詩，本身即見出上文所論中唐禪風中以六根運用，盡
是法性而觸境皆如觀念的影響。通讀上下文，「境」在此處應與詩的寫
作中為「有容」而「修飾」，以見「奇句」、「佳句」，而有不失自然
輕易之貌的效果有關。這一點，羅宗強先生即已指出[113]。這頗與今人
必以「言外」論境的看法相左。類似的義涵亦見於《詩議》涉及
「境」的一段話：

> 律家之流，拘而多忌，失於自然，吾所常病也。……夫累對
> 成章，高手有互變之勢，列篇相望，殊狀更多。若句句同
> 區，篇篇共轍，名為魚貫之手，非變之才也。俗巧者，由不
> 辨正氣，習俗師弱弊之過也。其詩云：「樹陰逢歇馬，魚潭
> 見洗船。」又詩云：「隔花遙勸酒，就水更移船。」何則？
> 夫境象不一，虛實難明，有可睹而不可取，景也；可聞而不
> 可見，風也；雖繫乎我形，而妙用無體，心也；義貫眾象而
> 無定質，色也。凡此等，可以對虛，亦可以對實。[114]

這段文字涉及「境」的部分，向被學者們刪簡失當，引作司空圖「象
外之象，景外之景」說之嚆矢。但通觀上下文，「境」在此僅僅與對
句中的景象有關。這再次印證了「境」是與「奇句」、「佳句」或
「奇聯」、「佳聯」有關的、詩的局部問題而非全局問題。絕非某些

---

112 《雜阿含經》卷10，《大正新修大藏經》，第2冊，頁66。
113 《隋唐五代文學思想史》，頁181。
114 《詩式校注》附錄二，頁266。

論者所謂全詩之形象「總合」或「意象結構」之類。這一判斷，驗之
以《詩式》全書的結構，則尤爲顯明。筆者同意「格」與「體」相配
是《詩式》論詩的基礎[115]。如顏崑陽所論，「體」、「格」在唐代
可合爲一詞，但唐代「詩格」一類批評著作中，卻多將「體」、
「格」分爲兩個概念[116]。皎然《詩式》總體上是分論「體」、
「格」，但在〈辨體有一十九字〉中亦有合爲一詞的用法，如「體格
閒放曰逸」[117]。皎然對「格」的使用頗有歧義，既有「跌宕」、
「淈沒」、「調笑」這類與作品整體有關的「格」，亦有「不用
事」、「作用事」、「直用事」、「有事無事」這類僅與作品局部有
關的「格」。「格」有等第的意味[118]，堪稱在風格、氣格中[119]體現
的等第。「體」在文論傳統中可承載「物身」、「形構」、「樣態」
的三類義涵[120]。下文將說明，皎然主要取「樣態」的義涵，即晚唐
徐寅所謂「體者，詩之象，如人之體象，須使形神豐備。」[121]僅自
上文所說《詩式》第一類「格」而言，在「格」與「體」這一對較爲

---

115 趙昌平，〈「吳中詩派」與中唐詩歌〉，《趙昌平自選集》，頁137。
116 詳顏崑陽，〈論「文體」與「文類」的涵義及其關係〉，《清華中文
　　學報》第1期(2007年9月)，頁33。
117 《詩式校注》，頁54。
118 如唐人朱景玄謂：「以張懷瓘《畫品斷》神、妙、能三品，定其等格
　　上、中、下。」〈唐朝名畫錄序〉，引自北京大學哲學系美學教研室
　　編《中國美學史資料選編》(北京：中華書局，1980)，上冊，頁287。
　　又明王世貞〈宋詩選序〉謂：「予所以抑宋者，爲惜格也。」見蔡景
　　康(編)，《明代文論選》(北京：人民文學出版社，1993)，頁214。顏
　　崑陽〈論「文體」與「文類」的涵義及其關係〉一文頁32以《陳書·
　　宣帝紀》中文吏奸貪「妄動科格」亦以格爲「差等」。
119 參見成復旺(主編)，《中國美學範疇辭典》，頁635-638。
120 顏崑陽，〈論「文體」與「文類」的涵義及其關係〉，頁43。
121 張伯偉，《全唐五代詩格彙考》，頁436。

抽象的範疇之下，衍生出另一對較爲具體的範疇——「境」與
「勢」。《詩式》論「勢」謂「古今逸格，皆造其極妙矣」；論
「境」謂「取境偏高，則一首舉體便高；取境偏逸。則一首舉體便
逸」[122]，可見「勢」與「境」分別上通「格」與「體」。又由詩人
的「作用」於「勢」，生發出「勢有通塞」和「意有盤礡」[123]兩種
謀篇的取態，體現出「氣象氤氳」[124]這種如雲氣飛動的效果。而由
「境」以下，則經由虛實難明，有可睹而不可取之「景」、可聞而不
可見之「風」、雖繫乎我形而妙用無體之「心」，以及義貫眾象而無
定質之「色」的對實或對虛，生出奇句、佳聯。《詩式》一書的概念
結構以圖示，則爲：

格　　　　　　　　　　　　　　體

↑　　　　　　　　　　　　　　↑

勢　　　　　　　　　　　　　　境

↓　　　　　　　　　　　　　　↓

（經「勢有通塞」或「意有盤礡」）　（經景、風、心、色的對實、對虛）

　　　氣象氤氳　　　　　　　　　　　奇句、佳聯

如此看來，「勢」更是涉及作品全局和作品等第的問題，這從全書在
各本中均以「明勢」開篇亦可見出。而「取境」在《十萬卷樓叢書》
則列在〈詩有四不〉、〈詩有二要〉、〈詩有二廢〉、〈詩有四
離〉、〈詩有六迷〉、〈詩有六至〉等以其所謂「詩之中道」論作詩

---

122 《詩式校注》，頁9，53。

123 《詩式校注》，頁115-116。

124 同上書，頁14。

的整體宗旨,以及「七德」、「用事」的討論之後,分明顯現其乃詩
之局部問題的性質。這實在會令向以「意境」為中國古典詩學之「核
心審美範疇」之論者們失望,但學術研究只能根據文本事實作出判
斷。按照以上的圖示,「勢」與「境」成為詩人的兩個不同的著力
點,兩個不同的系統:「勢」指向作為時間藝術的詩的整體,指向如
雲氣變化,或「縈回盤礡」,或「氣騰勢飛」,或「欹出高深重複之
狀」的動態的過程,而「境」則指向對句間相對靜止的心靈空間。在
這一點上,「境」──這個由佛教術語轉換而來的詩學概念,恰好與
其在佛學概念中的屬性若合符節。因為對佛教而言,正如僧肇所言,
「法無往來,無動轉者」,「今物自在今,不從昔以至今;今物自在
今,不從昔以至今」[125]。而且,佛教既以為「境」是唯心妄起故
有,而心念(*citta*)是旋起旋滅的,「境」亦因而是不連續的、靜止
的。以畫公詩句論,則是「天曉才分剎」、「古磬清霜下」、「凝弦
停片景」、「幽月到石壁」──這些或以將時間具體為空間,或以方
位詞將時間現象空間化,或以表示行為終止的動詞來呈現的世界。

　　然而,正是由於「境」的這樣一種性質,它不免與自《周易》肇
端的中國文明精神,與由討論時間藝術發軔的〈樂記〉以來的中國美
學思想扞格。而且,亦與詩歌藝術本身的規律未能盡合。如我在〈如
來清淨禪與王維晚期山水小品〉一章中所說,王維是著意選擇如畫家
尺幅小景的五絕分章的形式,以表現「呈於心而見於外的須臾之
物」,用以傳達其與禪修相關的不是此前、亦非此後的現量境[126]。
這種選擇本身即已說明「境」難以涵攝比五絕容量更大詩體的整體世

---

125 〈物不遷論〉,《大正新修大藏經》,第45冊,頁151。
126 詳見本卷第二章〈如來清淨禪與王維晚期山水小品〉。

界[127]。皎然是有大量詩歌創作經驗的論詩家，所以，他未如時下不少論家那樣，獨標舉「境」以論詩，而是試圖在「境」與「勢」之間求取平衡。這也可從其論詩的下面一段話中見出：

> 康樂公早歲能文，性穎神徹，及通內典，心地更精，故所作詩，發皆造極，得非空王之道助邪？……曩者嘗與諸公論康樂，為文真於情性，尚於作用，不顧詞彩而風流自然。彼清景當中，天地秋色，詩之量也；慶雲從風，舒卷萬狀，詩之變也。不然，何以其格高、其氣正、其體貞、其貌古、其詞深、其才婉、其德宏、其調逸、其聲諧哉[128]！

值得注意的是，這一段文字是在〈文章宗旨〉標題下出現的。皎然自稱為大謝十世孫，不僅詩中一再叨念，謂「千年海內重嘉聲」[129]，且在《詩議》中藉沈建昌語論之以「自靈均以來，一人而已」[130]。此處更以「蓋詩中之日月」喻之。顯然，大謝詩為皎然心目中之典範，標榜之正為彰顯其論詩之全幅主張。張伯偉將〈文章宗旨〉依《萬卷樓叢書》本置於《古詩十九首》和《鄴中集》的評論之後、用事的討論之前，顯然比李壯鷹的編排更近情理[131]。這一段話中，在「及通內典，心地更精，故所作詩，發皆造極，得非空王之道助邪」之後，文中出現了「詩之量」和「詩之變」這對範疇。「量」與

127　張節末亦注意到：所謂意境以王、孟的小詩出現為標誌的。見其《禪宗美學》，頁274。

128　《詩式校注》，頁90。

129　〈七言述祖德贈湖上諸沈〉，《晝上人集》卷2，頁14。

130　《詩式校注》附錄二，頁266。

131　見張伯偉，《全唐五代詩格彙考》，頁229。

「變」應是來自空王內典的術語。這一對範疇如此重要,由此方有下
文中詩的格、氣、體、貌、詞、才、德、調、聲這些涉及作品各個層
面的勝場。「量」即梵文*pramana*之意譯,指取得知識的過程及知
識。有現量(*pratyaksa-pramana*)、比量(*anumana-pramana*)等。量知
中的「三量」能量、所量和量果,相當於佛教中的根、境、識或唯識
學的相分、見分和自證分。畫公所謂「彼清景當中,天地秋色,詩之
量也」,正是與心識相關的詩之所量即詩之「境」。至於畫公何獨以
「清景當中,天地秋色」為詩境,本章將在下節進行討論。「變」是
梵文*parinama*之意譯,指從一物生另一物。窺基解《成唯識論》「即
以所變至而得起故」一句曰:「本識(阿賴耶識)行相必仗境生,此唯
所變,非心外法。本識必緣實法生故,若無相分、見分不生,即解本
頌先境後行之所以也。」[132]「變」乃仗境而生,以心識各自性能遊
於境的「行」(*samskāra*,即依此而被形成[133])。畫公藉此以表達藉
「境」生衍,詩意在句法文勢中展開的過程。所謂「慶雲從風,舒卷
萬狀」正如〈明勢〉論「勢」所說的「縈回盤礴」、「氣騰勢飛」、
「歘出高深重複之狀」,是一動態的氳氲氣象,亦即「勢」也。此一
「明勢」與「取境」間的平衡,正是畫公心中詩之典範。畫公以康樂
詩為此典範,除以其十世孫自居的原因外,亦因康樂「能取勢」。明
末王船山斥畫公《詩式》為「狂髡」之言,卻如畫公一樣,論詩獨賞
康樂:「唯謝康樂為能取勢,宛轉屈伸以求盡其意;意已盡則止,殆

---

132 窺基,《成唯識論述記》第3本,《大正新修大藏經》,第43冊,頁
317。
133 見吳汝鈞,《佛教思想大辭典》(台北:臺灣商務印書館,1994),頁
243。

無剩語；夭矯連蜷，煙雲繚繞，乃眞龍，非畫龍也。」[134]

　　然謝康樂不惟「能取勢」，他又是以「寓目輒書」，即注重現象直觀而初步確立了對自然現象論態度的詩人[135]。由此鍾仲偉有「名章迥句，處處間起」[136]之美譽。故而他確爲能得「詩之量」和「詩之變」兼美之人。皎然論詩，未獨主「境」。然而，這卻是其深刻之處。與王昌齡一樣，他或許是最早揭示出中國抒情傳統中「勢」與「境」（筆者曾以「龍」與「鏡」這一對隱喻標示）這兩個藝術觀念間的張力和取衡問題的論詩者[137]。皎然詩論所欲求取的，正是兩者間的「詩家之中道」。這一難得的長處，又得力於其所處時代的風氣轉捩。

　　大曆十才子在亂後爲求內心寧靜，泝右丞餘波，開出「境斂而實」，遺風骨而求興象[138]的一代風氣。皎然作《詩式》，正值此一詩風難以爲繼之時。《詩式》有云：

> 大曆中，詞人多在江外，皇甫冉、嚴維、張繼、劉長卿、李嘉佑、朱放，竊占青山白雲、春風芳草以爲己有。吾知詩道初喪，正在於此。……迄今餘波尚寢，後生相倣，沒溺者多。大曆末年，諸公改轍，蓋知前非也。[139]

---

134 《薑齋詩話箋注》，頁48。
135 詳見本卷第一章〈大乘佛教的受容與晉宋山水詩學〉。
136 曹旭，《詩品集注》（上海：上海古籍出版社，1994），頁160。
137 詳見本書第三卷《聖道與詩心》第五章〈船山以「勢」論詩與中國詩歌藝術本質〉第四節（結論）（尚未出版）。
138 趙昌平，〈吳中詩派與中唐詩歌〉論此頗詳，載《趙昌平自選集》，頁131-159。
139 《詩式校注》，頁197。

貞元江左詩壇上以皎然等爲代表的逸蕩清狂的作風正是大曆詩風的某
種反動[140]。在逸蕩清狂的作風裡僅僅以「境」論詩是不可能的。於
是，與開始注重動感生機的洪州禪風相配合[141]，《詩式》以論「明
勢」開篇，實在是非常自然的事。故而，《詩式》體現的不僅是受如
來禪風影響王維詩中的心境，也不僅是中唐禪門風氣中「境」義的轉
變，而且也體現了洪州禪的活潑。

「境」與詩中奇句、佳聯有關，卻並非與奇句、佳聯爲同一層次
的問題。它甚至可以關乎一詩之「體」，即詩的整體樣態。在《詩
式》〈辨體有一十九字〉的標題下，皎然再一次談到「境」：

> 夫詩人之思初發，取境偏高，則一首舉體便高；取境偏逸，
> 則一首舉體便逸。才性等字亦然。體有所長，故各功歸一
> 字。偏高偏逸之例，直於詩體[攸關][142]，篇目、風貌不

---

140 詳見趙昌平，〈吳中詩派與中唐詩歌〉。

141 洪州門下說禪，已出現輔以動作和「勢」的苗頭，大珠〈諸方門人參
　　問語錄〉有一段對話談到「託情勢」、「指境勢」、「揚眉動目勢」
　　等勢，大珠答之以「會道者行住坐臥是道」。《新編卍續藏經》，第
　　110冊，頁861。〈池州南泉普願禪師語錄〉中亦有「師作掌勢，宗以
　　面作受掌勢」，又有所謂「喫飯勢」、「拭口勢」等。《古尊宿語
　　錄》，第1冊，頁189-190。

142 此段李壯鷹，《詩式校注》(頁53)：「偏高偏逸之例，直於詩體；篇
　　目、風貌，不妨一字之下，風律外彰……」於理通，於文則欠通。張
　　伯偉，《全唐五代詩格校考》(西安：陝西人民教育出版社，1996)，
　　頁219斷爲：「偏高偏逸之例，直於詩體。篇目、風貌，不妨一字之
　　下，風律外彰……」亦於理通，於文欠通。張伯偉，《全唐五代詩格
　　彙考》斷爲：「偏高偏逸之例，直於詩體、篇目、風貌不妨。一字之
　　下，風律外彰……」(頁242)，於理不通，因皎然明明在上文中說到
　　「取境偏高，則一首舉體便高；取境偏逸，則一首舉體便逸」，又何
　　以於詩體不妨呢？現重新點斷，以見晝公文意。

妨。一字之下，風律外彰，體德內蘊，如車之有轂，眾美歸
焉。其一十九字，括文章德體風味盡矣。如易之有象辭
焉。……其比、興等六義，本乎情思，亦蘊乎十九字中，無
復別出矣。[143]

所謂「取境偏高，則一首舉體便高；取境偏逸，則一首舉體便逸」，
很容易被誤解為取境乃對全詩整體而言，倘若如此，即與「境」在皎
然詩論他處所論與「奇句」、「佳聯」有關的詩的局部問題的性質相
矛盾了。但從皎然下文所舉的大量實例來看，其實所謂「取境」只是
舉一詩之中較具空間感且令全詩靈動的句子。如舉左思〈招隱詩〉其一
中四句「白雲停陰岡，丹葩曜陽林。石泉漱瓊瑤，纖鱗或浮沉」，其二
中二句「峭蒨青蔥間，竹柏得其真」論取境偏「高」，舉體便高，而
這兩首詩則各為十六句；舉謝朓〈晚登三山還望京邑〉的六句「白日
麗飛甍，參差皆可見。餘霞散成綺，澄江靜如練。喧鳥覆春洲，雜英
滿芳甸」說取境偏「靜」，舉體便靜，而此詩通體凡十四句；舉謝朓
〈遊東田〉中二句「魚戲新荷動，鳥散餘花落」二句說取境偏
「靜」，舉體便靜，而此詩通體凡十句；等等皆是。然則何以由此理
解晝公所謂「舉體」的意義呢？筆者以為必須從全段文字去理解。

　　首先，皎然所謂「夫詩人之思初發」一語殊值得玩味。此謂「取
境」當於詩人之思初發之時，道出了一個特別的創作過程。詩是不必
非自「取境」開始不可的。它可以自言語的音樂節奏開始：法國大詩
人梵樂希(Paul Valery, 1871-1945，又譯作瓦雷里)曾說他的名作〈海
濱墓園〉的意圖「起先只是一種空幻節奏的面貌，充滿著枉然的字母

---

143 《詩式校注》，頁53。

的節奏的面貌，時常縈回於我的頭腦」[144]；明代前後七子到雲間派
乃至王船山，也都認為詩不妨從音樂節奏和聲韻開始。詩也可以從命
意開始：宋人韓駒有所謂「作詩必先命意，意正則思生，然後擇韻而
用，如驅奴隸。」[145]詩甚至可以從文字開始：如江西詩派的「以文
字為詩」。詩也可以自內視的境象開始：最好的例子也許是美國詩人
龐德在受中國傳統是影響後寫作〈巴黎地鐵站〉的過程。詩也可以因
物感和「現前眞景」而起：中國傳統詩論即屢屢倡導「即目」、「興
會」、「擊目驚心」、「追光躡景」和「現量」。皎然所謂「取境」
於詩人之思初發之時，其「境」可以是內視之境，亦可以是以「現前
眞景」為「自心現量」。

　　正因為「取境」於詩人之思初發，故而，雖然由「境」生發的僅
僅是詩歌文句之一部分，然卻有提領全詩之「體」的意義。物化為詩
句以後，它也未必出現在發端，然整首詩意由此而衍化展開，正是所
謂「先境後行」。此詩思初發之「境」，恰如苦瓜和尚石濤之「一
畫」：「闢混沌者，舍一畫而誰耶？……自一以分萬，自萬以治一，
化一而成絪縕，天下之能事畢矣。」[146]「境」因而是「詩之量」，
是更「空間化的」樣態或美感形象，凸顯了以一字概括的是詩之「體
德」：「如車之有轂，眾美歸焉……如易之有象辭焉」。由「取境」
而生之「德」，因此又絕非僅僅體現於作品的造句，而是「風律外
彰，體德內蘊……括文章德體風味盡矣」。從這裡就開啓了日後《二

---

144 〈關於〈海濱墓園〉的創作〉，《瓦雷里詩歌全集》附錄，葛雷、梁
　　棟譯(北京：中國文學出版社，1996)，頁289。

145 見魏慶之(編)，《詩人玉屑》，上冊，頁127。

146 《苦瓜和尚畫語錄》，沈子丞(編)，《歷代論畫名著彙編》(北京：文
　　物出版社，1982)，頁368。

十四詩品》論詩的先聲：由例舉詩境始，將詩歌種種「德體風味」提升爲一十九字所標舉之「體」（雖然其中有違並列邏輯者），難道不予以詩境標顯詩之精神境界之二十四品以啓發麼？雖然兩者之間亦有不同：前者是例舉引證古人詩境，而後者是隱括和重造古人詩境，然均是以「境」去彰顯詩之「德體風味」。

「境」既源自佛教，則亦應考慮以「境」判斷精神層次高下或至少加以分類的觀念之佛教淵源。此即佛教所謂「境位」的觀念，即根據心境判斷的修行階位。《大乘起信論》即根據從阿黎（賴）耶識到認識界的展開，分別生滅相的「麤中之麤」、「麤中之細」、「細中之麤」和「細中之細」而劃分「凡夫境界」、「菩薩境界」和「佛境界」[147]。洪州百丈亦以類似話語區分「善境界」、「佛境界」和「蓮花藏世界」[148]諸如此類，被論者稱爲「普遍的精神現象學」[149]。《詩式》中能提升爲「體」的詩境當然與上述境位並不對應，但這裡透露出：「境」是「體德內蘊」的指標，對詩而言，也應包括爲色聲香味細滑之所拘繫之「魔境界」[150]。這告訴吾人：晝公對「境」之取向是不無自己的價值標準的。這一標準，以及對「境」與心識關係的豐富義蘊，應當自其涉及「境」的詩作中去進一步開掘。

147　高振農(校釋)，《大乘起信論校釋》，頁70。
148　《百丈廣錄》，《古尊宿語錄》，上冊，頁16-17。
149　見黃景進，《意境論的形成》，頁32。
150　《增壹阿含經》卷27，《大正新修大藏經》，第2冊，頁699。

三、孤峰頂，秋月明：畫公禪中境

詩僧皎然如謝靈運和王維一樣，因佛教而親近山水[151]。這個事實本身即說明何以皎然會在詩論中一再提出「取境」問題，亦說明了「境」的佛教淵源不容置疑。皎然語涉「境」、且與修禪相關的十六首詩，「境」的意義又可分爲兩類，一類爲污染的「境」，這類在其詩中只有如下幾例：

> 釋事情已高，依禪境無擾。[152]
> 石語花愁徒自苦，吾心見境盡爲非。[153]
> 伊子苦戰勝，覽境情不溺。智以動念昏，功由無心積。[154]
> 從遣鳥喧心不動，任教香醉境常冥。[155]

根據賈譜的編年，以上四詩中的三首應出現在上文論證的皎然受洪州禪影響之始的時間下限之前。皎然詩中出現更多的是其所謂「禪中境」，它是以詩境表達的法悅之心。典型的畫公「禪中境」是：碧峰之巔，清秋(偶亦有冬夜)之夜，明月高天。此一詩境很大程度上出自

---

151 〈五言妙喜寺達公禪齋寄李司直公孫房都曹德裕從事方舟顏武康士騁四十二韻〉：「一聞西天旨，初禪已無熱。涓子非我宗，然公有眞訣。卻尋丘壑趣，始與纓紱別。」《畫上人集》卷1，頁4。
152 〈五言奉酬顏使君王員外圓宿寺兼送員外使迴〉，《畫上人集》卷1，頁6。
153 〈七言酬秦系山人題贈〉，《畫上人集》卷2，頁14。
154 〈五言苕溪草堂自大曆三年夏新營泊秋及春彌覺境勝因紀其事簡潘丞述湯評事衡四十三韻〉，《畫上人集》卷2，頁10。
155 〈七言同李著作縱題塵外上人院〉，《畫上人集》卷3，頁20。

其於杼山妙喜寺和茗溪草堂棲禪的覺受。韋應物詩寄晝公，故而「想
茲棲禪夜，見月東峰初。鳴鐘驚岩壑，焚香滿空虛」[156]。以下是晝
公以棲禪的體驗回答道友的贈詩：

> 獨禪外念入，中夜不成定。顧我顦顇容，澤君陽春詠，詞貞
> 思且逸，瓊彩何暉映！如聆雲和音，況睹聲名盛，琴語掩爲
> 聞，山心聲宜聽。是時寒光澈，萬境澄以淨，高秋日月清，
> 中氣天地正。遠情偶茲夕，道用增寥夐。……[157]

> 夜閒禪用精，空界亦清迥。子眞仙曹吏，好我如宗炳。一宿
> 覿幽勝，形清煩慮屏……月彩散瑤碧，示君禪中境，眞思在
> 杳冥，浮念寄形影。遙得四明心，何須蹈岑嶺？詩情聊作
> 用，空性惟寂靜。……[158]

> 釋印及秋夜，身閒境亦清，風襟自瀟灑，月意何高明。[159]

這三首詩的「取境」都只是全詩的部分，卻有警策全篇的意義。其
「取境」皆爲秋冬之夜寒光淨澈、清迥寥廓的長空，覆蓋著眾芳搖
落、榮華褪盡的山河，正是脫卻染業，冀求不再，通體灑落心之映
現。所謂「清景當中，天地秋色，詩之量也」，正謂此也。此蕭然秋

156 〈寄皎然上人〉，見孫望(編著)，《韋應物詩集繫年校箋》(北京：中
　　華書局，2002)，頁441。
157 〈五言答鄭方回〉，《晝上人集》卷1，頁4。
158 〈五言答俞校書冬夜〉，同上書卷1，頁4。
159 〈五言酬烏程楊明府華將赴渭北對月見懷〉，《晝上人集》卷1，頁5。

色是解脫境,如淵池息浪,已全然不同於宋玉〈九辯〉以秋色帶給中國文學的憭慄和悲傷。覿面這心境的佳處是山巔,畫公想來多有孤峰棲禪,獨自面對昊蒼明月的感受,故而創造了「峰頂心」這種頗為獨特的表達:

> 晨起峰頂心,懷人望空碧。……160

首句最直接的解釋是「峰頂晨心起」的倒裝。但如果吾人一再在畫公詩中讀到「山心聲宜聽」、「遙得四明心,何須蹈岑嶺」、「伊昔中峰心」161、「持此山上心」162、「峰心慧忍寺,嵊頂謝公山」163、「宿昔峰頂心,依依不可卷」164,則知這是一獨特的、含蘊豐富的表達。首先,它表達了詩人之愛山,畫公曾謂「萬慮皆可遣,愛山情不易」,「為高皎皎姿,及愛蒼蒼嶺」。其次,「山心」應與心如山定、見若虛空的棲禪中的覺受有關,《華嚴經》即有「發金剛山心」、「發大山心」165、「發鐵圍山心」、「發如須彌山心」166以表達諸苦患、惡風之無能傾動。畫公如此描寫其峰頂棲禪、見若虛空

---

160 〈五言妙喜寺高房期靈澈上人不至重招之一首〉,同上書,卷1,頁3。
161 〈五言南湖春泛有客自北至說友人岑元和見懷因敘相思之志以寄焉〉,《畫上人集》卷1,頁6。
162 〈答裴集陽伯明二賢各垂贈二十韻今以一章用酬兩作〉,同上書,卷2,頁10。
163 〈題湖上蘭若示清會上人〉,同上書,卷2,頁12。
164 〈雪溪館送韓明府章辭滿歸〉,同上書,卷4,頁22。
165 佛馱跋陀(譯),《大方廣佛華嚴經》卷58,《大正新修大藏經》,第9冊,頁769。
166 實叉難陀羅(譯),《大方廣佛華嚴經》卷77,《大正新修大藏經》,第10冊,頁421。

的覺受：

> 別來秋風至，獨坐楚山碧，高月當清冥，禪心正寂歷。[167]

在此，秋風和無雲的清冥可一般地隱寓「虛空淨心」，亦可隱示著禪境的「無熱天」、「無惱天」、「無量淨天」。王維詩即有：

> 寒空法雲地，秋色淨居天。身逐因緣法，心過次第禪。……[168]

王維直以秋色比第四禪之無惱天、無熱天、色究竟天等五天的「淨居天」。皎然詩中有「吾心已出第三禪」[169]，第三禪之第二天即為無量淨天。最後，「山心」乃以山為心，以山峰所親近的「慧心空中境」[170]、「萬籟無聲天境空」[171]為心，此即後來禪家所謂「萬古長空一朝風月」：

> 家家望秋月，不及秋山望山心。萬境長寂寥，夜夜孤明我山
> 上。海人皆言生海東，山人自謂出山中。憂虞歡樂皆占月，
> 月本無心同不同。自從有月山不改，古人望盡今人在。不知
> 萬世今夜時，孤月將明誰更待？[172]

---

167 〈五言答豆盧次方〉，《晝上人集》卷1，頁3。
168 〈過盧四員外宅看飯僧共題七韻〉，《王維詩校注》，第2冊，頁342。
169 〈七言答侍御問李〉，《晝上人集》卷2，頁13。
170 〈白雲上人精舍尋杼山禪師兼示崔子向何山道上人〉，《晝上人集》
　　卷2，頁9。
171 〈戞銅椀為龍吟歌〉，同上書，卷7，頁43。
172 〈山月行〉，《晝上人集》卷7，頁47。

「萬境長寂寥，夜夜孤明我山上」，這裡透顯出一種清迥的孤獨感，卻並非孤傲，而是「依定攝心，令心一境」[173]，體驗寥廓無雲和萬古長空中「心月孤圓」。「山心」在此是參破了時間、超越了物我對待的佛性，它又是以自原始佛教到龍樹以來大乘佛典一直被喻爲菩提智的明月[174]來表示的。明月是晝公禪境詩出現最多的意象之一，他也恐怕是李白之後最愛月的詩人之一。由於寒山、拾得和豐干的禪詩可能爲晚唐人所出[175]，永嘉玄覺的〈證道歌〉也可能係後人僞託，晝公禪詩中具法悅意味明月的地位就十分重要了，因爲這也許是王梵志和王維以後這一主題的最重要的發展。由它產生出託名豐干、寒山、拾得和玄覺有關明月的禪詩，而不是相反。因爲在王梵志和王維的詩中，明月的意味尚比較簡單。王梵志的〈水月無形〉曰：

> 水月無形，我只常寧。萬法皆爾，本自無生。[176]

而晝公禪詩中月的意味，則有水月與清空中月兩類。 水月主要寫禪家般若的妙意難傳，與心互證：

---

173 《成唯識論校釋》卷5，卷6，頁357。
174 詳本卷第二章〈如來清淨禪與王維晚期山水小品〉。
175 B. Csongor論證寒山詩用韻的特點與敦煌發現的晚唐通俗詩歌相近，見其 "Poetical Rhymes and Dialects in T'ang Times," *Cina* 7（1964）: 21; Edwin G. Pulleyblank也根據晚唐五代中古音韻的變化，提出第二類寒山詩(主要爲禪詩)爲晚唐人所作，見其 "Linguistic Evidence for the Date of Han-Shan," in *Studies in Chinese Poetry and Poetics*, ed. Ronald C. Miao（San Francisco: Chinese Materials Center, 1978）, pp. 163-195；賈晉華近日考寒山禪詩作者爲曹山本寂，見其〈傳世《寒山詩集》中禪詩作者考辨〉，載《中國文哲研究集刊》第22期(2003年3月)，頁293-338。
176 張錫良(校輯)，《王梵志詩校釋》(北京：中華書局，1983)，頁204。

夜夜池上觀，禪身坐月邊。虛無色可取，皎潔意難傳。若向
空心了，長如影正圓。[177]

水月無根，緣生則有。莫辨其端，莫窺其後。以有爲瑕，以
無爲垢。……[178]

萬象之性，空江月輪，以此江月，還名法身。[179]

而晝公禪詩中的清迴寥廓長空中的明月，則是上文已提到的光明藏或
菩提智：

秋天月色正，清夜道心眞。[180]

持此心爲境，應堪月夜看。[181]

花空覺性了，月靜知心證。[182]

孤月空天見心地……。[183]

禪詩有相當的繼承性，以下兩首託名寒山的月詩，顯然汲晝公遺脈：

巖前獨靜坐，圓月當天耀，萬象影現中，一輪本無照。廓然
神自清，含虛洞玄妙，因指見其月，月是心樞要。

高高峰頂上，四顧極無邊，獨坐無人知，孤月照寒泉。泉中

---

177 〈南池雜詠五首・水月〉，《晝上人集》卷6，頁36。

178 〈座右偈〉，《晝上人集》卷9，頁63。

179 〈天台和尚法門義讚〉，同上書，卷8，頁55。

180 〈五言題湖上蘭若示清會上人〉，同上書，卷2，頁12。

181 〈送關小師還金陵〉，同上書，卷4，頁23。

182 〈送清涼上人〉，同上書，卷4，頁25

183 〈七言送維諒上人歸洞庭〉，同上書，卷5，頁31。

　　　　且無月，月自在青天，吟此一曲歌，歌終不是禪。[184]

自孤頂當月的詩境而言，託名寒山的詩似乎更成熟，但這恰恰可能是
後出的表徵。

　　清秋之夜，明月高天，碧山之上──這是典型的晝公的「禪中
境」。牛頭宗徑山法欽的傳記中曾載馬祖令智藏問徑山：「十二時中
以何爲境？」[185]我想這也許即是答案了。晝公謂「境清覺神王」[186]，
其「境」當爲此境，唯有此境，方有牛頭遺則所謂「妙神」：

> 若無有妙神，一向空寂者則不應有佛出世，說法度人。故知
> 本地有妙神，不空不斷，乃至《師子吼》言：佛性者名第一
> 義空，第一義空名爲智慧。智慧即是妙神。故云：因滅是
> 色，獲得常住解脫之色。[187]

第一義空在大乘本爲諸法實相之空。「佛性者名第一義空」則不再視
佛性爲不空的如來眞常心，而亦爲空。這已是典型的後如來禪的觀
念。而「妙神」又使諸法實相之空具有了玄學色彩。筆者以爲此具玄學
色彩的「常住解脫之色」，正是皎然以秋夜清迥寥廓的長空爲「禪中
境」的基礎。這斷非是王維以〈木蘭柴〉爲代表的觀諸法緣起的「假

---

184 《詩三百三首》其二七七，二八五，《全唐詩》卷806，第23冊，頁
　　9098，9099。
185 《景德傳燈錄》卷4，《大正新修大藏經》本，頁230。
186 〈五言妙喜寺達公禪齋寄李司直公孫房都曹德裕從事方舟顏武康士騁
　　四十二韻〉，《晝上人集》卷1，頁4。
187 牛頭遺則，〈無生義〉佚文，釋延壽，《宗鏡錄》卷39(西安：三秦出
　　版社，1998)，頁457。

觀」，皎然從未寫過那樣的詩作，這已是眞正的「空觀」。故而，皎然禪詩之境總的來說比王維的更爲虛曠和空明寥廓。從中可見中觀思想在後如來禪時代的流行，取代了「以《楞伽》傳心」的傳統。

除卻峰頂棲禪所面對的清迥長空、明月而外，晝公另外兩個與法悅相關的常用意象是花落和閒雲。落花在佛典中譬喻眾生無常或十二因緣中從有、生、到老死[188]。皎然送別詩中有：「南看閩樹花不落，更取何緣了妄情？」[189]「朝朝花落幾株樹，惱殺禪僧未證心」[190]。至於閒雲，至少自靈一以來即喻指僧人全無執著、全無依住、全無愛取，隨緣逐流的平凡而自由的生命[191]。皎然贈友有：「誰見予心獨漂泊，依山寄水似浮雲」[192]；「明日院公應問我，閒雲長在石門多」[193]；「別後須相見，浮雲是我身」[194]；「獨往西山去，將身寄白雲」[195]；「看飲逢歌日屢曛，我身何似繫浮雲」[196]？「舒卷意何窮，縈流復帶空。有形不累物，無跡去隨風。莫怪長相逐，飄然與我同」[197]等等。在此，峰頂棲禪的清迥長空、高秋明月之詩境，與浮雲、落花等意象，雖皆與佛典中某些譬喻傳統相關。但兩者確乎有

---

188 《大智度論》卷37，《大正新修大藏經》，第25冊，頁331；《方廣大莊嚴經》卷5，《大正新修大藏經》，第3冊，頁568。

189 〈送清勵上人遊福建〉，同上書，卷4，頁25。

190 〈送至嚴山人歸山〉，同上書，卷4，頁27。

191 這是葛兆光的說法，見其〈禪意的雲：唐詩中一個語詞的分析〉，載其《中國宗教與文學論集》(北京：清華大學出版社，1998)，頁93-109。但實際情況顯然更早。

192 〈七言述祖德贈湖上諸沈〉，《晝上人集》卷2，頁14。

193 〈送柳察諫議叔〉，同上書，卷4，頁25。

194 〈五言酬別襄陽詩僧少微〉，同上書，卷4，頁24。

195 〈奉陪顏使君修韻海畢東溪泛舟餞諸文士〉，同上書，卷5，頁28。

196 〈七言戲題二首〉其一，同上書，卷6，頁38。

197 〈南池雜詠五首・溪雲〉，同上書，卷6，頁36。

非常重要的不同。這種不同,並非因爲後者是單一的,而前者是[後者]的組合(今人有「意境是意象的總合」說)。兩者最重要的不同應當是:意象不必是被直觀和被體驗的,它可以取自禪者「緣在」(*dasein*)[198]的世界之外,不必是現量,堪爲比量;而「境」則須是一緣在之域。儘管山心、虛空、無熱天、無量淨天、心如孤月均取自佛典,成爲信徒生活世界中具有意義構成的某種先在性,卻得被棲禪者從現象中「事事將心證」[199],眞切地體驗,「但心所緣,皆須一一隨逐」[200],故應爲現量。禪宗本身有豐富的譬喻傳統,正如黎惠倫(Whalen Lai)所說:早期禪的發展中,譬喻(波瀾、水、鏡、燈、日、金、礦土等)幫助禪家界定和贏得過論爭,以致對「對一譬喻相對另一譬喻的更爲強調,或者對同一譬喻某一方面相對另一方面的更爲強調,都會指示出在對心和佛性的理解之微妙變化」[201]。但同時禪又是一注重宗教實踐而非經義的宗派,皎然的禪境詩恰恰是上述兩者的結合。禪的宗教實踐以「一一有情生命,各本其心識、各造業受報其善惡染淨苦樂」[202]爲根據,禪境因而是個人條件化的,這是禪學之「境」對詩學的重要貢獻,卻爲以往的研究所忽視。也正是在中唐以後,在詩中出現的「境」字,有時與佛教的心識無關,卻是前此所無的與個人緣在相關的「境」,相信是由禪境的上述意味衍生的:

---

198 此處取張祥龍的翻譯,見其〈「Dasein」的譯名——「緣在」〉,載其《從現象學到孔夫子》(北京:商務印書館,2001),頁81-93。

199 皎然,〈送重鈞上人遊天台〉,《晝上人集》卷4,頁26。

200 敦煌卷子P(伯希和)3559(3664),《敦煌禪宗文獻集成》上冊,頁486。

201 Whalen Lai, "Ch'an Metaphors: Waves, Water, Mirror, Lamp," *Philosophy East and West*, vol. 29, no. 3 (July, 1979): 250-251.

202 唐君毅,《生命存在與心靈境界》,下冊,頁790。

若問知境人，人間第一處。[203]

詩境忽來還自得，醉鄉潛去與誰期？[204]

若爲寥落境，仍值酒初醒。[205]

始知天造空閒境，不爲忙人富貴人。[206]

白石巖前湖水深，湖邊舊境有清塵。[207]

醉裡求詩境，回看島嶼青。[208]

滿庭詩境飄紅葉，繞砌琴聲暗滴泉。[209]

涼風白露夕，此境屬詩家。[210]

盡入新吟境，歸朝興莫慵。[211]

此境誰復知，獨懷謝康樂。[212]

以上詩例中涉及的「境」，皆只對當事者——「知境人」、「酒初醒人」、「非忙人富貴人」、心中有「舊境」之人、「詩家」、「謝康樂」——才存在。所謂「寥落境」、「空閒境」、「舊境」、「詩

203 劉禹錫，〈牛相公林亭雨後偶成〉，《全唐詩》卷358，第11冊，頁4040。

204 白居易，〈將至東都先寄令狐留守〉，同上書，卷450，第14冊，頁5075。

205 白居易，〈池上〉，同上書，卷448，第13冊，頁5052。

206 白居易，〈春日題乾元寺上方最高峰亭〉，同上書，卷457，第14冊，頁5188。

207 張又新，〈行田詩〉，同上書，卷479，第14冊，頁5452。

208 朱慶餘，〈陪江州李使君重陽宴百花亭〉，同上書，卷514，第15冊，頁5866。

209 雍陶，〈韋處士郊居〉，同上書，卷518，第145冊，頁5920。

210 劉得仁，〈池上宿〉，同上書，卷544，第16冊，頁6285。

211 鄭谷，〈送司封從叔外赴華州裴尚書均辟〉，同上書，卷674，第20冊，頁7709。

212 無名氏，〈落日山照耀〉，同上書，卷787，第22冊，頁8870。

境」、「新吟境」絕非客觀空間場所的區劃,而是個人存在之流中獨享的心靈空間。正是在此意義上,「夫境象不一,虛實難明」,「境」成爲陳洪所謂「藝術中的心理場現象」[213],以西方文論術語言,它接近西德尼(Sir Philip Sidney 1554-1586)所說的heterocosm(異界,正是佛教所謂「自家勢力所及之境土」),只不過對中國詩而言,又是一超然於時間的「異界」。

正因爲如此,在禪境裡,「境」與「心」之間是一種超越二元對待的關係。時下以「創作活動中的心物關係」來討論詩境,也就並不恰當了。心之觀境,是經由直覺的。兩者之間是不二的絕待關係或居間關係。皎然的禪境詩時時傳達出這種微妙:

> 夜閒禪用精,空界亦清迥。……一宿覿幽勝,形清煩慮屏……月彩散瑤碧,示君禪中境,眞思在杳冥,浮念寄形影。外事非吾道,忘緣倦所歷。中霄廢耳言,形靜神不役。東風吹杉梧,幽月到石壁。此中一悟心,可與千載敵[214]。

經云:心如畫師,具眾彩色[215]。此處是由棲禪而有清迥之夜色,由屏卻煩慮而有禪中境?抑或由瑤碧散月之境而有眞思若杳冥?是由形靜神王而有風吹杉梧、月到石壁,抑或由杉梧幽月而悟心?再看下面的例子:

---

213 陳洪,〈意境──藝術中的心理場現象〉,載《意境縱橫探》,頁19-44。

214 〈苕溪草堂自大曆三年夏新營泊秋及春彌覺境勝因紀其事簡潘丞述湯評事衡四十三韻〉,《晝上人集》卷2,頁10。

215 《雜阿含經》卷10,《大正新修大藏經》,第2冊,頁69。

釋印及秋夜，身閒境亦清，風襟自瀟灑，月意何高明。

偶來中峰宿，閒坐見眞境。寂寂孤月心，亭亭圓泉影。[216]

古寺寒山上，遠鐘揚好風，聲餘月樹動，響盡霜天空。永夜

一禪子，冷然心境中。[217]

此處謂「身閒境亦清」，然究竟由清夜之境而知佛法已印於心？抑或
佛法印於心得於清夜之境？抑或以佛法印於心而見月意高明？詩人山
中所見「眞境」，到底是亭亭月影開示了眞心？還是由眞心幻現出月
影？同理，古寺寒山，霜天遠鐘，究竟是霜天鐘磬令永夜禪子進入亦
有亦無、亦動亦靜的冷然心境呢？還是永夜棲禪的冷然心境化爲好風
中聲韻無窮，亦有亦無地回繞於樹搖月動之間？所有這些問題對禪家
皆無意義。只有在二元對待的關係裡，人們會設法確定一種或另一種
因果關係。但在不二的絕待關係裡，心與境之間卻是不可諍的，兩者
均無自性。以皎然轉述的辯秀之師的話是：「境非心外，心非境
中」[218]，或者以圭峰宗密論「密意破相顯性教」的說法：「心境互
依，空而似有……未有無境之心，曾無無心之境。」[219]中國傳統詩
學中「物色之動，心亦搖焉」[220]，「物之感人，故搖蕩性情」[221]，
這種肯定式的因果命題已被佛家無相法的弔詭取代了。如果用西方現
象學心理學者明諾斯基(Eugène Minkowski)的話說，個體生命本有創

---

216 〈雜言宿山寺寄李中丞洪〉，《晝上人集》卷2，頁15。

217 〈五言聞鐘〉，《晝上人集》卷6，頁38。

218 〈唐蘇州開元寺律和尚墳銘序〉，《晝上人集》卷8，頁49。

219 《禪源諸詮集都序》卷上之二，《中國佛教叢書・禪宗編》，第1冊，
頁268。

220 詹鍈(義證)，《文心雕龍義證・物色》，下冊，頁1728。

221 鍾嶸，〈詩品序〉，曹旭(集注)，《詩品集注》，頁1。

造未來，在時間進程中確定方向的一種「銳氣」（*élan*），而生命即此
個人「銳氣」不斷甦醒和收斂的循環。由「銳氣」發生了個人與世界
之間的裂痕，因為吾人「希望證實個性，希望外在化自己最親切的部
分，希望在變化中留下個人的痕跡，希望將自我加諸無限的世界……
因此亦將自我對立於世界」[222]。而禪恰恰消泯了生命的最後一點
「銳氣」，甚至由眾生而成佛、「六根離障」的「銳氣」或依住，甚
至欲消泯此「銳氣」或依住的「銳氣」或依住，甚至「作依住不愛取
知解」，亦須消除。由此，禪也就消泯了個人與世界的任何的對立與
隔閡。

結語

總上三節所論，可以歸納出以下的結論：首先，「詩境」觀念之
在中唐出現，不僅是一般地受佛教沾溉所致，而且是從如來清淨禪到
祖師禪的過渡中，以及天台、牛頭法門於中唐大興後，「境」在禪法
中意義之轉變的結果。此一轉變的背景，是中國文化對活生生人世生
活的關懷藉由中觀學而進入禪門，從而消泯了宗教彼岸與生活此岸之
界限。江左詩僧皎然，正活躍於這一轉變的中心地區，在佛法上則於
洪州、牛頭和天台廣採兼收。其論詩著作卻不僅體現了中唐禪門風氣
中「境」義的轉變，且也體現了洪州禪的活潑和對大曆詩風的反動。
故其「詩境」觀念並不指詩之整體或本體，而是圖以「詩人之思初
發」所取之「詩之量」，展延出詩勢整體之雲氣飛動，並提舉一詩之

---

222 Eugeǹe Minknowski, *Lived Time: Phenomenological and Psychopathological Studies*, trans. Nancy Metzel（Evaston: Northwestern University Press, 1970）, pp. 76-77.

體。故而，皎然或許是最早揭示出中國抒情傳統中「境」與「勢」兩個藝術觀念之間的張力和取衡的問題的論詩者。其詩論，也就不會局限爲對王維開創的五絕山水小品的概括，而亦可上與中國文化之主流相接，下涵容抒情傳統多姿多彩的展開。

皎然的詩提供了研究和驗證其「詩境」觀念的進一步文獻資料。其基於月夜峰頂棲禪的「禪中境」，正是其由「境位」觀念啓發而提出十九體中的高、逸之體。由對皎然禪境詩的分析所得出的一個重要的結論是：由於禪是一注重宗教實踐而非經義的宗派，其宗教實踐又以一一有情各一一隨逐其心之所緣，禪詩的「境」所呈現的因而是一「緣在」的世界。中唐以後的「詩境」觀念隱含的個人生命存在之流中獨享的心靈「異界」的義涵，應是由禪境所衍生。而這成爲「取境」在詩中有執一統眾之效的內在根據。

「禪中境」雖然不實然爲皎然十九體概括的所有詩境，但它卻應然爲皎然心中至高的「境位」，故而亦能顯示其以境論詩的若干期待。由皎然的禪境詩，這些期待可以概括爲：詩境應是以寒光淨澈、一切無礙之境去映現離卻染業、身心脫落、無憂無悔、絕無激情的心地。畫公縱有「詩情聊作用」，然此中之「詩情」，乃是離喜離憂的法悅而非私情，正是所謂「禪子有情非世情」[223]。故而，以所謂「情景交融」作爲詩境的屬性並不恰當。其次，由禪詩的清迴寂寥、廓然杳冥之境，以及佛教中「境」的非連續性質，詩境應是超然於時間的。而詩境的空間，則猶捫虛空，是虛曠空靈而不黏滯的。復次，在禪詩中，心與境則應爲不二的、絕待的關係，此一佛家的無相」弔詭，潛在地顛覆了由《古詩十九首》和〈文賦〉所開

---

223 〈送顧處士歌〉，《畫上人集》卷1，頁6。

啟的「感物」說[224]的抒情美典。「詩境」觀念的探討當然並未結束
於詩僧皎然,但作為中唐時代此一觀念的主要代表,其「詩境」的上
述義涵卻是研究此一範疇的歷史發生學所無法忽視的。

---

224 參看本書第一卷《玄智與詩興》第一章〈「書寫的聲音」:《古詩十
九首》詩學質性與詩史地位的再檢討〉之第二節,頁56-64。

第四章

洪州禪與白居易閒適詩的山意水思[*]

引言

　　唐貞元、元和之際，歷代稱詩以爲「中唐」。清人葉星期謂此時爲古今文運詩運之「大關鍵」。故在他看來，「此『中』也者，乃古今百代之『中』，而非有唐之所獨得而稱『中』者也。」[1]白居易(772-846)正是貞元、元和間一位體現古今百代風氣轉移的詩人。而所謂風氣轉移，又豈限於詩風？白氏實於中國社會向近世過渡的中唐時代[2]，開種種風氣之先。

　　自詩而言，白氏以同時代韓愈不同的方式，開拓了詩的題材疆域，可謂宋詩日常性的先導。明人江進之故以秦皇、漢武開邊啓境比擬白詩：「意到筆隨，景到意隨，世間一切都著併包囊括入我詩內。

---

[*]　　本文原載台北《中國文哲研究集刊》第26期(2005年3月)，2011年修補之後收入本書。

[1]　　〈百家唐詩序〉，《己畦文集》卷8，《叢書集成續編》(上海：上海書店，1994)，第124冊，頁179。

[2]　　對中國歷史分期持此觀點的包括呂思勉、內藤湖南、謝和耐等大學者。

詩之境界，到白公不知開擴多少。」[3]自文人生活而言，白氏代表了
「進不趨要路，退不入深山」[4]新的「中隱」模式。其在洛陽市井的
家宅中檻前開池，窗下置石，以閒居小園而令「百仞一拳，千里一
瞬，坐而得之」[5]，正是此「中隱」觀念的具體化[6]。復次，自精神層
面而言，白氏自稱雖「外以儒行修其身」，卻「中以釋教治其心，旁
以山水風月歌詩琴酒樂其志」[7]。白氏自謂「通學大小乘法」[8]，而獨
於洪州一宗浸淫最深，堪稱有唐一代沾受祖師禪影響最著的一位大詩
人[9]。這一點，早爲元好問識破，其〈感興四首〉其二即以「並州未
是風流域，五百年間一樂天」[10]譽白氏爲比王維更得教外心傳的詩
人。

　　白氏所開諸風氣顯然絕非各自隔絕孤立的。本章之主旨乃探討白

---

3 《亙史外編・雪濤小書》，轉引自陳友琴(編)，《白居易資料彙編》
　(北京：中華書局，1986)，頁226。
4 〈閒題家池寄王屋張道士〉，朱金城，《白居易集箋校》卷36，第4
　冊，頁2483。
5 〈太湖石記〉，《白居易集箋校》外集卷下，第6冊，頁3937。
6 請參看王毅，《園林與中國文化》(上海：上海人民出版社，1990)，
　頁 137-159，227-238。Xiaoshan Yang, *Metamorphosis of the Private*
　Sphere: Gardens and Objects in Tang-Song Poetry (Cambridge, MA:
　Harvard University Asia Center, 2003), pp. 11-90.
7 〈醉吟先生墓誌銘序〉，朱金城(箋校)，《白居易集箋校》卷71，第6
　冊，頁3815。
8 〈醉吟先生傳〉，同上書，卷70，第6冊，頁3782。
9 孫昌武和賈晉華對此早有高論，見孫氏，〈白居易與洪州禪〉，《詩
　與禪》(台北：東大圖書股份有限公司，1994)，頁201-220；《禪思與
　詩情》(北京：中華書局，1997)，頁178-219；賈氏，〈「平常心是
　道」與「中隱」〉，載《漢學研究》第16卷第2期(1998年12月)，頁
　317-349。
10 《元好問集》，姚奠中(編)(太原：山西人民出版社，1990)，上冊，頁
　394。

氏新詩學、生活藝術與其精神信仰的關聯，並將其提舉為一種時代精神。當然，這種探討並非自本章始。王毅在其討論中國園林與傳統文化的著作中早已分析過白氏的園居模式與其「中隱」觀念的關係，但因論題的性質而未能觸及白氏的禪宗信仰及詩風的問題。美國著名學者宇文所安(Stephen Owen)在其近著《中國中世紀的終結：中唐文學文化論集》以相當篇幅討論了白居易所開的新生活作風與詩學之間的微妙聯繫。他提出：如果中古文學中對退居私人生活的頌揚只是對官場的批評，那麼白居易「則表明其對家居生活的滿足」；白氏標誌了「從消極地界定隱逸純粹為對公共生活的拒絕，到創造公共世界中私人空間的轉移」，由此，小園代替山野風景而成為自由的天地，而這樣的天地常常是最小的——它是小中之大，歧義地又是更大世界和詩人詮釋剩餘的微觀反映；而在白詩中，小事物取代了大問題，一切繫於詩人的詮釋，「玩弄此類機智則與家居生活的小小快樂相關聯」，而詩人的詮釋已與導演出的家居快樂難以分辨。於是，過去那種經驗在前、詩的文本在後的感物模式被取代[11]。宇文氏從西方文化的立場觀察出白氏其人其詩之間許多未曾被注意到的微妙聯繫，並力圖提舉出一種斷古今百代的時代精神，對中文學界頗有啟發。然而，在其討論中唐詩文的這本著作中，竟未涉及禪宗問題，不能不說是一種缺憾。

　　孫昌武的〈白居易與洪州禪〉一文是筆者所見當代學者研究白氏與洪州禪關係論文中最早的一篇。該文敘述了白氏與洪州一系僧人的

11　Stephen Owen, *The End of the Chinese "Middle Ages": Essays in Mid-Tang Literary Culture* (Stanford: Stanford University Press, 1996), pp. 55-56, 83-87.中譯本《中國「中世紀」的終結：中唐文學文化論集》(台北：聯經出版公司，2007)。

交遊，探討了白氏人生態度中南宗禪的影響，並以此分析了白詩的思想內容，卻未涉及洪州禪風與白氏所開啓的獨特生活情調、生活方式以及詩歌藝術風貌的內在關聯。賈晉華的〈「平常心是道」與「中隱」〉一文提出：洪州禪的中心命題「平常心是道」與白氏「中隱」觀念的關聯在催生了一種新的居士精神，由此產生了以白氏爲代表的東都閒適詩人群，其生活方式平衡仕隱，耽溺於詩酒、聲色歌舞和園林遊賞，而在詩風上表現爲狂放和諧謔機智。賈文歸納了前述白居易所開風氣之先的三個方面，是相當全面的描述。而其留下的空間是如何超越這種歸納和描述。

筆者尊重前述學者的研究成果，除非必要，卻不擬複述已被其肯認的論證(如白氏與各宗門僧人的交遊)，而著意作新的開拓。即著重探討洪州禪與白氏生活藝術、閒適詩學在觀念和情調上的內在關聯，以由洪州宗影響的角度詮釋白氏能體現古今百代風氣轉移的原因。這並非表示洪州禪是時代風氣轉移的終極原因。在此一切變化包括禪風更替的背後，是中古時代中國的政治、經濟、制度、文化向近世的轉移，其中諸方面之間有極大的「互決定性」(inter-determinacy)。在非決定主義的歷史觀下，卻不妨從白氏的洪州禪風出發去作出其生活情調和閒適詩學的一種解釋。

本章探討白氏受洪州禪的影響，著眼點不是此門的中心命題「平常心是道」，而是白居易本人對前者領悟的要點。此一要點，我以爲即是在白詩中頻頻出現的「無事」二字。本章第一部分將論證：白詩題旨「無事」的淵源，其實正是以彰顯日常世界爲其特徵的洪州禪法，它同樣是白詩日常化和文學自然主義的淵源之一。本章第二部分將以此「無事」禪法爲背景，解釋白詩由抒發傳統的感物和遷逝主題到對感物模式的突破。而白氏的「閒適詩」正以事不縈懷、不爲物轉

爲前提。本章第三部分將討論白氏以洛陽履道坊小園生活爲題材的
「閒適詩」，以揭示洪州宗將般若生活化對詩人生活情趣和詩境的開
發上的貢獻。

一、洪州禪的日常性與白詩的「無事」題旨

在白居易詩作中，有一至今未被研究者充分注意的題旨——「無
事」[12]。其之所以被忽視，因爲表述此題旨的兩個字似乎本身就無內
容。然而，惟以其無任何執著之思，方爲洪州禪法肯認。此一題旨對
研究白居易詩作的重要，首先見諸其出現之頻繁。據我的統計，它在
白詩中出現了七十次之多。最早的例子是在元和初年、白氏四十歲前
後、左遷江州之前：

> 置身世事外，無喜亦無憂。終日一蔬食，終年一布裘。……
> 人心不過適，適外更何求？[13]
> 除卻須衣食，平生百事休。知君善易者，問我決疑不？不卜
> 非他故，人間無所求。[14]

12　孫昌武曾注意到白氏閒適詩中「無事」觀念與洪州禪的關聯。其在
　　《禪思與詩情》中寫道：「洪州禪要求作『無爲』、『無事』的『閒
　　人』。白居易的詩中也反映了這種觀念。」（頁203）〈白居易與洪州
　　禪〉一文中亦寫道：「洪州禪的放捨身心發展到極致，就是絕對的
　　『無爲』、『無事』，做個無所事事的『閒人』……閒適無事也是白
　　居易詩的一個主題。」（頁219）但孫氏尚未注意到「無事」乃白氏接受
　　的洪州禪法的核心觀念，亦未涉及其與白詩藝術的內在關聯。而此正
　　是本章欲著力之處。
13　〈適意二首〉其一，《白居易集箋校》卷6，第1冊，頁318。
14　〈答卜者〉，《白居易集箋校》卷6，第1冊，頁322。

寫作這些詩句的同一時期，樂天開始感嘆頭白和落髮。多病的體質使
他很早即為生老病死問題而憂慮，並因此接受了佛教信仰。元和十一
年(816)貶謫江州對白氏兼濟天下的政治進取心是巨大的打擊。嗣
後，特別是長慶以後，白氏益發無當世之志，「惟以安分知足，玩景
適情為事」[15]。「無事」的主題亦出現得逾頻繁。對白氏而言，「無
事」首先是無事縈懷，是精神世界自紅塵中解脫：

> 我心忘世久，世亦不我干。遂成一無事，因得長掩關。[16]
>
> 酒醒夜深後，睡足日高時。眼底一無事，心中百不知。[17]
>
> 無事日月長，不羈天地闊。安身有處所，適意無時節。解帶
> 松下風，抱琴池上月。人間所重者，相印將軍鉞。……未必
> 方寸間，得如我快活。[18]
>
> 但有雙松當砌下，更無一事到心頭。金章紫綬看如夢，皂蓋
> 朱輪別似空。[19]
>
> 身閒心無事，白日為我長。我若未忘世，雖閒心亦忙。世若
> 未忘我，雖退身難藏。我今異於是，身世交相忘。[20]
>
> 彤雲散不雨，赫日吁可畏。……安知北窗叟，偃臥風颼
> 颸？……豈唯身所得？兼示心無事。誰言苦熱天，元有清涼

15　趙翼，《甌北詩話》卷4，《清詩話續編》，第2冊，頁1173。
16　〈閒關〉，《白居易集箋校》卷7，第1冊，頁392。
17　〈自問行何遲〉，《白居易集箋校》卷21，第3冊，頁1436。
18　〈偶作二首〉其一，《白居易集箋校》卷22，第3冊，頁1499-1500。
19　〈新昌閒居招楊郎中兄弟〉，《白居易集箋校》卷25，第3冊，頁
　　1712。
20　〈池中有小舟〉，同上書，卷29，第4冊，頁2000。

地。[21]

在以上詩句中，所謂「無事」是指超脫了名利、出將入相、金章紫綬、皂蓋朱輪以及赫日炎炎的心靈解脫。而且，在樂天看來，不僅功名利祿的事情不當縈懷，即便刻意追求丘樊林泉之隱也是不必要的，由此，他才時時得意以太子賓客分司東都的閒職：

> 未能同隱雲林下，且復相招祿仕間。隨月有錢勝賣藥，終年無事抵歸山。[22]
> 分司有何樂？樂哉人不知。官優有祿料，職散無羈縻。懶與道相近，鈍將閒自隨。……心中又無事，坐任白日移。[23]
> 窗前睡足休高枕，水畔閒來上小船。……門前便是紅塵地，林外無非赤日天。誰信好風清簟上，更無一事但翛然？[24]
> 新晴夏景好，復此池邊地。煙樹綠含滋，水風清有味。便成林下隱，都忘門前事。[25]
> 若論塵事何由了？但問雲心自在無？進退是非俱是夢，丘中闕下亦何殊。[26]

---

21 〈旱熱二首〉其一，同上書，卷30，第4冊，頁2073。

22 〈同崔十八寄元浙東王陝州〉，同上書，卷27，第3冊，頁1885。

23 〈詠所樂〉，同上書，卷29，第4冊，頁2023。

24 〈池上逐涼〉，同上書，卷33，第4冊，頁2260-2261。

25 〈奉和思黯相公雨後林園四韻見示〉，同上書，卷34，第4冊，頁2351。

26 〈楊六尚書頻寄新詩詩中多有思閒相就之志因書鄙意報而諭之〉，同上書，卷35，第4冊，頁2447。

對樂天而言，出與處的界限並不在爲官與否，亦不在身處丘樊或朝市，心中無事即無異於歸臥山林，洛陽履道宅的竹木池館亦即林下之隱。「無事」正是白氏「中隱」說的基礎。然白氏的世俗性又在於：他其實又時而將「事」界定爲世間的俗務：

> 心了事未了，飢寒迫於外。事了心未了，念慮煎於內。我今實多幸，事與心和會。內外及中間，了然無一礙。[27]

在此，「心了」與「事了」顯然不同。「事了」解決的是飢寒問題，而「心了」解決的是「念慮」的問題。故而，在會昌二年(841)罷少傅官時，樂天寫道：

> 老嫌手重抛牙笏，病喜頭輕換角巾。……人言世事何時了？我是人間事了人。[28]

此中之「事」與樂天〈江州司馬廳記〉中謂州司馬「無言責，無事憂」中之「事」一樣，均指政務。可見，樂天對「無事」主題亦是以無事處之的。下文將說明：此種無可無不可的態度，正是出自洪州禪風的影響。有此處處「無事」，即事事無可無不可的態度，才有樂天生活中時時在在的情趣：

> 靄靄四月初，新樹葉成陰。……下有無事人，竟日此幽

---

27 〈自在〉，同上書，卷30，第4冊，頁2081。
28 〈百日假滿少傅官停自喜言懷〉，同上書，卷35，第4冊，頁2443。

尋。……偶得幽閒境，遂忘世俗心。始知真隱者，不必在山
林。[29]

尋芳弄水坐，盡日心熙熙。一物苟可適，萬緣都若遺。設如
宅門外，有事吾不知。[30]

但有閒銷日，都無事縈懷。……就中今夜好，風月似江淮。[31]
春來寢食間，雖老猶有味。林塘得芳景，圍曲生幽致。愛水
多棹舟，惜花不掃地。……身外何足言，人間本無事。[32]

冰塘燿初旭，風竹飄餘霰。幽境雖目前，不因閒不見。晨起
對爐香，道經尋兩卷。晚坐拂琴塵，秋思彈一遍。此外更無
事，開樽時自勸。[33]

樽前春可惜，身外事勿論。明日期何處？杏花遊趙村。[34]
睡足摩挲眼，眼前無一事。信腳遶池行，偶然得幽致。……
不見楊慕巢，誰人知此味？[35]

殘春深樹裡，斜日小樓前。醉遣收盃杓，閒聽理管弦。池邊
更無事，看補採蓮船。[36]

此處所謂「幽閒」、「幽致」、「心熙熙」、「幽境」都只有「無
事」之人方可體味。然而，樂天詩中一再出現的「無事」主題，難道

29　〈玩新庭樹因詠所懷〉，《白居易集箋校》卷8，第1冊，頁444。

30　〈春葺新居〉，《白居易集箋校》卷8，第1冊，頁459。

31　〈詠閒〉，《白居易集箋校》卷27，第3冊，頁1884-1885。

32　〈日長〉，同上書，卷22，第3冊，頁1504。

33　〈冬日早起閒詠〉，同上書，卷29，第4冊，頁2016。

34　〈洛陽春贈劉李二賓客〉，同上書，卷29，第4冊，頁2049。

35　〈睡後茶興憶楊同州〉，同上書，卷30，第4冊，頁2071。

36　〈池邊〉，同上書，卷31，第4冊，頁2154。

真的出自佛教甚至洪州禪風嗎？

　　樂天的佛教信仰其實並不太限於某一宗門。他先後與北宗、荷澤、洪州和牛頭的僧人皆有往來。他寫了〈繡西方幀讚〉和〈畫西方幀記〉，又作了〈畫彌勒上生幀讚〉和〈畫彌勒上生幀記〉，說明他的淨土信仰裡，也竟是兼習阿彌陀和彌勒的。但此處吾人須辨明的是白氏「無事」的命題究竟出自何宗門。白氏作於元和十一年的〈答戶部崔侍郎書〉回憶其與崔群在長安的心路，透露了其開始接觸南宗禪的時間：「頃與閣下在禁中日，每視草之暇，匡床接枕，言不及他，常以南宗心要互相誘導。」[37]白氏任翰林學士在元和二年(807)至六年(811)之間，此處所謂「南宗」，根據賈晉華的說法，應是洪州禪。因為馬祖道一的弟子懷暉(756-815)和惟寬(755-817)正是分別於元和三年(808)和元和四年(809)應詔入京而令洪州之風大化京都的[38]。元和九年至十年，樂天任太子左贊善大夫時又四詣興善寺向惟寬問道。其作於元和十二年的〈傳法堂碑〉記載了這四次問道的內容：

　　第一問云：既曰禪師，何故說法？師曰：無上菩提者，被於身為律，說於口為法，心於心為禪，應用有三，其實一也。如江湖河漢，在處立名，名雖不一，水性無二。律即是法，法不離禪，云何於中妄起分別？第二問云：既無分別，何以修心？師曰：心本無損傷，云何要修理？無論垢與淨，一切勿起念。第三問云：垢即不可念，淨無可念乎？師曰：如人眼睛上，一物不可住。金屑雖珍貴，在眼亦為病。第四問

37　同上書，卷45，第5冊，頁2806。
38　賈晉華，〈「平常心是道」與「中隱」〉，頁326。

云：無修無念，亦何異於凡夫耶？師曰：凡夫無明，二乘執
著，離此二病，是名眞修。眞修者不得勤，不得妄，勤即近
執著，妄即落無明。[39]

此處所謂「心本無損傷，云何要修理？無論垢與淨，一切勿起念」與
馬祖說的「非心非佛」、「不是心、不是佛、不是物」[40]的意思一
樣，旨在破除「佛病」，即消泯對修持意念本身的執著。由此進一步
向日常性發展，亦即「無事」了。樂天左遷江州以後當世之志益發消
沉，以「不堪匡聖主，只合事空王」[41]爲由，開始徹底禪行。在江州
期間與馬祖弟子東西二林寺的神湊、智滿、朗、晦和歸宗寺智常交
遊，同賞石門雲、虎谿月，緬懷永、遠、宗、雷的往事。晚年退居洛
下，又以道一另一法嗣嵩山僧如滿爲「空門友」，《景德傳燈錄》卷
十遂以白氏爲佛光如滿唯一弟子。以上列出對樂天與洪州一系僧人交
遊的時間表，旨在說明其在詩中談論「無事」的時間，與其從接觸到
浸淫於洪州禪的時間是大致相符的。但僅僅如此尚不足以證明「無
事」的命題是自洪州所出。更重要的是在白氏詩文本身中的證據。樂
天有一首五絕〈遠師〉，是寫給一位遠方僧人的：

東宮白庶子，南寺遠禪師。何處遙相見？心無一事時。[42]

---

39 《白居易集箋校》卷41，第5冊，頁2692。
40 《景德傳燈錄》卷7，《大正新修大藏經》，第51冊，頁253。
41 〈郡齋暇日憶廬山草堂兼寄二林僧社三十韻皆敍貶官已來出處之意〉，
　　《白居易集箋校》卷18，第2冊，頁1151。
42 《白居易集箋校》卷23，第3冊，頁1580。

此詩作於長慶四年(824)，樂天爲太子左庶子分司東都時。曰「南寺」，則這位「遠師」應在長江以南。詩人特別強調「心無一事」使自己身處異地、卻能以心與禪師相會。樂天在大和五年(831)又作《贈僧五首》，其中第三首是寫給一位「自遠禪師」的，題下小注曰「遠以無事爲佛事」。詩曰：

> 自出家來長自在，緣身一衲一繩床。令人見即思無事，每一
> 相逢是道場。[43]

此詩所贈的自遠禪師，應當就是前述「遠師」、「無事」或「心無一事」即此師所授之禪門心要。這應是白詩中屢屢出現的「無事」題旨的淵源之一。但此位自遠禪師究竟出何宗門呢？賈晉華引宗密〈中華傳心地禪門師資承襲圖〉中對牛頭的概括「體諸法如夢，本來無事，心境本寂，非今始空」斷言其出自牛頭[44]。這一判斷尚有可商榷之處。樂天在長慶四年的一首戲作〈問遠師〉中，以「東林老」稱呼這位僧人[45]。此一稱呼有兩種可能。第一種可能即如朱金城所認爲的，是實指該僧所在的寺院廬山東林寺。此寺律、禪交修，應不在以潤州爲中心牛頭宗的範圍。由此也就基本排除了自遠出自牛頭的可能。但自遠若是東林寺僧人，白氏應在江州與其相識，但白氏作於江州時期的〈遊大林寺序〉和〈唐撫州景雲寺故律大德上弘和尙石塔碑銘〉二文分別列舉了十位和十一位東林寺僧人的名字[46]，其中卻無自遠。這

43　《白居易集箋校》卷27，第3冊，頁1924。

44　賈晉華，〈「平常心是道」與「中隱」〉，頁327-328。

45　《白居易集箋校》卷23，第3冊，頁1581。

46　《白居易集箋校》卷43，第5冊，頁2755，卷41，第5冊，頁2696。

就令人想到所謂「東林老」或許只是以這位「遠師」擬比東晉名僧慧遠，因爲在中唐以後詩中以「遠公」、「支公」稱呼當代僧人的例子不勝枚舉[47]。白氏本人〈對小潭寄遠上人〉一詩以「道林」[48]稱呼其遠師即是例證。倘若這樣判斷，這位「遠師」則可能是白氏刺杭時所結識的僧人，而作〈遠師〉的長慶四年秋，樂天甫自杭至洛，懷念江南友人也在情理之中。白氏又顯然是在長慶二年(822)至四年(824)刺杭州時接觸了牛頭[49]——其入山禮謁鳥窠道林[50]的傳說可爲佐證。但此時牛頭宗業已式微。而且，白氏的「無事」禪應有更早的淵源——作於元和四年(809)的〈同錢員外題絕糧僧巨川〉已提到「無事」：

> 三十年來坐對山，唯將無事化人間。齋時往往聞鐘笑，一食何如不食閒？[51]

此詩作於白氏爲左拾遺的長安時期，錢徽亦爲其此時同遊此地的朋友[52]。據目前的資料，白氏貞元中已受教於北宗凝公，元和初更逐漸傾心洪州禪，卻未有於此時接觸牛頭的經歷。白氏在江州曾結交向神會一系惟忠學習心法的神照[53]，其詩《贈僧五首》中的宗實、清閒爲

47　詳見本書，〈玄、禪觀念之交接與《二十四詩品》〉。

48　《白居易集箋校》卷28，第4冊，頁1944。

49　見〈草堂記〉、〈遊大林寺序〉，《白居易集箋校》卷43，第5冊，頁2737，2755。

50　《景德傳燈錄》卷4，《大正新修大藏經》第51冊，頁230。

51　《白居易集箋校》卷14，第2冊，頁797。

52　錢氏亦有〈同樂天登青龍寺上方望藍田山絕句〉，見《全唐詩續拾》卷25，陳尚君(輯校)，《全唐詩補編》(北京：中華書局，1992)，中冊，頁1029。

53　見白氏，〈唐東都奉國寺禪德大師照公塔銘〉，《白居易集箋校》卷

神照弟子，亦爲荷澤宗僧人。故亦不能排除其於更早與荷澤宗僧人有
過接觸。而在北宗、荷澤、洪州之間，究竟哪一宗門傾向「無事」
呢？北宗是「息滅妄念」，以宗密摩尼珠的譬喻，其禪學謂此珠「被
黑色纏裏覆障，擬待磨拭揩洗，去卻黑暗，方得明相出現」[54]，自然
不能「無事」[55]。「無事」亦不是荷澤宗的法門，荷澤雖然也說「任
迷任知」，卻又強調「知之一字，眾妙之源。由迷此知，即起我相，
計我我所，愛惡自生」。以摩尼珠的譬喻，此宗要體認「唯瑩淨圓
明，方是珠體，其黑色乃至一切青黃色等，悉是虛妄」[56]。而洪州宗
是「但任心即爲修」，以摩尼珠說則「即此黑暗便是明珠」[57]，實在
與「以忘情爲修」或「計此一顆明珠都是其空」[58]的牛頭在不以佛事
爲事這一點上殊爲接近。兩者均強調自「禪那果」、「菩薩縛」和
「佛病」中解脫。故而，牛頭有所謂「心既不有，誰言法界？無修不
修，無佛不佛」，歸爲馬祖德語錄即有「本有今有，不假修道」和
「不是心，不是佛」；牛頭謂「於怨親苦樂一切無礙」，馬祖亦謂
「六根運用，一切施爲，盡是法性」。所以，結合白氏與各派僧人的
交遊而論，更可能的情況是：白氏在貶謫江州之前即已從與洪州僧人

(續)————————————————

71，第6冊，頁3897。
54 〈中華傳心地禪門師資承襲圖〉，《中國佛教叢書‧禪宗編》，第1
冊，頁290。
55 《祖堂集‧懶瓚和尚傳》有普寂弟子懶瓚的〈樂道歌〉，亦以「無事」
爲主題，謂：「兀然無事無改換，無事何須論一段。眞心無散亂，他
事不須斷。過去已過去，未來更莫算。兀然無事坐，何曾有人喚？向
外覓功夫，總是癡頑漢……」見《祖堂集》（鄭州：中州古籍出版社，
2001），頁101-102。但當代學者認爲此歌當出洪州禪門，見孫昌武
《禪思與詩情》，頁326-327。
56 同上書，頁290-291。
57 同上書，頁290。
58 同上書，頁290。

的交往中，初步領略了類似「無事」的心要。在後來與江州和杭州兩
地與洪州，或許也包括牛頭禪僧的交往中，他對此法門的體悟更深
了。

　　當然，洪州與牛頭亦有不同。其中一點即洪州禪更具有世間性或
日常性，更與莊子將人道相契拉向塵垢之外的觀念相違[59]。此即馬祖
所謂「平常心是道」。從這一點上，卻更可肯定白詩中所謂「無事」
主要是因自洪州一系。柳田聖山即認為：「無事實是馬祖的平常心的
徹底化，是神會的無念與無住的進一步發展。」[60]鎌田茂雄也在談到
中唐禪宗思想中的「無事」時，這樣寫道：

> 老莊的無為自然與佛教的般若智慧，巧妙地結合而產生的就
> 是中國禪。馬祖的禪在這種形態上所獲得的就是大地性與日
> 常性。在「穿衣、喫飯、睏來即眠」的日常生活中，能覷破
> 悟的境界，這是中國禪匠的深摯睿知。原因是中國人對「喫
> 飯」一事，向來即寄以莫大的關切，能以有飯可喫，蓋即象
> 徵著太平的生活，唯有喫飯才是生活的具體表現。……中國
> 的禪宗思想，從歷史上可以看得出由唐朝中葉(8-9世紀)就
> 有了很大的轉變，那就是從「無心」到「無事」。……所謂
> 「無事」，是泰然處之而不騷動，安閒自在地過生活。順著
> 天地的運行，遵行著自然的大道過生活，就是「無事」。[61]

59　此處受到徐小躍，《禪與老莊》一書啟發，見此書(台北：揚智文化事
　　業股份公司，1994)，頁401。
60　《中國禪思想史》，頁164。
61　鎌田茂雄，《中國禪》，關世謙(譯)(台北：臺灣佛光出版社，
　　1996)，頁6-7。

「無事」甚至與《壇經》的「無念」、「無住」、「無相」亦有所不同，其不同就在於把問題進一步置於日常現實世界的層次上。鎌田在此以「無事」概括的中唐禪宗的轉變，所指正是馬祖道一和大珠慧海等的洪州禪[62]。鎌田所謂「大地性」或「日常性」的確是洪州式「無事」禪法的本質。且看洪州一系如何論說「無事」，被認爲是馬祖道一的語錄謂：

> 若了此心，乃可隨時著衣喫飯，長養聖胎，任運過時，更有何事？[63]

「若了此心」之「心」即是「平常心」。「更有何事」表明在著衣喫飯這種日常的太平生活而外，禪者之悟即在心中無事。有源律師問馬祖法嗣大珠慧海：修道還用功否？兩人之間有一段對話：

> 曰：用功。曰：如何用功？師曰：饑來喫飯，睏來即眠。
> 曰：一切人總如是同師用功否？師曰：他喫飯時不肯喫飯，百種須索；睡時不肯睡，千般計校，所以不同也。[64]

大珠的意思是：那些在日常生活喫飯睡眠的時刻「百種須索」、「千般計校」的人是無法得到解脫的。此處所謂「計校」，即是久松眞一

---

62 又見上書頁142，頁149-151論馬祖和大珠部分。

63 〈江西道一禪師傳〉，《景德傳燈錄》卷6，《大正新修大藏經》，第51冊，頁246。

64 〈越州大珠慧海禪師傳〉，《景德傳燈錄》卷6，《大正新修大藏經》，第51冊，頁247。

所說的作爲個體自身認同基礎的「差別相」。禪的「無事」，即令個體自此「差別相」和現象「複數」世界中解脫，進入「一如」境界[65]。所以傳爲大珠的語錄又說：「諸人幸自好個無事人，苦死造作要檐枷落獄作麼？每日至夜奔波，道我參禪學道，解會佛法，如此轉無交涉也。」[66]如此說來，禪家的解悟也只有在喫飯睡眠這種最平常的生活時刻裡才能實現了。在日常生活裡自在「無事」正是洪州禪風的特徵之一。在歸於馬祖另一弟子南泉普願(748-834)的語錄裡，前者在被問到「和尚百年後向什麼處去」時，答道：

> 向山下檀越家作一頭水牯牛去。

當有僧人後來問曹山：「只如牯牛成得個什麼邊事？」曹山的回答是：

> 只是個飲水喫草底漢。……只是逢水喫水，逢草喫草。[67]

將自己的生命看作飲水喫草的水牯牛，眞是「無事」到不能更平凡了。不妨再從歸於普願的門人趙州從諗(778-897)的一段語錄去印證此一傳統：

---

65 Shinichi Hisamatsu, *Zen and the Fine Arts*, trans. Gishin Tokiwa (Kyoto: Kodansha International LTD, 1958), pp. 52-53.
66 大珠慧海，《諸方門人參問語錄》，《新編卍續藏經》，第110冊，頁855-856。
67 〈南泉和尚傳〉，《祖堂集》卷16，頁532。

> 問：如何是學人自己？師云：喫粥了也未？云：喫粥也。師
> 云：洗缽盂去。問：如何是毗盧師？師云：白駝來也未？
> 云：來也。師云：牽去餵草。[68]

在前來獻袈裟的俗士問道之時，趙州和尚卻以「喫粥」、「洗缽
盂」、「白駝來也未」和「餵草」這種種日常瑣事去打斷他。趙州的
意思是：在此種種日常生活的事情之外，無須再去計較什麼了，這原
本就是解脫啊！在同一傳統之下，無怪乎後來雲門文偃(864-949)會
說：「除卻著衣、喫飯、屙屎、送尿，更有什麼事？無端起得許多妄
想作了什麼？」[69]在所有公案中，洪州禪師所謂「無事」，都是強調
在日常生活而外再無一特別的佛事，以令個體自久松真一所說的個體
自身認同基礎的「差別相」中解脫。而其所用以指陳日常生活的事
情──「著衣」、「喫飯」、「睡眠」、「喫粥」、「飲水」、「喫
草」、「洗缽盂」、「餵草」，乃至「屙屎」、「送尿」──竟如此
鄙俗，完全抹殺了宗教生活的彼岸性和神聖性。在此，涅槃與煩惱，
聖與凡，佛與眾生不二，世俗化與絕對化等一。由此發展，也才會有
禪畫中表現的六祖破經、丹霞焚木佛取暖。樂天詩中的「無事」題
旨，正具有此世俗性的特點。洪州禪師津津樂道的「喫飯」、「睡
眠」，甚至也為白詩議論「無事」時一併涉及：

> 旦暮兩蔬食，日中一閒眠，便是了一日，如此已三年。[70]

68　〈趙州(從諗)真際禪師語錄之餘〉，《古尊宿語錄》卷14，上冊，頁233。
69　〈韶州雲門山文偃禪師傳〉，《景德傳燈錄》卷19，《大正新修大藏
　　經》本，頁357。
70　〈答崔侍郎錢舍人書問因繼以詩〉，《白居易集箋校》卷7，第1冊，頁

一食飽至夜，一臥安達晨。晨無朝謁勞，夜無直宿勤。[71]
往事勿追思，追思多悲愴。來事勿相迎，相迎亦惆悵。不如
兀然坐，不如塌然臥。食來即開口，睡來即合眼。二事最關
身，安寢加餐飯。[72]
名利既兩忘，形體方自遂。臥掩羅雀門，無人驚我睡。……
食飽摩挲腹，心頭無一事。除卻玄晏翁，何人知此味？[73]
粥熟呼不起，日高安穩眠。是時心與身，了無閒事牽。[74]
眼下有衣兼有食，心中無喜亦無憂。正如身後有何事？應向
人間無所求。[75]

詩人所表現的正是他喫飯時肯喫飯再無須索、睡眠時亦無須計較的無
事自在。有時他竟細緻地品味貪床晏起、閉目負暄之時生理上的快
適：

老去慵轉極，寒來起猶遲。厚薄被適性，高低枕得宜。神安
體穩暖，此味何人知？睡足仰頭坐，兀然無所思。如未鑿七
竅，若都遺四肢。[76]
負暄閉目坐，和氣生肌膚。初似飲醇醪，又如蟄者蘇。外融

（續）────────────
389。
71　〈初下漢江舟中作寄兩省給舍〉，同上書，卷8，第1冊，頁428。
72　〈有感三首〉其三，同上書，卷21，第3冊，頁1440。
73　〈寄皇甫賓客〉，同上書，卷21，第3冊，頁1449。
74　〈風雪中作〉，同上書，卷30，第4冊，頁2059。
75　〈偶吟二首〉其一，《白居易集箋校》卷27，第3冊，頁1904。
76　〈晏起〉，同上書，卷8，第1冊，頁458。

百骸暢，中適一念無。曠然忘所在，心與虛空俱。[77]

樂天的「閒適」之趣與王、孟彰顯清淨的幽閒、幽玄之趣並不相同，它滲透著與洪州禪情調一致的世俗性和日常性。難怪倡導「隨時即景就事行樂」的明代閒逸文人要以樂天相標榜了。洪州禪宗教生活中極端的自然主義亦生發出白詩的文學自然主義：正如洪州禪以為一飲一啄、行住坐臥皆為禪修一樣，樂天亦以喫飯睡眠等等瑣事為詩，因為對樂天而言，寫詩也只是閒適生活中一樁無事之事。所以是：「眠罷又一酌，酌罷又一篇」[78]，「百事盡除去，尚餘酒與詩」[79]。白詩中也囊括了諸如〈食筍〉、〈烹葵〉、〈食後〉、〈食飽〉、〈飽食閒坐〉、〈沐浴〉、〈晝臥〉、〈晏起〉、〈安穩眠〉、〈秋雨安眠〉等等最日常不過的題材。翁方綱所謂「無論崑田、麗水，皆金也，即一切恆河沙，皆得化為金也」即謂此也[80]。閒適詩既是其日常閒適生活的一部分，循此生活慵懶、散漫之節奏，白詩時而亦有一種絮聒的性質，極與抒情詩之「強化」(Intensification)[81]性質不相稱。吉川幸次郎故謂其「冗長地敷展過於平易淺顯的，或者說一般常見的通俗語言……以不宜用於詩歌的方法來創作詩歌」[82]。然而，此種散文性質不恰恰就是其與日常生活相關的表徵麼？而能令白居易超越散文的絮

---

77 〈負冬日〉，同上書，卷11，第2冊，頁614。

78 〈自詠〉，同上書，卷8，第1冊，頁456。

79 〈對酒閒吟贈同老者〉，同上書，卷36，第4冊，頁2488。

80 翁方綱，《石洲詩話》卷8，《清詩話續編》，第3冊，頁1505。

81 參見Earl Miner, *Comparative Poetics: An Intercultural Essay on Theories of Literature* (Princeton: Princeton University Press, 1990), pp. 87-88.

82 見蔡靖泉、陳順智、徐少舟(譯)，《中國詩史》(太原：山西人民出版社，1989)，頁369。

眈性質的，又恰恰是其受禪宗思想影響的另一面。這確為一弔詭。

二、由「感物」到「不為物所轉」

　　白居易曾是一位對生死問題異常敏感的詩人，衰羸的體質愈加深
了其對時光推移中萬物凋零的感傷。白氏曾以〈感髮落〉、〈早梳
頭〉、〈以鏡贈別〉、〈和祝蒼華〉等為題寫下十五首以面對落髮為
題的詩，最早的一首〈嘆髮落〉竟作於貞元十七年(801)樂天三十歲
時。而非以此為題、卻在詩句中議論落髮的則更多。在晚期以前，以
這樣的詩題，作者關注著自身生命的流程：

> 夜沐早梳頭，窗明秋鏡曉。颯然握中髮，一沐知一少。年事
> 漸蹉跎，世緣方繳繞。不學空門法，老病何由了？[83]
> 白髮知時節，暗與我有期。今朝日陽裡，梳落數莖絲。……
> 由來生老死，三病兩相隨。除卻念無生，人間無藥治。[84]
> 晨興照清鏡，形影兩寂寞。少年辭我去，白髮隨梳落。萬化
> 成於漸，漸衰看不覺。但恐鏡中顏，今朝老於昨。[85]
> 月破天暗時，圓明獨不歇。我慚貌醜老，繞鬢斑斑雪。不如
> 贈少年，迴照青絲髮。[86]

「一沐知一少」，「今朝日陽裡，梳落數莖絲」、「少年辭我去，白

83　〈早梳頭〉，《白居易集箋校》卷9，第1冊，頁477。
84　《白居易集箋校》卷9，第1冊，頁495。
85　〈嘆老〉，同上書，卷10，第2冊，頁517。
86　〈以鏡贈別〉，同上書，卷10，第2冊，頁527。

髮隨梳落。萬化成於漸」……詩人是何等精細地觀察著生老病死的
生命流程,以致有時怕去面對明鏡。我以為,上文所說白詩時而表現
出的絮聒性質,在洪州禪的「日常性」因素而外,又有未能充分領受
佛教的生命觀念,而依然過度關注生命流程的因素[87]。所以他坦稱:
「不學空門法,老病何由了?」「除卻念無生,人間無藥治」。樂天
對自身生命歲月的敏感,又時時會和自然界的生命聯繫在一起:

> 節物行搖落,年顏坐變衰。樹初黃葉日,人欲白頭時。[88]
> 逐處花皆好,隨年貌自衰。紅櫻滿眼日,白髮半白時。……
> 臨風兩堪嘆,如雪復如絲。[89]
> 花盡頭新白,登樓意若何?歲時春日少,世界苦人多。[90]
> 涼風從西至,草木日夜衰。桐柳減綠陰,蕙蘭銷碧滋。感物
> 私自念,我心亦如之。安得長少壯,盛衰迫天時。[91]

在此,草木世界裡的花開葉落,正襯或反襯出詩人的遷逝之感。這裡
最鮮明不過是揭示出一個自魏晉即已確立的詩學傳統的本質。這個傳
統即上引最後一篇中提到的「感物」,它常常即為「感時」[92]。或者
說,在農耕文化中,「嘆逝」這種生命意識是以對隨季節變化的大自

---

87 〈晝寢〉即此絮聒性鋪敘的一例:「坐整白單衣,起穿黃草履。朝餐盥
　　漱畢,徐下階前步。暑風微變候,晝刻漸加數。……不作午時眠,日
　　長安可度?」同上書,卷10,第2冊,頁527。

88 〈途中感秋〉,同上書,卷15,第2冊,頁940。

89 〈櫻桃花下嘆白髮〉,同上書,卷16,第2冊,頁983。

90 〈晚春登大雲寺南樓贈常禪師〉,同上書,卷16,第2冊,頁986。

91 〈秋懷〉,同上書,卷9,第1冊,頁500。

92 見蔣寅,〈言志‧感物‧緣情〉,《古典詩學的現代詮釋》(北京:中華
　　書局,2003),頁206。

然的感受來表現的。「鬢毛遇病雙如雪，心緒逢秋一似秋」[93]，正可概括此傳統之主導性悲劇性情調。而且，「感物」之時，正是詩人心中「有事」之日，心中有榮枯、聚散、苦樂、窮通的計較之日。「感物」是將詩歌從緣事而發的「現實反應」向「抒情表現」[94]提升，或如蔣寅所說，魏晉以來，中國詩學中的「感物」之所感已從具體人事轉爲「觸發詩歌寫作動機的直接對象」的自然景物[95]。蔣氏舉白居易〈庭槐〉一詩中「人生有情感，遇物牽所思」和白氏對其「感傷詩」的定義——「有事物牽於外，情理動於內，隨感遇而形於詠嘆者」[96]——說明「感物」的前提是一身一心之中有「事」未了[97]。本章要指出的是：這種種的計較，在樂天詩中又表現爲一特別的模式，即今與昔，此地與彼地的對比，充斥於貶謫江州的詩卷之中。以律詩寫出，極見恍同隔世的根觸：

> 昔年八月十五夜，曲江池畔杏園邊。今年八月十五夜，溢浦
> 沙頭水館前。西北望鄉何處是？東南見月幾回圓？臨風一嘆
> 無人會，今夜清光似往年。[98]

這是由佳節觸發的今與昔的對比，是一種特別形式的「感物」。下面

---

93 〈百花亭晚望夜歸〉，《白居易集箋校》卷16，第12冊，頁1008。

94 關於這兩個術語請參見柯慶明，〈從「現實反應」到「抒情表現」——略論《古詩十九首》〉，柯慶明、蕭馳(編)《中國抒情傳統的再發現——一個現代學術思潮的論文選集》（台北：台大出版中心，2009），上冊，頁247-269。

95 見蔣寅，〈言志·感物·緣情〉，頁205-210。

96 見〈與元九書〉，同上書，卷45，第5冊，頁2794。

97 見蔣寅，〈言志·感物·緣情〉，頁210-214。

98 〈八月十五夜溢亭望月〉，同上書，卷17，第2冊，頁1110。

的昨是今非之感卻是由故人引發的：

> 辭君歲久見君初，白髮驚嗟兩有餘。容鬢別來今至此，心情
> 料取合何如？曾同曲水花亭醉，亦共華陽竹院居。豈料天南
> 相見夜，哀猿瘴霧宿匡廬。[99]

異地重見故人，其容顏的衰老引起詩人心中榮枯、聚散、窮通的計
較。而有時夜雨獨宿，自身的衰病和孑然孤獨亦為一引發榮枯對照的
所感之「物」：

> 丹霄攜手三君子，白髮垂頭一病翁。蘭省花時錦帳下，廬山
> 雨夜草庵中。終身膠漆心應在，半路雲泥跡不同。唯有無生
> 三昧觀，榮枯一照兩成空。[100]

這個抒情模式在潯陽時期的詩作中一再地出現，以致詩人來到洪州建
昌江邊的渡頭，隨即想到渭水邊的蔡渡（〈建昌江〉）；見到廬山下的
湯泉，會誤以為身在驪山行宮的金鋪玉礎之中（〈題廬山山下湯
泉〉）；遇到絕似帝京的春光亦因江州才有的猿聲而斷腸（〈答
春〉）……「唯有無生三昧觀，榮枯一照兩成空」，正如前引〈廬山
草堂夜雨獨宿寄牛二李七庾三十二員外〉一詩的尾聯所透露，能令其
出離此昨是今非之感傷者，忘卻此「前心」者，亦唯有佛教一途。

一切火宅焚燒之苦的解脫均在佛教(不局限於禪宗)。在其一再的

---

99 〈贈章八〉，同上書，卷17，第2冊，頁1121。

100 〈廬山草堂夜雨獨宿寄牛二李七庾三十二員外〉，同上書，卷17，第2
冊，頁1117。

宣說裡，吾人可知令早年曾在朝廷中主張抑佛的白居易，之所以走向佛教，正是結於深腸的種種所感之「事」——生死、聚散、一身的窮通：

> 我有所念人，隔在遠遠鄉。我有所感事，結在深深腸，鄉遠
> 去不得，無日不瞻望。腸深解不得，無夕不思量。……秋天
> 殊未曉，風雨正蒼蒼。不學頭陀法，前心安可忘？[101]
> 朝哭心所愛，暮哭心所親。親愛零落盡，安用身獨存？幾許
> 平生歡？無限骨肉恩。結為腸內痛，聚作鼻頭辛。……我聞
> 浮圖教，中有解脫門。置心如止水，視身如浮雲。斗藪垢穢
> 衣，度脫生死輪。胡為戀此苦，不去猶逡巡？[102]

此處所謂難以釋懷的「前心」，即上述昨是今非的心事。只有受佛教之澤，看空物、我，心靈方得「無事」。既然心中事是「感物」興懷前提，「無事」則有八風不動的寧靜，隨之而來是面對花開葉落的哀樂不入，心如止水的境界，即對「感物」傳統的突破。此即中唐後流行於禪門的《楞嚴經》所說的「不為物所轉」：

> 一切眾生從無始來迷己為物，失於本心，為物所轉。故於是
> 中，觀大觀小。若能轉物，即同如來。[103]

---

101 〈夜雨〉，《白居易集箋校》卷10，第2冊，頁516。
102 〈自覺二首〉其二，同上書，卷10，第2冊，頁538-539。
103 《大佛頂如來密因修證了義諸菩薩萬行首楞嚴經》卷2，《大正新修大藏經》，第19冊，頁111。

「不爲物所轉」的觀念也表現在禪宗的早期公案裡。藥山惟儼(751-834)是一位參謁過馬祖的禪師，歸於其名下有如下一則公案：

> 藥山一日坐次，道吾、雲巖侍立。師指案山上枯榮二樹問吾
> 曰：枯者是？榮者是？曰：榮者是。師曰：灼然一切處，光
> 明燦爛去。又問嚴：枯者是？榮者是？曰：枯者是。師曰：
> 灼然一切處，放教枯淡去。高沙彌忽至，師曰：枯者是？榮
> 者是？曰：枯者從他枯，榮者從他榮。師顧道吾、雲巖曰：
> 不是，不是。

無論道吾還是雲巖的回應，都是落於邊見的，即仍囿於或榮或枯的物感。所以後世地藏恩的頌詞說他們「說盡榮枯轉見難」。而禪家應取的則是草堂青頌詞所說的「閒行閒坐任空枯」[104]。白居易對中國詩學傳統的意義，在將佛教的這一影響，表現得殊爲鮮明。其〈客路感秋寄明準上人〉應作於貞元年間，詩云：

> 日暮天地冷，雨霽山河清，長風從西來，草木凝秋聲。已感
> 歲倏忽，復傷物凋零。孰能不惛悽，天時牽人情。借問空門
> 子，何法易修行？使我忘得心，不教煩惱生。[105]

此詩以典型的「感物」和「感時」模式出現：從寫秋景過渡到傷懷，「孰能不惛悽，天時牽人情」重複著以往的「嘆逝」主題。然而，詩

---

104 以上均見《禪宗頌古聯珠通集》卷14，頁17下-18上，《中國佛教叢
　　書‧禪宗編》，第10冊，頁152-153。
105 《白居易集箋校》卷9，第1冊，頁498。

人卻想自此一「感物」和「感時」的模式裡解脫出來，爲此他祈望明
準上人指點他修行之路。而在〈題贈定光上人〉一詩中，詩人借定光
上人精神肖像寫出由禪家的生命情調所達致的解脫境界：

> 二十身出家，四十心離塵，得徑入大道，乘此不退輪。一坐
> 十五年，林下秋復春。春花與秋氣，不感無情人。我來如有
> 悟，潛以心照身。誤落聞見中，憂喜傷形神。安得遺耳目，
> 冥然反天眞。[106]

所謂「春花與秋氣，不感無情人」是禪家漠然世事變幻，哀樂不入的
生命情調之寫照，「感物」和「感時」的題旨在此作爲「誤落聞
見」、「傷形神」而被否定。從白氏結交佛教僧人的歷程看，明準上
人和定光上人應當不屬洪州一系，但後者與佛教的其他宗門在不感花
凋葉落這一點上應無二致，後世無門慧開即以「春有百花秋有月，夏
有涼風冬有雪，若無閒事在心頭，便是人間好時節」總括洪州宗的中
心命題「平常心是道」[107]。白氏貶謫江州的一首〈九江春望〉有
「淼茫積水非吾土，漂泊浮萍是我身。……爐煙豈異終南色，澁
草寧殊渭北春」[108]寫出了對於左降，詩人的心曲一直在牢騷與委順之間
掙扎。其實，白詩也一直在「感物」和超脫物感的心境之間游移。然
逾至晚年，他卻愈少傷春悲秋之情，這與他浸淫於佛教的程度是相表
裡的。其要即在看空外物和自我：

---

106 《白居易集箋校》卷9，第1冊，頁502。
107 《無門關》，《大正新修大藏經》，第48冊，頁295。
108 《白居易集箋校》卷17，第2冊，頁1064。

人生大塊間，如鴻毛在風。或飄青雲上，或落泥塗中。……
外物不可必，中懷須自空。無令浹浹氣，留滯在心胸。[109]
行立與坐臥，中懷澹無營。不覺流年過，亦任白髮生。……[110]
已任時命去，亦從歲月除。中心一調伏，外累盡空虛。……[111]
有起皆因滅，無睽不暫同。從歡終作感，轉苦又成空。次第
花生眼，須臾燭過風。更無尋覓處，鳥跡印空中。[112]

所謂「中懷澹無營」，所謂「外累盡空虛」，所謂「有起皆因滅，無
睽不暫同。……更無尋覓處，鳥跡印空中」，以南宗禪的術語來說，
即是「無念」和「無住」。被認為是馬祖的語錄謂：「此法起時不言
我起，滅時不言我滅。前念、後念、中念，念念不相待，念念寂滅，
喚作海印三昧，攝一切法。」[113]樂天所一向關注的生命和世界在時
間中的流程或持續存在在此被看空，他也就能平靜地對待生命了：
「身覺浮雲無所著，心同止水有何情」[114]。於是，在暮春這種最能
令人傷感青春不再的季節，老詩人反而表現出寧靜和超然了：

冉冉三月盡，晚鶯城上聞。獨持一盃酒，南亭送殘春。半酣
忽長歌，歌中何所聞？云我五十餘，未是苦老人。刺史二千
石，亦不為賤貧。天下三品官，多老於我身。同年登第者，

109 〈聞庚七左降因詠所懷〉，《白居易集箋校》卷6，第1冊，頁321。
110 〈詠懷〉，《白居易集箋校》卷7，第1冊，頁373。
111 〈歲暮〉，《白居易集箋校》卷7，第1冊，頁376。
112 〈觀幻〉，《白居易集箋校》卷26，第3冊，頁1813。
113 《馬祖語錄》，《古尊宿語錄》，上冊，頁3。
114 〈答元八郎中楊十二博士〉，《白居易集箋校》卷17，第2冊，頁
　　1107。

零落無一分。[115]

不愁陌上春光盡，亦任庭前日影斜。面黑眼昏頭雪白，老應
無可更增加。[116]

自宋玉〈九辯〉以來，金風蕭殺的秋天在中國抒情傳統裡向為觸發悲
哀的生命意識的主題，但身處暮年的樂天，卻能一反古今詩人的慣
例，不作感物傷懷：

下馬閒行伊水頭，涼風清景勝春遊。何事古今詩句裡，不多
說著洛陽秋？[117]

大和三年(829)樂天五十八歲時，在與詩友和道友元微之唱和的〈和
知非〉一詩裡，他說明正是經由修禪而臻此境界的：

因君知非問，詮較天下事。第一莫若禪，第二無如醉。禪能
泯人我，醉可忘榮悴。……不如學禪定，中有甚深味。曠廓
了如空，澄凝勝於睡。屏除默默念，銷盡悠悠思。春無傷春
心，秋無感秋淚。坐成真諦樂，如受空王賜。既得脫塵勞，
兼應離慚愧。……[118]

樂天在此以為酒與禪「兩途同一致」，即只將禪作為從精神上應付人

---

115 〈南亭對酒送春〉，《白居易集箋校》，卷8，第1冊，頁443-444。
116 〈任老〉，《白居易集箋校》，卷27，第3冊，頁1911。
117 〈秋遊〉，《白居易集箋校》，卷27，第3冊，頁1893。
118 《白居易集箋校》，卷22，第3冊，頁1479。

生種種矛盾的一種方式，即其所謂「憂喜心忘便是禪」[119]。此種亦
不以佛事爲事，以「平常心」看待禪的態度，使人感到正是洪州禪的
表現。在洪州禪淡然於世事變幻的生命的自在裡，「感物」和「感
時」之情已被銷盡。也正是在此心境裡，從三十歲即開始困擾他的頭
白髮落的問題，也不再是問題了：

> 今朝覽明鏡，鬚鬢盡成絲。……親屬惜我老，相顧興嘆咨。
> 而我獨微笑，此意何人知？……晚衰勝早夭，此理決不
> 疑。……當喜不當嘆，更傾酒一巵。[120]
>
> 日居復月諸，環迴照下土。使我玄雲髮，化爲素絲縷。……
> 禿似鵲填河，墮如鳥解羽。蒼華何用祝？苦辭亦休吐。匹如
> 剃頭僧，豈要巾冠主？[121]
>
> 朝亦嗟髮落，暮亦嗟髮落。落髮誠可嗟，盡來亦不惡。既不
> 勞洗沐，又不煩梳掠。最宜濕暑天，頭輕無髻縛。脫置垢巾
> 幘，解去塵纓絡。銀瓶貯寒泉，當頂傾一勺。有如醍醐灌，
> 坐受清涼樂。因悟自在僧，亦資於剃削。[122]

他如今竟能以見滿頭銀絲爲幸事，竟能調侃髮落頭禿的輕鬆，可見不
再有面對生命流程的感傷。這種輕鬆雖不能排除有淨土信仰的因素，
然白詩「無事」的題旨卻讓吾人相信解脫主要來自禪宗特有的「日常

---

119 〈寄李相公崔侍郎錢舍人〉，《白居易集箋校》，卷16，第2冊，頁
    1011。
120 〈覽鏡喜老〉，《白居易集箋校》，卷30，第4冊，頁2058。
121 〈和祝蒼華〉，《白居易集箋校》，卷22，第3冊，頁1469。
122 〈嗟髮落〉，《白居易集箋校》，卷22，第3冊，頁1509。

生活中的遊戲三昧」[123]。既然生命在時間中的流程被看空，詩人江
州時期「感物」之作的特別模式即今與昔，此地與彼地的感傷對比，
在長慶以後的詩作中也自然很少出現了，詩人不再掙扎於今昔之間，
不爲「前心」困擾，才眞正充分享受著當下的閒適和美感：

　　鳥棲魚不動，月照夜江深。身外都無事，舟中只有琴。……
　　心靜即聲淡，其間無古今。[124]
　　春來寢食間，雖老猶有味。林塘得芳景，園曲生幽致。愛水
　　多棹舟，惜花不掃地。……身外何足言，人間本無事。[125]
　　盡日前軒臥，神閒境亦空。有山當枕上，無事到心中。[126]

「無古今」出《莊子・大宗師》「朝徹而後能見獨，見獨而後無古
今」，是「外天下」、「外物」、「外生」、「朝徹」之後的境界[127]。
「其間無古今」、「身外何足言」、「神閒境亦空」云云，均寫出心
中無事、一念不起之時，詩人如何凝然於孤清夐絕的當下心境。白詩
的絮聒性質在此全然消失了。這正是樂天晚歲居洛陽履道坊宅園時詩
篇的特徵。在此，樂天所接受的洪州禪之生活般若，使他開啓了一種
新的生活和藝術體驗。

123　Shinichi Hisamatsu, *Zen and the Fine Arts*, p. 17.
124　〈船夜援琴〉，《白居易集箋校》卷24，第3冊，頁1617。
125　〈日長〉，《白居易集箋校》卷22，第3冊，頁1504。
126　〈閒臥〉，同上書，卷23，第3冊，頁1543。
127　《莊子集釋》，《諸子集成》本(第3冊)，頁114-115。

三、「能轉物」與小園「意」中山水

對洪州禪而言，得證佛道之最難在消泯淨、染之辨和修持意念本身。馬祖道一論「平常心是道」謂：「無造作，無是非，無取捨，無斷常，無凡無聖。……非凡夫行，非聖賢行。」[128]署名百丈懷海的《廣錄》中論佛地爲「了義教是持，不了義教是犯，佛地無持犯，了義不了義教盡不許也」[129]。前述興善惟寬授樂天的心要也是「無論垢與淨，一切勿起念」。爲此，洪州禪有意抹殺宗教境界的彼岸性，並將般若智慧生活化。而晚年樂天則將此一趨向發揮到極致，將般若的生活化進一步發展爲生活的般若化，發展爲於事事「無事」、處處無礙、無可無不可的人生態度，雙遮雙詮的、即非的詭辭。故而，議論出、處，他的哲學是：「隨緣逐處便安閒，不住朝廷不入山。心似虛舟浮水上，身同宿鳥住林間」[130]；議論吏、隱，他的取向爲：「晨興拜表稱朝士，晚出遊山作野人」[131]；議論自己究爲居士、仙客抑或酒徒的身分，他的回答是：「白衣居士紫芝仙，半醉行歌半坐禪。今日維摩兼飲酒，當時綺季不請錢」[132]；議論自己居處的所在和僧、俗的身分，他的中道是：「非莊非宅非蘭若，竹樹池亭十畝餘。非道非僧非俗吏，褐裘烏帽閉門居」[133]；議論坐禪和飲酒，他的態度爲：「每夜坐禪觀水月，有時行醉玩風花。淨名事理人難解，

---

128 《馬祖道一禪師廣錄》，《新編卍續藏經》，第119冊，頁812。
129 《百丈廣錄》，《古尊宿語錄》，上冊，頁14。
130 〈詠懷〉，《白居易集箋校》卷32，第4冊，頁2235。
131 〈拜表回閒遊〉，同上書，卷31，第4冊，頁2158。
132 〈自詠〉，同上書，卷31，第4冊，頁2130。
133 〈池上閒吟二首〉其二，同上書，卷31，第4冊，頁2150。

身不出家心出家[134]」。白氏對此亦官亦隱、非官非隱，亦僧(居士)
亦俗、非僧非俗的身分十分得意，時不時要藉機自我調侃一番：「散
齋香火今朝散，開素盤筵後日開。隨意往還君莫怪，坐禪僧去飲徒
來。」[135]支持樂天這種遊戲人生態度的，正是倡導從「差別相」中解
脫，並倡以「能動的無(Actively Nothing)為主體」[136]的洪州禪。由此，
吾人探討白氏是否真正持有佛教信仰已無意義，因為一旦將般若生活
化，佛教已不再是今日西方宗教學意義上的信仰了。

　　將這種觀察進一步深入到樂天晚歲居履道坊宅園的生活細部，就
會發現：其對園居「山水之境」的體驗，其實亦是一種生活之般若
化。在此，前輩受佛教影響的詩人諸如謝靈運、王維、皎然等在詩歌
審美傳統中的開拓，不僅為樂天所繼承，而且拓展為一種審美的生活
體驗。

　　樂天的履道坊宅是長慶四年(824)五月詩人五十三歲時自杭州來
到洛下後，在所購楊憑舊宅的基礎上修葺而成。在此他首先安頓了從
江南攜來的兩片天竺石，一隻華亭鶴[137]。寶曆元年(825)春，他親自
指揮家僕「移花夾暖室，徙竹覆寒池」，令「池水變淥色，池芳動清
輝」[138]。這個居止並非樂天居住的第一所宅園，此前他於渭村築過

---

134 〈早服雲母散〉，同上書，卷31，第4冊，頁2161。
135 〈五月齋戒罷徹樂聞章賓客皇甫郎中飲會亦稀又知欲攜酒饌出齋先以
　　長句呈謝〉，同上書，卷32，第4冊，頁2218。
136 久松真一謂：「每樁人間之事，無論是個人的、社會的或者歷史的事
　　情，皆由此根本的無相主體而來，又最終歸於此能動的無的主體。而
　　自從我們生活在此差別相的世界以來，就已經通常地將自己與他人分
　　辨和分離開來。而任何自身的認同都僅僅基於差別。」Zen and the
　　Fine Arts, pp. 52-53.
137 〈洛下卜居〉，《白居易集箋校》卷8，第1冊，頁449。
138 〈春葺新居〉，同上書，卷8，第1冊，頁459。

亭臺，在江州司馬的官舍內開鑿過小池，在長安新昌坊宅詠過堂前的松、後窗的竹[139]。但履道坊的宅園卻是樂天所擁有的第一處水池、舟橋、山石、竹樹、亭榭和圍牆具備的完整私家園林[140]。其中風景，不再如渭村和廬山草堂那樣依賴四圍的「借景」，而是以上述物事對自然山水「具體而微」[141]的再造。在〈池上篇〉的序中，樂天描述了小園的布局和功能：

> 地方十七畝，屋室三之一，水五之一，竹九之一，而島樹橋道間之。初樂天既爲主，喜且曰：雖有臺池，無粟不能守也，乃作池東粟廩。又曰：雖有子弟，無書不能訓也，乃作池北書庫。又曰：雖有賓朋，無琴酒不能娛也，乃作池西琴亭，加石樽焉。樂天罷杭州刺史時，得天竺石一，華亭鶴二以歸，始作西平橋，開環池路。罷蘇州刺史時，得太湖石、白蓮、折腰菱、青板舫以歸，又作中高橋，通三島逕。罷刑部侍郎時，有粟千斛，書一車，洎臧獲之習管磬弦歌者指百以歸。先是潁川陳孝山與釀酒法，酒味甚佳。博陵崔晦叔與琴，韻甚清。蜀客姜發授〈秋思〉，聲甚淡。弘農楊貞一與青石三，方長平滑，可以坐臥。大和三年夏，樂天始得爲太子賓客，分秩於洛下，息躬於池上。凡三任所得，四人所與，洎吾不才身，今率爲池中物矣。[142]

---

139 〈庭松〉，同上書，卷11，第2冊，頁618。

140 參看楊宗瑩，《白居易研究》（台北：文津出版社，1985），頁143-179。

141 〈醉吟先生傳〉，《白居易集箋校》卷70，第6冊，頁3782。

142 〈池上篇並序〉，同上書，卷69，第6冊，頁3705-3706。

從這段敘述，作者表明：他不滿足於楊氏舊園僅有臺池的布局，經由自己建池東粟廩，造池北書庫，作池西琴亭，以及修橋開徑，小園已成爲一更適合他這樣一個閒散文人日常生活的居住環境。此序以下的正文又寫道：

> 如鳥擇木，姑務巢安；如龜居坎，不知海寬。……靈鶴怪石，紫菱白蓮。皆吾所好，盡在我前。……妻孥熙熙，雞犬閒閒。[143]

顯然作者又是以其宅園深具家庭氣氛而得意。正因爲如此，他才一再爲有此窄小的天地而沾沾自喜：

> 小宅里閭接，疏籬雞犬通。渠分南巷水，窗借北家風。庾信園殊小，陶潛屋不豐。何勞問寬窄，寬窄在心中。[144]

這是詩人因宅園與里閭相接，渠水流通，南鄰北舍雞犬之聲隔籬相聞而作。主人不計較園子的大小，而獨慶幸自己仍在閭井人間之中。大和九年(835)，樂天在園中結一儉樸的茅茨，有詩曰：

> 陶廬閒自愛，顏巷陋誰知？螻蟻謀深穴，鷦鷯占小枝。各隨其分足，焉用有餘爲？[145]

143　同上書，頁3706。
144　〈小宅〉，《白居易集箋校》卷32，第4冊，頁2222-2223。
145　〈自題小草亭〉，同上書，卷33，第4冊，頁2240。

開成三、四年(838-839)間， 當樂天已在履道坊宅居住了十餘年後，
他在〈自題小園〉中借自己和小園的關係而表達了自足之感：

> 不鬥門館華，不鬥林園大。但鬥爲主人，一坐十餘載。迴看
> 甲乙第，列在都城內。素垣夾朱門，藹藹遙相對。主人安在
> 哉？ 富貴去不迴。池乃爲魚鑿，林乃爲禽栽。何如小園
> 主，拄杖閒即來。親朋有時會，琴酒連夜開。以此聊自足，
> 不羨大池臺。[146]

宇文所安曾特別強調所謂「擁有意識」(idea of possession或ownerness)對
中唐詩人形成「獨自認同」(singular identity)的意義[147]。宇文氏的學生
楊曉山更以此詩作爲例證以展開其有關中唐文人意識中「法權擁有」
(legal ownership)、「經驗擁有」(empirical ownership)和「審美鑑賞」
(aesthetic appreciation)的討論[148]。樂天此詩中誠然包含著一種不僅從
法權上而且從經驗上對擁有此園的得意。但這是否是問題的實質呢？
「擁有意識」尚無法解釋何以樂天特別地得意於「小」的心理。如果
從上文所論白氏生活理想的「無事」來看，所謂「池乃爲魚鑿，林乃
爲禽栽……親朋有時會，琴酒連夜開」，強調的仍然是惟小園才有的
家庭的日常生活性質，這與前引詩中白氏沾沾於園在閭井人間之中，
如螻蟻謀穴，鷦鷯占枝，有妻孥熙熙，雞犬閒閒氣氛的想法一致。而
且，白氏的「小園」占地一十七畝，它與明清時代的「半畝」、「十

---

146 〈自題小園〉，同上書，卷36，第4冊，頁2475。
147 見Stephen Owen, *The End of Chinese "Middle Ages"*, pp. 12-33.
148 見Xiaoshan Yang, *Metamorphosis of the Private Sphere: Gardens and Objects in Tang-Song Poetry*, pp. 21-36.

笋」、「芥子」、「殘粒」尚不可同日而語，「小」是相對眞山眞水
以及皇家園囿而言。故而，白氏一再表明小園於眞山水的優越：

> 小桃閒上小蓮船，半採紅蓮半白蓮。不似江南惡風浪，芙蓉
> 池在臥床前。[149]
> 滄浪江水子陵灘，路遠江深欲去難。何如家池通小院，臥房
> 階下插魚竿。[150]
> 深山太濩落，要路多險艱。不如家池上，樂逸無憂患。有食
> 適吾口，有酒配吾顏。[151]

此處「臥床」、「家池」、「小院」和酒食都指出了一種日常家庭生
活的氣氛。樂天七十歲時，聽到李仍叔和盧貞兩人各在風景絕勝的龍
門和渦澗造了山莊，遂戲爲一詩，仍爲自己小園適於家居而得意一
番：

> 聞君每來去，矻矻事行李。脂轄復裹糧，心力頗勞止。未如
> 吾捨下，石與泉甚邇。鏗鏗復潈潈，晝夜流不已。洛石千萬
> 拳，襯波鋪錦綺。海珉一兩片，激瀨含宮徵。綠宜春濯足，
> 淨可朝漱齒。繞砌紫鱗遊，拂簾白鳥起。何言履道叟，便是
> 滄浪子。[152]

---

149 〈看採蓮〉，《白居易集箋校》卷28，第4冊，頁1954。
150 〈家園三絕〉其一，同上書，卷33，第4冊，頁2246。
151 〈閒題家池寄王屋張道士〉，同上書，卷36，第4冊，頁2483。
152 〈李盧二中丞各創山居俱誇勝絕然去城稍遠來往頗勞弊居新泉實在宇
　　下偶題十五韻聊戲二君〉，同上書，卷36，第4冊，頁2484。

詩人在嘲弄李、盧二中丞「矻矻事行李」地奔波於山莊和城市之間的
同時，誇耀自己位於城中小園的親切和適於家居的性質：「綠宜春濯
足，淨可朝漱齒。繞砌紫鱗遊，拂簾白鳥起。」正如洪州禪所指示
的，一切解悟也只有在喫飯睡眠這種最平常的生活時刻裡才能實現。
詩人在這城中小園飲食起居之外，時時徜徉於池水山石間，「看山倚
高石，引水穿深竹」[153]，「俯觀游魚群，仰數浮雲片」[154]，細心地
品味著門前砌下在晨昏晴雨之間的種種變化。正是在面對有限的空間
和對象之時，詩人的感覺分辨力才如此靈敏[155]。然而，其生活的般
若卻又要他於此亦不落邊見。其所謂「中隱」正是此生活的般若的表
現。從「中隱」哲學而言，似出似處、不出不處，似深山似市井，非
深山非市井的環境才最為適合：

> 大隱住朝市，小隱入丘樊。丘樊太冷落，朝市太囂喧。不如
> 作中隱，隱在留司官。似出復似處，非忙亦非閒[156]。
> 進不趨要路，退不入深山；深山太濩落，要路多險艱。不如
> 家池上，樂逸無憂患。[157]

於是，在樂天以「池上有小舟，舟中有胡床」、「小庭亦有月，小院

---

153 〈六十六〉，同上書，卷29，第4冊，頁2047。

154 〈新秋喜涼因寄兵部楊侍郎〉，同上書，卷29，第4冊，頁2044。

155 如〈偶詠〉：「暝槿無風落，秋蟲欲雨鳴。」同上書，卷27，第3冊，
　　頁1893；又如〈池上早春即事招夢得〉：「晴薰榆莢黑，春染柳梢
　　黃。雪破山呈色，冰融水放光。」同上書，卷33，第4冊，頁2293。

156 〈中隱〉，《白居易集箋校》卷22，第3冊，頁1493。

157 〈閒題家池寄王屋張道士〉，同上書，卷36，第4冊，頁2483。

亦有花」[158]，沾沾於其小園之「有」的同時，非常弔詭地，他又時時超越此經驗中的「有」，以佛家「須彌納芥子，芥子納須彌」的空間觀念[159]，在詩中表現一種亦有亦無、非有非無的世界。宇文所安曾以「超越摹寫」（transmimetic），或詩中景象由「被觀察」（seen）移至「被想像」（envisioned）來概括8世紀晚期以還中國詩學的這種新進境[160]，但在樂天，吾人能看到的卻既非全然爲被觀察，亦非全然被想像的景象：

> 西溪風生竹森森，南潭萍開水沉沉。叢竹萬竿湘岸色，空碧一泊松江心。浦派縈迴誤遠近，橋島向背迷窺臨。澄瀾方丈若萬頃，倒影咫尺如千尋。……[161]
> 水積春塘滿，陰交夏木繁。舟船如野渡，籬落似江村。……慵閒無一事，時弄小嬌孫。[162]
> 洛下林園好自知，江南境物暗相隨。……雨滴篷聲青雀舫，浪搖花影白蓮池。停盃一問蘇州客，何似吳松江上時？[163]

這種感覺與想像交疊的景象甚至不限於樂天對自己小園的描繪，在牛僧孺歸仁里的宅園內他同樣彷彿見到平生見過的江河：

---

158 〈詠興〉五首，同上書，卷29，第4冊，頁2000，頁2002。
159 賈晉華舉《宋高僧傳》卷17〈唐廬山歸宗寺智常傳〉和《白居易集》卷68〈三教論衡〉，論證白氏在園中齊一大小眞僞的空間概念，亦出自洪州禪。見賈文，〈「平常心是道」與「中隱」〉，頁332-333。
160 *The End of Chinese "Middle Ages"*, pp. 125-127.
161 〈池上作〉，《白居易集箋校》卷30，第4冊，頁2075。
162 〈池上早夏〉，同上書，卷35，第4冊，頁2417。
163 〈池上小宴問程秀才〉，同上書，卷28，第4冊，頁1950。

深處碧磷磷，淺處清瀲瀲。碕岸束嗚咽，沙汀散淪漣。翻浪
雪不盡，澄波空共鮮。兩岸灩澦口，一泊瀟湘天，……巴峽
聲心裡，松江色眼前。[164]

所有這些詩中的景象，都並非全然出自想像，亦非樂天所親臨之景。
正如其〈白蘋洲五亭記〉一文所說：

大凡地有勝境，得人而後發；人有心匠，得物而後開。境心
相遇，固有時耶！[165]

「境心相遇」乃因緣生法。以上樂天詩中的松江、湘岸、江村、野
渡、灩澦和巴峽……恰恰就是勝境得人、心匠得物而發的結果。從有
無自性而言，即非有非無，亦有亦無的「假有」或「空空」。詩人反
復地申明，此情此景，只有自己一心自知。這就是說，一切皆非物，
一切皆是詩人與世界相互交融而生發的境。「洛下林園好自知」——
樂天晚年描寫園林小詩的一個重要意義，即在反復申明了「境」的獨
得自識：

蕭疏秋竹籬，清淺秋風池。一隻短舫艇，一張斑鹿皮。……
半酣箕踞坐，自問身為誰？嚴子垂釣日，蘇門長嘯時。悠悠
意自得，意外何人知？[166]

---

164 〈題牛相公歸仁里宅新成小灘〉，同上書，卷36，第4冊，頁2463-
     2464。
165 同上書，卷71，第6冊，頁3799。
166 〈秋池獨泛〉，《白居易集箋校》卷29，第4冊，頁2015。

裊裊過水橋，微微入林路。幽境深誰知？老身閒獨步。行行
何所愛？遇物自成趣。[167]

靄靄四月初，新樹葉成陰。……下有無事人，竟日此幽
尋。……偶得幽閒境，遂忘世俗心。始知真隱者，不必在山
林。[168]

幽僻囂塵外，清涼水木間。臥風秋拂簟，步月夜開關。……
誰人知此味？臨老十年間。[169]

夜來秋雨後，秋氣颯然新。……此境誰偏覺，貧閒老瘦人。[170]

岸闇鳥棲後，橋明月初時。菱風香散漫，桂露光參差。靜境
多獨得，幽懷竟誰知？[171]

社近燕影稀，雨餘禪聲歇。閒中得詩境，此境幽難說。[172]

冰塘耀初旭，風竹飄餘霰。幽境雖目前，不因閒不見。[173]

風飄竹皮落，苔印鶴跡上。幽境與誰同？閒人自來往。[174]

岸淺橋平池面寬，飄然輕棹泛澄瀾。風宜扇引開懷入，樹愛
舟行仰臥看。別境客稀知不易，能詩人少詠應難。[175]

上述所有「幽境」、「靜境」、「幽懷」、「詩境」、「別境」、
「此味」都只為此心融入此時此地之此人的「悠悠意自得」。「境」

167 〈池上幽境〉，同上書，卷36，第4冊，頁2468。
168 〈玩新庭樹因詠所懷〉，《白居易集箋校》卷8，第1冊，頁444。
169 〈幽居早秋閒詠〉，同上書，卷33，第4冊，頁2310-2311。
170 〈雨後秋涼〉，同上書，卷34，第4冊，頁2356。
171 〈秋池二首〉其一，同上書，卷22，第3冊，頁1492。
172 〈秋池二首〉其二，同上書，卷22，第3冊，頁1492-1493。
173 〈冬日早起閒詠〉，同上書，卷29，第4冊，頁2016。
174 〈小臺〉，同上書，卷30，第4冊，頁2071。
175 〈晚池泛舟遇景成詠贈呂道士〉，同上書，卷35，第4冊，頁2422。

在此所呈現的，是一現象學的「緣在」世界。而詩人又以「悠悠」、
「閑」、「偶得」表明惟有「無事」之人方能參得此境此意。以下詩
句樂天更進一步具體說明：甚至種種傳統中不具鑒賞價值的「境」，
亦能因他特別的無事之心而具有價值：

> 淡交唯對水，老伴無如鶴。自適頗從容，旁觀誠濩落。身心
> 轉恬泰，煙景彌淡泊。[176]
> 是時歲雲暮，淡薄煙景夕，庭霜封石稜，池雪印鶴跡。幽致
> 竟誰別？閒靜聊自適。[177]
> 白露凋花花不殘，涼風吹葉葉初乾。無人解愛蕭條境，更遶
> 衰叢一匝看。[178]
> 娟娟涼風動，淒淒寒露零。蘭衰花始白，荷破葉猶青。獨立
> 棲沙鶴，雙飛照水螢。若爲寥落境，仍值酒初醒。[179]

因爲樂天一心的恬泰從容，「心安不移轉，身泰無牽率」[180]，他人
眼中的「濩落」境、「蕭條境」、「寥落境」，遂能在此被「解
愛」。此可視作「不爲物所轉」而「轉物」的實踐。宋人張鎡即以
「目前能轉物」論樂天詩[181]。因中唐後詩學中頻頻出現與心識相關

---

176 〈問秋光〉，《白居易集箋校》卷22，第3冊，頁1494。
177 〈寄庾侍郎〉，同上書，卷21，第3冊，頁1450。
178 〈衰荷〉，同上書，卷31，第4冊，頁2131。
179 〈池上〉，同上書，卷25，第3冊，頁1776。
180 〈狂言示諸姪〉，同上書，第4冊，頁2093。
181 〈讀樂天詩〉，《南湖集》卷4，《景印文淵閣四庫全書》，第1164
    冊，頁566。

的「境」，乃以如來禪過渡至祖師禪時「境」義隨之而變爲脈絡[182]，
而上文又已說明白氏晚期思想中洪州宗影響，故白氏居洛時期詩中所
一再彰顯「境」之惟能獨得獨識、自解自愛，亦當由此生出。宇文所
安在中唐詩歌中讀出的「作爲主觀行爲的詮釋性」[183]，亦應以佛
教、特別是南宗禪所倡解脫所賴之識心自度的「意自得」爲背景。這
與魏晉至南朝時代依觸物連類的社會「智識性」體系[184]所確立的已
具現成性[185]之「感物」和「聯類」傳統已判然不同。

　　正是由此觀念裡，吾人也方得以理解宇文所安所謂「被導演的體
驗」（staged experience）的眞正秘密。宇文氏以之作爲其所體察的主
觀詮釋性的重要表現和中國詩歌在中唐時代重大變化之表徵：「在其
小園中製造滿足和有趣小戲劇的詩人，已經在如何寫作詩歌的假設中
作出了一個重要改變：詩不再直接回應經驗，相反，在此，爲寫詩的
緣故，經驗是被導演的，而空間則是被有形地安排過的。」[186]宇文
氏上述論點的主要依據，即是樂天寫於洛陽宅園（包括他人宅園）的閒
適詩。的確，在白詩中有此「被導演的體驗」的例子，且皆與其對空
間進行「有形地安排」，即造園中的疊山理水相關。以下二詩寫出疊
山的效果：

182　參見本卷第三章〈中唐禪風與皎然詩境觀〉。
183　*The End of Chinese "Middle Ages"*, p. 4, 55-82.
184　鄭毓瑜對此體系與抒情傳統確立之關係有精采的討論，見其〈詮釋的
　　界域──從〈詩大序〉再探「抒情傳統」的建構〉，《中國文哲研究
　　集刊》第23期（2003年9月）：1-31。
185　此處所謂「現成性」與王夫之論「現量」所強調的「現成一觸即覺，
　　不假思量計較」意義恰好相反。
186　*The End of Chinese "Middle Ages"*, p. 5.

堆土漸高山意出，終南移入戶庭間。[187]

嵌巉嵩石峭，皎潔伊流清。立爲遠峰勢，激作寒玉聲。夾岸
羅密樹，面灘開小亭。忽疑子陵瀨，流入洛陽城。……終日
臨大道，何人知此情？此情苟自愜，亦不要人聽。[188]

以下詩篇寫園中理水的效果：

持刀翦密竹，竹少風來多。此意人不會，欲令池有波。[189]

朱欄低牆上，清流小閣前。雇人栽菡萏，買石造潺湲。影落
江心月，聲移谷口泉。[190]

歸來嵩洛下，閉戶何翛然？……靜掃林下地，閒疏池畔泉。
伊流狹似帶，洛石大如拳。誰教明月下，爲我聲濺濺？[191]

以下是疊山理水之外的造景：

結構池西廊，疏理池東樹。此意人不知，欲爲待月處。[192]

石淺沙平流水寒，水邊斜插一漁竿。江南客見生鄉思，道似
嚴陵七里灘。[193]

---

187 〈和元八仕御升平新居四絕句‧累土山〉，《白居易集箋校》卷15，
　　第2冊，頁904。

188 〈亭西牆下伊渠水中置石激流潺湲成韻頗有幽趣以詩記之〉，同上
　　書，卷36，第4冊，頁2482。

189 〈池畔二首〉，《白居易集箋校》卷8，第1冊，頁458。

190 〈西街渠中種蓮疊石頗有幽致偶題小樓〉，同上書，卷31，第4冊，頁2159。

191 〈引泉〉，同上書，卷22，第3冊，頁1495。

192 〈池畔二首〉，《白居易集箋校》卷8，第1冊，頁458。

193 〈新小灘〉，同上書，卷36，第4冊，頁2509。

樂天以上詩作所表達的情趣，確與其在園中「有形地安排」相關。但這種外在的活動，卻不應被過分強調。「水邊斜插一漁竿」是多麼空靈的一筆！樂天所欣賞的，其實並非其物，而是詩人與世界相互交融而生發的境。或者說，使詩人達致終南、嚴陵等感受的，主要是宇文所安所謂「詮釋」，若以樂天的語彙，則是「意」。樂天詩中不僅有「山意」，還有「竹意」、「待月之意」、「生波之意」、「城外意」、「春意」和「水思」（「悠然倚棹坐，水思如江海」）。此憑藉一拳石、一泓水、甚至一竿竹而化生的「意」中山水，即「境生於象外」[194]或「象外之象，景外之景」[195]。在後世不僅創造了明清城市中「咫尺山林」，而且也發展出東山魁夷所謂「具有將幻想具象化之情趣」[196]的東瀛禪庭——京都龍安寺的枯山水、銀閣寺的白砂富士、雪舟寺的勣龜石是其中翹楚。在此，「建造庭園的目的是把它當作觀想對象……最大的變化不在園之本身，而發生在觀者的內心及其對庭園的感覺中」[197]。「意」彰顯佛教的心生萬法：「一一毛處各有金師子」[198]，「於一毛端遍能含受十方國土」[199]。「意」對居園而心中「無事」的詩人而言，則是「能轉物」，「云轉物者，物虛非

---

194 劉禹錫，〈董氏武陵集紀〉，卞孝萱（校訂），《劉禹錫集》（北京：中華書局，1990），上冊，頁238。

195 司空圖，〈與極浦書〉，祖保泉、陶禮天（箋校），《司空表聖詩文集箋校》（合肥：安徽大學出版社，2002），頁215。

196 東山魁夷，〈古都讚歌〉，《美的情愫》，唐月梅（譯）（桂林：廣西師範大學出版社，2002），頁140。

197 Will Peterson, "Stone Garden," *Evergreen View*, vol. 1, no. 4, 中譯文引自鈴木大拙等，《禪與藝術》，頁118。

198 法藏（撰），《華嚴經金師子章》，承遷（注）《華嚴經金師子章注》，《大正新修大藏經》第45冊，頁669。

199 《大佛頂如來密因修證了義諸菩薩萬行首楞嚴經》卷2，《大正新修大藏經》第19冊，頁10-111。

轉，唯轉自心」[200]。樂天故而謂「我有商山君未見，清泉白石在胸中」[201]。「轉物」即是所謂「去來自由，無滯無礙，應用隨作，應語隨答」的「自在神通遊戲三昧」[202]，或久松眞一所謂由無相自我所呈的「世界的妙全之相」[203]。在池山邊閒坐，由觀想而轉物即是禪，故而樂天曰：「眼塵心垢見皆盡，不是秋池是道場。」[204]

在生活般若化的觀念下，白氏在此不僅摒棄了文學的自然主義，且在其以最日常生活化的宅園爲題材的詩作中，竟使詩境超越了日常經驗世界。這才是禪學影響其詩學的一大弔詭！宇文所安在這種「詮釋[本身]成爲體驗事物」（The act of interpretation becomes the experience of the things)的審美方式中看到了一種取代「感觸繼以回應的舊詩學」的新詩學模式[205]，在我看來，此一詩學模式轉換的本質，即是由「感物」向「能轉物」的發展。「能轉物」亦是皎然「造境」說[206]的根據。「造境」一語本身亦出自佛籍[207]。皎然論「造境」時所謂「寄向畫中觀道情，如何萬象自心出」[208]，「須臾變態

---

200 《宗鏡錄》卷82，頁878。

201 〈答崔十八〉，《白居易集箋校》卷27，第3冊，頁1891。

202 《六祖大師法寶壇經》，《大正新修大藏經》，第48冊，頁358下。

203 Shinichi Hisamatsu, *Zen and the Fine Arts*, pp. 51-52.

204 〈秋池〉，《白居易集箋校》，卷28，第4冊，頁1957。

205 *The End of Chinese "Middle Ages"*, p. 86.其所謂舊詩學(the old poetics of stirring and response had been sequential)亦即劉勰所謂「物色之動，心亦搖焉」。

206 樂天有〈灘聲〉一詩，謂「自從造得灘聲後，玉管朱弦可要聽？」前引〈西街渠中種蓮疊石頗有幽致偶題小樓〉亦有「買石造濺湲」，可見上述「被導演的體驗」即同「造境」。

207 見智顗，《摩訶止觀》卷1，《大正新修大藏經》，第46冊，頁1。筆者在修改中自黃景進《意境論的形成》一書頁250獲知。

208 〈奉應顏尚書眞卿觀玄眞子置酒張樂舞破陣畫洞庭三山歌〉，《四部叢刊初編》本《畫上人集》卷7，頁40。

皆自我,象形類物無不可」[209]云云,不正是在強調「唯轉自心」
麼?在此,王維輞川山水小品的取空間之一隅、時間之刹那的「自心
現量」,已被超越時空的絕對主體性所替代。

結語

　　總上所論,可將洪州禪對白居易開啓時代風氣轉移的意義作一歸
納。首先,洪州禪的宗教自然主義發展了白詩的某種文學自然主義。
正如洪州禪以爲一飲、一啄、彈指、磬咳、揚扇,皆爲佛性全體之用
一樣,白氏由洪州「無事」禪法出發,也以行住坐臥喫飯睡眠等等瑣
事爲詩,使寫詩只爲閒適生活中一樁無事之事。白詩爲後世所病詬的
「淺俗」、所稱羨的「即一切恆河沙,皆得化爲金也」皆與此不無關
聯。倘白詩爲宋詩日常化的先導,在考量宋詩日常化的起因之時,禪
於馬祖之後的日常性、世俗性發展和中唐詩人嗜禪,應當是其成因之
一。而白氏自「無事」禪法所發展出的日常閒適情調,在宋世亦爲自
邵康節至陸放翁的許多詩人繼承[210]。

---

209 〈張伯英草書歌〉,《畫上人集》卷7,頁41。
210 姑舉曾國藩編纂、李鴻章審訂、劉鐵冷等註釋《十八家詩鈔》(上海:
中原書局,1929)中陸放翁詩爲例,其〈閉戶〉曰:「簞瓢虛道不堪
憂,閉户方從造物遊。安樂本因無事得,功名常忌有心求。」(卷24,
頁37上)〈幽居〉之一曰:「策府還家又五年,心常無事氣常全。平生
本不營三窟,此日何須直一錢。」(卷25,頁18下)〈雜題〉之四曰:
「黍醅新壓野雞肥,茆店酤歌送落暉。人道山僧最無事,憐渠猶趁莫
鐘歸。」(卷28,頁6下)〈雨晴〉曰:「山川炳煥似開國,風雨退收如
解嚴。老子眞成無一事,抱孫負日坐茆簷。」(卷28,頁8上)〈龜堂雜
興〉(共十首,曾鈔錄八,此爲曾鈔之一)曰:「朝來地碓玉新春,雞
蹠豚肩異味重。便腹摩挲更無事,老人又過一年冬。」(卷28,頁16
上)〈自詠絕句〉之六曰:「一條紙被平生足,半盌藜羹百味全。放下

　　其次，白氏的個案透顯出一重要信息：顯然是禪宗思想推動了中唐詩人突破魏晉以來「感物」詩學傳統。洪州的「無事」禪法看空物、我，令傳統「感物」興懷的前提「心中事」以及隨花開葉落的遷逝感不再存在，隨之而來的是《楞嚴經》所說的「不為物所轉」的八風不動，哀樂不入，心如止水的境界。中唐以還詩風的這一變化，是構成瀰漫在《二十四詩品》中的「蓄素守中」基調的歷史脈絡。

　　復次，以白居易為代表的中唐東都閒適詩人群[211]在洛陽城中家宅開池置石，令「三山五嶽，百洞千壑，覼縷簇縮，盡在其中」[212]，並以此為題材寫作詩歌。在其以隱括大謝的詩句「澄波空共鮮」、「筠風散餘清」[213]吟詠小園之時，已將此視為以大謝開山傳統之接踵。倘從謝靈運、王維和白居易均深受佛教沾溉之澤這一事實來看，則佛教思想的進境如何有功於重建山水詩學就十分豁然了：所謂「山水」對晚年白居易而言，不惟不是持早期淨土信仰的謝客「置心險遠」所至的遠離人寰的「清曠」山林[214]，甚至也不必是如來禪清淨居士王摩詰幽棲的輞川林谷這樣毗鄰林叟、漁父的人類社會周邊[215]，而竟可以是自家檻下簾前的一泓水、數片石。這一新的「山水」觀

（續）————————————

　　　元來總無事，雞鳴犬吠送殘年。」（卷28，頁22上）〈紙閣午睡〉二首曰：「紙閣甎爐火一杴，斷香欲出礙蒲簾。放翁不管人間事，睡味無窮似蜜甜。」「黃紬被暖青氈穩，紙閣油窗晚更妍。一飽無營睡終日，自疑身在結繩前。」（卷28，頁10上）以上資料蓋由嚴壽澂兄提供，特此誌謝。

211　以賈晉華的考證，除白居易外，尚有皇甫曙、李紳、裴度、劉禹錫、牛僧孺等二十九人。詳見其〈「平常心是道」與「中隱」〉，頁340-341。

212　〈太湖石記〉，《白居易集箋校》外集卷下，第6冊，頁3937。

213　〈北窗竹石〉，《白居易集箋校》卷36，第4冊，頁2485。

214　請參看本卷第一章〈大乘佛教之受容與晉宋山水詩學〉。

215　請參看本卷第二章〈如來清淨禪與王維晚期山水小品〉。

念，與洪州禪彰顯的時時相關於「喫飯」、「睡眠」的日常世界若合符契。在此，《維摩經》的不必宴坐曠野深林、《壇經》「法元在世間」[216]的觀念被進一步塵世化。宋人蘇軾有「不作太白夢日邊，還同樂天賦池上。……此池便可當長江，欲榜茅齋來蕩漾」[217]，可見後人視白氏開啟了新一代風氣。

最後，白詩的個案又顯示：洪州禪生發的生活之般若化又悖謬地使此日常經驗世界亦不落於邊見。以「遊戲三昧」和佛家「芥子納須彌」的空間觀念，白氏在園詩中創造了「澄瀾方丈若萬頃，倒影咫尺如千尋」的「意」中山水。此一獨得獨識的意境，不僅超越了依社會「智識性」體系所確立的「感物」和「聯類」傳統，也超越了王維輞川詩只擷取觸目當下之景的「現量境」。由此，詩境已非如來禪所開發的猶淵池息浪，心水既澄的純感性直觀，和能所之辨泯沒的「自心現量」，而成為凸顯祖師禪超越時空之靈動主體，以及般若智慧的不捨不著、有無雙遣。中、晚唐倡言「象外」的「超越摹寫」詩學，理當與此同源。

216 《六祖大師法寶壇經》，《大正新修大藏經》，第48冊，頁351。
217 〈池上二首〉其二，《蘇軾詩集》卷49，（北京：中華書局，1982），
　　第8冊，頁2717。

第五章

釋子苦行精神與賈島的清寒之境[*]

本章旨在討論佛教與中唐寒士文化互涉關係的脈絡中生發的清寒
詩境。這一現象發生在寒士賈島(779-843)的苦吟之作中。

一、賈島吟味僧人苦行的心跡

賈島在唐世詩人中身分特殊,因其中年以前曾爲浮屠,法名無
本。蘇絳〈賈司倉墓誌銘〉以其「祖宗官爵,顧未研詳,中多高蹈不
仕」[1],暗示其出自寒門。《新唐書》本傳載其「來東都,時洛陽令
禁僧午後不得出,島爲詩自傷。愈憐之,因教其爲文。遂去浮屠,舉
進士」[2],今自浪仙詩集中〈投孟郊〉、〈投張太祝〉、〈攜新文詣
張籍韓愈途中成〉等詩看,這位從范陽來的無本僧人到兩京禮謁孟
郊、張籍和韓愈,確實事之以詩壇前輩,並如沐熏春風般聆其教誨。
此時應是元和六年(811)前後[3],浪仙早已過了而立之年。此後,他

---

*   本文原載新竹《清華學報》第34卷第2期(2004年12月),收入中華版和
    本書時均略有修補。
1   《全唐文》卷763(北京:中華書局,1996),凡11冊,第8冊,頁7937。
2   《新唐書》卷176(北京:中華書局,1975),第17冊,頁5268。
3   李嘉言,《賈島年譜》,《長江集新校》(上海:上海古籍出版社,
    1983),頁139-142。

還俗應舉，開始了「日日攻詩亦自強，年年供應在名場」[4]的與此前完全不同的生活。然而，二十七年奔走舉場，浪仙卻累試不第，生活時賴友人周濟。元和末年，他移居長安昇道坊「盡是墟墓」的「荒原」野居[5]。姚合詩中寫他「衣巾半僧施，蔬藥常自拾。凜凜寢席單，翳翳灶煙濕。頹籬里人度，敗壁鄰燈入」[6]，竟至是飢寒交迫的境況。開成二年(837)，浪仙坐飛謗責授長江縣主簿，於垂垂暮年入蜀。三年後秩滿遷普州司倉參軍，於會昌三年(843)死於郡官舍內。「臨死之日，家無一錢，惟病驢、古琴而已。」[7]

概括浪仙一生，可以一「貧」字。正如其〈詠懷〉詩所云：「縱把詩看未省勤，一生生計只長貧」[8]，詩與貧困是伴隨他終生的一對影子。浪仙的詩，自然也會寫到貧困。如〈朝飢〉：

> 市中有樵山，此舍朝無煙。井底有甘泉，釜中乃空然。我要見白日，雪來塞青天。坐聞西床琴，凍折兩三弦。飢莫詣他門，古人有拙言。[9]

此詩不僅寫出詩人飢寒交迫的苦狀，更以強烈對比寫出心中難奈卻無從申訴的怨憤。他的詩喉恰如凍折弦索的琴一般寒澀。〈冬夜〉則是

4　姚合，〈送賈島及鍾渾〉，《全唐詩》卷496，第15冊，頁5631。
5　姚合，〈寄賈島〉、〈寄賈島浪仙〉，同上書，第15冊，卷497，頁5640，頁5645。
6　〈寄賈島浪仙〉，同上書，卷497，頁5645。
7　辛文房，《唐才子傳》卷5(上海：古典文學出版社，1957)，頁79。
8　齊文榜(校注)，《賈島集校注》卷10(北京：人民文學出版社，2001)，頁487。
9　同上書，卷1，頁6。

一首在羈旅中嘆貧的詩：

> 羈旅復經冬，瓢空盎亦空。淚流寒枕上，跡絕舊山中。凌結
> 浮萍水，雪和衰柳風。曙光雖未報，嘹唳兩三鴻。[10]

此詩和〈朝飢〉一樣，寫出最令貧士難捱的境況：嚴冬和囊罄盎空。在旅途上，淒惶到甚至聽不見人間聚落的雞鳴，只有哀鴻呻叫，提示著一般的漂泊命運。以欲呼天見日和淚流為標誌，浪仙這兩首詠貧詩的基調是哭訴和自傷。浪仙以陶潛〈乞食詩〉為戒而不出門乞食，在寫這些詩篇之時，顯然想到了貧士陶潛。他如陶潛〈詠貧士〉「傾壺絕餘瀝，闚灶不見煙」[11]的描寫一樣，渲染了基本生存資料的匱乏。然而，卻未如前者借所詠之榮啟期、黔婁、袁安、張仲蔚、黃子廉諸士，以申明詩人自己的「固窮之志」，雖然也未如左思〈詠史詩〉那樣借主父偃、朱買臣、陳平、司馬相如的遭遇而特別透顯「以貧賤為恥而欲捨棄之」的意味。詩人凸顯的仍然只是失意潦倒[12]。換言之，僅從這些作品看，吾人會失望於浪仙未能對這一主題有任何超越和發展。宋人歐陽修謂其「平生尤自喜為窮苦之句」[13]，張邦基謂其「尤能刻啄窮苦之言以自喜」[14]，「自喜」二字落在這些詩上頗有些無的

10　同上書，卷4，頁188-189。

11　陶潛，〈詠貧士〉其二，龔斌，《陶淵明集校箋》(上海：上海古籍出版社，2004)，頁313。

12　本章以上對中國詩歌詠貧主題的論述特別參用了王國瓔教授的成果，見其《古今隱逸詩人之宗：陶淵明論析》(台北：允晨文化實業股份有限公司，1999)，頁109-134。

13　《六一詩話》，《歷代詩話》(北京：中華書局，1981)，上冊，頁266。

14　《墨莊漫錄》卷8，引自吳文治(主編)，《宋詩話全編》(南京：江蘇古

放矢。或許只能去說明「鬢邊雖有絲，不堪織寒衣」[15]那樣雕琢的句
子。近人聞一多謂其「愛靜，愛瘦，愛冷……甚至愛貧、病、醜和恐
怖」[16]，也顯然不適用於這樣的嘆貧之作。然而，在這樣評價賈島之
前，聞氏作了如下的提示：「我們該記得賈島曾經一度是僧無本。我
們若承認一個人前半輩子的蒲團生涯，不能因一旦返俗，便與他後半
輩子完全無關，則現在的賈島，形貌上雖是個儒生，骨子裡恐怕還有
個釋子在。所以一切屬於人生背面的、消極的，與常情背道而馳的趣
味，都可溯源到早年在禪房中的教育背景。」[17]而本章所要補充的
是：我們同樣也不應忘記：後半輩子的賈島已然是一介世俗世界的儒
生，他的恩師竟又是元和十四年(819)上〈論佛骨表〉攻訐佛教不遺
餘力的韓愈。正因為是一介儒生，他才會為久困名場而呼飢叫寒。然
而，賈島又曾是一位有多年蒲團生涯的釋子，他的記憶裡又有對貧困
另一層觀照。這在他與僧人往還之時才特別地浮現出來。賈島心靈裡
有兩個不同的世界。

今存賈島詩四百零二首，其中涉及佛寺和僧侶內容的有七十五首
之多。即在他所寫每五首詩中，差不多即有一首涉及遊寺、宿寺、寄
贈和送別僧人的題材。這已經說明他還俗之後與浮屠世界繼續來往的
程度之深。這些詩中詩人屢屢談到其心儀南宗之禪[18]。其〈哭柏巖禪

（續）──────────────
　　　籍出版社，1998），第3冊，頁2242。
15　賈島，〈客喜〉，《賈島集校注》卷1，頁34。
16　《唐詩編上·賈島》，《聞一多全集》（武漢：湖北人民出版社，），第
　　　6冊，頁58。
17　同上書，頁57。
18　見其〈新年〉：「誰能平此恨，豈是北宗人」；又見〈贈紹明上
　　　人〉：「祖豈無言去，心因斷臂傳。不知能已後，更有幾燈傳」；又
　　　見〈送宣皎上人遊太白〉：「得句才鄰約，論宗意在南」；又見〈青
　　　門里作〉：「欲問南宗理，將歸北嶽修」；又見〈贈胡禪師〉：「秋

師〉一詩乃爲哀悼馬祖弟子章敬懷暉而作，今見於《宋高僧傳》卷十的〈唐雍京章敬寺懷暉傳〉題下的懷暉碑文和《祖堂集》卷十四的懷暉碑銘亦是出自賈島之手。這一切均表明他與中唐之後取得主導地位禪宗門派的瓜葛。「夢幻將泡影，浮生事只如」[19]，浪仙久困舉場的經歷，自然會令他體驗佛禪所說的浮生如夢幻。其詩中亦偶爾透露出再以佛禪逃遁人世之苦的念頭[20]，但這至多只是一閃而過的念頭而已，賈浪仙縱然歷盡貧困和放逐之苦，最終仍然是作爲普州司倉參軍死在異鄉。然則浪仙頻頻與僧人來往的意味何在呢？我以爲倘若不刻意作張皇之論的話，其意味只在「見僧心暫靜，從俗事多迍」[21]這樣片時的解脫裡。

以與僧寺往還爲題而作詩，在唐世詩人中是極平常的事。根據我的統計，孟浩然(689-740)詩今存二百一十一首，題涉僧寺的二十六首；王維(701-761)詩今存三百七十六首，題涉僧寺的二十五首；李白詩今存一千零五十首，題涉僧寺的三十首；杜甫(712-770)詩今存一千四百五十八首，題涉僧寺的二十三首；劉長卿(726-790)詩今存五百零九首，題涉僧寺的五十一首；韋應物(737-793)詩今存五百六十七首，題涉僧寺的六十一首。白居易(772-846)詩今存二千八百零一首，題涉寺僧的一百零五首；劉禹錫(772-842)詩今存六百八十六首，題涉僧寺的三十七首；柳宗元(773-819)詩今存一百六十四首，題涉僧寺的十九首；賈島詩集所涉僧寺的作品，除卻比重更大而外，

(續)

　　來江上寺，夜坐嶺南心。」《賈島集校注》卷6，頁277，頁287，頁290，頁303；卷7，頁358。。

19　〈寄令狐相公〉，《賈島集校注》卷6，頁322。

20　見〈題竹谷上人院〉，《賈島集校注》卷8，頁390。

21　〈落第東歸逢僧伯陽〉，《賈島集校注》刪除詩，頁563。

一個值得注意的特點在於：他突破了以往此一題材詩作以竹徑雲山，
梵流諸壑，古翠落庭和空潭淨水的環境來描寫僧人生活的模式，突出
勾畫了釋子梵行中清苦流離的姿影：

> 石磬疏寒韻，銅瓶結夜澌。……[22]
>
> 船裡猶鳴磬，溪頭自曝衣。有家從小別，無寺不言歸。料得
> 逢寒住，當禪雪滿扉。[23]
>
> 遠夢歸華頂，扁舟背夕陽。寒蔬修淨食，夜浪動禪床。雁過
> 孤峰燒，猿啼一樹霜。[24]
>
> 行李經雷電，禪前漱島泉。歸林久別寺，過越未離船。[25]
>
> 身從劫劫修，果以此生周。……捧盂觀宿飯，敲磬過清
> 流。……[26]
>
> 何故謁司空，雲山知幾重。磧遙來雁盡，雪急去僧逢。清磬
> 先寒角，禪燈徹曉烽。……[27]
>
> 遠道擎空鉢，深山躡落花。……此去非緣事，孤雲不定家[28]。
>
> 近來惟一食，樹下掩禪扉。落日寒山磬，多年懷衲衣。……[29]
>
> 七百里山水，手中栘栗粗。松生師坐石，潭滌祖傳盂。……[30]
>
> 亂山秋木穴，裹有靈蛇藏。鐵錫掛臨海，石樓聞異香。出塵

---

22 〈送貞空二上人〉，《賈島集校注》卷3，頁131。
23 〈送僧遊衡嶽〉，《賈島集校注》卷3，頁144。
24 〈送天台僧〉，同上書，卷4，頁152-153。
25 〈送丹師歸閩中〉，同上書，卷4，頁158。
26 〈贈無懷禪師〉，同上書，卷4，頁192。
27 〈送慈恩寺霄韻法師謁太原李司空〉，同上書，卷5，頁214。
28 〈送賀蘭上人〉，同上書，卷5，頁243。
29 〈崇聖寺斌公房〉，同上書，卷5，頁254。
30 〈送空公往金州〉，同上書，卷6，頁286。

頭未白，入定衲凝霜。……[31]

瓶殘秦地水，錫入晉山雲。……人間臨欲別，旬日雨紛紛。[32]

一食復何如，尋山無定居。……聽話龍潭雪，休傳鳥道
書。……[33]

秋江洗一缽，寒日曬三衣。默聽鴻聲盡，行看葉影飛。囊中
無寶貨，船戶夜扃稀。[34]

去臘催今夏，流光等逝波。會當依糞掃，五嶽遍頭陀。[35]

夏臘今應三十餘，不離樹下塚間居。……[36]

這些詩句裡輕掠過一個個行腳僧人的清寒歲月：霜夜鳴磬，磬音似在
空氣裡凝結，在寒流裡汲水，銅瓶觸到了冰凌；順水漂泊，船上食
宿，雷雨過後，溪頭曝衣，由於一貧如洗，又何須看管船扃？一手擎
著空缽，一手鳴磬，一路行乞，時而一日一食，在潭邊洗盂，在松下
石上入定；走過數百里山高水深，處處以寺為家，如漂泊無依的天上
孤雲；從白雪裡走來，直躡上深山的落花，走過深谷噴雪的龍潭，又
步上險峻的鳥道，銅瓶裡尚留著秦地的水，錫杖已戳破三晉山嶺的
雲；拾起路上為野物啃嚙過的死人爛衣（糞掃衣），在溪水裡浣洗了披
在身上，在樹下或墳墓間棲居……。值得注意的是，在浪仙的詩句
中，涉及了佛教十二頭陀行的主要內容。按隋代慧遠《大乘義章》：
「頭陀胡語，此方翻名為抖擻，此離著行。從名喻之，如衣抖擻能去

31　〈贈僧〉，同上書，卷6，頁317。
32　〈送惟一遊清涼寺〉，同上書，卷7，頁347。
33　〈喜無可上人遊山回〉，同上書，卷7，頁374。
34　〈送去華法師〉，同上書，卷7，頁352。
35　〈送玄巖上人歸西蜀〉，同上書，卷8，頁408。
36　〈寄無得頭陀〉，同上書，卷9，頁444。

塵垢，修習此行能捨貪著。」[37]計頭陀十二事有：「一者在阿蘭若
處，二者常行乞食，三者次第食，四者受一食法，五者節量食，六者
中後不得飲漿，七者著弊衲衣，八者但三衣，九者塚間住，十者樹下
止，十一露地坐，十二者但坐不臥。」[38]此十二事大部均出現在浪仙
筆下[39]。頭陀行十八物如飯缽、錫杖、淨瓶、三衣等亦成爲他描寫僧
人世界時用的意象。頭陀行能令修行者「正信」、「無諂」、「少
病」、「性勤精進」、「成就妙慧」、「少欲」、「喜足」、「易
養」和「易滿」[40]，抖落精神的污濁。所以，浪仙縱然點出了一切，
卻並未特別渲染其中的艱辛和苦澀。遠路的風寒、襤褸的衣衫、伶俜
的身影……一從筆下逸出，遂化做空中一派清韻。

　　這與浪仙對世俗世界其本身的潦倒貧困的態度竟如此判然不同！
在題涉寺僧的詩篇裡，他的確回到了另一種價值世界。佛禪對貧困的
觀念，正如頭陀行所說的「如衣抖擻能去塵垢」。錢鍾書先生更有如
下的概括：

> 釋氏更明以貧匱喻心體之淨，如《大般涅槃經‧梵行品》第
> 八之三：「菩薩觀時，如貧窮人，一切皆空」；寒山詩：
> 「寒山有一宅，宅中無闌隔，六門左右通，堂中見天碧，其
> 中一物無，免被他人借。」禪宗慣用此話頭，如《五燈會
> 元》卷四僧問：「貧子來，得什麼物與他？」趙州曰：「不

37　《大乘義章》卷15，《大正新修大藏經》，第44冊，頁764。

38　《佛說十二頭陀經》，《大正新修大藏經》，第17冊，頁720。

39　包括〈送譚遠上人〉一詩中寫到的「中終日未皼」，《貫島集校注》
　　卷6，頁274-275。

40　玄奘譯，《瑜伽師地論》卷25，《大正新修大藏經》，第30冊，頁
　　421-422。

欠少」，又曰：「守貧」，又香嚴偈：「去年貧，未是貧，
今年貧，始是貧；　去年無立錐之地，今年錐也無」；卷一
三僧問：「古人得個什麼便休去？」龍牙曰：「如賊入空
室。」……[41]

錢氏列舉的公案中，趙州、香嚴諸人在賈島之後，但錢氏引用這些
話，是以之說明佛禪對貧困的普遍觀念。而此一觀念正是浪仙能在詩
作中對僧人的貧寒雲水生涯出之以閒澹清雅的原因。

　　然而，在詩中具體地對頭陀僧人的貧寒生活作出描寫，在當時的
詩歌史上是一件不尋常的事。翻檢以上提到的八位唐代詩人題涉僧寺
的詩作就會發現：孟浩然、李白、杜甫、白居易、劉禹錫、柳宗元的
詩中並無這樣的內容，王維二十五首詩中僅有〈同崔興宗送衡嶽瑗公
南歸〉一詩有「綻衣秋日裡，洗缽古松間」[42]一聯對此稍有涉及，劉
長卿五十一首詩中僅〈送靈澈上人〉中兩聯「身隨敝履經殘雪，手綻
寒衣入舊山。獨向青溪依樹下，空留白日在人間」[43]涉及此內容。上
述詩人中，韋應物最多描寫了僧人生活的貧困，其所寫題涉寺僧的五
十一首詩作中的三首，即〈上方僧〉、〈懷琅琊深標二釋子〉、〈宿
永陽寄璨律詩〉有這樣的內容。所以，謂賈島與前代士人相比，在題
涉寺僧的詩中突出描寫了釋子生活的貧寒並不過分。

　　現在的問題是：他爲何這麼做？一個最簡單的答案或許是他中年
以前有過這樣雲水生涯的經歷。然而，一旦翻閱過靈一、靈澈、大
易、法照、護國、法振、清江到皎然這些大曆江左詩僧的作品後，我

41　《管錐編》（北京：中華書局，1979），第4冊，頁1281。
42　陳鐵民(校注)，《王維集校注》，第2冊，頁335。
43　《劉長卿詩編年箋注》（北京：中華書局，1999），下冊，頁436。

就覺得這一解釋也站不住腳了。因爲在上述詩僧的作品裡，吟詠貧寒雲水生活的內容仍然極其有限。根據我的統計，上述詩人中僅清江和皎然涉及到這一內容。清江僅〈送贊律師歸嵩山〉詩中有一句「清貧修道苦」[44]涉此。皎然所作四百八十首詩中僅有兩首詩〈妙喜寺達公禪齋寄李司直孫房都曹德裕從事方舟顏武康士騁四十二韻〉和〈寄題雲門寺梵月無側房〉以「野飯敵膏粱，山楹代藻梲」[45]和「清朝掃石行道歸，林下眠禪看松雪」[46]輕輕點到這個內容。如果單是效法皎然，心儀南宗禪(當時的南宗應指洪州禪)的賈島滿可以如前者一樣以「心了方知苦行非」[47]或「隱心不隱跡，卻欲住人寰」[48]來迴避甚至否定這個主題。在賈島之前或同時的詩僧作品中，涉及這個內容相對最多的恰恰是賈島的從弟無可上人。無可詩今存不滿百首，有三首涉及這樣的內容，特別是以下幾聯：

百年三衲事，萬里一枝笻。夜減當晴影，春消過雪蹤。[49]
下嶺雪霜在，近人林木清。苔痕深草履，瀑布滴銅瓶。[50]

此二詩從風格、意象、句法甚至詩題(賈島有三詩以〈送僧〉爲題)上都絕似賈島的作品。無可與賈島多有詩篇往還，其弔島謂其「詩名從

44 《全唐詩》卷812，第23冊，頁9145。
45 《四部叢刊初編》本《晝上人集》卷1(上海：涵芬樓據影宋鈔本影印，出版年不詳)，頁4。
46 同上書，卷3，頁21。
47 〈山居示靈澈上人〉，同上書，卷1，頁8。
48 〈偶然五首〉其三，同上書，卷6，頁39。
49 〈送僧〉，《全唐詩》卷814，第23冊，頁9163。
50 〈春晚喜悟禪師自琉璃上方見過〉，同上書，頁9163。

蓋代」[51]，詩風應受到其從兄影響。這樣，以上無可的詩句實際上加
強了上文的推斷：正是賈島(在韋應物後)，在涉及釋子的詩篇中進一
步開啓了描摹其梵行中清苦流離的主題。而且，顯然這並不僅僅因爲
他曾有過雲水生涯的經歷而已。這其中必有其他緣故。

　　從無可弔賈島謂其「孤高碣石人」，以及後者事跡中「見京兆
尹，跨驢不避」[52]、「往往獨語，傍若無人。或鬧世高吟，或長衢嘯
傲」[53]和「穿楊未中，遽罹誹謗」[54]來看，浪仙的性格應是孤介自尊
的。僅自個性言，所謂「片雲獨鶴，高步塵表」八個字，恐非虛語。
而且，賈島詩謂「縱把詩看未省勤，一生生計只長貧」，恐怕早有
「長貧」的預感。他恐不能如左思詠過的主父偃、朱買臣等人那樣一
朝終得富貴，他似乎亦無陶潛所抱儒家「君子固窮」的理念，那麼，
作爲早歲曾爲浮屠的才子浪仙，又如何平卻由不能及第而貧窮潦倒所
加諸其心中的羞辱和怨憤呢？正是在這裡，吾人才得以理解浪仙詩中
清可吟味的釋子梵行中苦寒流離的姿影的意味——從佛禪文化以貧匱
喻心體之淨的觀念中升起了一種平凡卑微者的尊嚴，而這絕無華彩的
尊嚴恰恰是寒士賈島所渴盼的！此種對貧賤的欣賞，令人想到日本禪
文化中以「佗び」標示的意味之一：「爲貧——即無賴於財富、權力
和聲名這些世俗事物——卻內在地感到超越時代與社會地位的某種最
高價值之呈現」[55]或「貧窮優勝於富裕」[56]。雖然不同的是，由於賈

51　〈弔從兄島〉，同上書，頁9165。

52　《新唐書》卷176(北京：中華書局，1975)，第20冊，頁5268。

53　何光遠，《鑒誡錄》卷8(上海：商務印書館，1937)，頁57。

54　蘇絳，〈賈司倉墓誌銘〉，《全唐文》卷763，頁7937。

55　Daisetz T. Suzuki(鈴木大拙)，*Zen and Japanese Culture*(Princeton: Princeton University Press, 1989)，p. 23.

56　Shin'ichi Hisamatsu(久松眞一)，*Zen and the Fine Arts*, trans. Gishin

島其時已非僧人，他是經由對僧人，亦即對他人而非對自己的貧窮而
體味出這一正面價值。

二、由寒入清和即寒即清

由平凡卑微者絕無華彩的尊嚴，可以界定中唐詩學中「清」字之
新義。「清」是賈島自許的風格。賈島寫〈寄孟協律〉，以詩酬孟
郊，謂「岩嶢倚角窗，王屋懸清思」[57]；〈病蟬〉一詩為賈島自喻之
詞，其中有「折翼猶能薄，酸吟尚極清」[58]；〈戲贈友人〉是苦吟詩
人心曲的表白，詩曰：「一日不作詩，心源如廢井。……朝來重汲
引，依舊得清冷。」[59]除卻肯定詩由苦吟而得外，詩人也以「清冷」概
括其風格。古人亦以「清」論賈島詩，謂之「清苦」[60]、「清邃」[61]、
「有清列之風」[62]、「清絕高遠，殆非常人可到」[63]，論「獨行潭底
影」一句則是：「見其形影之清孤。」[64]

明人胡元瑞以「超凡絕俗」、「迥絕塵囂」論詩中之「清」，
謂：

（續）——————————————————
　　　Tokiwa (Kyoto: Kodansha International LTD, 1958), p. 26.
57　《賈島集校注》卷2，頁45。
58　同上書，卷6，頁301。
59　同上書，卷2，頁71。
60　嚴羽，《滄浪詩話・詩辨》，郭紹虞（校釋），《滄浪詩話校釋》（北
　　　京：人民文學出版社，1983），頁27。
61　王褘，〈盛修齡詩集序〉，《王忠文公集》卷4，轉引自《明詩話全
　　　編》，第1冊，頁142。
62　辛文房，〈姚合傳〉，《唐才子傳》卷6，頁103。
63　張文潛語，見《詩人玉屑》卷15，下冊，頁328。
64　《六一居士詩話》，轉引自《詩人玉屑》卷15，下冊，頁332。

> 絕澗孤峰，長松怪石，竹籬茅舍，老鶴疏梅，一種清氣，固
> 自迥絕塵囂。至於龍宮海藏，萬寶具陳，鈞天帝廷，百樂偕
> 奏，金關玉樓，群真畢集，入其中，使人神骨冷然，臟腑變
> 易，不謂之清可乎！[65]

在胡氏的觀念裡，「清」乃詩人超邁精神之體現。其在詩中，卻有兩類不同的表現。如蔣寅所論，中國傳統詩學以「清」提舉詩美之精神境界，可追溯至魏晉及南朝時代的陸機、陸雲、劉勰和鍾嶸。由一「清」字，派生出「清壯」、「清麗」、「清虛」、「清典」、「清綺」、「清新」、「清越」、「清峻」、「清拔」、「清剛」、「清遠」、「清雅」、「清通」、「清暢」、「清省」、「清潤」等概念[66]。應當補充的是，此中所謂「清」，是由魏晉名士的人格理想中生出。以牟宗三先生的話，「『名士』者，清逸之氣也。清則不濁，逸則不俗。沉墮而局限於物質之機括，則爲濁。在物質機括而露其風神，超脫其物質機括，儼若不繫之舟，使人之目光唯爲其風神所吸，而忘其在物質機括中，則爲清。」[67]在人物品鑒中，嵇叔夜的「風姿特秀……蕭蕭肅肅，爽朗清舉」[68]，庾元規的「嚴嚴清峙，壁立千仞」[69]體現了此一理想；在學術風氣中，相對北人淵綜廣博的「南人學問，

65　《詩藪》外編卷4（上海：上海古籍出版社，1979），頁185。

66　蔣寅，〈清：詩美學的核心範疇〉，《古典詩學的現代詮釋》，頁40-
　　48。

67　《才性與玄理》（台北：臺灣學生書局，1993），頁68。

68　《世說新語・容止》，余嘉錫《世說新語箋疏》（北京：中華書局，
　　1983），頁609。

69　同上書，贊譽卷，頁442。

清通簡要」[70]體現了此一理想;在辭賦中,阮籍的〈清思賦〉、〈大
人先生傳〉更高揚了此一人格理想,並令人想到,對郭象之前名士如
嵇、阮而言,與人間迥異的莊子「無何有之鄉」才是精神自由的世
界。蔣寅列舉的由一「清」字派生出的諸多概念,其中「清」之後的
「虛」、「典」、「越」、「峻」、「拔」、「剛」、「遠」、
「雅」、「暢」諸字,不正彰顯了超凡絕俗的世族氣麼?以胡元瑞的
話說,此正是入龍宮海藏、金關玉樓,見群真畢集而使人神骨冷然的
「清」。以「清」字引領的一系列詩學概念,在此映現的是名士們所
推崇的高蹈揚厲的人格、「風骨清舉」的神姿、「清虛寥廓」的玄思
和流暢的文風以及猶青松之拔灌木、白玉之映塵沙,未必華麗,卻必
須鮮亮的辭采!然而,這一切卻與賈島詩的清風絕無關聯。

　　賈島的「清」是自中唐寒士清貧生活體驗裡提舉出的「清」,亦
是自貧僧甚至頭陀僧人的回憶裡體味的「清」。後者支撐起前者。賈
島被後人譏為「衲氣終身不除……詩如寒虀」[71],此「衲氣」,正是
一種特別的平民之氣。因為禪宗本身有平民的傳統,慧能曾賣柴,踏
碓;寒山、拾得洗碗盞,食殘滓。特別是馬祖以後的南宗禪,已是一
平民宗教,百丈有「一日不作,一日不食」之言[72],龐居士謂「神通
並妙用,運水與搬柴」[73]。柳田聖山說:在此門的語錄裡「可以聽到牛
馬的叫聲,也嗅到豆腐、醬油的氣味。『狗子有無佛性』,只有在這樣

70　同上書,文學卷,頁216。

71　陸時雍,《詩鏡總論》,《歷代詩話續編》(北京:中華書局,
　　1983),下冊,頁1421-1422。

72　〈百丈和尚傳〉,《祖堂集》卷14(鄭州:中州古籍出版社,2001),頁
　　485。

73　〈雜詩〉,《全唐詩》卷810,第23冊,頁9137。

的環境，才可能成爲問題」[74]。故嚴滄浪謂賈詩「直蟲吟草間耳」[75]，若從其寒傖之社會身分言，亦非無道理。但是，以漠視一切人世華貴如優曇之花，僧人的苦行精神又令貧賤和寒傖具有了一種精神尊嚴，因爲一切對於奢華的貪著皆應在修行中如精神污濁那樣被抖落。賈島甚至不靳予此尊嚴與天地間一切卑微者：他的所謂「深僻」詩句——如「空巢霜葉落，疏牖水螢穿」[76]，「穴蟻苔痕靜，藏蟬柏葉稠」[77]，「石縫銜枯草，查根漬古苔」[78]，「螢從枯樹出，蛩入破階藏」[79]——不是使卑微乃至陰暗、齷齪的事物，如落入鳥巢的黃葉、穿過殘窗的螢火、庇藏蟻和蟬的青苔和樹葉、石縫中的枯草、樹根上的苔漬、枯樹中的飛螢、藏身破階的蟋蟀，亦破天荒地有其值得觀察和描寫的意義麼？在此，佛教對確立平民及日常瑣細生活細節在文學中價值之意義，令人想到傑出的比較學者阿爾巴赫（Erich Auerbach）對《新約》之於羅馬時代後期文學意義的洞見：原來分化在兩種不同文類裡的高貴風格和平民生活細節，在描寫耶穌及其貧寒門徒的文字中，終匯集在一起[80]。在賈島某些詩作裡，貧賤和寒傖也自有其「清」光照人的一面。相對上文所述的魏晉至南朝詩學的「清」，賈島「酸吟尚極清」的「清」，是不乏苦味的「清」，是寒士的尊嚴而非貴族的矜持，是自「濁」出而不與之對

74　《中國禪思想史》，吳汝鈞(譯)(台北：臺灣商務印書館，1995)，頁145。

75　《滄浪詩話‧詩評》，《滄浪詩話校釋》，頁177。

76　〈旅遊〉，《賈島集校注》卷3，頁94。

77　〈寄無可上人〉，同上書，卷3，頁127。

78　〈訪李甘原居〉，同上書，卷4，頁169。

79　〈寄胡遇〉，同上書，卷7，頁333-334。

80　見其 *Mimesis: The Representation of Reality in Western Literature*, trans. Willard R. Trask (Princeton: Princeton University Press, 1974), pp. 24-49．

反，是僻澀而不流暢，是晦暗而不鮮亮。以前引胡元瑞的譬喻，則是
「絕澗孤峰，長松怪石，竹籬茅舍，老鶴疏梅」。倘也取一以「清」
引領的詞來表達，那就是「清寒」了。它與賈島自許的「清冷」語義
相去不遠。「寒」是貧寒之「寒」，亦是淒寒肅殺之「寒」，亦是心
寒意消之「寒」。曾爲貧僧、繼爲寒士的賈浪仙正是清寒之境的開啓
者。

上文已論及，浪仙之在原本負面甚至卑微陰暗的境遇裡汲取正面
價值，使之可以吟味，非限於「貧窮」一事。浪仙又被方虛谷目爲
「寫景之宗」[81]，賀黃公亦謂「賈詩非借景不妍」[82]。以下將以浪仙
擅長的與僧、寺相關的寫景詩來窺探其「清寒」之境。聞一多說：浪
仙對一切鉛灰色調的事物，「能立於一種超然地位，藉此溫尋他的回
憶，端詳它，摩挲它，彷彿一件失而復得的心愛的什物樣。早年的經
驗使他在那荒涼得幾乎獰惡的『時代相』前面，不變色，也不傷心，
只感著一種親切、融治而已。於是他愛靜、愛瘦、愛冷，也愛這些情
調的象徵——鶴、石、冰雪。」[83]此處被溫尋的「回憶」和「早年的
經驗」，正是詩人對僧人精神境界的體悟。但浪仙絕非僅僅是「不變
色，也不傷心，只感著一種親切、融治而已」，而是如上文所論，憑
藉對僧人苦行精神的體知，由靜、瘦、冷和冰雪的「寒」境裡體認和
提升出具有超越意味的「清」義，令這類寫景詩成爲了描寫僧人苦行
的「清貧」詩意的拓延。如下面兩首：

81 《瀛奎律髓刊誤序》，李慶甲（集評校點），《瀛奎律髓彙評》（上海：
    上海古籍出版社，1986），下冊，頁1826。

82 《載酒園詩話》卷1，《清詩話續編》（上海：上海古籍出版社，
    1983），第1冊，頁243。

83 《唐詩編上·賈島》，頁58。

秋節新已盡，雨疏露山雪。西峰稍覺明，殘滴猶未絕。氣侵
瀑布水，凍著白雲穴。今朝瀟灑雁，何夕瀟湘月。想彼石房
人，對雪扉不閉。[84]

此詩前半是目中景，自然落題。從遙望中的「山雪」和「西峰」貫
下，五句以下轉寫心中景，想像異地終南峰頂上「知其素心」的禪
師。「氣侵瀑布水，凍著白雲穴」乃寫天寒的「神筆」，令人感到一
個流瀉和生命之外的世界。七、八句中向南逃逸的雁群繼續渲染此
意，最後才畫龍點睛，寫到雪中石室中的禪僧。「雪」是浪仙描寫僧
人清寒世界最經常出現的意象之一，在這類詩中共出現十數次[85]。雪
山閉關令人想到《涅槃經》卷十四佛陀本生譚的雪山童子和立雪求法
的禪宗二祖[86]。無論是佛陀前生的在雪山苦行、欲捨身投崖以求半
偈[87]，還是慧可的立雪斷臂[88]，都表現出由僧人捨身苦行以求佛法的

84　〈冬月長安雨中見終南雪〉，《賈島集校注》卷1，頁42-43。
85　如〈哭柏巖禪師〉有「塔院關松雪」；〈就可公宿〉有「僧同雪夜
　　坐」；〈僧遊衡嶽〉有「當禪雪滿扉」；〈宿贊上人房〉有「雪平麻
　　覆蹤」；〈送覺興上人歸中條山兼謁河中李司空〉有「人到雪房
　　遲」；〈題青龍寺鏡公房〉有「殘磬雪風吹」；〈送厲宗上人〉有
　　「終南雨雪和」；〈送慈恩寺霄韻法師謁太原李司空〉有「雪急去僧
　　逢」；〈送金州鑒周上人〉有「立雪指流沙」；〈送譚遠上人〉有
　　「下視白雪時」；〈贈莊上人〉有「暮餘春冷」；〈題竹谷上人院〉
　　有「木深猶積雪」；〈送僧〉有「舊房山雪在」；〈尋石覓寺上方〉
　　有「野寺入時春雪後」；〈贈僧〉有「青松帶雪懸銅錫」；又一〈送
　　僧〉有「池上時時松雪落」等等。涉及「霜」字者更有許多處。
86　這當然非自賈島始，王維詩中已有之。詳見陳允吉，〈王維「雪中芭
　　蕉」寓意蠡測〉，《古典文學佛教溯緣十論》（上海：復旦大學出版
　　社，2002），頁67-80。
87　事見《大般涅槃經》卷14，《大正新修大藏經》，第12冊，頁449-
　　451。

精神。在此，無垠的、沉默的白雪覆蓋了人世間所有價值——彷彿這裡才是佛的常樂我淨世界。僧人視珍寶滿此大地如涕唾，高揚的正是佛陀前生不惜捨身以求的那半偈：「生滅滅已，寂滅為樂。」[89]這就是「寒」中升起的淵洞寂歷的「清」義了！〈送覺興上人歸中條山兼謁河中李司空〉是又一首描寫僧人世界而具清寒意味的作品：

> 又憶西巖寺，秦原草白時。山尋樵徑上，人到雪房遲。暮磬
> 潭泉凍，荒林野燒移。聞師新譯偈，說擬對旌麾。[90]

此詩為僧人送行，寫的也是心中景，是分明「造境」：「草白」、「樵徑」和「雪房」是覺興上人歸寺的路線，是愈益蕭條和寒涼的。「暮磬潭泉凍，荒林野燒移」進一步渲染蕭寒。五句中「暮磬」與「潭泉凍」相接，六句中「荒林」與「野燒移」相接，在字面的時間和處所狀語的意義外，又有一種使動效果：彷彿帶著寒意的磬聲凝凍了潭泉，枯索的林木招引野火向它延燒。「野燒」是浪仙寫荒寒世界最喜用的意象[91]，浪仙之前，白居易的「野火燒不盡，春風吹又生」，劉長卿的「春入燒痕青」，皆以「野燒」作春天的反襯。浪仙則反用其意，以「野燒」凸顯春天和生命世界之外的荒涼，表現僧人

(續)————

88　〈第二十八祖菩提達摩傳〉，《景德傳燈錄》卷3，《大正新修大藏經》本，頁219。

89　《大般涅槃經》卷14，《大正新修大藏經》本，頁451。

90　《貫島集校注》卷3，頁125-126。

91　如「城靜高崖燒」（〈即事〉）、「曠野野燒殘」（〈送杜秀才東遊〉）、「雁過孤峰燒」（〈送天台僧〉）、「天寒磧日斜，火燒岡斷葦」（〈送陳判官赴天德〉）、「野地初燒草，荒山過雪雲」（〈送鄭少府〉）、「曠野火燒風」（〈寄朱錫珪〉）、「移居見火燒」（〈酬胡遇〉)和「野火燒岡草」（〈雪晴晚望〉)等。

的境界在浮生價值之外。詩人在將詩境的蕭寒之意渲染到極致之後，卻反在末聯將此詩之「清」義——僧人深山譯經的堅韌精神托出。以下二詩更以另樣的手法呈現清寒之境：

> 受請終南住，俱妙去石橋。林中秋信絕，峰頂夜禪遙。寒草
> 煙藏虎，高松月照雕。霜天期到寺，寺置即前朝。[92]

此是寄贈僧人的詩，再次以「造境」來寫僧人的世界。僧人在隔絕人寰的終南峰頂寒夜棲禪，面對著無邊際亦無古今的蒼穹，心如山定、見若虛空。頸聯兩句「寒草煙藏虎，高松月照雕」，一低一高，一暗一明，正是由「寒」而「清」。而且，「虎」和「雕」的意象裡還有僧傳中深山坐禪與野獸相暱的聯想，烘托出遠離時間和人世的意味。此詩的結句「寺置即前朝」並非閒筆，它一語提撕：這是人間之外的天荒地老，而僧人所祈嚮的正是生命意義之外的「寂滅為樂」。這也是孤寒裡所透顯的「清」義。類似的表現也出現在〈宿山寺〉一詩中：

> 眾岫聳寒色，精廬向此分。流星透疏木，走月逆行雲。絕頂
> 人來少，高松鶴不群。一僧年八十，世事未曾聞。[93]

此詩是寫詩人寄宿山寺的感受。首聯突兀，寫向晚來到居眾岫之巔的山寺，俯視暮色中的群山。但詩人此處是反說，眾岫將山寺托入高

---

92 〈寄龍池寺貞空二上人〉，《賈島集校注》卷3，頁129-130。
93 《賈島集校注》卷8，頁387。

空，「寒」字寫盡峰巔之高出世表，這是寫山，寫寺，也是寫人。此上聳之勢引出頷聯詩人的仰瞻夜空。「流星透疏木，走月逆行雲」是全篇靜畫面中的動景：風動林木而星光忽現，片片雲層擦月運行。這現象被詩人的知覺點化為：流星穿透林木，月逆雲而疾走。中國詩意象中因其動態而蘊含時間意味的通常是白日、飄風、落紅、墜葉等等，而星、月則作為宇宙的永恆以對照人世的滄桑。在此，星月的走逝似令人世滄桑失去了座標，凸顯此山巋然中歷經劫波。此意直透至末聯。頸聯更以絕頂，高松和不群之鶴烘托僧人的出世精神。「一僧年八十，世事未曾聞」是有意將以上高揚的語勢翻轉，以平淡中透出的漠然凸顯老僧無意於世俗價值的無向的清淨修持。

以上兩篇裡提舉出「清」義的「寒」不僅見於索漠荒涼的空間意象，更見於詩人對僧人漠然於時間的態度之渲染。時間是傳統中國詩人悲懼或消極崇高感的來源，因為時間乃一切有情有限生命的尺度。人世間一切價值如青春、美貌、財富、聲名、權力乃至生命本身，均繫於時間。而在佛教看來，這一切均是眾生的執迷、依名著相而已：「諸法不爾如凡夫所著……如是諸法無所有。」[94]佛教洞悉人生的十二因緣、三法印、四聖諦等等乃以時間流中的法相去說「諸行無常」，而佛教最終教人體悟的卻是非常非滅、超越時間相的諸法空相。因此，描寫僧人對時間之漠然，亦即表現其超然於世俗價值之「清」。浪仙詩中常以超越生命參數的時間來表現僧人於塵世浮華的漠然，如「清淨從沙劫」[95]，「身從劫劫修」[96]，「流年衰此世，定

94　《小品般若波羅蜜經》卷1，《大正新修大藏經》，第8冊，頁538。
95　〈送譚遠上人〉，同上書，卷6，頁274。
96　〈贈無懷禪師〉，同上書，卷4，頁192。

力見他生」[97]，「講罷松根老，經浮海水來」[98]，「掩扉當太白，臘數等松椿」[99]，「老僧不出迎朝客，一住上方三十年」[100]等等。以下一聯詩句則以另一種手法表現了類似的觀念：

步隨青山影，坐學白塔骨。[101]

這是以動賓結構表達的概念隱喻：以「青山影」連屬「步—隨」，「白塔骨」連屬「坐—學」，彷彿在經行和宴坐裡，僧人的生命已化入「青山影」和「白塔骨」，如無情世界一樣對歲月的流逝而全無羈絆了。這令人想到六祖慧能滅度之前爲弟子留下的一偈：「有情即解動，無情即不動。若修不動行，同無情不動。」[102]這種對時間、對生命價值的漠然意味著對死亡的泰然。慧能滅度前對涕泣的僧眾說：「汝等悲泣，即不知吾去處，若知去處，即不悲泣。性無生無滅，無去無來。」[103]牛頭宗智威有偈曰「余本性虛無，緣妄生人我」，臨終竟命弟子以其屍施鳥獸[104]。僧人對死之泰然是後世禪詩的重要主題。斯特克(Lucien Stryk)所編《中、日禪詩選》以主題劃爲三類，其中竟有一類爲關於死亡的。華生(Burton Watson)討論禪詩時以爲：閒靜和孤獨的主題常與衰年與死亡主題相關。他舉出的例子是日

97　〈贈莊上人〉，同上書，卷7，頁363。

98　〈内道場僧弘紹〉，同上書，卷8，頁398。

99　〈靈準上人院〉，同上書，卷8，頁405。

100　〈尋石甕寺上方〉，同上書，卷9，頁480。

101　〈贈智朗禪師〉，同上書，卷1，頁37。

102　郭朋(校釋)，《壇經校釋》(北京：中華書局，1997)，頁101。

103　同上書，頁100。

104　《景德傳燈錄》卷4，《大正新修大藏經》本，頁229。

本14世紀禪僧寂室元光(1290-1367)的一首詩:「風攪飛泉送冷聲,
前峰月上竹窗明。老來殊覺山中好,死在巖根骨也清。」[105]「清」
義居然可以由最不堪的灰色死亡中昇華而起。其實,此一意味亦應從
中唐詩中追尋其源。龐蘊的「慚愧一軀身,梵號波羅奈。……佛罵作
死屍,乘屍渡大海」[106],恐因恣諧謔而難入清境。賈島詩中以淡泊
心接觸到死亡的只有〈送稱上人〉一詩:

> 寺中來後誰身化,起塔栽松向野田。[107]

平常的語氣中透出對死亡的泰然。中唐詩人中更能以清寒之境表
現僧人死亡主題的,恰是在賈島之外最多與僧遊,且最多描寫到其苦
行的韋應物。其〈同越琅琊山〉作於韋氏刺滁州之時:

> 石門有雪無行跡,松壑凝煙滿眾香。餘食施庭寒鳥下,破衣
> 掛樹老僧亡。[108]

詩人多次寫到來琅琊遊寺會僧,此詩所寫到的亡僧很可能與詩人相
知。但此詩卻非以哀悼的語氣寫出。僧人如白雲落葉一般隨清風去
了,雪地上再無行跡而一派靜謐;老僧臨終前甚至沒有忘記以餘食施
鳥,牠們如往常一樣飛到庭院來,完全不理會施食者的死去;松林和

---

105 Burton Watson, "Zen Poetry," in *Zen Tradition and Transition*, ed. Kenneth
   Kraft (New York: Grove Press, 1988), pp. 111-112.
106 《全唐詩續拾》卷20,陳尚君(輯校)《全唐詩補編》(北京:中華書
   局,1992),中冊,頁963。
107 《賈島集校注》卷10,頁517。
108 孫望,《韋應物詩集繫年校箋》(北京:中華書局,2002),頁346。

溝壑裡依然瀰漫雲煙幽香，樹枝上懸掛著他披過多年的「糞掃衣」。
這是一個歷史時間之外的世界，一個如如的、無生的世界。僧人回歸
了自己的本性之道，他早已不二地化入這一如世界，因之亦不會離開
了。劉辰翁論此詩「不厭寒陋又如此」[109]，然而寒陋之餘，自有一
種清氣，那就是超越現世生命意義之外的「性無生無滅，無去無
來」。

　　以上所論清寒詩境的特色，當有助於理解浪仙寫雪景的名作〈雪
晴晚望〉：

> 倚杖望晴雪，溪雲幾萬重。樵人歸白屋，寒日下危峰。野火
> 燒岡草，斷煙生石松。卻回山寺路，聞打暮天鐘。[110]

多日向晚雪霽，詩人被溪流阻隔，視野亦被重重彤雲阻斷。這樣的時
刻，視境中一切都會迅即黯淡下去。頷聯的「歸」字和「下」字突出
了天色時時昏暗下去的過程。「樵人」、「白屋」與「寒日」、「危
峰」相對，將人世的貧寒與天地的蒼涼融入一幅圖畫。李懷民謂頸聯
「野火燒岡草，斷煙生石松」中「有雪在」[111]，我以為，即上文所
說野火凸顯了春天和生命世界之外的荒涼，而石、松和荒草、斷煙
更是北國多日雪原上僅見的景物。或者說，雪是石、松、荒草、斷煙
之外的灰白空間。而火在延燒，煙在消散，寒日墜崖，天地間愈益蒼
晦，一切皆如赫瑞格爾(Eugen Herrigel)論水墨禪畫時那句名言所

109　《須溪先生校點韋蘇州集》，張習刻本遞修本，轉引自陶敏、王友勝
　　　（校注），《韋應物集校注》（上海：上海古籍出版社，1998），頁474。
110　《賈島集校注》卷6，頁327。
111　見陳延傑，《賈島詩注》（上海：商務印書館，1937），頁77。

說——「持續消逝著」[112]。浪仙以清寒爲境的詩一般均在尾聯作驚鴻背飛之勢而翻轉語氣，此詩尾聯亦不例外。唐詩中以佛寺鐘聲結的作品(如孟浩然〈晚泊潯陽望香爐峰〉、常建〈題破山寺後禪院〉)往往能收餘韻悠然不盡之妙，並趣入不有不空之境界。此詩的尾聯雖不宜作太多附會，但應是以「山寺路」和「暮天鐘」暗示自佛門覆俗諦的生滅相到勝義諦的非常非滅的空相，如此，詩境亦即自寒而入清了。

上述幾篇詩在結構上有近似的特徵，即詩人似乎在末聯作驚鴻背飛之勢，而令全詩空漠沖淡的情調裡有一超越意，似乎氣氛亦自枯寂荒寒而轉向清遠。然自大乘的二諦不二，即世間而出世間觀念而言，此處卻絕無西方意義上的超越或詩學中的崇高感，因僧人並未對枯寂荒寒世界有痛感和抗拒，相反卻是不二地棲息於斯。所有枯寂、荒寒、貧窮、孤獨甚至死亡中的負面意義，都只是對世俗而言。詩人以及詩中的僧人與此一寒境之間是並非對待的。賈島有一首〈絕句〉：「海底有明月，圓於天上輪。得之一寸光，可買千里春」[113]，此詩意象應來自華嚴。這潛藏冰冷海底的明月珠正是與天上一輪不辨能所的賈島之清冷詩心！故而，賈島詩中意義、文句的氣脈轉向，又被詩人盡量地化入寒境之中，如羚羊掛角，帆過無痕，是幾無跡可循的。「清寒」雖然是「清」出於「寒」，但更是即「寒」即「清」。齊己

---

112 其短語的英譯是continual evanescence。出現在以下描寫水墨禪畫的語境中：「在畫中的對象：山巒、林木、石頭和流水，花、動物和人──從空中浮現的形式──在那裡充分揭示其實況，被投入此地此時的具體境地之中──且又絕非只是此地此時。故而才有持續消逝的印象，彷彿清晰的被吸收到不清晰裡，有形式的被吸入無形式中，因此使可見的一切回歸其來所自的本原的底色。」見其 *Method of Zen*, trans. R.F.C. Hull(New York: Vintage Books, 1974), pp. 71-72.

113 《賈島集校注》卷1，頁25。

有詩曰「前村深雪裡，昨夜一枝開」，淵洞寂歷的「清」義是沁寒中一枝梅花，倘無深雪，焉有其花？然無可否認，一旦賈島在詩中標舉在苦寒中的超脫和卓立不群，標舉如絕澗孤峰、老鶴疏梅迴絕塵囂的「清氣」，他已悖離了其所心儀的馬祖禪「本有今有，不假修道」的「平常心」，而只具聲聞者的心量了。故而，賈島清寒詩境與佛教苦行精神固然有關，所喻的本體仍然是中唐寒士的情懷。這或許是其在末聯作驚鴻背飛之勢的原因。賈島的昔為僧人、今為寒士的身分，令其詩立意和取勢之間時有鑿枘。

結語

　　總結以上所論，賈島為中國詩開闢了新境界。此一新境界，不惟與一般清遠恬淡的禪境詩相異，亦非一幅「荒涼得幾乎獰惡的『時代相』」。在他之前，漢末王粲〈七哀詩〉所寫的「出門無所見，白骨蔽平原」，蔡琰〈悲憤詩〉所寫的「馬頭懸男頭，馬後載婦女」，以及盛唐杜甫〈悲青坂〉所寫的「山雪河冰野蕭瑟，青是烽煙白人骨」，其世界是更為荒涼，更為獰惡的時代圖景。賈島的詩境與此全然不同即在：前者以充滿對生命悲憫的情懷，詛咒著其所描繪的社會亂離景象，而上文所論析的賈島詩境不僅不具強烈的社會性質，詩人也並不站在鉛灰色調的事物的對面。有論者以大曆詩人劉長卿〈碧澗別墅喜皇甫侍御相訪〉、〈逢雪宿芙蓉山主人〉等詩中出現的荒村、古路、落葉、寒山、風雪、白屋等意象為例，說明劉長卿是賈島荒寒詩境的先導[114]。誠然劉氏在以冷落衰颯的意象渲染荒寒方面可能予

114　見韓經太，〈論唐人山水詩美的演生嬗變〉，《詩學美論與詩詞美

賈島以影響。但若以〈逢雪宿芙蓉山主人〉爲例，此一荒寒的藝術世
界畢竟表現了唐汝詢所謂如「牛衣對泣景象」而「令落魄者讀之，眞
足淒絕千古」[115]的人世傷感。而這樣一種人世傷感卻在「不變色，
也不傷心」的浪仙清寒境中卻找不到。故而，賈島詩歌的意義，更在
爲以上意象提供了類似新「圖志學」（iconology)的指標。按照帕諾夫
斯基（Erwin Panofsky)的說法，所謂圖志學是在母題(motif)和意象
（image)之外，原創藝術家們又會不自覺地以其畫作引導出主題和象
徵價值的詮釋根據[116]。正如禪意的茶道能從原本負面的「貧窮」和
「孤單」的境遇裡汲取正面的價值一樣，賈島清寒詩境的內力，恰恰
在於詩人能從傳統中一切陰暗負面的意象——貧賤、淒寒、孤獨、荒
涼、衰年、時光的流失的意象，甚至死亡的意象中引導出清可吟味的
價值——佛教所昭示的生命終極意義。雖然這在同時可能也折射出詩
人對現世生活的極度絕望。換言之，賈島的由「寒」而入「清」，即
「寒」而「清」，是中國詩繼嵇康開啓夷曠淵淡境界[117]後新的內在超
越方式。顯然姚合、李頻之流對此並無眞正的會意[118]。故姚詩意象用

(續)————————————

　　境》（北京：北京語言文化大學出版社，2000)，頁233-237。

115 《唐詩解》卷23(保定：河北大學出版社，2001)，上冊，頁529。

116 參見Erwin Panofsky, *Studies in Iconology: Humanistic Themes in the Art of
　　the Renaissance*(New York: Harper & Row, Publishers, 1972), pp. 3-31.

117 參見本書第一卷《玄智與詩興》之第四章〈嵇康與莊學超越境界在抒
　　情傳統中之開啓〉。

118 劉寧以下對賈、姚詩作的比較亦提供了一種說明：「不平則鳴的寒士
　　精神與安閒自適的閒適意趣，使賈姚五律呈現出『求奇』與『求味』
　　兩種不同的藝術旨趣。……苦吟對於姚合只是一種錘鍊語言的方式，
　　它喪失了賈島苦吟所特有的『求奇』的精神底蘊。……賈島的奇僻貫
　　穿於藝術和人生，其精神的奇偎在藝術中化爲『求奇』的旨趣；姚合
　　的『峭冷』卻只是澄思淨慮的創作狀態，它幫助詩人擺脫過於庸常的
　　心境，專注於藝術的陌生化創造，但不能讓人體會眞正的精神之

料雖近浪仙——方虛谷所謂「不過花、竹、鶴、僧、琴、藥、茶、酒，於此幾物，一步不可離」——而其詩「氣象小矣」，蓋因「專在小結裏」，而無「大判斷」之故[119]。

賈島一方面以僧人的苦行精神界定其孤介寒士詩學迥絕塵囂的「清氣」；另一方面，他又以中唐寒士的文化心量詮釋了佛禪精神，標舉有悖南宗「平常心」的苦寒中的卓立不群。故而，賈島詩中僧人在苦寒中超脫的形象所喻的本體仍然是中唐寒士的情懷。在此，吾人已無法再以佛教的「影響」（influence）一事去描述賈島詩作與佛禪文化的關係了，因為賈詩中展示的分明是新歷史論意義上不同文化域間的互涉或互文關係（cultural intertextuality）[120]。賈島早歲為僧，繼為寒士的特殊經歷和身分，為此一佛教與寒士文化間的互涉提供了可能。此案亦說明：佛禪與士大夫文化間的關係遠比時下以單向的「影響」模式所描述的複雜得多。賈島的清寒詩境令平民生活和一切寒微世界具有尊嚴和超越義，此現象發生在中國社會向近世轉移的中唐時代，尤有耐人尋味之處。在中唐另一位受禪宗思想浸饋至深的詩人白居易的詩作中，我們似看到一個相反的變化：即一切以往代表士人清高品格的詩、宗教、園林遊賞均被這位宣稱處處「無事」的詩人日常化和平民化了[121]。白、賈的取徑不同，卻殊途同歸地同時叩開傳統詩歌進入近世的門戶，故在宋世皆不乏追隨者。而已然平民化的宗教南宗禪在其中的作用，是最值得文學史家重新思考的。

（續）————————————————

奇。」見《唐宋之際詩歌演變研究》（北京：北京師範大學出版社，2002），頁60-61。

119 《瀛奎律髓彙評》卷10，上冊，頁340。

120 以Stephen Greenblat為代表的新歷史主義的所謂「文本」（text），亦包括文化作品以外的一切社會文化現象。

121 詳本卷第四章〈洪州禪與白居易閒適詩的山意水思〉。

陳寅恪先生謂：日本文化之形成，多由仿效華夏唐代之文化[122]。賈島的個案或許可以引起這樣一種好奇心：他的清寒之境是否在觀念上予日本禪文化某種啓發呢？南宋紹熙至元的元統，是日本的鎌倉時代(1192-1333)。這時禪文化全面自中土傳至東瀛。東瀛對禪的發展，主要見於由中唐龐蘊、裴休、白居易發軔的門外禪方面。其中最被稱道的是茶道。而日本茶道的核心價值，即由日文中「佗び」這個詞所代表。「佗び」在久松眞一所列舉的與禪之無相自我七個方面相聯的禪藝術七特徵裡，出現在對應「無位」的「枯高」裡。在此，藝術完全自感覺裡解脫，顯示「歷經生命和歲月洗練的、老成的，靜雅的(「寂」)或『貧窮優勝於富裕』的(「佗び」)。」[123]鈴木大拙在其流傳頗廣的《禪與日本文化》一書關於茶道的章節中，也討論了「佗び」和「寂」，並注意到兩者同義的方面，即均是「對於貧窮積極的審美鑑賞」。其中「寂」是更偏重客觀，而「佗び」更偏重主觀。以齊己〈早梅〉的一聯「前村深雪裡，昨夜一枝開」爲譬，他將「佗び」說成「雪壓叢林之中一枝獨綻的梅樹」，而以「佗び」爲意義的生活則可界定爲：「深藏於赤貧之下的一種無可表達的平靜喜悅。」[124]「佗び」和「寂」亦是西方學者斯特克所概括的禪藝術四類情調中的兩類。他對「佗び」的定義爲：「貧窮的精神，對人多以爲平凡事物的透徹欣賞。」[125]由此可知：在「佗び」和「寂」觀念裡，禪家能從原本負面的「貧窮」和「孤單」的境遇裡汲取正面的價

---

122 《元白詩箋證稿》(北京：三聯書店，2002)，頁53。

123 Shin'ichi Hisamatsu, *Zen and the Fine Arts*, pp. 56-57.

124 Daisetz T. Suzuki(鈴木大拙), *Zen and Japanese Culture*, pp. 284-286.

125 Lucien Stryk, "Preface to Zen Poetry," *Zen Poems of China and Japan: The Crane's Bill*, Trans. Lucien Stryk & Takashi Ikemoto (New York: Grove Weidenfeld, 1973), xxxviii-xl.

值，使之值得欣賞和享受。至少在這一點上，與賈島的清寒詩境頗有相通之處。中文裡難以找到能替代這樣意味的詞。有人以「清貧」或「清高」來譯「佗び」，不甚確[126]，但或許是最佳的處理。其實，也不妨以「清寂」來譯「寂」。因為在「貧」和「寂」這兩個負面的詞前置一「清」字，其負面的意義也就差不多被超越了。「佗び」和「寂」雖在中文中找不到非常恰當的對應詞語，卻未必與中土文化無關。當然，即便有關，這一文化價值的傳遞、容受以及和樣化的過程，應當相當複雜。或許經由宋代詩話和日本中世和歌理論之間的交流而最終進入茶道？這其中的奧秘，應當留給有關的專家去討論了。

---

126 劉大悲的翻譯，見其所譯鈴木大拙等著《禪與藝術》（台北：天華出版公司，1994），頁167。謂此譯不甚確實，因「佗び」更著重山村田野的美感層次。若以鈴木大拙的話，則是：「以實際日常生活而言，『佗び』即滿足於一間草屋，一間放得下兩三蒲團的草屋，如梭羅那樣的圓木陋屋，以及從近處地裡摘下的一碟蔬菜，或許還聽著春雨的淅瀝聲。」Daisetz T. Suzuki, *Zen and Japanese Culture*, p. 23.

第六章

玄、禪觀念之交接與《二十四詩品》 *

引言

1990年代中由陳尚君、汪湧豪發難,對司空圖《二十四詩品》著作權提出質疑[1],對學界而言,可謂石破天驚。然陳、汪以此作在宋代未見著錄爲主要根據,尚不足否定司空圖之著作權,這場論爭結果故無從定論。且在新材料出現以前,亦難有定論。一些資深學者遂建議仍繫此作於司空圖名下[2]。然在客觀上,這場論爭卻可能已劃出了對此一曠世之作研究的新時期,此後的研究可能會有兩種可能的發展:第一種發展是消極的,即就此將此作的思想研究束之高閣,甚至

---

* 本文原載台北《中國文哲研究集刊》第24期(2003年3月),2004和2011年兩次略作增補。

1 陳、汪論點的成熟版本爲〈司空圖《二十四詩品》辨僞〉,載《中國古籍研究》第1輯(1996),頁39-73。

2 見羅宗強,〈20世紀古代文學理論研究之回顧〉,載其所編《20世紀中國學術文庫・古代文學理論研究》(武漢:湖北教育出版社,2002),頁23-25。又見張少康,〈清人論司空圖《二十四詩品》〉,載《南陽師範學院學報》(社會科學版)第1卷第5期(2002年10月),頁32-37。

因非唐人所作而棄如敝屣。因爲大致年代亦無法確認會成爲不對作品
進行認眞探討的堂皇理由。這種情況近年已有所顯現。第二種發展則
是建設性的。陳、汪懸置了《二十四詩品》之著作權，亦即拆解了傳
統研究從作者生平、思想到文本的思路，從而把研究者的詮釋視野逼
向更爲廣闊的背景，逼向產生《二十四詩品》的思想文化和詩歌藝術
作風的歷史土壤。而由這樣的新視野，《二十四詩品》對於中國詩歌
藝術和詩學的重大意義更得以眞正確立。本章的寫作就是爲爭取第二
種發展。筆者所擬展現的是這篇詩學文獻與一定思想文化、詩壇風氣
之間的歷史關聯。這無疑將爲《二十四詩品》的著作權問題提供某種
根據，但本章卻非以考證爲其宗旨。

在新的外證未能出現、有關作者問題的論爭未見分曉之前，吾人
不妨先以《詩品》內容爲內證，對其由以產生的大的歷史文化背景作
一判斷。首先，《二十四詩品》所體證的種種詩境，絕非宋世詩風所
涵攝，倒是宋人嚴滄浪論盛唐詩的八個字「瑩徹玲瓏，不可湊泊」[3]
最爲貼近。然而盛唐詩壇尙無如此多彩多姿的風格，明人胡應麟所說
的「若昌黎之鴻偉，柳州之精工，夢得之雄奇，樂天之浩博」的人才
橫絕之時，則非元和而後不能有[4]。《詩品》中〈清奇〉一品，亦
韋、柳之前不能有。故作《詩品》者，必爲能觀如此繽紛多彩之詩境
者。其次，《二十四詩品》眞正體現了中國傳統美學以人爲本、非以
作品爲本的精神。然其所充分展現的是牟宗三所謂「才性生命」的美
趣與玄悟，而絕無宋儒所開出的「德性、美趣、智悟三者立體之統
一」[5]，故作《詩品》者，應非理學時代中人更爲合理。復次，下文

3　見《詩人玉屑》上冊，頁3所引滄浪論詩語。
4　《詩藪》外編卷4，頁187。
5　《才性與玄理》，頁66。

將證明：《二十四詩品》的中心觀念是與心識相關的「境」。而中唐
後隨禪門風氣的改變，「境」方在詩和詩論中作爲與佛教心識相關的
術語頻頻出現[6]。《二十四詩品》以「境」論詩，顯然是此一風氣的
繼續。故僅自內容判斷，《詩品》產生於能兼有以上條件的晚唐和五
代之間比較合理。

　　以上是筆者在展開論證之先對《二十四詩品》的基本判斷，卻非
論旨。本章的論旨乃在揭呈此作的實質乃禪、玄觀念之糅合，並由佛
禪開發出在玄學中胎孕已久的原發之境。這將打破以往學界以道家玄
學思想詮釋此作的傳統。當然，以禪論《詩品》非自本章始。杜松柏
《禪學與唐宋詩學》一書即由司空表聖之所受潙仰宗影響的脈絡論此
作之宗旨歸趨，謂定名爲品，實取佛經「義類同者聚在一段」之意；
又將二十四品分爲十二組，依「空」、「有」之理相輔相成，取「亦
空亦有」之「中道」義；並稱此作「最大之成就在以意境論詩」[7]。
此外，周裕楷《中國禪宗與詩歌》一書亦指出此文本中如「超以象
外」，「泛彼浩劫，窅然空蹤」，「悠悠空塵，忽忽海漚」，「空潭
瀉春，古鏡照神」，「流水今日，明月前身」等語句與禪籍的淵源[8]。
這些發現爲揭示這部中國詩學的曠世之作的禪宗背景提供了初步的根
據，然而卻未能從整體觀念上闡發《二十四詩品》的詩學觀念與佛禪
的關係。而這正是本章論題的著力之處。

　　本章的論證層次是：首先證明以往論者的道家玄學背景說不可能

6　請參見本卷第二章〈如來清淨禪與王維晚期山水小品〉和第三章〈中
　　唐禪風與皎然詩境觀〉。

7　《禪學與唐宋詩學》（台北：黎明文化事業股份有限公司，1976），頁
　　411-422。

8　《中國禪宗與詩歌》，頁136-138。

究竟這篇詩論。此處所謂「以往論者」應包括筆者在內。我已是第三
次化大力研究中國詩學此一曠世之作了。前兩次皆由玄學背景立論[9]，
所以本章是從一種學術反省開始，以觀察受道家玄學思想沾溉的詩學
與《二十四詩品》觀念上的不同，特別是隨魏晉玄學而在詩學中一度
非常顯赫的「感物」模式已從《二十四詩品》中淡出這一事實。中國
詩學中這一重大變化只能從中唐以後文人精神生活及詩壇風氣的轉移
去理解。由此，本章將轉入對《二十四詩品》研究中一個長期被忽略
的背景——中晚唐文人禪的探討。在文人禪風氣中詩人生命情調和詩
風的轉變將爲《二十四詩品》以詩境爲核心的觀念提供充分的依據。
最後，本章將論證：《二十四詩品》是以由佛學開發的新的詩學觀念
「境」爲基點去論詩並發揮至極致的詩學作品，而此正得諸玄、禪交
融的思想風氣。

一、論玄學觀念不可究竟《二十四詩品》

　　任何人對中國古代思想稍有了解，在讀《二十四詩品》時都會感
到它的玄學氣味。首先是大量玄學話頭在文本中觸目可見，如「大用
外腓，眞體內充」、「超以象外，得其環中」、「俱道適往，著手成
春」、「是有眞宰，與之沉浮」、「悠悠天鈞」、「鵬風翺翔」、
「載要其端，載聞其符」等等，明顯地語用《莊子》。而「素處以
默」、「虛佇神素」、「體素儲潔」、「蓄素守中」的「素」，則首

9　見〈司空圖的詩歌宇宙〉，載《中國社會科學》1985年第6期，頁149-
　　163；〈中國傳統詩學中的超越與本在——《二十四詩品》中一個重要
　　義涵的探討〉，載《中國文哲研究集刊》第12期(1998年3月)，頁167-
　　204。

見《老子》，〈實境〉一品中「遇之自天，泠然希音」亦出老子「聽之不聞名曰希」一語。而〈流動〉一品的「返返冥無」則出自郭象《莊子注》[10]。「喻彼行健，是謂存雄」二句化用《周易》和《莊子》，而《二十四詩品》終篇的〈流動〉更以「荒荒坤軸，悠悠天樞，載要其端，載要其符」彰顯了《周易》「變動不居，周流六虛，上下無常，剛柔相易，不可爲典要，唯變所適」的宇宙大象。美國學者宇文所安甚至認爲《二十四詩品》所使用的四言體形式，亦令人想到其作者恐爲玄言詩人的神秘和玄奧所吸引[11]。《二十四詩品》的風采和文本中所出現的呈種種生命姿態的「高人」、「美人」、「幽人」、「可人」、「碧山人」以及「淡如菊」之人，其透顯的亦是「才性生命」的美趣與玄悟，多有高士之風而乏衲子之氣。在唐世，應爲王維、孟浩然、韋應物、司空圖一流人物所代表。如果將作年繫於晚唐，則韋郎和表聖之間的關聯尤可矚目[12]。《二十四詩品》的藝術世

---

10 詳見拙文，〈中國傳統詩學中的超越與本在——《二十四詩品》中一個重要義涵的探討〉，頁195-196。

11 Stephen Owen, *Readings in Chinese Literary Thought* (Cambridge, MA: Council on East Asian Studies, Harvard University, 1992), pp. 300-301.

12 《二十四詩品》中頻頻出現的「素處以默」、「虛佇神素」、「體素儲潔」、「蓄素守中」的「素」，亦頻頻見諸韋詩，如「忡忡在幽素」（〈司空主簿琴席〉），「貽友題幽素」（〈休暇東齋〉），「假邑非拙素」（〈天長寺上方別子西有道〉），「柔素亮爲表」（〈傷逝〉），「沉沉積素抱」（〈端居感懷〉），「抱素寄精廬」（〈善福精舍韓司錄清都觀會宴見憶〉），「守素甘葵藿」（〈閒居贈友〉），「朝下抱餘素」（〈同韓郎中閒亭南望秋景〉），「泊素守中林」（〈灃上對月寄孔諫議〉），「即此抱餘素，塊然誠寡儔」（〈答崔主簿問兼簡溫上人〉）等等，見《韋應物詩集繫年校箋》，頁117，頁119，頁131，頁145，頁185，頁197，頁210，頁220，頁235。〈實境〉中所謂「道心」亦屢見韋詩。表聖論詩，亦最推崇王右丞、韋蘇州（見其〈與王駕評詩書〉、〈與李生論詩書〉），祖保泉、陶禮天（箋校），《司空表聖詩文

界總的說來缺乏枯寂荒寒的禪境(該境可以賈島〈雪晴晚望〉、韋應物〈同越琅琊山〉為例)。亦無受洪州禪薰染的白樂天詩中的放捨身心的凡夫態。所以,倘以玄學背景討論這篇詩論,筆者並不持異議。疑問只是:玄學是否足以究竟和賅括這篇詩論的思想背景?

以魏晉玄學究竟《二十四詩品》,遇到的詰問首先是:何以興於西元3、4世紀之玄學要遲遲於六個世紀(晚唐已是目下學界所能接受的最早年代)以後才灌溉出如此一枝詩學奇葩呢?難道它真的可以完全避開中唐以後的禪宗影響麼?而且,玄學早在六朝時期,即對文學思想發揮出影響,這已是學界今日之共識。然而,《二十四詩品》在觀念上與六朝時代受玄學沾溉的文論的代表作品如陸機的〈文賦〉、鍾嶸的《詩品》和劉勰的《文心雕龍》有明顯的不同,這種理論觀念上的差異也就是中國詩學傳統在六個世紀裡的進境。上述六朝詩學的核心觀念,是「因嘆逝而起」的「感物」[13]。陸機的〈文賦〉幾乎是以此命題開篇的:

> 遵四時以嘆逝,瞻萬物而思紛;悲落葉於勁秋,喜柔條於芳春。心懍懍以懷霜,志眇眇而臨雲。[14]

以呂正惠的說法,以「嘆逝」為基點的「緣情」和「感物」到劉勰和鍾嶸已經完全合而為一了。因為通過「人秉七情,應物斯感」,「氣

(續)————

集箋校》(合肥:安徽大學出版社,2002),頁189,頁193。

13　詳見呂正惠,〈物色論與緣情說——中國抒情美學在六朝的開展〉,《抒情傳統與政治現實》,頁9-8。

14　郁沅、張明高(編),《魏晉南北朝文論選》(北京:人民文學出版社,1996),頁146。

之動物，物之感人」，「感物」的模式已被一般化了[15]。但這種一般
化，實際表達了以相關系統論為背景的「聯類」這樣一種更為哲學化
的觀念：

> 春秋代序，陰陽慘舒；物色之動，心亦搖焉。蓋陽氣萌而玄
> 駒步，陰律凝而丹鳥羞；微蟲猶或入感，四時之動物深矣。
> 若夫珪璋挺其惠心，英華秀其清氣；物色相召，人誰獲安？
> 是以獻歲發春，悅豫之情暢；滔滔孟夏，鬱陶之心凝；天高
> 氣清，陰沉之志遠；霰雪無垠，矜肅之慮深。歲有其物，物
> 有其容；情以物遷，辭以情發。一葉且或迎意，蟲聲有足引
> 心。況清風與明月同夜，白日與春林共朝哉！是以詩人感
> 物，聯類不窮。……[16]

類似的話(四候之感諸詩者)亦在鍾嶸的〈詩品序〉中出現。但劉勰這
段話的重要在於：他以「聯類」提舉陸機以來的「感物說」，從而揭
示了「感物」與中國思想自周漢至魏晉玄學以來綿延的一重要觀念的
聯繫[17]。正如宗像清彥所說，「相近類事物之間的共鳴呼應
(sympathetic response)」是晚周和漢代文獻中廣泛被使用的原則[18]。在

15　〈物色論與緣情說——中國抒情美學在六朝的開展〉，頁15-24。

16　劉勰，《文心雕龍‧物色》，引自詹鍈(義證)，《文心雕龍義證》，
　　下冊，頁1728-1733。

17　參見本書第一卷《玄智與詩興》第一章〈「書寫的聲音」：《古詩十
　　九首》詩學質性與詩史地位的再探討〉第三節，該書頁64-78。

18　Kiyohiko Munakata, "Concepts of *lei* and *Kan-lei* in Early Chinese Art
　　Theory," in *Theories of the Arts in China* (Princeton: Princeton University
　　Press, 1983), p. 107.

此一原則之下，正如葛蘭言（Marcel Granet）和李約瑟（Joseph Needham）所論，荒荒宇宙被視為一有機系統（organism）[19]。《周易》的宇宙以〈乾・文言〉的說法，是「同聲相應，同氣相求。水流濕，火就燥。雲從龍，風從虎。聖人作而萬物睹。本乎天者親上，本乎地者親下，則各從其類也」[20]。在《荀子》、《呂氏春秋》、《淮南子》、《春秋繁露》、《論衡》中，「相近類事物之間的共鳴呼應」的觀念一直以「召類」、「依類相動」、「物類相動」、「同類相動」、「感類」的說法被承襲下來。至王弼，雖然針對董仲舒所謂「鼓其宮則他宮應之，鼓其商而他商應之」，提出「同聲相應，高下不必均也；同氣相求，體質不必齊也。召雲者龍，命呂者律」[21]，從而肯認了一個「異類具存」的世界[22]，然而，以注易為其學術生命的王弼並未否認那個作為一有機系統而存在的和諧宇宙，而是令由《易》的爻象和卦象所擬議的此一有機系統更具包容性、概括性和合理性：「情偽相感，遠近相追；愛惡相攻，屈伸相推；見情者獲，直往則違。」[23]韓康伯對《周易・繫辭上》「鳴鶴在陰，其子和之。我有好爵，吾與爾靡之」一段的注文，將以類相應的意思說得更為明瞭：

19　見 Joseph Needham, *Science and Civilization in China*（Cambridge: Cambridge University Press, 1956）, 2:279-280.

20　引自《周易正義》，《十三經注疏》（北京：中華書局，1983），下冊，頁16。

21　《周易略例・明爻通變》，《王弼集校釋》（北京：中華書局，1980），上冊，頁597。

22　詳見本書第一卷《玄智與詩興》第二章〈王弼易學與中國古典詩歌律化過程之觀念背景〉。

23　《周易略例・明爻通變》，頁597。

鶴鳴則子和，修誠則物應；我有好爵，與物散之，物亦以善
應也。明擬議之道，繼以斯義者，誠以吉凶失得存乎所動。
同乎道者，道亦得之；同乎失者，失亦違之。莫不以同相
順，以類相應。動之斯來，綏之斯至，鶴鳴於陰，氣同則
合。出言戶庭，千里或應。[24]

韓康伯在此雖然在談擬議之道，但他所依據的原則卻是物「莫不以同
相順，以類相應」。這一點，從他對「方以類聚，物以群分，吉凶生
矣」一段的注解可以看出：「方有類，物有群，則有同有異，有聚有
分也。順其所同則吉，乖其所趣則凶，故吉凶生矣。」[25]至於郭象，
他在堅持「物各自造而無所待焉」，即否定事物之間有待的、即隸屬
性的因果關係的同時，強調「夫體天地，冥變化者，雖手足異任，五
臟殊官，未嘗相與，而百節同和，斯相與於無相與也；未嘗相為，而
表裡俱濟，斯相為於無相為也」[26]，即萬物又以「有相使」、「莫之
為」而相互聯繫為一有機整體。故而，其所謂「獨化」和「與物
冥」，並不礙於玄合相感：

夫與物冥者，故群物之所不能離也。是以無心玄應，唯感之
從。[27]
體道者物感而後應也。[28]

24　《王弼集校釋》，下冊，頁546。
25　同上書，頁535。
26　《莊子注・大宗師》，《諸子集成》（第3冊）本《莊子集釋》，頁119。
27　《莊子注・逍遙遊》，《莊子集釋》，頁13。
28　《莊子注・天地》，《莊子集釋》，頁184。

> 夫同類之雌雄，各自有以相感。相感之異，不可勝極，苟得
> 其類，其化不難，故乃有遙感而風化也。[29]

雖然郭象也強調過「人之有所不得而憂娛在懷，皆物情耳，非理
也」[30]和「未足獨喜」[31]，但在他的宇宙觀念裡，「冥」即心、物相
感。在這個背景之下，吾人當會了然：「感物說」於魏晉時代以降在
詩學中出現，實在也是將「情」提升到近乎哲學的層次之上所當要發
生的事。「天地萬物之情，見於所感也。」[32]「感」對個人而言是感
情，在宇宙的意義上卻是「感應」（induction）。它是區別於西方傳統
的「從屬性思維」（subordinative thinking）之中國「關聯性思維」
（coordinative thinking）的中心概念。由「感應」，事物之間不再以從
屬性的因果關係相聯繫：「萬物之存在，皆須依賴整個世界有機系統
而成爲其構成之部分。它們之間的相互作用，並非由於機械性的推動
力或因果關係，而是出於一種神秘的共鳴。」[33]正是由於在此觀念籠
罩下，王弼這樣論詩：

> 夫喜、懼、哀、樂，民之自然，應感而動，則發乎聲歌。[34]

以上吾人看到六朝詩學的中心觀念「感物」、「聯類」、「感類」與
玄學確乎有一種關聯。倘以這樣的前提去比較《二十四詩品》，就會

29　《莊子注・天運》，《莊子集釋》，頁235。
30　《莊子注・大宗師》，《莊子集釋》，頁109。
31　《莊子注・大宗師》，《莊子集釋》，頁111。
32　王弼，《周易注・下經》，《王弼集校注》，下冊，頁374。
33　Joseph Needham, *Science and Civilization in China*, 2:280-281.
34　《論語釋疑》，《王弼集校釋》，下冊，頁625。

發現：上述「感物」和「聯類」的思想模式已在這篇曠世之作中淡出
乃至消失了。先讀一讀兩首典型的「感物」之作：

> 開秋兆涼氣，蟋蟀鳴床帷。感物懷殷憂，悄悄令心悲。多言
> 焉所告，繁辭將訴誰？……——阮籍《詠懷》其十四[35]
> 羈旅遠遊宦，託身承華側。撫劍遵銅輦，振纓盡祇肅。歲月
> 一何易，寒暑忽已革。載離多悲心，感物情淒惻。……——
> 陸機〈東宮作詩〉[36]

在這兩首詩中，詩人的情感是以更深的人事憂患為根源的。但是，如
蔣寅所說，當下體現著時間意味的物感成為了創作的直接動機，正是
所謂「伊我思之沉鬱，愴感物而增深」[37]。筆者要在此強調的是：在
「感物」的模式裡，雖然「物」與「悲心」之間存在一種「連續性」
（continuity），此「連續性」是「天人相類」和「天人合一」的基
礎，亦令西方二元論無從解釋中國美學傳統。然而，此處卻仍然存在
著主與客、心與物的分辨。故又可以「二元論的有限形式」稱之[38]。
在「關聯性思維」所肯認的宇宙有機系統裡，「物」與「心」之間的
「感應」應當是同步的，但在詩學裡，由對詩人「感」和「觸」這種
被動狀態的強調，也經常呈一由「物」至「心」過程（船山詩學是例
外）。上引阮籍和陸機的詩正展現了這樣一種過程。如果以雅各布森

35　逯欽立(編)，《先秦漢魏晉南北朝詩》，上冊，頁499。
36　同上書，頁685。
37　蔣寅，〈言志‧感物‧緣情——有關詩歌觀念轉變的考察〉，《古典
　　詩學的現代詮釋》，頁201-216。
38　詳見本書第三卷《聖道與詩心》第二章〈船山詩學中「現量」義涵的
　　再探討——兼論「情景交融」與相關系統思想〉(尚未出版)。

(Roman Jakobson)的名文〈隱喻的與轉喻的兩極〉(The Metaphoric and Metonymic Poles)中的術語說，體現這樣過程的詩本質上是「轉喻的」(metonymic)而非「隱喻的」(metaphoric)，具有現實的和敘述的性質，而非純粹象徵的和純粹抒情詩的性質[39]。

而在《二十四詩品》中，上述心、物二分的狀態已不復存在，從物感而至心動的轉喻即敘述的過程已不復存在。被涵泳的是真正現象學的相互構成的居間之境：

> 大用外腓，真體內充。返虛入渾，積健為雄。具備萬物，橫絕太空。荒荒油雲，寥寥長風。超以象外，得其環中。持之匪強，來之無窮。[40]

〈雄渾〉作為開篇已將境之在有無、虛實間的本質說得如此透徹！「返虛入渾」和「超以象外，得其環中」更說明了虛靜無為乃入此雄渾的居間之境的進路。「環中」屢見諸《莊子》，〈齊物論〉云：「彼是莫得其偶，謂之道樞。樞始得其環中，以應無窮。」郭象注曰：「偶，對也。彼是相對而聖人兩順之，故無心者與物冥而未嘗有對於天下也，此居其樞要而會其玄極以應夫無方也。」[41]「環中」是去對待，與物冥的居間狀態的絕妙表達，由此開啓主客對立之先的「境」。「象外」則多見於佛籍，指中觀學呈示的「象非真象」的現

39　Roman Jakobson, "The Metaphoric and Metonymic Poles," *Critical Theory since Plato*, ed. Hazard Adams(New York: Harcourt Brace Jovanovich, 1971), pp. 1113-1116.

40　郭紹虞(編)，《詩品集解・續詩品注》(北京：人民文學出版社，1981)，頁3。

41　《莊子集釋》，頁32。

象世界，它表達著非對象化之境的恍惚之狀。這種居中之態亦在以下
各品中觸目可見：

> 素處以默，妙機其微。飲之太和，獨鶴與飛。……遇之匪
> 深，即之愈希。脫有形似，握手已違。——〈沖淡〉
> 俯拾即是，不取諸鄰。與道俱往，著手成春。……
> ——〈自然〉
> 語不涉己，若不堪憂。是有眞宰，與之沉浮。……
> ——〈含蓄〉
> 情性所至，妙不自尋。遇之自天，泠然希音。……
> ——〈實境〉
> 俱似大道，妙契同塵。離形得似，庶幾斯人。——〈形容〉[42]

「素處以默」是沖漠無眹，是自我意識抽掉了私情、利害心和現成
心，是無爲，無主的狀態，一旦如此，即如鶴之在天，暢飲和融於虛
冥的太和之美。「妙機其微」，「遇之匪深，即之愈希。脫有形似，
握手已違」云云，正寫出「詩境」之在有無之際的居間狀態。「是有
眞宰」出《莊子・齊物論》「若有眞宰而特不得其眹」，亦謂此無私
無跡無相之自我。至於此篇詩論中一再出現的「與道適往」，「遇之
自天」，「俱似大道，妙契同塵」云云，皆在彰顯詩之美只在先於
心、物之辨而顯現的純現象之境。換言之，中國詩學傳統中的能感之
「心」與所感之「物」已由「以類相應」轉變成在「境」中渾一。此
即鈴木大拙在寒山詩中所發現的「透明體驗」（experience of

42　《詩品集解・續詩品注》，頁5，19，34，36。

transparency)：「他被完全從其肉體存在裡提舉出來，從包括其客觀世界和主觀精神裡提舉出來。他已無此干預性的內外媒質了。他是通體純淨的，並由此絕對純淨或透明裡朝向所謂的大千世界。」[43]

　　「感物」是以「嘆逝」爲核心的，以致「感物」常常即爲「感時」[44]。因爲恰如西方學者茹彬(Vitaly A. Rubin)所說，「類」本不是空間範疇，自從陰／陽與五行結合以後，它就是涵攝時間模式的活動因素[45]。因而被詩人所感之物，最多莫過於能觸發時間意識的對象：「四時忽其代序兮，萬物紛以迴薄。覽花蒔至時育兮，察盛衰之所託。感冬索而春敷兮，嗟夏茂而秋落。……」[46]大自然的變動不居、天地間生命在時間流逝中的如此脆弱，引發出對自身生命虛擲、死亡臨近的恐懼和憂傷。這種遷逝感傷背後是宇宙的循環論時間之永恆和無可估量、與人類和歷史線性時間之有限和一次性的對比[47]。兩者皆肯定宇宙間持續不斷的運動。此一觀念，在玄學家中以韓康伯和郭象最爲顯著[48]。韓注〈繫辭〉謂「原夫兩儀之運，萬物之動，豈有

43　Daisetz T. Suzuki, *Zen and Japanese Culture*（Princeton: Princeton University Press, 1993), p. 356.

44　例見蔣寅，〈言志・感物・緣情〉，頁206。

45　Vitaly A. Rubin, "The Concepts of Wu-Hsing and Yin-Yang," *Journal of Chinese Philosophy* 9.2 (1982): 131-157.

46　潘岳，〈秋興賦〉，《全晉文》卷90，《全上古三代秦漢三國六朝文》，第2冊，頁1980。

47　參見拙文，〈中國抒情傳統中的原型當下：今與昔之同在〉，《中國抒情傳統》（台北：允晨文化實業股份有限公司，1999），頁115-117。

48　王弼的《周易略例・明卦適變通爻》雖以「夫卦者，時也；爻者，適時之變者也」（《王弼集校釋》，下冊，頁604），即潛在地肯認了世界運動變化的性質，然其注《老子》卻又以爲「動起於靜……卒復歸於靜」（同上書，頁36）。

使之然哉？莫不獨化於大虛，欻爾而自造矣」[49]。郭象說：

> 夫無力之力，莫大於變化者也。故乃揭天地以趨新，負山岳
> 以舍故，故不暫停，忽已涉新，則天地萬物無時而不移也。
> 世皆新矣，而自以為故。舟日易矣，而視之若舊；山日更
> 矣，而視之若前。今一交臂而失之，皆在冥中去矣。故向者
> 之我，非復今我也，我與今俱往，豈常守故哉？[50]

這段話應從郭象既與王弼的貴無論、又與裴頠貴有論不同的有無之辨
的觀念去理解。對郭象而言，「非唯無不得化而為有也，有亦不得化
而為無矣。是以夫有之為物，雖千變萬化而不得一為無也。不得一為
無，故自古無為有之時而常存也」[51]，亦即存有即變化，有與無以變
化得以統一，新與舊亦以變化相貫串。以馮契的說法，運動和變化在
此是絕對的，並「被看作是無數剎那生滅狀態的連續」[52]。此處肯認
的不正是魏晉詩人一再感傷的、令萬物無以常守的「線性的時間」
麼？不正是此一線性時間同時也支持了上文所說的敘述邏輯麼？

　　而作為「感物」模式核心的「感時」也在《二十四詩品》中基本
消失了。筆者在1980年代早期曾根據《淮南子・天文訓》中音律與二

49　《王弼集校釋》，下冊，頁543。

50　《莊子注・大宗師》，《莊子集釋》，頁110。

51　《莊子注・知北遊》，《莊子集釋》，頁321。「是以無有之為物」一句
　　從馮契《中國古代哲學的邏輯發展》一書，改為「是以夫有之為
　　物」，見馮著，（上海：華東師範大學出版社，1997），中冊，頁178。
　　筆者引用這段話，受張節末〈比興、物感與剎那直觀〉一文影響，載
　　《社會科學戰線》2002年第4期，頁110-117。

52　《中國古代哲學的邏輯發展》，中冊，頁179。

十四節氣相配，李賀〈苦篁調嘯引〉有伶倫崑崙採竹二十四以正音律的傳說，以及詩樂相代，「詩通於律歷」等觀念爲背景，結合《二十四詩品》詩境序列中時氣物候自溫煦向寒涼的發展而推斷：《二十四詩品》是以二十四節氣爲線索，即以法天地之成數、反映道家自然之道的天時觀念去貫串眾多的詩學審美範疇。此一結構的意義之一即肯認了「人對自然變化情感反應的[模式]序列」[53]。十七年後之今日，筆者依然相信這篇曠世之作是以二十四節氣爲線索，因爲最代表純構成的天道的恰恰是「時」，而二十四氣正是「時」之象徵。然而，筆者當初推斷《二十四詩品》乃一「人對自然變化情感反應的[模式]序列」（或「感物」的序列）的論點卻完全錯了。恰恰相反，這篇詩論似乎是有意取法時氣序列之成數，以顛覆自董仲舒《春秋繁露》中所謂「人生有喜怒哀樂之答，春秋冬夏之類也」[54]，至陸機、劉勰和鍾嶸等的「感物」模式。倘若此篇乃以季候變化之二十四氣爲線索，那麼，除卻〈悲慨〉一品或與「怒，秋之答也」的模式呼應，以容納此一自宋玉〈九辯〉起即已在中國詩歌中確立的主題而外，其餘各品均與「感物」模式無關。例如，〈曠達〉一品曰：「生者百歲，相去幾何？……孰不有古，南山峨峨」[55]，分明是在談論生命的終結。冬，終也。自此品在二十四氣序列的位置而言，它亦應在冬時。但此處文本卻並不呼應「哀，冬之答也」或「霰雪無垠，矜肅之慮深」的模式，而出之以更不具私情的「曠達」。除〈悲慨〉而外，《二十四詩

53　見拙文，〈司空圖的詩歌宇宙〉，《中國詩歌美學》（北京：北京大學出版社，1987），頁21-47。

54　《春秋繁露·爲人者天》，引自蘇輿，《春秋繁露義證》（北京：中華書局，1992），頁318-319。

55　《詩品集解·續詩品注》，頁41。

品》基本上是以「蓄素守中」地參與著與世界的相互構成，於中生發
出種種審美生活之時境。其基調是後世禪宗〈無門關〉所說的「春有
百花秋有月，夏有涼風冬有雪，若無閒事在心頭，便是人間好時
節」，而非「人生有喜怒哀樂之答，春秋冬夏之類也」。一度主導中
國詩學的「感物」模式、情感中心論與其核心「感時」，已在此處被
淡出甚至被顛覆了。但這卻絲毫不妨礙詩人對自然之美的領略。此中
道理，恰如被稱為佛教中梭羅的淨智法師（Bhikkhu Nyanasobhano）所
說：佛教並不鄙視美，「只有對美的狂熱的愛才是危險的，那是必須
拋棄的。當楓紅的秋季銷盡了自己並讓路給灰色的冬季時，假如不將
自己繫於美景，就不會恐懼和消沉。一種快樂逝去，我們任它逝去而
絕無悲傷。……只有當我們吞嚥美時，美才是毒藥；而當我們把它用
於靜觀，它可以是親近而予以靈感的。」[56]這不就是《二十四詩品》
所謂「俱道適往，著手成春」麼？

　　然而，無可懷疑，《二十四詩品》中所體現的絕對待、與物冥的
居間狀態以及無感於時的態度又與玄學相通。郭象所描述的「坐忘」
正是一居間之態：

　　夫坐忘者，奚所不忘哉？既忘其跡，又忘其所以跡者。內不覺
　　其一身，外不識有天地，然後曠然與變化為體而不通也。[57]

而且，郭象又強調「覺夢之化無往而不可，則死生之變無時而足

56　Bhikkhu Nyanasobhano, *Landscapes of Wonder* （Boston: Wisdom
　　Publications, 1998）, p. 65.
57　《莊子注・大宗師》，《莊子集釋》，頁128。

惜」，反對明覺之非夢，明生之非死[58]，這些皆與感物傷時的生命意識相悖。此是《二十四詩品》得以玄學語言表達之故。然另一方面，由肯定線性的時間，玄學家如郭象又強調「無藏而任化者變不能變也」。既然世界在變，那麼「體道合變者與寒暑同其溫嚴」[59]，使「喜怒通四時」也無可非議了。但這就與董仲舒的「人生有喜怒哀樂之答，春秋冬夏之類也」頗有相接之處了。顯然，魏晉詩學接受的是玄學與「感物」和「感時」相合的方面。這個事實說明：僅在玄學的背景下並非本然地可以開綻出《二十四詩品》這樣的詩學奇葩。在魏晉玄學興起的六個世紀之後，另一種思想出現並與玄學交融，才是這篇曠世之作得以產生的不可或缺的思想營養。這就是在中唐以後大行其道的南宗禪。

二、士子禪和中晚唐「非感物」詩風

　　明人胡元瑞論唐世學風與詩風時說：「世知詩律盛於開元，而不知禪教之盛，實自南嶽、青原兆基。考之二大士，正與李、杜二公並世，嗣是列為五宗，千支萬委，莫不由之。……世但知文章盛於元和，而不知爾時江西、湖南二教，周遍環宇……宋儒明道，各極宗趣，代自名家。獨唐儒者不競，乃釋門之熾盛如是，焉能兩大哉！」[60]中唐以後詩風的變化，詩人與禪宗的關係是推動風氣轉變不容忽視的因素。嚴耕望曾舉唐中葉後學官日衰，平民寒士有寄寓山林寺院讀書的風尚，以至中葉以後為宰相者，竟有十七人幼年曾習業山林寺院。

58　同上書，頁125。
59　同上書，頁104-105。
60　《少室山房筆叢》卷48癸部《雙樹幻鈔》下，頁647。

詩文名家中，亦有白居易、劉長卿、李華、孟郊、李賀、呂溫、許渾、
杜牧、李商隱、溫庭筠、鄭谷、李端、王建、杜荀鶴等有此經歷[61]。
當然士、僧之間往還遠不止於此。賈島、周樸曾出家爲僧自不必說，
白居易、裴休、權德輿、陸希聲、李舟、李翱亦曾洗心求道於名僧。
韋應物大曆十四年以抱微痾頹然謝職，以釋子爲群，閒居澧上善福寺
究詰空理。李端居廬山從皎然讀書而事爲師。劉禹錫亦曾從皎然、靈
澈學詩，其在送禪師鴻舉的詩中謂「鍾陵八郡多名守，半是西方社中
友。與師相見便談空，想得高齋獅子吼」[62]。江南一帶士大夫於時與
僧侶交遊之盛，於此可見一斑。在士人與僧人的交往中，前者或視後
者爲問道之師，則詩文中多以「遠公」稱之，令人想到東晉時代名僧
慧遠與其白蓮社中世俗門人如謝靈運、宗炳、雷次宗等的關係[63]；或
視僧人爲論理談詩的朋友，則詩文中多以「支公」呼之[64]，令人想到

61　嚴耕望，〈唐人讀書山林寺院之風尚──兼論書院制度之起源〉，中央
　　研究院《歷史語言研究集刊》，第30本，下冊(1959年10月)，頁689-
　　728。

62　〈送鴻舉遊江西〉，《全唐詩》卷356，第11冊，頁4007。

63　如韓翃，〈題慈仁寺竹院〉謂：「詩人謝客興，法侶遠公心」；皇甫
　　冉，〈問正上人疾〉謂：「幾日東林去，門人待遠公。」《全唐詩》
　　卷249，第8冊，頁2805。嚴維，〈哭靈一上人〉謂：「一公何不住，
　　空有遠公名。」司空曙，〈同苗員外宿薦福常師房〉：「一願持如
　　意，長來事遠公。」《全唐詩》卷292，第9冊，頁3316。朱放，〈靈
　　門寺贈靈一上人〉：「請住東林寺，彌年事遠公。」白居易，〈神照
　　禪師同住〉：「龍門水西寺，夜與遠公期。」姚合，〈送澄江上人赴
　　興元鄭尚書招〉：「聞結西方社，尚書待遠公。」韋蟾，〈嶽麓道林
　　寺〉：「何時得與劉遺民，同入東林遠公社。」以上《全唐詩》卷
　　244，第8冊，頁2741；卷249，第8冊，頁2805；卷263，第8冊，頁
　　2921；卷292，第9冊，頁3316；卷315，第10冊，頁3540，卷452，第
　　14冊，頁5113；卷496，第15冊，頁5631；卷566，第17冊，頁6557。

64　見劉長卿，〈贈普門上人〉：「支公身欲老，長在沃洲多」；李端，
　　〈宿深上人院聽遠泉〉：「泉聲宜遠聽，入夜對支公」；司空曙，〈聞

支遁與王羲之、謝安等名士的交遊。與僧侶交遊爲文人帶來難得的心
靈清寧。權德輿嘗於送道依的文字中云:

> 惠公以其徒依公見訪,藹然之和,發於眉宇。得其道者,不
> 待言說。予嘗欲黜健羨,遺名聲,不使塵機世相滑昏靈府。
> 故每隨縉紳士遊則神怠,與依、惠遊則性勝,蓋循分而動,
> 亦境所由然。[65]

這是士子們普遍的感受,正是所謂「一從方外游,頓覺塵心變」[66],
「偶來遊法界,便欲謝人群。竟夕聽眞響,塵心自解氛」[67],「見僧
心暫靜,從俗事多屯」[68]。上文述及的《二十四詩品》中呈現的「非
感物」傾向,應係佛禪流行於士子所開詩壇新風氣之體現。姑以中唐

(續)————————————————————

居寄苗發〉:「支公有遺寺,重與謝安過」;司空曙,〈寄準上人〉:
「偶與支公論,人間共自傳」;許渾,〈思歸〉:「樹暗支公院,山寒
謝守窗」;李中,〈送劉恭遊廬山兼寄令上人〉:「松桂煙霞蔽梵宮,
詩流閒去訪支公。」以上見《全唐詩》卷148,第5冊,頁1516;卷
285,第9冊,頁3249;卷292,第9冊,頁3316;卷293,第9冊,頁
3338;卷528,第16冊,頁6044;卷747,第21冊,頁8459。

65　〈送道依闍黎歸婺州序〉,《全唐文》卷492,第5冊,頁5026。權德輿
是思想受禪宗特別是洪州禪影響很深的人物,而自稱「不信佛法」的顏
眞卿卻同樣樂於訪僧宿寺,謂:「予不信佛法,而好居佛寺,喜與學佛
者語,人視之若酷信佛法者然,而實不然也。予未仕時,讀書講學恆在
福山,邑之寺有類福山者,無有無予蹟也。始僦居,則凡海印、萬福、
天寧諸寺,無有無予蹟者。既仕於崑,時授徒於東寺,待客於西寺,每
至姑蘇,恆止竹堂,目予實信其法。」見其〈泛愛寺重修記〉,《全唐
文》卷337,第4冊,頁3419。

66　張彙,〈遊棲霞寺〉,《全唐詩》卷368,第11冊,頁4162。

67　呂溫,〈終南精舍月中聞磬聲詩〉,《全唐詩》卷370,第11冊,頁4157。

68　賈島,〈落第東歸逢僧伯陽〉,《全唐詩》卷573,第17冊,頁6666。

受南宗禪沾溉最著的詩人白樂天爲例。

　　白氏總其一生爲「外以儒行修其身，中以釋教治其心，旁以山水風月歌詩琴酒樂其志」[69]。而其刺江州後棲心釋教，亦是「通學大小乘法」[70]。白氏貞元中曾受教於北宗凝公。元和中更逐漸傾心洪州禪，曾向馬祖道一的法嗣興善惟寬問道。其爲惟寬所撰〈傳法堂碑〉概括後者禪法爲「心本無損傷，云何要修理？無論垢與淨，一切勿起念」[71]。晚年退居洛下，又以道一另一法嗣嵩山僧如滿爲「空門友」，《景德傳燈錄》卷十遂以白氏爲如滿唯一弟子。其實，白氏是不立門限的，與牛頭、南宗荷澤一系的僧人亦有往來。其〈客路感秋寄明準上人〉應作於貞元年間，詩云：

　　　　日暮天地冷，雨霽山河清，長風從西來，草木凝秋聲。已感歲候忽，復傷物凋零。孰能不惆悵，天時牽人情。借問空門子，何法易修行？使我忘得心，不教煩惱生。[72]

此詩以典型的「感物」和「感時」模式出現：從寫秋景過渡到傷懷，「孰能不惆悵，天時牽人情」重複著以往的「嘆逝」主題。然而，詩人卻想自此一「感物」和「感時」的模式裡解脫出來，爲此他祈望明準上人指點他修行之路。而在〈題贈定光上人〉一詩中，詩人借定光上人精神肖像寫出由禪家的生命情調所達致的解脫境界：

69　〈醉吟先生墓誌銘序〉，朱金城（箋校），《白居易集箋校》卷71，第6冊，頁3815。

70　〈醉吟先生傳〉，同上書，卷70，第6冊，頁3782。

71　《白居易集箋校》卷41，第5冊，頁2692。

72　《白居易集箋校》卷9，第1冊，頁498。

二十身出家，四十心離塵，得徑入大道，乘此不退輪。一坐
十五年，林下秋復春。春花與秋氣，不感無情人。我來如有
悟，潛以心照身。誤落聞見中，憂喜傷形神。安得遺耳目，
冥然反天眞。[73]

所謂「春花與秋氣，不感無情人」是禪家漠然世事變幻，哀樂不入的
生命情調之寫照，「感物」和「感時」的題旨在此作爲「誤落聞
見」、「傷形神」而被否定。作於大和三年的〈和知非〉一詩說明晚
年白氏亦能以修禪臻此境界：

不如學禪定，中有甚深味。曠廓了如空，澄凝勝於睡。屛除
默默念，銷盡悠悠思。春無傷春心，秋無感秋淚。坐成眞諦
樂，如受空王賜。……[74]

白樂天其他詩作中亦時時透露出此一情調：

人生大塊間，如鴻毛在風。或飄青雲上，或落泥塗中。……
外物不可必，中懷須自空。無令決決氣，留滯在心胸。[75]
行立與坐臥，中懷澹無營。不覺流年過，亦任白髮生。……[76]
已任時命去，亦從歲月除。中心一調伏，外累盡空虛。……[77]

---

73 《白居易集箋校》卷9，第1冊，頁502。
74 《白居易集箋校》卷22，第3冊，頁1479。
75 〈聞庚七左降因詠所懷〉，《白居易集箋校》卷6，第1冊，頁321。
76 〈詠懷〉，《白居易集箋校》卷7，第1冊，頁373。
77 〈歲暮〉，《白居易集箋校》卷7，第1冊，頁376。

有起皆因滅，無睽不暫同。從歡終作感，轉苦又成空。次第
花生眼，須臾燭過風。更無尋覓處，鳥跡印空中。[78]

在詩人極力追隨禪家，淡然於世事變幻的生命的自在裡，「感物」和
「感時」之情已被銷盡。這種生命情調又何限於白氏一人？劉禹錫在
一邊宣說「楚客逢秋心更悲」[79]的同時，一邊又會以羨慕禪家的超然
物外：

宴坐白雲端，清江直下看。……虎嘯夜林動，黿鳴秋澗寒。
眾音徒起滅，心在淨中觀。
不出孤峰上，人間四十秋。視身如傳舍，閱世似東流。……[80]
雨引苔侵壁，風趨葉擁階。久留閒客話，宿請老僧齋。……
脩然自有處，搖落不傷懷。[81]

這裡表現的同樣是對世事變化、眾芳搖落之漠然。權德輿是中唐另一
位篤信佛法的文人，不僅與詩僧皎然、靈一往還，且曾隨李兼參拜馬
祖道一，並與章敬懷暉交遊甚密。其詩曰：

清晨坐虛齋，群動寂未喧。泊然一室內，因見萬化源。得喪
心既齊，清淨教益敦。境來每自愜，理勝或不言。亭柯見榮

78　〈觀幻〉，《白居易集箋校》卷26，第3冊，頁1813。
79　〈送慧則法師歸上都因呈廣宣上人〉，《全唐詩》卷359，第11冊，頁
　　4048。
80　〈宿誠禪師山房題贈二首〉，《全唐詩》卷357，第11冊，頁4020。
81　〈和樂天早寒〉，《全唐詩》卷357，第11冊，頁4025。

枯，止水知清渾。……[82]

曙鐘來古寺，旭日上西軒。稍與清境會，暫無塵事煩。靜看
雲起滅，閒望鳥飛翻。……[83]

這也是以禪家的平常心面對塵事榮枯。戴叔倫是飽經憂患的詩人，但
也不免寫出以下的詩句：

禪心如落葉，不逐曉風顛。[84]

暮山逢鳥入，寒水見魚沉。與物皆無累，終年愜本心。[85]

已悟化城非樂界，不知今夕是何年。[86]

這也是借禪以出離憂患。許渾下第後曾長居僧寺，其詩作亦見禪風：

水鄉春足雨，山郭夜多雲。何以參禪理，榮枯盡不聞。[87]

禪空心已寂，世路任多岐。……牆外洛陽道，東西無盡時。[88]

光陰難駐跡如客，寒暑不驚心似僧。……身閒境靜日爲樂，
若問其餘非我能。[89]

---

82 〈晨坐寓興〉，《全唐詩》卷320，第10冊，頁3608。

83 〈暮春閒居示同志〉，《全唐詩》卷320，第10冊，頁3609。

84 〈寄禪師寺華上人次韻三首〉，其二，《全唐詩》卷273，第9冊，頁3079。

85 〈漢南遇方評事〉，《全唐詩》卷273，第9冊，頁3081。

86 〈二靈寺守歲〉，《全唐詩》卷273，第9冊，頁3094。

87 〈春醉〉，《全唐詩》卷530，第16冊，頁6062。

88 〈白馬寺不出院僧〉，《全唐詩》卷531，第16冊，頁6069。

89 〈南亭夜坐貽開元禪定二道者〉，《全唐詩》卷533，第16冊，頁6088。

李端自稱為皎然門人，他的詩作一方面不避「感物」傳統，如〈贈岐山姜明府〉中有：「昨夜聞山雨，歸心便似遲。幾回驚葉落，即到白頭時。雁影將魂去，蟲聲與淚期。馬卿兼病老，宋玉對秋悲……」[90]，好一副悲秋傷懷的樣子。但一寫到僧侶，則是：

> 得道輕年暮，安禪愛夜深。東西皆是夢，存沒豈關心？[91]
> 月明潭色澄空性，夜靜猿聲證道心。[92]

可見他深知得道者的自在之境。包佶詩中也作過這樣一個對比：

> 一世榮枯無異同，百年哀樂又歸空。夜闌烏鵲相爭處，林下
> 真僧在定中。[93]

杜牧與牛頭宗的徑山道欽交遊，謂「曾與徑山為小師」[94]，又喜遊寺訪僧，自稱「秋山春雨閒吟處，倚遍江南寺寺樓」[95]，其詩作亦不時透出不為物累，泰然面對時光流逝的禪之生命情調：

> 但得酩酊酬佳節，不用登臨恨落暉。古往今來只如此，牛山
> 何必獨沾衣！[96]

90　《全唐詩》卷284，第9冊，頁3236。
91　〈同皇甫侍御題惟一上人房〉，《全唐詩》卷285，第9冊，頁3244。
92　〈寄廬山真上人〉，《全唐詩》卷286，第9冊，頁3271。
93　〈觀壁盧九想圖〉，《全唐詩》卷205，第6冊，頁2142。
94　〈宣州開元寺贈惟真上人〉，《全唐詩》卷526，第16冊，頁6023。
95　〈念昔遊〉其一，《全唐詩》卷521，第16冊，頁5953。
96　〈九日齊山登高〉卷522，《全唐詩》，第16冊，頁5966。

秋聲無不攪離心，夢澤蒹葭楚雨深。自滴階前大梧葉，干君
何事動哀吟？[97]

詩人此刻隨緣自在，似已不屑對景傷懷。司空圖號耐辱居士，歷來被
認爲是《二十四詩品》的作者，其詩今存三百六十餘首，有三十四首
涉及其與僧人的交遊。其爲溈山靈佑的弟子香嚴智閒所寫的〈香嚴長
老讚〉以及爲伏牛長老所作的二首偈都頗得南宗禪法眞諦：「禪酋之
東，親抉人視聽至而又至者，道與本俱忘哉！」[98]「不算菩提與闡
提，惟應執著便生迷」[99]。其詩亦有以上所說的哀樂不入的禪意：

花落更同悲木落，鶯聲相續即蟬聲。榮枯了得無多事，只是
閒人漫繫情。[100]
自古詩人少顯名，逃名何用更題名？詩中有慮猶須戒，莫向
詩中著不平！[101]

還可以舉出更多例證，但筆者以爲以上已足以說明：中、晚唐詩壇上
確有一種「非感物」的傾向存在。羅宗強先生體味中唐詩風中的「寧

---

97 〈齊安郡中偶題二首〉其二，《全唐詩》，第16冊，頁5966。
98 《司空表聖詩文集箋校》文集卷9，頁301。
99 《司空表聖詩文集箋校》詩集卷4，頁117。
100 〈上方〉，《司空表聖詩文集箋校》詩集卷4，頁103。杜松柏又以
〈香嚴長老讚〉中「匪羈孰釋」用禪宗四祖道信公案，〈題休休亭〉
中「伎倆雖多性靈惡，賴是長教閒處著」用六祖惠能與臥輪禪師公
案，〈狂題十八首〉言「平常心」方合道。見《禪學與唐宋詩學》，
頁411-412。
101 〈白菊三首〉其二，《司空表聖詩文集箋校》詩集卷5，頁140。

靜淡泊」，晚唐詩風中的「無愛無憎」的「淡泊情思和淡泊境界」[102]
正與此傾向出自同一脈絡。藉其所引李詞〈顏上人集序〉中的話則是
「不入聲相得失哀樂怨歡……虛涵不爲，冷然若懸」[103]。由於這些
詩作多與詩人和僧侶之往還有關，其因受佛禪觀念影響所致應無問
題。然中、晚唐正是最多苦難和憂患的時代。詩中表現如此的哀樂不
入、澹然處變的風度並不意味著詩人已麻木到全無意氣，而僅僅說明
其有時到了非藉乎佛禪已無以自平的地步。所以，對上述「非感物」
的傾向亦不宜誇大，以上偶爾寫下「非感物」詩句的詩人，在另一些
場合也會寫下「感物」之作，上舉白居易的〈客路感秋寄明準上
人〉、劉禹錫的〈送慧則法師歸上都因呈廣宣上人〉、李端的〈贈岐
山姜明府〉等等即是明證。此一矛盾，倘藉詩人的詩句概括，則是：
「傳燈已悟無爲理，濡露猶懷罔極情」[104]；「榮枯盡寄浮雲外，哀
樂猶驚逝水前」[105]……。《二十四詩品》的作者是誰？有陳、汪的
大文在前，筆者不敢妄測。然而，倘若他是如司空表聖一樣兼受玄、
禪影響之晚唐詩人，一面會因哀帝遇弒，「不食扼腕，嘔血數升而
卒」，一面又會寫出如此哀樂不入的論詩之作，又何足怪？須知同一
個表聖，亦曾預爲壽藏終製，與友人壙中對酌以爲曠達呢！

　　本章第一小節業已證明如此「非感物」傾向不可能出自玄學，而
以上詩例與佛禪的關聯更表明它是後者影響的產物。但以下展開的有
關「詩境」的論題則旨在令吾人從學理上瞭然何以佛禪會成爲此一詩
風的精神脈絡。上文論及，人生的喜怒哀樂在傳統中是對應季節時間

---

102 《隋唐五代文學思想史》，頁160-167，404-408。
103 《全唐文》卷829，第9冊，頁8731。
104 劉禹錫，〈送僧元暠東遊〉，《全唐詩》卷359，第11冊，頁4057。
105 許渾，〈重遊練湖懷舊〉，《全唐詩》卷534，第16冊，頁6094。

的變化而模式化地展開的，「感物」的核心亦是「嘆逝」，而「嘆
逝」所感嘆的則爲令萬物無以常守的「線性的時間」。而此「線性的
時間」卻被佛教否定了。僧肇的〈物不遷論〉曰：

> 夫生死交謝，寒暑迭遷，有物流動，人之常情。余則謂之不
> 然。何者？《放光》云：法無去來，無動轉者。尋夫不動之
> 作，豈釋動以求靜，必求靜於諸動。必求靜於諸動，故雖動
> 而常靜。不釋動以求靜。故雖靜而不離動。……
> 今而無古，以知不來。古而無今，以知不去。若古不至今，
> 今亦不至古，事各性住於一世，有何物而可去來？然則四象
> 風馳，璇璣電捲，得意毫微，雖速而不轉。是以如來功流萬
> 世而常存，道通百劫而彌固。[106]

僧肇之論以「夫生死交謝，寒暑迭遷，有物流動，人之常情」開始，
這正是「感物」說的基礎。但僧肇卻以「順俗則違眞」而否定了它。
對佛教而言，現象界乃心念之起。而心念卻是旋起旋滅的，故而法無
去來，古不至今，今亦不至古，也就再無郭象所謂「舟日易矣，而視
之若舊；山日更矣，而視之若前」的更易變化可言：「旋嵐偃嶽而常
靜，江河競注而不流，野馬飄鼓而不動，日月歷天而不周，復何怪
哉？」此處僧肇所辯破的，正是上文論及的能使新與舊以變化相貫串
的「被看作是無數剎那生滅狀態的連續」，而其肯認的，則是不連續
的當下的剎那感覺。爲說明此兩者間的區別，不妨藉用國際佛教學者
舍爾巴茨基(TH. Stcherbatsky)論印度哲學中數論(Sāṅkhya system of

---

106 《大正新修大藏經》，第45冊，頁151。

philosophy)和佛教關於宇宙之流(Universal Flux)的兩種迥然不同觀念
的一段話：

> 代表世界運動過程的或者是持續不斷的運動，或者是非連續
> 的但卻非常緊密的運動。後者由無限多的分離的剎那時刻前
> 後相隨而構成，各剎那之間幾乎沒有間歇。對於前者，現象
> 不過是突出於一個永恆的、瀰漫一切而又沒有分化的物質背
> 景上的波或波的起伏。此波動與物質是同一的。宇宙代表了
> 一種連奏(legato)運動。對於後者，並不存在物質，只有轉
> 瞬即逝的前後相繼的能。但它卻產生了關於穩定的現象的錯
> 覺。因而宇宙是切分間奏(staccato)的運動。數論哲學堅持
> 前一觀點，佛教則主張後者。[107]

很顯然，數論與佛教關於宇宙運動和時間觀念的差異幾乎即是玄學和
佛教在此觀念上的差異了。對佛教而言，宇宙既是一切分間奏的運
動，自我與萬法既均空無自性，那麼亦無須有遷逝的傷感了。中國禪
宗宗教實踐中的「無念」、「無相」、「無住」正是欲由肯認此一宇
宙運動和時間觀念而達致解脫：

> 色心前後中，實無緣起境。一念自凝忘，誰能計動靜？……
> 前境不變謝，後念不來今。求月執玄影，討跡逐飛禽。……[108]

---

107 TH. Stcherbatsky, *Buddhist Logic*, vol.1, p. 83.中譯文見宋立道、舒曉煒
　　（譯），《佛教邏輯》（北京：商務印書館，1997），頁98。
108 〈法融傳〉，《景德傳燈錄》卷4，《大正新修大藏經》，第51冊，頁
　　227。

此法起時不言我起，滅時不言我滅。前念、後念、中念，念
念不相待，念念寂滅，喚作海印三昧，攝一切法。[109]
祇如今截斷一切有無聲色流過，心如虛空相似。……祇如今
於一一境法都無愛染，亦莫依住知解，便是自由人。……祇
如今一念一念不被一切有無等法管，自古至今，佛祇是人，
人祇是佛。[110]

如能「念念不相待，念念寂滅」，「截斷一切有無聲色流過」，難道
還會「感物」和「嘆逝」嗎？在此，吾人有必要分辨中唐佛教的「感
應」觀念與中國傳統的「感應」、「感類」觀念的根本不同。美國學
者薩夫（Robert H. Sharf)在其最近出版的有關中唐禪宗文獻與道家、
道教思想關係的著作中強調了後者對前者的影響。然而，正如其本人
所說，將此現象僅以佛—道調和為其特徵加以概括是錯誤的。可惜，
他本人卻未能充分辨析《寶藏論》中的「感應」的觀念與中國傳統思
想的實質不同。《寶藏論》的著作權曾被認為是僧肇，但湯用彤1930
年代即提出質疑。從該書引證成於7世紀中的偽經《法句經》來判
斷，《寶藏論》無疑應作於唐世。按照日本學者鎌田茂雄的考證，此
書或成於8世紀最後二十五年裡[111]。「感應」的觀念的確出現在《寶
藏論·本際虛玄品》的開始部分：

---

109 《馬祖語錄》，《古尊宿語錄》（北京：中華書局，1994)，上冊，頁3。
110 《百丈廣錄》，同上書，第1冊，頁16。
111 Robert H. Sharf, *Coming to Terms with Chinese Buddihism: A Reading of the Treasure Store Treatise* (Honolulu: University of Hawai'i Press, 2002), pp. 35-36.

夫本際者，即一切眾生無礙涅槃之性也。何謂忽有如是妄心
及以種種顛倒者？但為一念迷也。又此念者從一而起，又此
一者從不思議起，不思議者即無所起。故經云：道始生一，
一為無為。一生二，二為妄心。以知一故即分為二。二生陰
陽，陰陽為動靜也。以陽為清，以陰為濁。故清氣內虛為
心。濁氣外凝為色。即有心色二法。心應於陽，陽應於動。
色應於陰，陰應於靜。靜乃與玄牝相通，天地交合故。所謂
一切眾生皆稟陰陽虛氣而生，是以由一生二，二生三，三即
生萬法也。既緣無為而有心，復緣有心而有色。故經云：種
種心色，是以心生萬慮，色起萬端。和合業因，遂成三界種
子。夫所以有三界者，為以執心為本迷真一故。[112]

此處雖然談到了心與陰陽色法之間的感應，但卻完全是從負面意義而
論之，即有感應是由於眾生「一念迷」、「以執心為本」的緣故。正
因為「一念迷」，故而「即有心色二法」，亦即上文所說的心、物之
辨。而佛法則能令眾生「離微體淨」：「無有一法從外而來，無有一
法從內而出……對境無心，逢緣不動。」[113]

　　至於佛教中所肯定的「感應」則是薩夫書中討論的以佛的「應
身」（the Resonant-Body of the Buddha）為中心的觀念。但這種「感
應」同樣與中國傳統宇宙論中的以類相應有很大的差異。在此，
「感」在多數情況下是使動意義的，「應」者才是佛。如《大乘起信
論》這樣談「感佛」：

---

112 《新編卍續藏經》，第96冊，頁55。
113 同上書，頁51。

> 一切諸佛菩薩皆願度脫一切眾生，自然薰習，恆常不捨，以
> 同體智力故，隨應見聞而現作業。所謂眾生依於三昧，乃得
> 平等見諸佛故。[114]

這裡「眾生」是指十地以上的菩薩，他們在三昧中得見諸佛的報身。
此處使動義的「感佛」，「感」是持定之人，「應」者才是佛。這與
「感物」的受動意義的「感」是不一樣的。其次，在「感應」中現出
的佛的報身、應身又並非客觀存有之「物」，因為禪宗一再宣說：
「是心是佛，是心作佛，當知佛即是心，心外更無別佛也。」[115]應
感而現的佛相是意識中的影像，隨心力而成。復次，與玄學於多樣性
的天地兩間中縱浪大化地感時、感物、感類不同，佛與眾生之間的
「感應相契」，只因外於時空的、單一的佛性，果位和因位的佛性而
有。以宗密的話說：

> 此心是一切眾生清淨本覺，亦名佛性，或云靈覺。……
> 妙用煩惱，功過雖殊，在悟在迷，此心不異。欲求佛道
> 須悟此心。……然若感應相契，則雖一燈傳百千燈而燈
> 燈無殊。[116]

而此佛性本身在洪州馬祖以來，即是般若空性本身，當然更不會是人

---

114 高振農(校釋)，《大乘起信論校釋》，頁94。
115 道信，〈入道安心要方便法門〉，《楞伽師資記》，載《中國佛教叢
　　書・禪宗編》，第2冊，頁257。
116 〈中華傳心地禪門師資承襲圖〉，載《中國佛教叢書・禪宗編》第1
　　冊，頁287。

生的喜怒哀樂。由此，吾人不難理解佛教與中國原有傳統的「關聯性思維」中的「感應」觀念以及由此延伸的「感物」、「感時」如何不同了：佛與眾生的「感應相契」與玄學所肯認的所謂「體道者物感而後應」不可同日而語。佛並非「物」，既非本體意義的存在，亦非認知意義的對象，而是現象學意義的非有非空、亦有亦空的體驗。佛教並不關注一客觀的「宇宙的有機系統」之中的感應，而僅關注個體生命心靈與功能種子，以及佛果與佛性之間的因緣網。同時，由於佛教否定了變化和運動的連續性，自我與世界則均失去了自性，可感知的世界只是居間的，剎那存在的「境」。令萬物無以常守的「線性的時間」的感嘆亦無從生發了。基於此，生發出的是禪家的生命情調，浸透其中的是對變化和時間流逝的漠然，以寒山的詩句，則是：「秋到任他林落葉，春來從你樹開花。三界橫眠閒無事，明月清風是我家。」[117]

　　然而，上述佛禪觀念如欲在《二十四詩品》中與道玄思想相接，則須發現一相接之點。此相接之點，自社會背景而言，即上文所論中晚唐的文人禪或士子禪。其渲染出是「格義」佛學以來又一度東土思想與佛學之間的交融，構成《二十四詩品》中禪與道玄思想在義理上相接之背景。這一次主要發生在莊玄、重玄派道教與佛教之間。

　　薩夫注意到唐代道教重玄思想中的佛教中觀學的影響[118]。至於道家對禪宗的影響，最為顯豁的證據應是〈絕觀論〉和《寶藏論》等幾篇文獻的出現。〈絕觀論〉的作者向被認為是法融，但日本中國禪史的權威學者柳田聖山和美國著名學者麥克瑞均認為：是書應最後彙

117　項楚(注)，《寒山詩注》(北京：中華書局，2000)，頁512。

118　Robert H. Sharf, *Coming to Terms with Chinese Buddihism*, pp. 61-65.

成於8世紀中期至80年代前牛頭宗後學之手[119]。這兩個文獻皆涵有大量道家術語。如〈絕觀論〉以「夫大道沖虛，幽微寂寞，不可以心會，不可以言詮」開篇，論道謂「道無所不遍」乃至於草木[120]。《寶藏論》開篇即模仿《道德經》：「空可空，非真空；色可色，非真色。真色無形，真空無名。無名名之父，無色色之母」[121]，文中道家術語如「大象」、「無名之樸」、「孤皦」、「玄牝」、「相待」、「冥其化」，「大冶鑄金」（《莊子·大宗師》）以及重玄學派的「玄玄」、「真一」、「太一」等可謂觸目皆是。按照以上的考訂，這兩部文獻皆應最後完成於玄宗、肅宗兩朝道家之學大興之後、禪宗在8世紀後期崛起的時代裡。其所表現出的禪宗與玄學以及道教重玄思想的關係，以薩夫的看法，則是：

> 假如重玄文本和司馬承禎的著作代表了協調的，或許並非自覺的嘗試去鍛造出一種士大夫道教以與佛教競爭，那麼《寶藏論》與以上討論的早期禪的寫作則可能代表了一種來自佛教的回應。與其說《寶藏論》在爭辯佛教解脫之路和佛教教義更為優越，不如說其將自道家經典——值得注意的是自《道德經》——借來的因素融入中國佛教的話語，以宣示所有這些教義均為一個單獨真理的表述。然而，將此一結果以佛—道調和為其特徵加以概括卻是錯誤的，因為被表述的真理，按照佛教的說法，是佛教的真理。而道家的修辭可能在唐代文人中擴展了佛教，卻又在佛教的訊息中「織」入了道

119　*ibid*, p. 43.
120　〈絕觀論〉，《中國佛教叢書·禪宗編》，第1冊，頁245、247。
121　《寶藏論·廣照空有品第一》，《新編卍續藏經》，第96冊，頁46。

家之紗。無可置疑，早期禪宗中——特別是《寶藏論》和出
自牛頭宗的著作——大規模吸收道家因素推動了在此後達到
高潮的禪的意識形態的發展。正如時常被提到的，禪學教義
的特徵——如「不立文字」、「直指」、「見性」、「頓
悟」——均有道家用例在前，而不妨視作道家對中國大乘
「污染」的結果。[122]

這種佛教與玄學之間的相互吸收和借取，推動了佛教的進一步中國
化。此一進程，早已走出魏晉時代貴無賤有、從超然本體境界解說般
若學的階段。由僧肇開始，佛禪終於在郭象玄學的統一、不二、即有
即無的圓融的「玄冥之境」中發現了與中國思想傳統的契合點，而進
一步以有無雙遣、非有非無、亦有亦無的「不真空」解釋諸法實相。
禪宗思想正是循此而發展。正因玄、佛之間的影響是相互的，其所展
示的結果亦是雙向的。在此，參禪文人本身對義理含混的作用不容忽
視。在中唐以還的詩中因而有「別從仙客求方法，曾到僧家問苦
空」[123]，有「藥成彭祖搗，頂受七輪摩」[124]，有「病依居士室，夢
繞羽人丘」[125]，有「律儀通外學，詩思入禪關」[126]，有「散誕人間
樂，逍遙地上仙。詩家登逸品，釋氏悟真筌。……吏隱情兼遂，儒玄
道兩全。八關齋適罷，三雅興尤偏」[127]，有「窅然深夜中，若與元

122　*Coming to Terms with Chinese Buddhism*, p. 76.
123　韋應物，〈書懷寄顧處士〉，《韋應物詩集繫年校箋》，頁244。
124　賈島，〈送玄巖上人歸西蜀〉，《全唐詩》卷573，第17冊，頁6672。
125　柳宗元，〈酬婁秀才寓居開元寺早秋月夜病中見寄〉，《全唐詩》卷
　　351，第11冊，頁3929。
126　戴叔倫，〈送道虔上人遊方〉，《全唐詩》卷273，第9冊，頁3082。
127　劉禹錫，〈酬樂天醉後狂吟十韻〉，《全唐詩》卷362，第11冊，頁

氣並。釋宗稱定慧，儒師著誠明。派分示三教，理詣無二名」[128]，
有「澹寂歸一性，虛閒遺萬慮。……行禪與坐忘，同歸無異路」[129]……
所有這些詩句所表達的均是在則天朝後道家之學大興，繼此之後禪宗
在8世紀後期崛起，導致玄、禪和道教重玄派諸家思想之間的交融。
而且，9世紀以來，特別是會昌法難後回歸固有文化傳統的思潮，更
令中土玄學思想重放異彩。由此融合所滋生的中國詩學中的「內在式
超越」，絕非印度佛教般若之光下不顯具象的超然神秘境界，而是莊
子的「觸物而一」，即不摒棄此時此地人生又不滯泥於此時、此地、
此物而從容超邁之境界。此實滲透於《二十四詩品》字裡行間：曰
「俯拾即是，不取諸鄰」，曰「幽人空山，過雨採蘋」，曰「取語甚
直，計思匪深」云云，又曰「遇之匪深，即之愈希」，曰「超以象
外，得其環中」云云，皆由內在性而強調「當下超越之美[感]」。然
而，另一方面，在此交融中玄學之士子氣、貴族氣，又使《二十四詩
品》避免滑向由洪州禪的極端世俗生活傾向——「飢來喫飯，睏來
即眠」[130]——所生發的詩的衲子氣和蔬筍氣，雖然此世俗傾向曾在
白居易詩中有充分的表現。由此，莊子的向塵垢之外的超脫，又與重
玄派道教的影響結合，此在《二十四詩品》見諸〈高古〉、〈勁健〉、
〈豪放〉、〈飄逸〉諸品中一再出現的遊仙意象[131]。莊學影響在此文
本中更體現為〈流動〉一品從運動不居去肯定世界的無窮無止。

　　然而，《二十四詩品》究非只是上述諸家思想的並行或交叉，而

（續）————————————————————
　　　4093。
128 權德輿，〈與道者同守庚申〉，《全唐詩》卷320，第10冊，頁3610。
129 白居易，〈睡起晏坐〉，《全唐詩》卷430，第13冊，頁4743。
130 〈越州大珠慧海禪師傳〉，《景德傳燈錄》卷6，《大正新修大藏經》
　　　第51冊，頁247。
131 詳見拙文，〈中國傳統詩學中的超越與本在〉，頁179-186。

是亦體現了某種眞正的交接和融合。它集中表現爲禪學對詩境觀念的
開拓。假如《二十四詩品》代表了由禪學而來的「非感物」傾向的
話，那也就意味著它已克服了玄學與「感物」和「感時」相合的方
面，而可充分開顯其另一面，即絕對待、與物冥的生命的「朝徹」之
美。此即本章的主題——「境」了。曾昭旭漂亮地描述了被他以「境
界」稱呼的現象：

> 所謂境界，就是將那在生命之流中有美乍然迸現的一幾，從
> 生命之流中揪出來，單獨地加以體證、品嘗、論說的意思。
> 於是，這時的美便暫時不與生命之流打成一片，遂因此顯出
> 一孤清夐絕、遺世獨立的意象。……
> 到當下一念不起之時，心靈便處在一清淨虛靈的狀態，此即
> 稱爲「朝徹」。此時心靈便如明鏡一般足以照映出萬物的自
> 然狀態，亦即渾一具整全的狀態，此即稱「見獨」。或後世
> 所通稱之「觀照」。在虛靜心靈的觀照下，那本來內在於生
> 命之流中的物我一體的情境，便從生命之流中被揪出來，成
> 爲映現於心靈上一個超絕的境界了。[132]

曾氏一再地強調所謂境界，即將有美乍然迸現的一幾從生命之流中
「揪出來」，以呈現孤清夐絕、渾一虛靈的狀態。可以補充的是，這
連續不斷的個體生命之流和宇宙的「生生」之流，不正是自《周易》
至玄學的觀念所肯認的麼？而能截斷眾流、凝然地呈現孤清夐絕之境

---

132 〈論道家美學中的道——境界與虛靈〉，《鵝湖月刊》第17卷第11期
（1992年5月），頁10-11。

的，不又正是倡言「祇如今截斷一切有無聲色流過，心如虛空相似」
南宗禪麼？正是禪，打開了在玄學中早已結苞，卻未能璀璨綻放的中
國文藝學之一朵奇葩。

三、從生生之流中揪出的「境」

在佛教中，「境」乃由識變現為相分而成。其在中國詩學中出
現，始於託名王昌齡的《詩格》和皎然的《詩式》，以及中唐以還詩
人與佛教僧侶往還的詩作中[133]。而其在詩學中指示的意義，如〈中
唐禪風與皎然的詩境觀〉一章所歸納，則為：一，透顯無自性的心
與境之間的不可諍的、不二的絕待關係；二，彰顯由佛教的非連續性
的當下片刻時間和虛曠空靈而不黏滯的空間。三，以寒光淨澈、一切
無礙之境去映現離卻染業、身心脫落、無憂無悔、絕無激情的法悅之
心[134]。本章第一節所分析的《二十四詩品》屢屢呈現的恍兮惚兮的
非對象化之境，抽掉了私情、利害心和現成心，無為，無主的「素
處」之我，以及似乎有意自「感時」模式中的淡出，皆與上述義涵頗
為相合。然而，卻也有如〈悲慨〉、〈流動〉（見後）那樣的例外。所
以，在將《二十四詩品》揆之於以上三端而作更一層論析前，不妨先
考察一下「境」這一範疇是否真與此文本在總體上相關。

《二十四詩品》以二十四目標舉詩歌的藝術世界，此二十四目
中，只有一目即〈實境〉的標題中出現了「境」，這也是全文中唯一
的一處。然而，如果吾人將此則之品目與其他諸則比較，就會發現：

---

133 詳見本卷第三章〈中唐禪風與皎然的詩境觀〉。
134 同上文。

其他諸則的品目如雄渾、沖淡、纖穠、沉著、高古、典雅、洗練、勁健、綺麗、含蓄、豪放、縝密、疏野、清奇、委曲、悲慨、超詣、飄逸、曠達、流動皆爲形容詞之名詞化，而「形容」則爲動詞之名詞化，「自然」、「精神」亦應爲形容詞之名詞化（或直接爲名詞）[135]，惟有「實境」一目爲形容詞與名詞之結合。此處透露的可能信息是：由於「實境」中形容詞爲單字，又與其他諸品一樣整齊地以兩音節組詞爲品目，它代表了更爲完整的構詞結構。亦即，各品目其實皆可以綴以「境」字而成爲形容詞與名詞之結合，即《二十四詩品》不僅有「實境」，且有「雄渾境」、「沖淡境」、「纖穠境」、「沉著境」、「高古境」、「典雅境」……。然則此作品目之間應以「境」字爲綱。清人楊廷芝論此作「以〈自然〉、〈實境〉爲流行」[136]，「境」正爲此作「流行」之一。而清人楊振綱論諸品，亦以「境」字說。如論〈沉著〉謂「此境在魏晉有左太沖、謝靈運，唐則杜少陵而已」，論〈高古〉謂「詩境惟高古最難」，論〈綺麗〉謂「此境最易，然須有深情遠韻方好」[137]。

　　然而，此作所演究爲何者之境？是諸詩人之境？抑或讀詩人、品詩人之境？毫無疑問，前人多有以之爲詩人之境者。這首先因爲，《二十四詩品》對古人詩句時有隱括。孫聯奎指出〈豪放〉中「濯足

---

135 用心精而達於神。對莊學而言，「精神」既可爲一內心狀態，亦可爲內心狀態之形容詞。詳參錢穆，〈釋道家精神義〉，《莊老通辨》（北京：三聯書店，2002），頁172-230。

136 《二十四詩品淺解》，孫昌熙，劉淦（校點），《司空圖詩品解說二種》（濟南：齊魯書社，1982），頁123。

137 皋蘭課業本原解、楊振綱續解，《司空表聖詩品解》，臨潼王飛鄂道光23年華雨山房本，頁3下，4下，7上。

扶桑」暗襲左思〈詠史〉其五「振衣千仞崗，濯足萬里流」句意[138]；
朱東潤以〈綺麗〉隱括陶潛〈諸人共遊周家墓柏下〉[139]；郭紹虞以為
〈高古〉「黃唐在獨」語本陶潛〈時運〉詩[140]；杜松柏以〈沉著〉中
「綠林野屋，落日氣清，脫巾獨步，時聞鳥聲。鴻雁不來，之子遠
行，所思不遠，若為平生」云云，與杜甫〈天末懷李白〉「涼風起天
末，君子意如何？鴻雁幾時到，江湖秋水多……」殆有近之[141]；宇文
所安以為〈高古〉「手把芙蓉」句語涉李白《古風》第十九[142]；陳良
運則以為此篇直涉司空圖的〈送道者〉其一[143]。除此而外，〈沖淡〉
中「飲之太和，獨鶴與飛」二句又似從韋應物詩〈贈丘員外〉「跡與
孤雲遠，心將野鶴俱」和〈贈王常侍〉「心同野鶴與塵遠，詩似冰壺
徹底清」中化出[144]。而〈自然〉中「幽人空山，過雨採蘋」則似化自
韋詩「微雨夜來過，不知春草生」[145]。〈曠達〉則通篇意近韋詩〈效
陶彭澤〉：「霜露悴百草，時菊獨妍華。物性有如此，寒暑其奈何。
掇英泛濁醪，日入會田家，盡醉茅簷下，一生豈在多。」[146]至於〈超
詣〉中「亂山喬木，碧苔芳暉」則窺入王維〈鹿柴〉一詩之意。

　　然而，《二十四詩品》亦時時隱括古人行事。如皋蘭課業本即以

138 《詩品臆說》，《司空圖詩品解說二種》，頁29。
139 〈司空圖詩論綜述〉，載朱氏《中國文學論集》（北京：中華書局，
　　1983），頁11-12。
140 《詩品集解・續詩品注》（北京：人民文學出版社，1981），頁12。
141 《禪學與唐宋詩學》，頁417。
142 Stephen Owen, *Readings in Chinese Literary Thought*, p. 313.
143 《中國詩學批評史》（南昌：江西人民出版社，1995），頁288。
144 《韋應物詩集繫年校箋》，頁446，451。
145 〈幽居〉，同上書，頁215。
146 同上書，頁189-190。

〈典雅〉隱括「蘭亭、金谷、洛社香山，名士風流」[147]，郭紹虞以同品中「眠琴綠蔭」暗用陶潛撫無弦琴事[148]。此外，筆者曾撰文稱〈超詣〉暗用阮籍蘇門山訪孫登、以嘯聲往還事[149]。而〈清奇〉則被孫聯奎和皋蘭課業本的作者認爲不異雪舟訪戴、剡溪反棹[150]。除此而外，論者亦時以是作之某品比附某某詩人者。如皋蘭課業本以〈豪放〉品「正得青蓮公妙處」，〈悲慨〉一品「境地在三閭、東野之間」[151]。楊振綱以〈清奇〉爲晉之鮑、陸、陶、謝，唐人中之韋、柳[152]。如此，則此作應爲品詩人或讀者之境。古人亦不乏作此詮釋者，如孫聯奎論〈纖穠〉即謂：「入手取象，已覺有一篇精細、穠郁文字，在我意中，在我目中。」[153]無名氏《詩品注釋》亦謂〈超詣〉：「是境也，口爲誦之，心爲思之，宜乎其妙可即矣。」[154]

　　筆者以爲在上述兩種觀察立場之間——即或以作品爲詩人視境（vision）之囊括，或以之爲品詩人視境之歸納——本應有基本之不同。前者是以詩人片時目中心中的世界爲對象，後者則以品詩人基於大量作品而建立的，包括詩人在內的世界爲對象。然而，《二十四詩品》的秘密正是使此兩者的界限無從跡辨，故而宇文所安才有「這些玄妙詩句究何所指」，「其對人格和藝術等般適用」[155]的困惑。的

147　《司空表聖詩品解》，頁4下-5上。
148　《詩品集解·續詩品注》，頁13。
149　見拙著，《中國抒情傳統》，頁57-59。
150　《詩品臆說》，《司空圖詩品解說二種》，頁34；《司空表聖詩品解》，頁12下。
151　《司空表聖詩品解》，頁9下，15下。
152　《詩品集解·續詩品注》，頁30。
153　《詩品臆說》，《司空圖詩品解說二種》，頁15。
154　《詩品集解·續詩品注》，頁39。
155　*Readings in Chinese Literary Thought*, p. 299.

確，在《二十四詩品》以下文字中的人物的「身分」是頗難指陳的：

> 素處以默，妙機其微。飲之太和，獨鶴與飛。猶之惠風，荏
> 苒在衣，閱音修篁，美曰載歸。……——〈沖淡〉
> 綠林野屋，落日氣清，脫巾獨步，時聞鳥聲。鴻雁不來，之
> 子遠行，所思不遠，若為平生。……——〈沉著〉
> 玉壺買春，賞雨茆屋，坐中佳士，左右修竹。白雲初晴，幽
> 鳥相逐，眠琴綠陰，上有飛瀑。……——〈典雅〉
> 霧餘水畔，紅杏在林；月明華屋，畫橋碧陰。金尊酒滿，伴
> 客彈琴，取之自足，良殫美襟。——〈綺麗〉
> 控物自富，與率為期。築詩松下，脫帽看詩。但知旦暮，不
> 辨何時。倘然適意，豈必有為。若其天放，如是得之。——
> 〈疏野〉
> 娟娟群松，下有漪流，晴雪滿竹，隔溪漁舟。可人如玉，步
> 屧尋幽，載瞻載止，空碧悠悠。神出古異，淡不可
> 收。……——〈清奇〉
> 生者百歲，相去幾何，歡樂苦短，憂愁實多。何如尊酒，日
> 往煙蘿，花覆茆簷，疏雨相過。倒酒既盡，杖藜行歌。孰不
> 有古，南山峨峨。——〈曠達〉[156]

在這些品詩的詩句中，影影綽綽地出現著一些空靈的人物，他們不具
主格，不露面目，只以各自獨特的才性和藝術生命所呈現之神采風
姿——如「閱音修篁」、「脫巾獨步」、「賞雨茆屋」、「眠琴綠

---

156 《詩品集解·續詩品注》，頁5-6，9，12，18，28，30，41。

蔭」、「脫帽看詩」、「步屧尋幽」、「倒酒既盡，杖藜行歌」──
去點染著詩境。吾人無從分辨：其爲詩人，抑或令詩人萌發詩思之幽
人、可人和碧山人？此爲人中景？抑或景中人？這種令詩人的放逸而
優美的生命姿態如垂柳、斜月般渾淪無相地泯入山水視境（而並非屈賦
那樣將自身的道德人格虛擬誇張而對象化），在高士一流詩人中早有先
例。如嵇叔夜的「目送歸鴻，手揮五弦。俯仰自得，遊心太玄」[157]，
如陶淵明的「採菊東籬下，悠然見南山」，如王維的「獨坐幽篁裡，
彈琴復長嘯」[158]，「行到水窮處，坐看雲起時」[159]，如韋應物的
「臨流一舒嘯，望山意轉延」[160]，「負暄衡門外，望雲歸遠山」
[161]……皆能點化山水，使之靈動。清人喬億故論韋應物詩曰：「詩
中有畫，不若詩中有人。左司高於右丞以此。」[162]以上這些詩中之
人不是堪入山水畫麼？鄭谷有所謂「江上晚上堪畫處，漁人披得一簑
歸」。這種將自我的生命姿態反身地攝入自身的視境之中的做法泯卻
了能、所之界限，正如曾赴日本修禪的德國哲學家赫瑞格爾論禪畫時
所說：「透視在此不僅變得如此無意義以至於完全消失，而且觀察者
與被觀察世界的關係也已被廢除了。空間環繞著觀察者，他現在站在
[畫面]中心的每一點上卻又不是中心：他現在在事物中間，心靈與它
們一起跳動。」[163]《二十四詩品》正以此演呈著詩人與其世界於

157 〈四言贈兄秀才入軍詩〉，《先秦漢魏南北朝詩》，上冊，頁483。
158 〈竹里館〉，《王維集校注》，第2冊，頁424。
159 〈終南別業〉，《王維集校注》，第1冊，頁191。
160 〈晚出澧上贈崔都水〉，孫望(編)，《韋應物詩集繫年校箋》，頁225。
161 〈郊居言志〉，同上書，頁208。
162 《劍溪說詩又編》，轉引自轉引自陶敏、王友勝(校注)，《韋應物集
　　校注》一書附錄(上海：上海古籍出版社，1998)，頁654。
163 Eugen Herrigel, *The Method of Zen*, pp. 70-71.

主、客分化之先的純構成的的居間狀態或原發之「境」——文本中所謂「乘之愈往，識之愈眞，如將不盡，與古爲新」[164]，「俱道適往，著手成春，如逢花開，如瞻歲新」[165]，「是有眞跡，如不可知，意象欲出，造化已奇」[166]，「絕佇靈素，少迴清眞，如覓水影，如寫陽春……俱似大道，妙契同塵」[167]云云，皆有強調此原發性的意味。藉牛頭法融的話說，則是「境色初發時，色境二性空。本無知緣者，心量與知同。照本發非發，爾時起自息」[168]。此即宋人嚴滄浪以禪的話頭所說的「瑩徹玲瓏，不可湊泊」。在此，詩不是可以界說的「什麼」，而是「怎樣」「活生生地、融爲一體地在場」，是怎樣令「人與世界的相互交融生發的境」[169]，是人的審美生活無常現象中的「妙機之微」。而且，詩境種種即爲人品「境界」種種，即吳調公所謂「詩人之性與詩境之性是融爲一體的」[170]。而以境判其境界，亦爲佛家思路，如《大乘起信論》即從心境判果位境界之高下[171]。《二十四詩品》雖非明確的品第，卻有對詩人人格進行品鑒的意味，此在〈沖淡〉、〈沉著〉、〈疏野〉、〈清奇〉、〈超詣〉、〈飄逸〉、〈曠達〉諸則尤爲明顯。如此，詩「境」亦即品詩

---

164 〈纖穠〉，《詩品集解·續詩品注》，頁7。

165 〈自然〉，同上書，頁19。

166 〈縝密〉，同上書，頁26。

167 〈形容〉，同上書，頁36。

168 〈法融傳〉，《景德傳燈錄》卷4，《大正新修大藏經》，第51冊，頁227。

169 此處本章的觀念頗有得於張祥龍，《從現象學到孔夫子》，頁393。

170 吳調公，《古代文論今探》(西安：陝西人民出版社，1982)，頁101。

171 「分別生滅相者有二種。云何爲二？一者麤，與心相應故；二者細，與心不相應故。又麤中之麤凡夫境界。麤中之細及細中之麤菩薩境界。細中之細是佛境界。」高振農(校釋)，《大乘起信論校釋》，頁70。

人意中之「境」了。

　　準此，《二十四詩品》之妙處即在：於中甚至詩人、詩境與品詩
人之間也同樣是不可諍的、不二的「透明體驗」。故吾人面對文本中
所恍然出現的不具主格的人物時，亦已無從分辨：其爲古往詩人？抑
或古往詩人得詩時所遇之人？抑或品詩人於詩中所遇之人？抑或品詩
人所體驗之自得境界？此正是令宇文氏困惑之所由。從品詩人和其所
品詩人之境而言，此作又有品詩人「摹神取相，頌出完整之意境」[172]
的純印象式品鑒的意味。此種品鑒之中，境已不是呈於能、所分辨之
先，而是從讀詩時自身和詩中世界的分立情勢裡退出，進入自身印象
中的純現象世界。這是理解《二十四詩品》乃以「境」爲綱之關鍵所
在，亦使《二十四詩品》的文本性質成爲以後設方式演呈的「元詩
境」（meta-poetry）。在後世批評中，宋人劉辰翁論韋應物詩謂「如深
山採藥，飲泉坐石，日晏忘歸」，論孟浩然詩謂「如訪梅問柳，遍入
幽寺」[173]；清人胡鳳丹品鑒王、孟、韋、柳詩謂「每當風晨月夕，
展卷長吟，如幽士深山，如美人空谷，令人彷彿遇之」[174]，以及王
世貞《涵虛子記元詞一百八十七人》[175]、牟願相《小澥草堂雜論
詩》論六十餘位詩人之詩的〈詩小評〉[176]等等，皆承其遺脈。追溯

172　《禪學與唐宋詩學》，頁421。

173　明嘉靖太華書院本《韋江州集》附錄〈劉須溪評語〉，《四部叢刊初
　　　編》，第147冊，頁68。

174　《唐四家詩集序》，徐明、文青（校點）（瀋陽：遼寧教育出版社，
　　　2000），頁1。

175　茲舉數例，其論薩天錫爲「如天風環佩」，論李宜夫爲「如梅邊月
　　　影」，論陳存甫爲「如湘江雪竹」，論李好古爲「如孤松掛月」。見
　　　《藝苑卮言》附錄，《明詩話全編》第4冊，頁4329-4335。

176　茲舉數例，其論阮籍詩「如夕陽西下，涕淚千古」，論嵇康詩「如水
　　　鳥刷羽，顧影自矜」，論孟浩然詩「如過雨石泉，清見魚影」，論韋

此體的淵源,則應想到宋、齊之間以所作詩「斅其文體」,而作「玄黃經緯之辨,金碧沉浮之殊」[177]的江文通《雜體三十首並序》。可惜後者至今未被學界視爲重要的文學批評文獻。

作爲「元詩境」,這部曠世之作亦極大程度地體現了當下時間的非連續性質和話語的非「轉喻」性質。姑以其中三品爲例,〈沈著〉云:

> 綠林野屋,落日氣清,脫巾獨步,時聞鳥聲。鴻雁不來,之子遠行,所思不遠,若爲平生。海風碧雲,夜渚月明。如有佳語,大河前橫。[178]

此詩前四句寫的是同一景象中的不同方面:背景、時色、人物和空中聲響,四者之間絕不形成任何時間上的延續和敘述性。以下四句乃同其時獨步者當下之心的揣摩,此心縈迴卻無從拓展,以楊廷芝的說法,「鴻雁不來,則雲山寥落;之子遠行,不知所之,其慮沉矣;所思不遠,當前即是;若爲平生,言有如是人,乃若爲平生之不忘者」[179],因此此心既無回憶亦無期待,僅有當下塵襟一點,旋起旋落,如鳥飛無跡。「海風碧雲,夜渚月明」兩句跳出以上景象而絕無延續銜接之意,它是沉著的心象,亦截斷了思緒,故而才有以下表達

(續)————————

　　應物詩「如骨冷神清,獨寢無夢」,論柳宗元詩「如玄鶴夜鳴,聲含霜氣」,論李賀詩「如雨洗秋墳,鬼燈如月」。見《清詩話續編》,第2冊,頁911-915。

177 俞紹初、張亞新(校注),《江淹集校注》(鄭州:中州古籍出版社,1994),頁93。

178 《詩品集解‧續詩品注》,頁9。

179 《二十四詩品淺解》,《司空圖詩品解說二種》,頁91-92。

言語道斷之際的「如有佳語,大河前橫」。〈清奇〉云:

> 娟娟群松,下有漪流。晴雪滿竹,隔溪漁舟。可人如玉,步
> 屧尋幽,載瞻載止,空碧悠悠。神出古異,淡不可收。如月
> 之曙,如氣之秋。[180]

此品亦是以描寫同一時間、同一景象的不同方面開始:群松是上方之
物,漪流是下方之物,雪竹是近景,漁舟則是遠景。以下視點轉向雪
霽松竹之間的「可人」:其於悠悠空碧之中,載瞻載止,行色迷離,
不知自何處而來?亦不知往何方而去?山水天地之間,只一現其放逸
而優美的生命姿態而已。這樣的人物,故絕無敘事的色彩。以下四句
更是將其行止的描寫截斷,以最不著色相、不落邊際的文字寫其所具
之神:「如月之曙,如氣之秋」。再讀〈實境〉:

> 取語甚直,計思匪深。忽逢幽人,如見道心。晴澗之曲,碧
> 松之陰。一客荷樵,一客聽琴。情性所至,妙不自尋。遇之
> 自天,泠然希音。[181]

何謂「實境」?依楊廷芝的說法,「天機」二字而已[182]。此品首二
句正標舉出此意。以下以景寫之:「忽逢幽人,如見道心」中「忽」
字和「見」字,正映出上文的「甚直」和非深思所得之意。由於文本
行文的斷續性質,吾人無從分辨:「晴澗之曲,碧松之陰」乃「忽逢

---

180 《詩品集解・續詩品注》,頁30。
181 同上書,頁33-34。
182 《二十四詩品淺解》,《司空圖詩品解說二種》,頁113。

幽人」之處？抑或「一客荷樵，一客聽琴」之所？亦無從了然：邂逅
幽人者，是否荷樵之人？幽人者，是否聽琴之人？末四句「泠然希
音」似回應「聽琴」，然此琴爲何人所彈？此情性爲何人所至？一切
皆在餘韻中泯化，「曲終人不見，江上數峰青」，只留下無任何眞正
敘事線索的空靈之境。

　　《二十四詩品》諸品話語的非連續性，大率如此。嘗鼎一臠，可
盡知其味。顯然，如上文所論，此話語的非連續性和非轉喻性是由全
文明顯表現出的非感物性質生發的，並透顯出其與上節所論士子禪風
的關聯。由此，它得以將「那本來內在於生命之流中的物我一體的情
境」，將「那在生命之流中有美乍然迸現的一幾，從生命之流中揪出
來，單獨地加以體證、品嘗、論說」。然而，這部論詩之作是否完全
揚棄了玄學的「大象」呢？或者說，令「天地萬物無時而不移」的宇
宙時間(區別於作者的話語時間)是否被《二十四詩品》否定了呢？當
然沒有，這部曠世之作恰恰是以描述周流不滯的大化結束的：

　　　若納水輨，如轉丸珠。夫豈可道，假體如愚。荒荒坤軸，悠
　　　悠天樞。載要其端，載聞其符。超超神明，返返冥無。來往
　　　千載，是之謂乎？[183]

在作者看來，宇宙是以冥無爲樞軸而往復無窮、變動不居的。論者以
此品「殿以未濟，以明『終則有始』」，正以此也。此品前四句否定
了宇宙之動如水輨、丸珠之轉的他動性質，接著以「荒荒坤軸，悠悠
天樞」描寫在無限時空中斡運自如的宇宙。這當然仍然是郭象那個使

---

183 《詩品集解・續詩品注》，頁43。

有與無、新與舊得以貫串的大化。這也是作者得以採用二十四氣爲線索來結構此篇宏製的根據。此品的重要，如清人孫聯奎所云：

> 《詩品》以〈雄渾〉居首，以〈流動〉終篇，其有窺於天地之道矣。
>
> 〈雄渾〉爲〈流動〉之端，〈流動〉爲〈雄渾〉之符，中間諸品皆〈雄渾〉之所生，〈流動〉之所行也。[184]

〈流動〉於文本中這種特別的位置彰顯出作者以宇宙爲流行的存有這樣一種道家宇宙觀，見證了會昌法難後回歸中土固有思想文化的思潮。而且，「載要其端，載聞其符」又表明作者要詩人「任化」而往，像以「勢」論詩的明末王船山一樣，欲詩人藉流動的詩句融入絪縕不息、群動不已的宇宙之和諧[185]。同樣任從天樞坤軸而斡旋的宣示亦見於〈自然〉一品：

> 俱道適往，著手成春。如逢花開，如瞻歲新。……薄言情悟，悠悠天鈞。[186]

面對周流不滯的大化，道家的策略是入時從化：「與物爲春，是接而生時於心者」[187]。而面對四象風馳，璇璣電捲的世界假象，佛家的

184　《詩品臆說》，《司空圖詩品解說二種》，頁46，47。
185　參見本書第三卷《聖道與詩心》第五章〈船山以「勢」論詩與中國詩歌藝術本質〉。
186　《詩品集解・續詩品注》，頁19-20。
187　《莊子・德充符》，《諸子集成》（第3冊）本《莊子集釋》，頁97。

策略是認其速而不轉:「觀化決疑」以「離化」[188]，或「應無所住而生其心」[189]。儘管對變化的看法根本不同，兩者均強調非現成的純構成、純顯現的「境」，卻有了可以相接的基礎。《二十四詩品》恰表現了道家與佛教觀念的一種奇妙的結合。它的作者確乎是在肯認那生生之流的同時，又將那有美乍然迸現的一幾，從此流中揪了出來。但此與王維觀諸法爲緣起的「假觀」[190]，與禪宗的「前境不變謝，後念不來今」又並不相同。然而，卻是經佛禪對時間的辯破而生出的新話語時間，經佛禪心、色不二而對「感物」的顛覆，經佛禪之「境」，作者才得以將生命中乍然迸現的「朝徹」之美，從生生之流中分離出來，孤清夐絕地予以呈現。而且，一旦將〈流動〉作爲一品而與體現了當下時間非連續性質的諸品並列之時，他已經悄然地將大化亦收攝爲一「境」了。

〈委曲〉亦透露出對「勢」的關注。像皎然以「縈回盤礴」、「氣騰勢飛」、「欻出高深重複之狀」的喻象描述「詩勢」，〈委曲〉也以縈回的意象開始:

> 登彼太行，翠繞羊腸。杳靄深玉，悠悠花香。力之於時，聲之於羌。似往已迴，如幽匪藏。水理漩洑，鵬風翱翔。道不自器，與之圓方。[191]

---

188 見廬山沙彌，〈觀化決疑詩〉:「萬化同歸盡，離化化乃玄。悲哉化中客，焉識化表年。」見逯欽立(輯校)，《先秦漢魏晉南北朝詩》，中冊，頁1087。此處「任化」和「觀化」的分辨見張節末，〈比興、物感與刹那直觀〉，頁115。
189 慧能，《六祖大師法寶壇經》，《大正新修大藏經》，第48冊，頁349a.
190 參見本卷第二章〈如來清淨禪與王維晚期山水小品〉。
191 《詩品集解・續詩品注》，頁31。

按楊廷芝對「力之於時，聲之於羌」的解釋：「時，用之時也。言力之於其用時，輕重低昂，無不因乎時之宜然。羌，楚人語詞，此作實字用言其隨意用之而無不婉轉如意也。」又解末四句曰：「水之理漩洑無定，隨乎勢也。……道不自器，委心以任之，彼爲政；與之圓方，曲折以赴之，我爲政。」[192]此則誠爲論「勢」，即詩須循意緒的內在生命力紆徐往復、窈深繚曲地展開。在此，作者涉及的是意義、文句在時間過程中的氣脈轉向，本非可以「境」涵攝者。不惟不可攝於「境」，且如筆者過去所說的，「境」與「勢」——或者隱喻爲龍與鏡——標誌了中國詩學對於詩歌藝術世界的兩種觀念，前者肯認語言的「因體因氣，因動因心，因物因理」的本質性，強調作品中文氣貫串的「時間架構」和「文行之象」；後者則盛稱言意之辨，強調文字後面的「可望而不可即」之空間視境[193]。王昌齡所謂「視境於心，瑩然掌中」的「境」或「鏡」，正是禪家與「觀」或毗缽舍那相關的心境。而《二十四詩品》卻在討論詩境的序列裡突然插入對「勢」的議論，可見在論中國詩時，「勢」是迴避不了的。然而，卻與皎然《詩式》竭力在兩者之間求取平衡的做法不同[194]，它是將「勢」攝入「境」：「登彼太行，翠繞羊腸。杳靄深玉，悠悠花香」已將詩中的漩洑無定之勢，迴翔不迫地化爲一片可以遠遠觀賞的境界了。在此，作者得力於其所設的詩人與讀詩人間無待的居間狀態。即對詩人而言爲「勢」者，對品詩人而言卻無妨是「境」。

---

192 《二十四詩品淺解》，《司空圖詩品解說二種》，頁112-113。
193 參見本書第三卷《聖道與詩心》第四章〈船山以「勢」論詩與中國詩歌藝術本質〉（尚未出版）。
194 詳見本卷第三章〈中唐禪風與皎然的詩境觀〉。

結語

　　總上所論，可以有如下的結論：《二十四詩品》乃道家思想(包括玄學和重玄派道教)和禪宗思想在士人中交接的文化氣氛中開出的詩學奇葩。其中，佛禪對心與色法之間的「感類」的否定，及其「法無去來，無動轉者」的觀念，使中國詩學部分地擺脫了魏晉以來確立已久的「感物」傳統。由此打開了在玄學中早已孕育，卻因玄學思想的矛盾而無法在詩學中彰顯的「境」的觀念，即心、物之辨確立之前、人與世界在瞬間相互交融生發的現象。

　　如筆者在本書第二章所論，無念的現量之「境」首先誕生於居士王維的晚期山水小品中。在中唐時代與佛教僧侶相關的詩歌和詩論中，「境」開始作爲正式的術語出現，卻不具中心位置。釋皎然的《詩式》則第一次提出「境」與「勢」的張力和平衡問題。而「境」卻在《二十四詩品》中成爲了實際上具有綱領性質的觀念而滲透於整個文本，使詩人、詩境與品詩人之間也同樣是成爲不可諍的、不二的絕待關係。雖然道家思想令作者仍視宇宙乃一流行之存有，但在「境」的觀念裡，這生生之流被句讀爲、橫斷爲一個個片刻，以演呈人在無常天時中任化而往，如何際遇那乍然迸現的「朝徹」之美。原本「操縵清商，遊心大象」的詩人，在此卻只孤絕地沉冥於此時此景。然此被句讀了的種種當下，又何嘗不是品詩之人在心中恍然際遇的詩人之境？那種種似乎令其置身其中，或夜渚月明，或空山流水，或松竹雪霽，或幽谷美人的詩人之境。惟此一境──而非詩人之立身行事，詩人之詞章句法──才使詩人生命的意義開顯。由此，《詩品》最大程度地彰顯了弗萊所說的[抒情]詩(lyric poetry)之本質的

「非持續性」。但《二十四詩品》同時卻必須面對中國詩學中無法迴避的「勢」，它的策略是傾向將「勢」亦攝爲「境」。

　　倘若《二十四詩品》眞出自晚唐，那麼，在《滄浪詩話》〈詩辨〉章中，嚴羽以禪門話頭「如羚羊掛角，無跡可求」參悟詩之「興趣」，以「瑩徹玲瓏，不可湊泊，如空中之音，相中之色，水中之月，鏡中之象」解會詩之「妙處」[195]，其實是再次肯認了與「禪境」相映發的詩之審美體驗。但南宋又是重提心、物有限二元論的情、景說的肇端。至明代，中國詩學則爲格調論和情景論所分割。而格調說的濫觴，卻又可以追溯到《滄浪詩話》詩之五法中的「體製」、「格力」和「音調」。故而，《二十四詩品》是中國詩學中以「境」論詩的最重要、最典型的標本。這就是它之於中國詩學史的特殊意義所在。

---

195 《滄浪詩話校釋》，郭紹虞(校釋)(北京：人民文學出版社，1983)，頁26。

本卷結論

　　錢穆先生設譬論中西歷史之進展，謂中國史如一首詩，西洋史則如一本劇：「一本劇之各幕，均有其截然不同之變換。詩則只在和諧節奏中轉移到新階段，令人不可劃分。」[1]中國傳統詩學一個觀念「境」在六個世紀中之進展，亦恰如一首以舒齊之勢展開的詩：在謝靈運的山水詩中，藉大乘佛學將主體性作爲世界根源的觀念，「境」的意識僅表現爲描寫「知覺中的自然」這樣一種現象論態度的萌芽。而在盛唐王維以《輞川集》爲代表的五絕山水小詩中，藉如來禪由「外觀」而體味心念的修觀和禪法中的「無念」，以及能所之辨泯沒的「自心現量」，誕生出了中國的詩境。然其時「境」尚未作爲一個詩學術語出現。因佛禪依然稟承由菩提達摩開始的傳統，肯認一超越的清淨無垢的心靈境界以爲彼岸，堅持離「境」而依持此清淨心。「境」作爲詩學的概念是中唐以後的事。活躍於此時的洪州宗和牛頭宗，令中土文化對活生生人世生活的關懷藉中觀學而進入了禪宗，消泯了宗教彼岸與生活此岸之界限。以至柳田聖山稱禪已「與日常生活血肉相連，不是思想的體系了」。佛教史上這一變化在詩壇表現之最著者，是皎然論詩人之思初發之時標舉「取境」和白居易以「無事」

1　《國史大綱》（商務印書館），上冊，〈引論〉，頁13。

禪法爲底子的閒適詩。在白詩中，「境」不僅是砌下門前的山池在晨昏晴雨間的灑然風光，而且超越了王維輞川詩觸目當下的「現量境」，而爲凸顯超越時空之靈動主體的「意」中之「境」。而在《二十四詩品》這篇以後設方式演呈詩境的批評著作中，「境」才成爲了實際上具有綱領性質的觀念而滲透於整個文本，使詩人、詩境與品詩人之間也同樣是成爲不可諍的、不二的絕待關係。佛學的一個觀念「境」進入中國詩學，走過了數百年的路途，眞眞是「隨風潛入夜，潤物細無聲」，是緩緩地吹灑滲入的。

然而，如果撇去佛學與抒情傳統的糾葛而外，「境」之進入中國詩與詩學，於此一文類的發展究竟有何貢獻呢？此處從文類著眼，即將問題擴大至那些未必領受佛學之澤的詩人。由於本卷中的謝靈運、王維、白居易、賈島在詩史中皆爲某種典範。其在佛教的影響下生發的新藝術觀念，會通過文類這一巴赫金所謂「歷史記憶的傳送者」而遞傳至後代。以這樣的觀點，佛學對中國詩學的貢獻可以歸納爲如下數端：

首先，佛教影響和「境」的觀念倡導在詩中確立非對待的、不具利害心的，私情淨盡的無相自我。由此，不僅人間的榮枯聚散、苦樂窮通不再被計較，而且面對花開葉落、驚風白日亦哀樂不入，心如止水。受此影響，中國詩學會一定程度上擺脫魏晉時代確立的「感物」傳統。「境」意味著詩美在先於心、物之辨，主、客之分而顯現的純現象。

其次，由佛教強調個體心靈與功能種子間的因緣網，上述無相自我儘管私情淨盡，卻具非常個人化的、精微的感覺力。正是所謂「其猶淵池息浪，則徹見魚石。心水既澄，則凝照無隱」。受此影響的山水詩，寫山光水色、風日變幻，向以略施筆墨，點淬出恍然間、刹那

中的知覺爲上乘。「境」既是「假有」、「空空」，無自性可言，故惟一心自知，是詩人與世界相互交融的「緣在」，是其個人存在之流中獨享的心靈空間或「異界」。由此，作爲「感物」和「聯類」基礎的觸物連類的社會「智識性」體系就被純個人體驗所悄悄替代了。此一文學認知態度的變化，發生在中國中古社會轉向近世的中唐，意義非比尋常。

復次，嚴格地說，「境」懸離於時空中，如牧谿所畫的柿，見不到盤、桌案和牆壁，是全無依託的。正因爲它是心念起落之刹那間被切分的「假有」，才令「嘆逝」的詩旨再無從生發，令追敘亦無從展開，令詩人只孤清夐絕地呈現生命中乍然迸現的「朝徹」之美。正是在「境」的觀念裡，中國詩人更注意了詩中「在空間裡並列的局部的秩序」。故署名王昌齡的《詩格》論詩境謂「如登高山絕頂，下臨萬象，如在掌中」，「處身於境，視境於心，瑩然掌中」[2]。清人王漁洋「以詩與禪比，又以詩與畫比」，正說明禪趣與畫趣間的關聯[3]。一切文詞都只是渡向此岸之筏。西人龐德以爲中國詩人取得了「意象詩的至高成就」（相對希臘和普羅文薩音律詩的至高成就，和拉丁的普洛珀修斯及法國的拉佛格的和諧文句詩的至高成就）[4]，其實也只看到了這一類詩作。然而，在「境」的觀念裡，這雖具畫趣，卻渺渺杳杳的詩境卻又是心境。中國詩的內在化在此是與意象化統一的。中國詩至此得以擺脫基於心、物之辨的觸先感隨的「轉喻」傳統和敘事

2　張伯偉，《全唐五代詩格彙考》，頁162，頁172。

3　見鈴木虎雄，《中國古代文藝論史》，孫俍工（譯）（北平：北新書局，1929），下冊，頁76-77。

4　見Andrew Welsh, *Roots of Lyric: Primitive Poetry and Modern Poetics* (Princeton: Princeton University Press, 1978), pp. 15-16.

性，而成爲隱喻義的純粹抒情詩。

　　然而，這樣一種即便是如詩一樣悄悄展開的文學觀念的變化，是否意味著至少在詩學的領域裡，一個自天竺西來的新觀念已經「征服」中國了呢？或截然地界劃出新時代了呢？在許里和以「佛教征服中國」作爲其煌煌大著的書名之前，湯因比已經以大乘佛教進入中國作爲新文明取代舊文明的例證了。許里和爲收聳人聽聞之效，湯因比本不諳中國史實，顯然這些都是誇張不實的判斷。鈴木大拙故而在談到禪已由內部進入日本人文化生活方方面面的同時，感嘆：「在中國卻不必如是。禪在很大程度上與道家信仰和實踐，與儒家道德學說統一，卻並未如在日本那樣充分地改變人民文化生活。」[5]但對詩學領域的這一變化，卻又必須由事實來回答。

　　「境」作爲與心識相關的佛學術語，固然是在六朝時期隨唯識學以及《楞伽經》的譯介，在吸納道、玄用法後出現的。但作爲一絕對待、與物冥的天人構成境域的描述，則早爲中國本土的道家和玄學涉及。莊子的「彼是莫得其偶」的「道樞」，「離形去知，同於大通」的「坐忘」，以及郭象解「坐忘」以「內不覺其一身，外不識有天地，然後曠然與變化爲體而不通也」，均爲構成境域之表述。然卻因玄學思想自身的矛盾，亦因中國詩當時的發展而未在詩學中朗然而現。而佛教之得以進入中國思想史的主潮，又恰因其以有無雙遣、非有非無、亦有亦無解釋諸法實相的觀念，能在郭象玄學的統一、不二、即有即無的圓融的「玄冥之境」中發現了契合點。而發現此契合之點的中土佛學天才，即是以「物我同根」、「觸物而一」來重新詮釋涅槃的僧肇。經此詮釋，人與宇宙的冥合方不復是無顯具象的全體

5　Suzuki, *Zen and Japanese Culture*, p. 21.

寂滅[6]。而這一點與「境」能終成爲中國詩學範疇，實至關重要。而本書論詩僧皎然一章更已辯明：「境」在中唐進入中國詩學，蓋因牛頭、洪州、天台這些最中國化的佛教宗門對「境」義的再估量。由於彼岸的覺悟要在此岸的現實生命中體驗，「境」已不再具負面意義。從「當處解脫」，即從感性直觀中體悟而言，甚至具有正面的意義。正是由於此一正面的詮釋，「境」才會在與洪州、牛頭、天台均關係密切的佛僧皎然的詩論中出現。因之，從「境」進入詩學的歷史來看，與其說一來自天竺的佛學術語重新界定了中土詩歌，毋寧說中土文學和思想在匯入了新因素後的發展，爲一經中土改造的佛學術語所描繪更爲恰切。

其次，由「境」所涵攝的中國詩學在本卷所論六個世紀的變化而言，坦率地說，此變化比筆者當初所預期的要小。但是我卻必須面對這個結果。而且又必須注意到：本卷所提呈的六個個案，儘管對佛學影響中國詩學頗有代表性，卻遠遠不能代表六個世紀裡中國詩的發展。同時期還有許多也許更爲重要的詩人如陶淵明、李白、杜甫、韓愈等等，他們未如本卷討論的詩人那般浸淫於佛教，但這絲毫不妨礙他們成爲中國抒情傳統中的大詩人。而且，由杜甫詩史、元、白諷喻所代表的敘事詩，更無從以「境」論之。呂思勉論中唐後詩發展一潮流曰：「用比興者多偏於寫景，僅能即景以見其情，用賦者則能盡言之。前者固尤有深味，然不兼後者，亦不可謂能極其變也。」[7]

即使只將討論的範圍限制在這六個個案中，問題也絕非那麼單純。例如，在謝靈運的個案裡，大謝雖然在山水描寫中開啓了注重現

6　參見徐小耀，《禪與老莊》，頁190-193。

7　《隋唐五代史》（香港：香港太平書局，1980），下冊，頁1333。

象寓目直觀的傳統，但為其執先鞭者——支遁和慧遠廬山僧團的「山水佛教」——均不啻為佛教與中土神仙信仰、道家思想融合之絕妙例證。而且，謝靈運同時亦為船山心目中「能取勢」的典範。王維的晚期山水小品是詩境觀念在作品中之最早體現。但王維的個案同時提示吾人：全以「境」勝的詩作只是取才和思緒均極度單純的五言絕句。正是這一原因，令皎然論詩，未獨主「境」。在皎然的詩論中，「境」與「勢」是詩人的兩個不同的著力點：「境」乃「詩之量」，指向對句間相對靜止的心靈世界，是與「奇句」、「佳句」或「奇聯」、「佳聯」有關的、詩的局部問題而非全局問題，雖然由「境」生發的文句又能提領全詩之「體」。「勢」乃「詩之變」，指向作為時間藝術的詩的整體，是如雲氣變化，或「縈回盤礴」，或「氣騰勢飛」，或「欻出高深重複之狀」的動態的過程。他的詩論或許是最早提示了筆者以「龍」與「鏡」這一對隱喻標示的、中國抒情傳統中兩個藝術觀念之間張力和取衡的問題。中唐受洪州禪之澤最多的詩人白居易，其所謂「閒適詩」竟表現了禪宗影響全然不同的兩個方面。其中循其生活慵懶之節奏，而帶有絮聒性質的那一類作品，是斷然與以「境」為詩體的意旨相違的。晚年白居易能夠突破「感物」模式，以「外物不可必，中懷須自空」，看空物、我，詩自境生。並以「能轉物」而創造了「意」中之「境」。但統觀白氏一生創作，大部分時間裡卻一直在「感物」和超脫物感的心境之間游移。這在中唐受禪宗之澤的詩人中頗有代表性，如詩中所說：「傳燈已悟無為理，濡露猶懷罔極情」，「榮枯盡寄浮雲外，哀樂猶驚逝水前」。曾為貧僧、繼為寒士的賈島以僧人在苦寒中的超脫，標舉其迥絕塵囂的「清氣」，創造出詩中的清寒之境。然其詩立意和取勢之間，仍時有鑿枘：本應即清即寒的詩境，卻不免在末聯作驚鴻背飛之勢而為由寒入清。本卷最

後的個案《二十四詩品》則更體現了玄、佛之間，詩勢與詩境之間的交接與妥協。此文本對詩歌藝術世界的基本觀念是呈於能、所分辨之先的「境」——由此，甚至詩人、詩境與品詩人之間也同樣是不可諍的、不二的「透明體驗」。然而，文本卻在最後一則〈流動〉的特別的位置上，彰示以宇宙爲流行的存有這樣一種道家宇宙觀。所謂「載要其端，載聞其符」更表明作者要詩人「任化」而往，欲詩人藉流動的詩句融入絪縕不息、群動不已的宇宙之和諧。所以，《二十四詩品》確乎是在肯認那生生之流的同時，又將這生生之流被句讀爲、橫斷爲一個個片刻，以演呈人在無常天時中任化而往，如何際遇那乍然迸現的「朝徹」之美。故而，本卷上述諸個案研究展示出：由佛禪的「境」所開發的詩學並未「征服」或取代中國以往的傳統，而只是兩者之間的妥協和交融。這一妥協和交融豐富了傳統。

倘若吾人再將目光投得更遠，投向本卷討論的年代以後，就更會了然「征服說」的站不住腳。以黃昇、范晞文和張炎爲標誌，中國詩學自南宋中期以後開始提出有限二分的情、景論[8]，這個觀念一直貫穿至明清。多年以來，學界向以爲情景說即是意境論，這是很大的誤解。情景說雖亦標舉「情景兼融」[9]、「內外如一」[10]，然無論是范晞文對「景中之情」與「情中之景」[11]的分辨，抑或謝榛的「景乃詩之媒，情乃詩之胚，合而爲詩」[12]的分合論，抑或吳喬的「情爲主，景爲賓」[13]的主從(賓)說，皆不再肯認詩是主、客分辨之先的「純顯

8　詳見蔡英俊，《比興物色與情景交融》，頁2-5。
9　《對床夜語》卷2，《歷代詩話續編》，上冊，頁417。
10　《四溟詩話》卷3，同上書，下冊，頁1180。
11　《對床夜語》卷2，《歷代詩話續編》，上冊，頁417。
12　《四溟詩話》卷3，同上書，下冊，頁1180。
13　《圍爐詩話》卷1，《清詩話續編》，第1冊，頁478。

現」。而以情景論詩的集大成的論家王夫之更向吾人透示：情景說的
立論基礎是代表中國傳統特色的相關系統論[14]。明以後對「詩境說」
的又一反動是自李東陽開始延續到明清之際的「以樂論詩」以及王夫
之的「以勢論詩」，這是以重新強調詩是時間的藝術而與「詩境說」
扞格[15]。此現象發生在漢民族文化天地重闢的明世，若揆以更恢宏的
歷史視野，乃欲納詩學於《周易》文明體系之中。

然而，「詩境說」畢竟已成為中國詩學傳統的一部分。這不僅體
現在清初由詩壇執牛耳的人物王士禎提出「神韻說」一事上，甚至也
表現在論詩諱言「境」而力主「勢」，並大倡以詩體認天地妙流不息
的王夫之(船山)詩學之中。船山以情、景和興會論詩，有一觀點在情
景論的體系中頗為獨特和不尋常，即相對傳統中「觸物以起情」的
「興義」，他非常強調「各視其所懷來而與景相迎」之際[16]或景與情
「相為珀芥」[17]的同步性。這與其以「現量」論詩揄揚「造未造、化
未化之前」的「現成義」十分相契。說明船山詩論的「興」，已不同
於基於「物感」的「興」，理論上它已不再有「轉喻」和敘述的空
間。除卻我曾經指出的其天人之學背景的原因而外，亦不能無視「詩
境說」的影響。其所謂「造未造、化未化之前」的「現成義」，正是
針對詩、畫「同一風味」的輞川詩而發即是一證。正因為如此，詩人
才得以令其意象世界如夏雲輪囷、奇峰頃刻一般孤清夐絕。在此，構
思中的「境」與文字操作過程的「勢」，已如陰與陽在詩體太極的轂

---

14 詳見本書第三卷《聖道與詩心》第二章〈船山詩學中「現量」義涵的
   再探討〉（尚未出版）。
15 詳見本書第三卷《聖道與詩心》第五章〈船山以「勢」論詩和中國詩
   歌藝術本質〉、第六章〈詩樂關係論與船山詩學架構〉（尚未出版）。
16 《夕堂永日緒論內編》卷2，《薑齋詩話箋注》，頁50。
17 《詩譯》，同上書，頁33。

轉中幽明互現。

「一陰一陽之謂道」，「龍」與「鏡」已化爲中國詩體的「一元雙極」。

徵引書目

一、中文部分

丁福保，《佛學大辭典》（台北：啓明書局，1960）。

大珠慧海，〈諸方門人參問語錄〉，《新編卍續藏經》（台北：新文豐出版公司，1983），凡150冊，第110冊。

小川環樹，《論中國詩》，梁國豪、陳志誠、譚汝謙（譯）（香港：中文大學出版社，1984）。

小尾郊一，〈眞與美的發現──關於陶淵明與謝靈運〉，載《國際漢學會議論文集（文學組）》（台北：中央研究院，1981）。

───，《中國文學中所表現的自然與自然觀》，邵毅平（譯）（上海：上海古籍出版社，1989）。

元好問，《元好問全集》，姚奠中（編）（太原：山西人民出版社，1990），凡2冊。

孔穎達，《周易正義》，《十三經注疏》（北京：中華書局，1983），凡2冊，上冊。

支婁迦讖（譯），《般舟三昧經》，《大正新修大藏經》，第13冊。

支謙（譯），《佛說阿彌陀三耶三佛薩樓佛檀過度人道經》，《大正新修大藏經》（台北：新文豐出版公司，1983），凡100冊，第

12冊。

方立天，〈如來禪與祖師禪〉，載《中國社會科學》2000年第5期。

方東樹，《昭昧詹言》（北京：人民文學出版社，1961）。

毛德琦(編)，《廬山志》（康熙59年順德堂本），《四庫全書存目叢書》
　　　　（台北：莊嚴文化事業有限公司，1997），史部第240冊。

王力，《漢語詩律學》（上海：上海教育出版社，1982）。

王士禎，《帶經堂詩話》（北京：人民文學出版社，1982），凡2冊。

王夫之，《船山全書》（長沙：嶽麓書社，1996），凡16冊。

王日休，《龍舒增廣淨土文》，《大正新修大藏經》，第47冊。

王叔岷，《鍾嶸詩品箋證稿》（台北：中央研究院中國文哲研究所，
　　　　1992）。

王國維，《海寧王靜安先生遺書》（長沙：商務印書館，1940）。

王國瓔，《中國山水詩研究》（台北：聯經出版事業公司，1992）。

———，《古今隱逸詩人之宗：陶淵明論析》（台北：允晨文化實業
　　　　股份有限公司，1999）。

王夢鷗，《古典文學論探索》（台北：正中書局，1974）。

王誥(輯)，《蘇軾詩集》，孔凡禮(校點)(北京：中華書局，1982)，
　　　　凡8冊。

王齊之，〈念佛三昧四言〉，《廣弘明集》卷30，《大正新修大藏
　　　　經》，第52冊。

王褘，〈盛修齡詩集序〉，《王忠文公集》卷4，吳文治(主編)，
　　　　《明詩話全編》（南京：江蘇古籍出版社，1997），凡10冊，
　　　　第1冊。

王毅，《園林與中國文化》（上海：上海人民出版社，1990），凡2冊。

王鍾陵，《中國中古詩歌史》（南京：江蘇教育出版社，1988）。

卞孝萱(校訂)，《劉禹錫集》(北京：中華書局，1990)。

冉雲華，《中國禪學研究論集》(台北：東初出版社，1991)。

外因斯坦(Stanley Weinstein)，《唐代佛教——王法與佛法》，釋依
　　　　法(譯)(台北：佛光文化有限公司，1999)。

平川彰，《印度佛教史》，莊崑木(譯)(台北：商周出版社，2002)。

石濤，《苦瓜和尚畫語錄》，沈子丞(編)，《歷代論畫名著彙編》
　　　　(北京：文物出版社，1982)，頁364-375。

弘忍，〈最上乘論〉，《大正新修大藏經》，第48冊。

———，〈修心要論〉敦煌卷子P(伯希和)3559，林世南、劉燕遠、
　　　　申國美(編)，《敦煌禪宗文獻集成》(北京：全國圖書館文
　　　　獻縮微復製中心，1998)，凡3冊，上冊。

玄奘，《大唐西域記》，《大正新修大藏經》，第51冊。

———(譯)，《瑜伽師地論》，《大正新修大藏經》，第30冊。

玄覺，〈勸友人第九書〉，《永嘉集》，見《中國佛教叢書‧禪宗
　　　　編》(南京：江蘇古籍出版社，1993)，凡12冊，第1冊。

瓦雷里(Paul Valery)，《瓦雷里詩歌全集》，葛雷、梁棟(譯)(北
　　　　京：中國文學出版社，1996)。

印順，《如來藏之研究》(台北：正聞出版社，1992)。

———，《印度佛教思想史》(台北：正聞出版社，1993)。

———，《中國禪宗史》(新竹：正聞出版社，1998)。

吉川幸次郎，《中國詩史》，蔡靖泉、陳順智、徐少舟(譯)(太原：
　　　　山西人民出版社，1989)。

地婆訶羅(譯)，《方廣大莊嚴經》，《大正新修大藏經》，第3冊。

成復旺，《神與物遊：論中國傳統審美方式》(北京：中國人民大學
　　　　出版社，1989)。

———（主編），《中國美學範疇辭典》（北京：中國人民大學出版
　　　社，1995）。

朱東潤，《中國文學論集》（北京：中華書局，1983）。

朱金城（箋校），《白居易集箋校》（上海：上海古籍出版社，1988），
　　　凡6冊。

牟宗三，《佛性與般若》（台北：學生書局，1997），凡2冊。

———，《才性與玄理》（台北：學生書局，1993）。

百丈懷海，《大鑑下三世語錄之餘》，《古尊宿語錄》（北京：中華
　　　書局，1994），凡2冊，上冊。

———，《百丈廣錄》，賾藏主（編集），《古尊宿語錄》，上冊。

《全唐文》（北京：中華書局，1996），凡11冊。

《全唐詩》（北京：中華書局，1960），凡25冊。

佛馱跋陀羅（譯），《大方廣佛華嚴經》卷58，《大正新修大藏經》，
　　　第9冊。

———（譯），《佛說觀佛三昧海經》，《大正新修大藏經》，第15
　　　冊。

何光遠，《鑒誡錄》（上海：商務印書館，1937）。

余虹，《中國文論與西方詩學》（北京：三聯書店，1999）。

余嘉錫，《世說新語箋疏》（北京：中華書局，1983）。

吳汝鈞，《佛教思想大辭典》（台北：臺灣商務印書館，1994）。

———，《印度佛學的現代詮釋》（台北：文津出版社，1994）。

吳相洲，〈論王維的歌詩創作〉，載《王維研究》，第3輯。

吳喬，《圍爐詩話》，郭紹虞（編選）《清詩話續編》（上海：上海古
　　　籍出版社，1983），凡4冊，第1冊。

呂正惠，《抒情傳統與政治現實》（台北：大安出版社，1989）。

呂思勉，《隋唐五代史》（香港：香港太平書局，1980），凡2冊。

呂澂，《呂澂佛學論著選集》（濟南：齊魯書社，1996），凡5冊。

宋犖，《漫堂說詩》，《四庫全書存目叢書》（第421冊）本。

李壯鷹，《詩式校注》（濟南：齊魯書社，1986）。

李東陽，《麓堂詩話》，見丁福保（輯）《歷代詩話續編》（北京：中
　　　　華書局，1983），凡3冊，下冊。

李嘉言，《賈島年譜》，見《長江集新校》（上海：上海古籍出版
　　　　社，1983）。

李慶甲（集評校點），《瀛奎律髓彙評》（上海：上海古籍出版社，
　　　　1986），凡3冊。

杜夫海納（Mikel Dufrenne），《美學與哲學》，孫非（譯）（北京：中國
　　　　社會科學，1985）。

杜松柏，《禪學與唐宋詩學》（台北：黎明文化事業股份有限公司，
　　　　1976）。

求拿跋陀羅（譯），《佛說十二頭陀經》，《大正新修大藏經》，第17
　　　　冊。

———（譯），《雜阿含經》，《大正新修大藏經》，第2冊。

———（譯），《楞伽阿跋多羅寶經》，《大正新修大藏經》，第16
　　　　冊。

沈約，《宋書》（北京：中華書局，1983），凡8冊。

沈曾植，《澉湖遺老集》，民國戊辰刻本。

狄爾泰（Wilhelm Dilthey），《體驗與詩》，胡其鼎（譯）（北京：三聯
　　　　書店，2003）。

辛文房，《唐才子傳》（上海：古典文學出版社，1957）。

周祖譔（編選），《隋唐五代文論選》（北京：人民文學出版社，

1999）。

周勛初，《魏晉南北朝文學論叢》（南京：江蘇古籍出版社，1999）。

周裕楷，《中國禪宗與詩歌》，（上海：上海人民出版社，1992年）。

季羨林等，《大唐西域記校注》（北京：中華書局，2000），凡2冊。

宗白華，《美學散步》（上海：上海人民出版社，1981）。

宗密，〈中華傳心地禪門師資承襲圖〉，《中國佛教叢書·禪宗
　　　　編》，第1冊。

────，《禪源諸詮集都序》，《中國佛教叢書·禪宗編》，第1
　　　　冊。

宗曉（編），《樂邦文類》，見《大正新修大藏經》，第47冊。

忽滑骨快天，《中國禪學思想史》，朱謙之（譯）（上海：上海古籍出
　　　　版社，1994）。

東山魁夷，《美的情愫》，唐月梅（譯）（桂林：廣西師範大學出版
　　　　社，2002）。

法融，〈絕觀論〉，《中國佛教叢書·禪宗編》，第1冊。

──，〈牛頭初祖法融禪師心銘〉，《景德傳燈錄》卷30，《大正新
　　　　修大藏經》，第51冊。

法藏（撰），《華嚴經金師子章》，承遷（注）《華嚴經金師子章注》，
　　　　《大正新修大藏經》，第45冊。

法應（集）、普會（續集），《禪宗頌古聯珠通集》，《中國佛教叢書·
　　　　禪宗編》，第10冊。

法顯，〈高僧法顯傳〉（〈佛國記〉），《大正新修大藏經》，第51
　　　　冊。

舍爾巴茨基（F.Th. Stcherbatsky），《佛教邏輯》，宋立道、舒曉煒
　　　　（譯）（北京：商務印書館，1997）。

阿部肇一，《中國禪宗史》，關世謙譯（台北：東大圖書公司，1986）。

侯思孟(Donald Holzman)，〈中世紀中國與中世紀歐洲山水欣賞之比較〉，載《中國文哲研究通訊》1995年第4期。

冒春榮，《葚原詩說》，見《清詩話續編》，第3冊。

柯慶明，《中國文學的美感》（台北：麥田出版股份有限公司，2000）。

———，《境界的探求》（台北：聯經出版事業公司，1979）。

———，〈從「現實反應」到「抒情表現」——略論《古詩十九首》〉，柯慶明、蕭馳(編)，《中國抒情傳統的再發現——一個現代學術思潮的論文選集》（台北：台大出版中心，2009），凡2冊，上冊，頁247-269。

柳田聖山，《中國禪思想史》，吳汝鈞(譯)（台北：臺灣商務印書館，1995）。

胡鳳丹，《唐四家詩集》，徐明、文青(校點)（瀋陽：遼寧教育出版社，2000）。

胡適，《胡適集》黃夏年(編)（北京：中國社會科學出版社，1995）。

胡震亨，《唐音癸籤》（上海：上海古籍出版社，1981）。

胡應麟，《詩藪》（上海：上海古籍出版社，1979）。

———，《少室山房筆叢》（上海：中華書局上海編輯所，1958）。

范文瀾，《文心雕龍注》（北京：人民文學出版社，1978），凡2冊。

范晞文，《對床夜語》，《歷代詩話續編》，上冊。

迦才，〈淨土論序〉，《大正新修大藏經》，第47冊。

郁沅、張明高(編)，《魏晉南北朝文論選》（北京：人民文學出版社，1996）。

韋應物，《韋江州集》明嘉靖太華書院本，見《四部叢刊初編》（上海：涵蘇樓，出版年不詳），第147冊。

唐汝詢，《唐詩解》，王振漢（點校）（保定：河北大學出版社，2001），凡2冊。

唐君毅，《生命存在與心靈境界——生命存在之三向與心靈九境》（台北：學生書局，1977），凡2冊。

孫先英，〈王維〈鳥鳴澗〉桂花辨〉，載《攀枝花大學學報》第17卷第4期（2000年12月）。

孫昌武，《詩與禪》（台北：東大圖書股份有限公司，1994）。

———，《禪思與詩情》（北京：中華書局，1997）。

孫望（編著），《韋應物詩集繫年校箋》（北京：中華書局，2002）。

孫聯奎，《詩品臆說》，見孫昌熙，劉淦（校點），《司空圖詩品解說二種》（濟南：齊魯書社，1982）。

孫黨伯、袁謇正（主編），《聞一多全集》（武漢：湖北人民出版社），凡12冊。

徐小耀，《禪與老莊》（台北：揚智文化事業股份公司，1994）。

徐增，《而庵說唐詩》，《四庫全書存目叢書》，第396冊。

祖保泉、陶禮天（箋校），《司空表聖詩文集箋校》（合肥：安徽大學出版社，2002）。

神秀，〈觀心論〉，《大正新修大藏經》，第85冊。

——，〈大乘無生方便門〉，《大正新修大藏經》，第85冊。

——，〈圓明論〉，敦煌卷子服6184，《敦煌禪宗文獻集成》，下冊。

翁方綱，《石洲詩話》，《清詩話續編》，第3冊。

般刺蜜帝（譯），《大佛頂如來密因修證了義諸菩薩萬行首楞嚴經》，

《大正新修大藏經》，第19冊。

袁珂，《山海經校注》（上海：上海古籍出版社，1983）。

馬祖道一，《馬祖道一禪師廣錄》，《新編卍續藏經》（台北：新文豐出版公司，1983），第119冊。

———，《馬祖語錄》，《古尊宿語錄》，上冊。

馬歌東，〈試論日本漢詩對王維五言絕句幽玄風格之受容〉，載《人文雜誌》1995年第3期。

高津孝，〈中國的山水詩和外界認識〉，蔣寅(譯)，譯文載《殷都學刊》1999年第2期。

高振農(校釋)，《大乘起信論校釋》（北京：中華書局，2000）。

高誘(注)劉安，《淮南子注》，見《諸子集成》（上海：上海書店，1987），凡8冊，第7冊。

高棅，《唐詩品彙》（上海：上海古籍出版社，1982），凡2冊。

區結成，《慧遠》（台北：東大圖書公司，1987）。

張少康，〈清人論司空圖《二十四詩品》〉，載《南陽師範學院學報》(社會科學版)第1卷第5期(2002年10月)。

張伯偉，《禪與詩學》（杭州：浙江人民出版社，1996）。

———，《全唐五代詩格校考》(西安：陝西人民教育出版社，1996)。

———，《全唐五代詩格彙考》（南京：江蘇古籍出版社，2002）。

張邦基，《墨莊漫錄》，見吳文治(主編)，《宋詩話全編》（南京：江蘇古籍出版社，1998），凡10冊，第3冊。

張國星，〈佛學與謝靈運的山水詩〉，載《學術月刊》1986年第11期。

張淑香，《抒情傳統的省思與探索》（台北：大安出版社，1992）。

張祥龍，《從現象學到孔夫子》（北京：商務印書館，2001）。

———，《禪宗美學》(杭州：浙江人民出版社，1999)。

張毅，〈建國以來意境研究述評〉，見《意境縱橫探》(天津：南開大學出版社，1986)。

張錫良(校輯)，《王梵志詩校釋》(北京：中華書局，1983)。

張鎡，《南湖集》，《文淵閣四庫全書》(台北：臺灣商務印書館，1986)，第1164冊。

曹旭，《詩品集注》(上海：上海古籍出版社，1994)。

曹融南，《謝宣城集校注》(上海：上海古籍出版社，1991)。

淨覺，《楞伽師資記》，《中國佛教叢書‧禪宗編》，第2冊。

許學夷，《詩源辨體》，杜維沫(校點)(北京：人民文學出版社，2001)。

郭朋，《壇經對勘》(濟南：齊魯書社，1981)。

郭紹虞(校釋)，《滄浪詩話校釋》(北京：人民文學出版社，1983)。

———(集解)，《詩品集解‧續詩品注》(北京：人民文學出版社，1981)。

郭慶藩，《莊子集釋》，《諸子集成》，第3冊。

陳允吉，《古典文學佛教溯緣十論》(上海：復旦大學出版社，2002)。

———，〈王維輞川〈華子岡〉與佛家「飛鳥喻」〉，載《王維研究》第3輯(西安：陝西人民教育出版社，2001)。

———，〈王維《輞川集》之〈孟城坳〉佛理發微〉，載《王維研究》第2輯(西安：三秦出版社，1996)。

———，《唐音佛教辨思錄》(上海：上海古籍出版社，1988)。

陳友琴(編)，《白居易資料彙編》(北京：中華書局，1986)。

陳伯海(主編)，《歷代唐詩評論選》(石家莊：河北大學出版社，2003)。

陳良運，《中國詩學批評史》（南昌：江西人民出版社，1995）。

陳尚君（輯校），《全唐詩補編》（北京：中華書局，1992），凡3冊。

陳尚君、汪湧豪，〈司空圖《二十四詩品》辨偽〉，載《中國古籍研
　　　究》第1輯（1996）。

陳延傑，《賈島詩注》（上海：商務印書館，1937）。

陳洪，〈意境——藝術中的心理場現象〉，載《意境縱橫探》（天
　　　津：南開大學出版社，1986）。

陳祚明，《采菽堂古詩抄》，康熙刊本。

陳健民，《佛教禪定》，無憂子（譯）（北京：宗教文化出版社，2002）。

陳寅恪，《元白詩箋證稿》（北京：三聯書店，2002）。

———，《陳寅恪魏晉南北朝史講演錄》，萬繩南（整理）（台北：雲
　　　龍出版社，1996）。

陳鐵民（校注），《王維集校注》（北京：中華書局，1997），凡4冊。

———，〈王維與僧人的交往〉載《文獻》1985年第3期。

———，〈輞川別業遺址與王維輞川詩〉，載《中國典籍與文化》
　　　1997年第4期。

陸時雍，《詩鏡總論》，《歷代詩話續編》，下冊。

陶秋英（編選），《宋金元文論選》（北京：人民文學出版社，1984）。

陶敏、王友勝（校注），《韋應物集校注》（上海：上海古籍出版社，
　　　1998）。

傅璇琮（主編），《唐才子傳校箋》（北京：中華書局，2000），凡5冊。

———（主編），《唐五代文學編年史》（瀋陽：遼海出版社，1998），
　　　凡4冊。

富壽蓀（選註），劉拜山、富壽蓀（評解），《千首唐人絕句》（上海：
　　　上海古籍出版社，1985），凡2冊。

慧能，《六祖大師法寶壇經》，《大正新修大藏經》，第48冊。

———，《南宗頓教最上大乘摩訶般若波羅密經六祖惠能大師於韶州
　　　大梵寺施法壇經》，《中國佛教叢書·禪宗編》，第1冊。

普濟(編)，《五燈會元》卷3，(北京：中華書局，1984)，凡3冊。

智炬，《雙峰山曹侯溪寶林傳》，《中國佛教叢書·禪宗編》，第1
　　　冊。

智顗，《法華玄義釋籤》，《大正新修大藏經》，第33冊。

———，《摩訶止觀》，《大正新修大藏經》，第46冊。

———，《三觀義》，《新編卍續藏經》，第99冊。

———，《維摩經玄疏》，《大正新修大藏經》，第38冊。

曾昭旭，〈論道家美學中的道——境界與虛靈〉，載《鵝湖月刊》第
　　　17卷第11期(1992年5月)。

曾國藩(編纂)，李鴻章(審訂)，劉鐵冷等(註釋)，《十八家詩鈔》
　　　(上海：中原書局，1929)。

湛然，〈金剛錍〉，《大正新修大藏經》，第46冊。

湯用彤，《漢魏兩晉南北朝佛教史》(北京：中華書局，1983)，凡2
　　　冊。

焦竑，〈謝康樂集題辭〉，《明詩話全編》，第5冊。

賀裳，《載酒園詩話》，《清詩話續編》，第1冊。

項楚(注)，《寒山詩注》(北京：中華書局，2000)。

馮契，《中國古代哲學的邏輯發展》(上海：華東師範大學出版社，
　　　1997)，凡3冊。

黃節，《謝康樂詩注》(台北：藝文印書館)。

黃檗希運，《筠州黃檗斷際禪師傳心法要》，《新編卍續藏經》，第
　　　119冊。

———，《黃檗斷際禪師宛陵錄》，《古尊宿語錄》，上冊。

黃景進，《意境論的形成——唐代意境論研究》(台北：學生書局，2004)。

逯欽立(輯校)，《先秦漢魏晉南北朝詩》(北京：中華書局，1983)，凡3冊。

楊文雄，《詩佛王維研究》(台北：文史哲出版社，1988 年)。

楊廷芝，《二十四詩品淺解》，孫昌熙，劉淦(校點)，《司空圖詩品解說二種》(濟南：齊魯書社，1982)。

楊宗瑩，《白居易研究》(台北：文津出版社，1985)。

楊衒之，《洛陽伽藍記》，《大正新修大藏經》，第51冊。

楊惠南，《禪史與禪思》(台北：東大圖書公司，1995)。

楊曾文，《唐五代禪宗史》(北京：中國社會科學出版社，1999)。

———(編校)，《神會和尚禪話錄》(北京：中華書局，1996)。

葉瑛(校注)，《(章學誠)文史通義校注》(北京：中華書局，1994)，凡2冊。

葉燮，《己畦文集》，《叢書集成續編》(上海：上海書店，1994)，第124冊。

葛洪，《抱朴子》，《諸子集成》，第8冊。

葛曉音，《山水田園詩派研究》(瀋陽：遼寧大學出版社，1993)。

董其昌，〈畫禪室隨筆〉，《歷代論畫名著彙編》，沈子丞(編)(北京：文物出版社，1982)。

蜂屋邦夫，〈孫綽的生平和思想〉，趙怡譯，載《道家思想與佛教》，雋雪艷、陳捷等譯(瀋陽：遼寧教育出版社，2000)。

詹福瑞，《走向世俗——南朝詩歌思潮》(天津：百花文藝出版社，1995)。

詹鍈(義證)，《文心雕龍義證》(上海：上海古籍出版社，1999)，凡
　　3冊。

賈晉華，《皎然年譜》(廈門：廈門大學出版社，1992)。

───，《唐代集會總集與詩人群研究》(北京：北京大學出版社，
　　2001年)。

───，〈「平常心是道」與「中隱」〉，《漢學研究》第16卷第2
　　期(1998年12月)。

───，〈傳世《寒山詩集》中禪詩作者考辨〉，載《中國文哲研究
　　集刊》第22期(2003年3月)，頁293-338。

道信，〈入道安心要方便法門〉，《楞伽師資記》，《中國佛教叢
　　書·禪宗編》，第2冊。

道宣，《廣弘明集》卷30，《大正新修大藏經》，第52冊。

──，《續高僧傳》，《大正新修大藏經》，第50冊。

鈴木大拙等，《禪與藝術》，劉大悲譯(台北：天華出版有限公司，
　　1983)。

鈴木虎雄，《中國古代文藝論史》，孫俍工(譯)(北平：北新書局，
　　1929)，凡2冊。

鳩摩羅什(譯)，《妙法蓮花經》，《大正新修大藏經》(台北：新文
　　豐出版公司，1983)，第9冊。

───(譯)，《維摩詰所說經》，《大正新修大藏經》，第14冊。

───(譯)，《文殊師利問菩提經》，《大正新修大藏經》，第14冊。

───(譯)，《小品般若波羅蜜經》，《大正新修大藏經》，第8冊。

僧佑(編)，《弘明集》，《大正新修大藏經》，第52冊。

僧肇，〈物不遷論〉，《大正新修大藏經》，第45冊。

實叉難陀(譯)，《大方廣佛華嚴經》，《大正新修大藏經》，第10冊。

榮格(C.G. Jung)，《東洋冥想的心理學》，楊儒賓譯(北京：社會科學文獻出版社，2001)。

趙州從諗，〈趙州(從諗)眞際禪師語錄之餘〉，《古尊宿語錄》，上冊。

趙昌平，《趙昌平自選集》(桂林：廣西師範大學出版社，1997)。

趙殿成，《王右丞集箋注》(上海：上海古籍出版社，1984)。

趙翼，《甌北詩話》，《清詩話續編》，第2冊。

齊文榜(校注)，《賈島集校注》(北京：人民文學出版社，2001)。

劉昫等，《舊唐書》(北京：中華書局，1991)，凡16冊。

劉寧，《唐宋之際詩歌演變研究》(北京：北京師範大學出版社，2002)。

劉衛林，《中唐詩境說研究》，香港大學1999年博士論文。

〈導凡趣聖心決〉，敦煌卷子P(伯希和)3559，《敦煌禪宗文獻集成》，上冊。

慧遠，《鳩摩羅什法師大義》，《大正新修大藏經》，第45冊。

(隋)慧遠，《大乘義章》，《大正新修大藏經》，第44冊。

樓宇烈(校釋)，《王弼集校釋》(北京：中華書局，1980)，凡2冊。

歐陽修，《新唐書》(北京：中華書局，1975)，凡20冊。

———，《六一詩話》，何文煥(編)，《歷代詩話》(北京：中華書局，1981)，凡2冊，上冊。

歐陽詢，《藝文類聚》(上海：上海古籍出版社，1999)，凡2冊。

蔣寅，《大曆詩風》(上海：上海古籍出版社，1992)。

———，《大曆詩人研究》(北京：中華書局，1995)，凡2冊。

———，《古典詩學的現代詮釋》(北京：中華書局，2003)。

———，《中國詩學的思路與實踐》(南寧：廣西師範大學出版社，

2001）。

蔡英俊，《比興物色與情景交融》（台北：大安出版社，1995）。

鄭毓瑜，〈詮釋的界域──從〈詩大序〉再探「抒情傳統」的建構〉，載《中國文哲研究集刊》第23期（2003年9月）。

───，〈觀看與存有──試論六朝由人倫品鑒至於山水詩的寓目美學觀〉，載《逢甲大學中文系編《中國文學理論與批評論文集》（台北：新文豐出版公司，1995）。

鄭臨川(編)，《聞一多論古典文學》（重慶：重慶出版社，1984）。

曇無讖(譯)，《大般涅槃經》，見《大正新修大藏經》，第12冊。

窺基，《成唯識論述記》第3本，《大正新修大藏經》，第43冊。

蕭馳，《中國抒情傳統》（台北：允晨文化實業股份有限公司，1999）。

───，〈司空圖的詩歌宇宙〉，載《中國社會科學》1985年第6期。

───，《抒情傳統與中國思想：王夫之詩學發微》（上海：上海古籍出版社，2003）。

蕭麗華，《唐代詩歌與禪宗》（台北：東大圖書公司，1997年）。

錢穆，《莊老通辨》（北京：三聯書店，2002）。

───，《國史大綱》（商務印書館），凡2冊。

錢仲聯，《鮑參軍集注》（上海：古典文學出版社，1958）。

錢鍾書，《管錐篇》（北京：中華書局，1979），凡4冊。

───，《談藝錄》（北京：中華書局，1984）。

靜、筠(編)，張華(點校)，《祖堂集》（鄭州：中州古籍出版社，2001）。

龍樹，《大智度論》，鳩摩羅什(譯)，《大正新修大藏經》，第25冊。

儲仲君，《劉長卿詩編年箋注》（北京：中華書局，1999），凡2冊。

戴密微(Paul Demiieville)，〈中國文學藝術中的山巒〉，中譯文見錢
　　林森(編)，《牧女與蠶娘——法國漢學家論中國古詩》(上
　　海：上海古籍出版社，1990)。

戴鴻森(箋注)，《薑齋詩話箋注》，(北京：人民文學出版社，
　　1981)。

謝和耐，《中國社會史》，耿昇(譯)(南京：江蘇人民出版社，1995)。

謝榛，《四溟詩話》，《歷代詩話續編》，下冊。

鍾惺，《古詩歸》，見《明詩話全編》，第7冊。

韓廷傑(校釋)，玄奘(譯)，《成唯識論校釋》(北京：中華書局，
　　1998)。

韓林德，《境生象外——華夏審美與藝術特徵考察》(北京：三聯書
　　店，1995)。

韓經太，《詩學美論與詩詞美境》(北京：北京語言文化大學出版
　　社，2000)。

———，《中國詩學與傳統文化精神》(成都：四川人民出版社，
　　1989)。

瞿蛻園，《劉禹錫集箋證》(上海：上海古籍出版社，1989)，凡3冊。

瞿曇僧伽提婆(譯)，《增壹阿含經》，《大正新修大藏經》，第2冊。

顏崑陽，〈論「文體」與「文類」的涵義及其關係〉，載《清華中文
　　學報》第1期(2007年9月)，頁1-67。

魏慶之(編)，《詩人玉屑》(上海：上海古籍出版社，1982)，凡2冊。

羅宗強，〈20世紀古代文學理論研究之回顧〉，載其所編《20世紀中
　　國學術文庫・古代文學理論研究》(武漢：湖北教育出版
　　社，2002)。

———，《隋唐五代文學思想史》(上海：上海古籍出版社，1986)。

贊寧，《宋高僧傳》(北京：中華書局，1997)，凡2冊。

嚴可均(校輯)，《全上古三代秦漢三國六朝文》(北京：中華書局，1991)，凡4冊。

嚴耕望，〈唐人讀書山林寺院之風尚──兼論書院制度之起源〉，載中央研究院《歷史語言研究所集刊》，第30本，下冊(1959年10月)。

《寶藏論》，《新編卍續藏經》，第96冊。

蘇蒂(Pudma Sudhi)，《印度美學理論》，歐建平(譯)(北京：中國人民大學出版社，1992)。

蘇輿(義證)，《春秋繁露義證》(北京：中華書局，1992)。

釋延壽，《宗鏡錄》(西安：三秦出版社，1998)。

釋皎然，《四部叢刊初編》本《晝上人集》宋鈔本。

釋道元，《景德傳燈錄》，《大正新修大藏經》，第51冊。

釋慧皎，《高僧傳》，湯用彤(校注)(北京：中華書局，1997)。

饒宗頤，《文轍》(台北：學生書局，1991)，凡2冊。

───，《澄心論萃》(上海：上海文藝出版社，1996)。

───，《固庵文錄》(台北：新文豐出版公司，1989)。

鎌田茂雄，《中國禪》，關世謙(譯)(台北：臺灣佛光出版社，1996)。

顧紹柏，《謝靈運集校注》(鄭州：中州古籍出版社，1987)。

酈道元，《水經注》，見《文淵閣四庫全書》，第573冊。

皋蘭課業(原解)、楊振綱(續解)，《司空表聖詩品解》，臨潼王飛鄂道光23年華雨山房本。

二、外文部分

Auerbach, Erich. *Mimesis: The Representation of Reality in Western Literature*, trans. Willard R. Trask (Princeton: Princeton University Press, 1974).

Bakhtin, M.M. & Medvedev P.N.. *The Formal Method in Literary Scholarship: A Critical Introduction to Sociological Poetics* trans. Albert J. Wehrle (Baltimore: The Johns Hopkins University Press1991).

Bauer, Wolfgang. *China and the Search for Happiness: Recurring Themes in Four Thousand Years of Chinese Cultural History*, trans. Michael Shaw (New York: The Seabury Press, 1976).

Bush, Susan. "Tsung Ping's Essay on Painting Landscape and the 'landscape Buddhism' of Mount Lu," in *Theories of the Arts in China*, eds. Susan Bush & Christian Murck (Princeton: Princeton University Press, 1983).

Cheng, François. *Chinese Poetic Writings*, trans. Donald A. Riggs & Jerome P. Seaton (Bloomington: Indiana University Press, 1982).

Csongor, B.. "Poetical Rhymes and Dialects in T'ang Times," *Cina* 7 (1964): 21.

Dôzono, Yoshiko(堂園淑子). 〈詩的言語としての知覺動詞——陶淵明と謝靈運の詩ガら〉,《中國文學報》, 第60冊(2000年4月)。

Eckel, Malcom David. *To See the Buddha: A Philosopher's Quest for the Meaning of Emptiness*（Princeton: Princeton University Press, 1992）.

Eoyang, Eugene. "Moments in Chinese Poetry: Nature in the World and Nature in the World," in *Studies in Chinese Poetry and Poetics*, ed. Ronald Miao（San Francisco: Chinese Materials Center, INC, 1978）, vol. 1.

Faure, Bernard. *The Will to Orthodoxy: A Critical Genealogy of Northern Chan Buddhism*（Stanford: Stanford University Press ,1997）.

Fitter, Chris. *Poetry, Space, Landscape:Toward A New Theory*（Cambridge: Cambridge University Press, 1995）.

Frodsham, J.D.. *The Murmuring Stream:The Life and Works of the Chinese Nature Poet Hsieh Ling-yün*（385-433）, *Duke of K'ang-lo*（Kuala Lumpur: University of Malaya Press, 1967）.

Frye, Northrop. "Approaching the Lyric," in *Lyric Poetry: Beyond New Criticism*, eds. Chaviva Hošek & Patricia　Parker（Ithaca: Cornell University Press, 1985）.

Gao, Qianyi(高倩藝).〈王維が描いた輞川──輞川集を中心に〉，《名古屋大學中國語學文學論集》第11輯。

Herrigel, Eugen. *Method of Zen*, trans. R.F.C. Hull(New York: Vintage Books, 1974）.

Hisamatsu, Shin'ichi. *Zen and the Fine Arts*, trans. Gishin Tokiwa(Kyoto: Kodansha International LTD, 1958）.

Holzman, Donald. *Landscape Appreciation in Ancient and Early Medieval China: The Birth of Landscape Poetry*(Hsin-chu: National Tsing

Hua University, 1996).

Jakobson, Roman. "The Metaphoric and Metonymic Poles," *Critical Theory since Plato*, ed. Hazard Adams(New York: Harcourt Brace Jovanovich, 1971).

Jia Jinhua. "The Hongzhou School of Chan Buddhism and the Tang Literati" Ph.d. diss., University of Colorado at Boulder, 1999.

Konishi, Noboru(小西昇). 〈謝靈運山水詩考──その美意識と山水との係〉，福岡教育大學紀要，vol. 27, no. 1(1977)。

Lai, Whalen. "Ch'an Metaphors: Waves, Water, Mirror, Lamp," *Philosophy East and West*, vol. 29, no. 3(July, 1979).

Loewe, Michael. *Chinese Ideas of Life and Death: Faith Myth and Reason in Han Period*(202BC-AD220)(London: George Allen & Unwin LTD, 1982).

Mather, Richard. "The landscape Buddhism of the Fifth-Century Poet Hsieh Ling-yun," *Journal of Asian Studies*, vol. 18, no. 1(Nov. 1958).

McRae, John R.. *The Northern School and the Fomation of Early Ch'an Buddhism*(Honolulu: University of Hawaii Press, 1986).

Michigami, Katsuya(道上克哉). 〈王維の輞川莊について〉，載《學林》12(1989年3月)。

Miner, Earl. *Comparative Poetics: An Intercultural Essay on Theories of Literature* (Princeton: Princeton University Press, 1990).

Minknowski, Eugène. *Lived Time: Phenomenological and Psychopathological Studies*, trans. Nancy Metzel(Evaston: Northwestern University Press, 1970).

Munakata, Kiyohiko. "Concepts of *lei* and *Kan-lei* in Early Chinese Art Theory", in *Theories of the Arts in China*.

Needham, Joseph. *Science and Civilization in China*(Cambridge: Cambridge University Press, 1956), vol. 2.

Nyanasobhano, Bhikkhu. *Landscapes of Wonder*(Boston: Wisdom Publications, 1998).

Obi, Kōichi(小尾郊一).〈謝靈運傳論〉，《廣島大學文學部紀要》(特集三，1975)。

Owen, Stephen. *Readings in Chinese Literary Thought* (Cambridge, MA: Council on East Asian Studies, Harvard University, 1992).

——. *The End of Chinese "Middle Ages": Essays in Mid-Tang Literary Culture*(Stanford: Stanford University Press, 1996).

Panofsky, Erwin. *Studies in Iconology: Humanistic Themes in the Art of the Renaissance*(New York: Harper & Row, Publishers, 1972).

Peterson, Will. "Stone Garden," *Evergreen View*, vol.1, no.4.

Poceski, Mario. "The Hongzhou School of Chan Buddhism during the Mid-Tang Period," Ph.D. diss., University of California, 2000.

Pulleyblank, Edwin G.. "Linguistic Evidence for the Date of Han-Shan," in *Studies in Chinese Poetry and Poetics*, ed. Ronald C. Miao(San Francisco: Chinese Materials Center, 1978).

Rubin, Vitaly A.. "The Concepts of Wu-Hsing and Yin-Yang," *Journal of Chinese Philosophy* 9.2(1982).

Sharf, Robert H.. *Coming to Terms with Chinese Buddhism: A Reading of the* Treasure Store Treatise(Honolulu: University of Hawai'i Press, 2002).

Shimura, Ryōji(志村良治).〈山水詩への契機——謝靈運の場合〉，載《集刊東洋學》二九(1973年6月)(內田道夫教授退官記念中國文學特集號)。

——.〈謝靈運と宗炳——〈畫山水序〉をめぐつて〉，《集刊東洋學》三五(1976年5月)。

Stcherbatsky, TH. *Buddhist Logic*(Delhi: Motilai Banarsidass Publishers, 1994), 2 volumes.

Stryk, Lucien. "Preface to Zen Poetry," *Zen Poems of China and Japan: The Crane's Bill*, Trans. Lucien Stryk & Takashi Ikemoto(New York: Grove Weidenfeld, 1973),

Suzuki, Daisetz. T.. *Zen and Japanese Culture*(Princeton: Princeton University Press, 1993).

Watson, Burton. "Zen Poetry," in *Zen Tradition and Transition*, ed. Kenneth Kraft(New York: Grove Press, 1988).

Welsh, Andrew. *Roots of Lyric: Primitive Poetry and Modern Poetics*(Princeton: Princeton University Press, 1978).

Yang, Xiaoshan. *Metamorphosis of the Private Sphere: Gardens and Objects in Tang-Song Poetry*(Cambridge, MA: Harvard University Asia Center, 2003).

Zürcher, Erich. *Buddhist Conquest of China: The Spread and Adaptation of Buddhism in Early Medieval China*(Leiden: E.J. Brill, 1959)

索引

本索引以筆畫順序排列。詞目包括本卷出現的詩學、文藝學和思想史術語，以及部分詩學、文藝學、思想、漢學人物。符號---後爲子詞目。符號／表示範疇間的對比關係。外國人名以漢譯筆畫爲準。

七畫

十三劃

聯經學術

中國思想與抒情傳統 第二卷：佛法與詩境

2012年7月初版　　　　　　　　　　　　　　　　　　定價：新臺幣550元
2021年10月初版第二刷
有著作權・翻印必究
Printed in Taiwan.

著　　　者	蕭	馳
叢書主編	沙　淑	芬
校　　　對	吳　淑	芳
封面設計	蔡　婕	岺

出　版　者	聯經出版事業股份有限公司	副總編輯	陳　逸	華
地　　　址	新北市汐止區大同路一段369號1樓	總編輯	涂　豐	恩
叢書主編電話	(02)86925588轉5310	總經理	陳　芝	宇
台北聯經書房	台北市新生南路三段94號	社　長	羅　國	俊
電　　　話	(02)23620308	發行人	林　載	爵
台中分公司	台中市北區崇德路一段198號			
暨門市電話	(04)22312023			
郵政劃撥帳戶第0100559-3號				
郵撥電話	(02)23620308			
印　刷　者	世和印製企業有限公司			
總　經　銷	聯合發行股份有限公司			
發　行　所	新北市新店區寶橋路235巷6弄6號2F			
電　　　話	(02)29178022			

行政院新聞局出版事業登記證局版臺業字第0130號

本書如有缺頁，破損，倒裝請寄回台北聯經書房更換。　　ISBN　978-957-08-4033-9 (精裝)
聯經網址 http://www.linkingbooks.com.tw
電子信箱 e-mail:linking@udngroup.com

國家圖書館出版品預行編目資料

中國思想與抒情傳統 第二卷：**佛法與詩境**/
蕭馳著 . 初版 . 新北市 . 聯經 . 2012.07
376面 . 14.8×21公分 . (聯經學術)
ISBN　978-957-08-4033-9（精裝）
[2021年10月初版第二刷]

1.詩學 2.佛學 3.詩評 4.魏晉南北朝 5.隋唐五代史

820.9103　　　　　　　　　　　　　101013327